No.4 LIBERATION

당신의 머리 위에

☽
✳
✳

당신의 머리 위에 2부 ☾ 3

박건 장편소설

초판 1쇄 찍은 날 2021년 3월 5일
초판 1쇄 펴낸 날 2021년 3월 12일

지은이 박건
펴낸이 서경석

편집책임 노종아 | **편집** 박현성 | **디자인** 신현아&노종아

펴낸곳 도서출판 청어람
등록번호 제387-1999-000006호
등록일자 1999. 5. 31
어람번호 제8-0106호

주소 경기도 부천시 부일로 483번길 40 서경B/D 3F (우) 14640
전화 032-656-4452 | **팩스** 032-656-4453
E-mail chungeorambook@daum.net
https://blog.naver.com/chungeoram_book

ISBN 979-11-04-92316-6 04810
ISBN 979-11-04-92287-9 (SET)

당신의 머리 위에

3

완결

2부 종말 대, 종말 대 종말

박건 장편소설

도서출판
청람

종말 대, 종말 대 종말

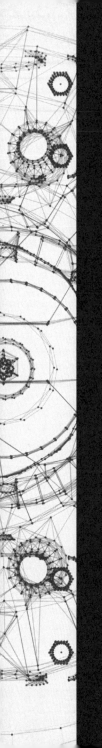

악질 GM과 버그 플레이어 🌙 ✦ ✦

스테이지 1레벨 하급 스테이지를 1회 클리어해 얻을 수 있는 포인트는 1이다.

중급은 그 5배인 5. 상급은 10배인 10.

스테이지 2레벨 하급 스테이지를 1회 클리어해 얻을 수 있는 포인트는 전 레벨의 5배인 5다.

중급은 그 5배인 25. 상급은 10배인 50.

그리고 레벨을 올리기 위해서는 해당 레벨의 하급. 중급. 상급을 클리어한 포인트의 합산만큼의 경험치 포션을 구입해야 했다.

즉, 1레벨에서 2레벨이 되기 위해서는 16포인트가 필요하고, 2에서 3레벨이 되기 위해서는 80포인트가 필요한 것으로, 이 [5배] 비율은 레벨이 올라가도 그대로 유지되기 때문에 레벨이 오르면 오를수록 획득하는 포인트도, 레벨 업에 필요한 포인트도 미친 듯이 증가하게 된다.

'마치 옛날 온라인 게임의 고렙이 1레벨 올리려면 1레벨에서 지금까지 얻었던 경험치 총합 이상을 벌어야 하는 것과 마찬가지지.'

길게 설명했지만, 결국 간추리면 이런 말이다.

요번에 공략으로 13레벨 중급 스테이지를 클리어하는 데 성공했다면.

설사 그는 원래 1레벨이었다 해도 단번에 13레벨이 될 수 있다.

"내가 자릿수를 다 기억한다니까. 12억 2,070만 3,125포인트라니. 손주가 알려주는 스킬들 다 찍고 초능력을 각성하고 영단도 사 먹었는데도 남아서 10레벨을 찍더라고."

"와, 할머니도 클리어하신 거예요?"

"아니, 이 녀석이 할미를 무시하네? 고작 암기인데 못 할 건 또 뭐냐? 내가 왕년에는 공부 좀 했거든?"

할머니가 녹두부침개를 접시에 담아주며 재석을 타박한다. 재석이가 녹두부침개를 집어 먹으며 손을 내저었다.

"에이! 감탄이죠. 감탄! 막 잘나가던 엘리트라는 검사나 기자들 중에도 아직 8레벨을 못 넘긴 사람이 수두룩한데."

"쯔쯔. 그건 그놈들이 쓰레기같이 살아서 그렇지. 일단 정의의 요람에 접속만 할 수 있으면 누구든 공략을 보고 깰 수 있었어. 그 철가면이라는 양반이 대단하긴 대단하거든."

사실 내가 만든 공략이 마냥 편리한 종류는 아니다.

일단 외워야 할 게 너무 많다.

파밍 포인트를 외우는 건 양반. 시간별로 몬스터들이 이동하는 순서를 전부 외워야 한다. 어디 그뿐인가? 맵이라는 시스템 자체가 없는 스테이지의 지형을 눈 감고 머릿속으로 그릴 수 있어야 한다.

제일 심각한 건 듣도 보도 못한 이세계의 언어를 외워야 하는 것.

주 무기인 황금 거울이야 일종의 퍼즐로 얻어낼 수 있지만 그 탄환이라 할 수 있는 보석들은 책상 서랍, 사물함, 금고 등에서 얻어야 하고, 그 자물쇠를 풀려면 이세계의 언어를 알아야 한다.

그나마 내가 수집해 놓은 질문과 답만 외우면 되지만… 그마저도 절대 적지 않은 분량.

"저는 외우기 힘들더라고요."

"그거야 당연하지. 어이구, 머리 깨지는 줄 알았어."

만일 이게 일반적인 게임이었다면 사람들은 이런 공략을 거들떠보지도 않았을 것이다. 무슨 시험을 치르듯 공부해야 하고, 지루하고 재미없는 플레이를 해야 하니까.

'하지만 스테이지는 다르지.'

그렇다. 다를 수밖에 없다.

지루하다? 재미가 없다? 그야말로 개소리.

죽기 싫으면 해야 한다.

하물며 그들은 스테이지를 클리어하지 못한 20억 이상의 인간이 죽는 걸 직접 보고 들어온 사람들이 아닌가?

"그나저나 정의 포인트는 얼마나 쌓였어?"

"쓸데없이 많이 쌓였지."

"그래그래. 주지 말란 말은 들었고 실제로 필요 없는 걸 아는데도 못 참겠더라고."

"배재석, 너마저⋯⋯."

나와 재석은 광화문 광장에 있는 포장마차에 앉아 식사를 하고 있다. 광화문 광장의 광경은 불과 몇 달 전과 완전히 다르다. 앞뒤로 통제된 차도에는 테이블과 의자들이 죽 늘어서서 사람들의 쉼터가 되고 있고 그 중간중간에는 노점상이 펼쳐져 있다.

"부침개 좀 더 주실래요?"

"어이구, 젊은 친구들이 잘 먹네! 자자, 내가 튀김도 좀 줄게!"

"앗! 감사합니다!"

재석이가 굽신굽신하며 튀김을 받아 들 때였다.

따랑! 따랑!

종소리와 함께 한 무리의 사람들이 긴 행렬을 이루어 광화문 광장으로 접근하는 모습이 보인다. 꽤 많은 사람들이 모여 있지만 소란을 일으키지 않고 차분히 줄을 맞춰 걷는 사람들.

철판에 식용유를 콸콸 붓고 있던 할머니는 작게 한숨 쉬었다.

"오늘은 완벽 클리어라서 안심했는데 그래도 장례식은 하는구나."

"어쩔 수 없죠. 어제 죽은 사람들도 있을 테고. 아직 처분 못 한 시체들도 있으니까요."

"그나마 자원봉사자가 많아서 다행이야. 다른 때 이런 일 났으면 전국에서 썩어가는 시체가 한둘이 아니었을 텐데."

"인류 역사상 자원봉사자가 가장 많은 시기죠."

묵직한 분위기 속에서 셀 수 없이 많은 관들과 그 관들을 따라 걷는 사람들의 행렬이 경복궁 안으로 들어선다.

이제 저들은 단체로 약식 장례를 치르게 될 것이다. 그중 합의가 끝난 시체는 사령 마법의 재료로 사용될 테고, 아닌 것들은 화장을 하게 되겠지.

"정말 말세 분위기이긴 하네."

"그래도 한국 정도면 멀쩡한 편이지. 은행 강도가 다 있을 정도잖아?"

"하긴."

은행을 턴다.

이성을 상실한 플레이어들이 폭주하는 모습처럼 보이지만 사실 이건 그만큼이나 한국이 멀쩡하다는 이야기이기도 하다.

왜 강도짓을 하는가?

그것은 돈에 가치가 있기 때문이며, 은행 강도란 결국 화폐의 존재를 긍정하는 이들이다.

"다른 나라는 은행 강도 같은 게 문제가 아냐. 무제한적인 강간과 살육. 약물복용으로 미쳐 돌아간다고 하더라고. 별이유도 없이 건물을 부수고 불을 지르는 또라이들이 득세하고 있지."

재석의 표정이 진지하다. 현재 그는 대한민국, 아니, 세계 정상급 강자. 뉴스에 실리지 않는 정보들도 습득할 수 있는 위치다.

"그뿐이 아냐. 미국 일부 주나 멕시코 같은 곳에서는 불의한 자들이 총, 화기로 무장하고 정의 무구의 소지자를 사냥하고 있다고 해."

"왜? 무슨 이득이 있어서?"

"이미 버린 몸이라 이거지. 이제 와서는 무슨 짓을 해도 불의 상태에서 벗어날 수 없으니 막가는 거야."

상식적으로 정의 무구의 소지자를 사냥하는 건 그냥 미친 짓에 불과하다. 소지자를 죽여 정의 무구를 빼앗을 수 있다면 이해하겠지만 현실은 전혀 그렇지 않으니까. 정의 무구를 가진 이를 죽이면, 오히려 악업만 폭발적으로 증가한다.

"그걸 국가들이 가만히 두고 보나?"

내 물음에 재석이 피식 웃었다.

"국가들이 나설 것도 없지. 미국 쪽에서 저스티스 리그가 발족했거든. 그 유명한 악멸 사냥꾼 알렉스가 들어간 조직이야."

"저스티스 리그라."

이름만 들어도 뭐 하는 녀석들인지 알겠다.

"정의 무구의 소지자들이군?"

"국제적인 무력 단체지. 저스티스 리그의 손이 닿지 않는 국가들에도 비슷한 단체들이 무수히 만들어지고 있어. 그 미친 놈들이 아무리 독하건 눈이 돌아갔건 결국 사멸할 운명이야."

과거라면 있을 수 없는 일이다. 아무리 그 대상이 악하다 하더라도 법치국가라면 사적 제재는 용납하지 않게 마련이니까.

게다가 사람이 사람을 살해해 자신의 무기를 강화한다니?

부처가 연쇄 살인마를 죽여도 게거품을 물 사람과 단체가 한둘이 아니라는 걸 생각해 보면 이게 얼마나 이해받기 어려운 능력인지 알 수 있겠지.

'하지만… 세상이 바뀌었어.'

20억이 넘는 [손실]을 겪은 인류는 몇 달 전의 인류와 전혀 다른 존재라 해도 과언이 아니다. 이 몇 달의 시간 동안, 인류의 인식과 정의는 뿌리부터 뒤바뀌어 버렸다.

"뭐, 그것도 결국 네 덕이지."

영문을 알 수 없는 재석의 말에 고개를 갸웃한다.

"왜 그게 내 덕이야?"

"네가 정의로운 자들에게 힘을 줬으니까."

"……."

예상치 못한 말이었지만 그렇게 생각할 수도 있겠다. 요번 [공략]으로 정의 포인트를 가진 억 단위의 사람들이 과거와 비교조차 할 수 없는 힘을 얻었기 때문이다.

멀리 갈 것도 없이 당장 우리에게 부침개를 부쳐주고 있는 할머니조차 10레벨이 되지 않았던가?

정의롭게 살았다면, 그가 노인이든 장애인이든 초인의 힘을 얻을 수 있는 시대가 되었다.

—명예 랭크가 상승합니다!

—그랜드 마스터(Grand master) ─〉 챌린저(Challenger)!

—현재 챌린저의 숫자는 총 1명입니다.

"음?"

"왜?"

"흠. 아냐."

재석의 의문을 대충 뭉개고 생각했다.

'그랜드 마스터가 끝이 아니었구나. 그런데 그랜드 마스터 다음 단계가 왜 챌린저지? 뭐를 향한 도전자인데?'

영문을 알 수 없어 고개를 갸웃거리면서도 자리에서 일어난다. 재석이 지갑을 꺼내 들었다.

"잘 먹었습니다! 여기 얼마죠?"

"2만 5천 원이야."

할머니의 말에 재석이 눈을 동그랗게 떴다.

"와, 족히 30인분은 먹은 것 같은데요?"

"내가 뭐 여기 돈 벌러 나왔나. 재료값이나 준다고 생각해."

"잘 먹었습니다!"

인사하고 자리를 뜬다. 오늘도 사람으로 바글바글한 광화문 광장을 가로질렀다.

"자자! 다들 공중 부양에는 익숙해지셨나요? 아직 초보라 할 수 있는 여러분은 전투 기술을 배우시려 해도 늦었습니다! 공략을 따라 가시려면 공간 이동과 공중 부양, 그리고 은신. 이 세 가지만 미친 듯이 파셔야 합니다!"

"저, 저기. 그럼 공격은 어떻게 하죠?"

"좋은 질문입니다! 공격은 물리적인 존재건 영적인 존재건 공평하게 대미지가 들어가는 소울 스트라이크에 올인 하세요!"

잔디에 옹기종기 모인 사람들이 어떤 초능력자에게 공개 교육을 받고 있는 모습이 보인다.

"그러니까! 망령룡 레플리의 숫자는 그리 많지 않다는 거예요. 여러 개의 방송을 같이 보시는 분들은 느꼈겠죠. 레플리가 여러 명의 스테이지를 관통하며 지나간다는 걸!"

"오! 신기하네요. 그런데 이걸 이용할 데가 있을까요?"

"그, 글쎄요. 철가면님이 찾아주시지 않을까요?"

스테이지 공략에 대해 대화를 나누는 사람들도 있다.

"철가면! 철가면! 철가면!"

"왜 철가면님을 부르세요?"

"네? 아, 아뇨 제가 어떻게 철가면님을 부르겠어요. 기합이 죠. 기합."

"철가면님 이름 세 번 부르면 하는 일이 다 잘되고, 기분이 좋아지고, 키가 커지고, 피부가 고와지고……."

그리고 영문을 알 수 없는 뻘소리를 하며 시간을 보내는 사람들까지.

"저녁이 다가오니 사람들이 긴장하는 게 보이네."

"그래. 아무리 네가 있어도 무서운 시간이니까."

히든 포인트에 시간제한이 생기면서 2차 시험이라는 개념 자체가 없어져 버렸다. 아무리 잘 숨어 다니더라도 너무 오랫동안 전투를 하지 않으면 무조건 적이 찾아오는 시스템이 되어버린 것.

그렇기에… 오후 7시. 그러니까 해가 져가는 시간은 모두에게 긴장과 두려움의 시간이다. 단 한 번의 기회에 삶과 죽음이 갈리게 되기 때문이다.

"종말 프로젝트 말이야. 역시 패치했겠지?"

"들어가 봐야 알겠지."

그 말대로다.

―스테이지(Stage)가 오픈됩니다!

―레벨 13. 상급(上級)이 설정되었습니다.

―800시간 안에 악령나무를 파괴하십시오.

―10초 후 스테이지가 시작됩니다.

―10. 9. 8. 7…….

쿠콰콰콰쾅!!!!!

엄청난 폭음과 함께 대지가 흔들린다. 나는 히든 포인트에서 나가, 멀어지는 레플리의 뒷모습을 보았다.

그리고 파괴된 건물들과.

멀쩡한 성벽의 모습까지.

"아이템 업데이트나 좀 하라고 망겜 시발. 이런 것만 업데이트가 칼같네."

욕이 절로 나왔지만 예상하던 일이었던 만큼 진정하고 공략을 재개한다.

벽이란 벽은 다 치고 다녔다. 숨겨진 공간은 없다.

가구들을 모아 8층이 넘는 높이까지 올라가 보았다. 악령나무를 먼 거리에서 황금 거울로 비추고자 하는 시도였지만 저격이 날아온다.

성벽을 타고 올라가 넘어가 보려 시도했더니 성벽보다 더 튼튼한 무형의 막이 존재한다.

그리고 그러다가.

보상 상자를 거울로 비췄다.

―아프…….

콰직!

비명이 터져 나오기 전에 축복받은 단검을 보상 상자에 찔러 넣는다. 단검을 두 개 찔러 넣자 13레벨로 추정되는 악령이 소멸한다.

황금 거울을 보니 코스트가 감소하지 않았다. 망령을 죽인 것은 거울이 아닌 단검이었기 때문이다.

"오……."

불현듯 떠오르는 가설이 있었다. 나는 몇 가지 실험을 더 해 보았다. 가설들이 하나둘 맞아간다.

"…이것 봐라?"

아무래도 될 것 같다.

'딜 뻥'이.

나는 즉시 게시판에 접속해 게시물을 하나 썼다.

―1시간 후 5레벨도 클리어할 수 있는 13레벨 상급 공략 올릴 예정.(철가면)

내용도 작성했다.

―보세요.

거기까지 한 나는 스테이지의 시작점인 북문으로 돌아왔다. 스테이지의 넓이는 중급 때보다 훨씬 넓어졌다. 어지간한 도시를 넘어서는 크기라서 그냥 중앙 도로를 따라 남문까지 달려도 반나절은 걸릴 정도.

당연하지만 공략이 있어도 클리어하려면 상당한 시간이 소모될 것이다.

"분위기를 보니 종말 프로젝트가 개인을 콕 집어서 불이익을 주지는 못하는 모양이란 말이지."

저격 패치, 버그 수정은 할 수 있어도 영구 밴이나 블록을 먹일 수는 없는 분위기.

그렇다면 문제는 없다.

"어디 누가 이기나 해보자."

꼬우면 게임을 잘 만들든가.

―크아아아앙――!

들려오는 포효에 슬쩍 처마 밑으로 몸을 숨긴다. 순식간에 머리 위를 지나 멀어지는 망령룡. 나는 그 모습을 잠시 바라보다 결정했다.

"흠. 좋아. 저걸로 하자."

[뭔 소리야? 뭘 저걸로 해? 망령룡?]

[또 망령룡을 이용한 공략인가요?]

"그건 아냐. 망령룡을 이용한 공략이라기보다는 공략을 이용한 결과가 망령룡이지."

[날아다니면서 브레스만 뿜뿜 하는 놈을 잘도 써먹네.]

"이용이 아니라 결과라니까."

그렇게 말하고 잠시 쉬고 있자 마침내 내가 공지한 시간이 되었다. 나는 허리에 차고 있던 총기에 손을 올렸다.

―당신은 마스터(Master) 랭크(임시)입니다!
―정의의 요람에 접속합니다!
―15억 1,235만 1,888명이 당신을 시청 중입니다!

"좀 줄었네."

절로 인상이 찡그려진다. 13레벨 중급 때 그만한 폼을 보여주었는데 시청자가 줄었다는 건 뭔가 문제가 터져서 그냥 총인원 자체가 줄어들었다는 말이기 때문이다.

[정의 포인트가 모자라서 추가 인원이 줄어들었을 수도 있지. 악업을 너무 많이 쌓아서 포인트를 지원받아도 정의 무구를 받을 수 없는 인원이 늘었을 수도 있고.]

"하긴."

안타까운 일이었지만 감상에 잠기는 것도 거기까지.

나는 공략을 시작하기로 했다. 어차피 완벽 클리어에 성공한다면 죽는 사람은 나오지 않을 것이다.

"자, 그럼 공략 시작하겠습니다. 공지했다시피 5레벨은 넘어야 합니다. 정확히는 5레벨 악령, 혹은 새끼 키메라 정도는 황금 거울이나 축복받은 단검 없이 잡아야 한다는 말이지요. 평균 레벨이 확 높아졌으니 충분히 가능할 거라고 봅니다."

예전이라면 몰라도 지금이라면 어렵지 않은 일일 것이다. 식당 아주머니도 10렙을 찍는 시대가 아니던가?

"다만 레벨이 높아도 5레벨을 잡을 확신이 없다면 요람에서 나오지 마세요. 공략 다 꼬여서 죽게 될 테니까요."

나는 어제와 비슷한 구성으로 공략을 시작했다. 암기할 내용들을 죽 읊어주었다는 말이다.

시간에 따른 몬스터의 위치.

파밍 구간.

퍼즐의 구조와 해제 방법.

자물쇠를 풀기 위한 비밀번호 질문과 답변 목록.

몬스터들의 패턴과 습격 위치.

입으로는 그 모든 것들을 읊어주며 몸은 공략을 이어나간다.

―키키킥! 캬캬캬! 크크크크!!!

"자. 망령이 등장했습니다. 여러분은 당연히 저렇게 발작하고 있을 때 거울로 잡으시면 됩니다만, 저는 할 게 있어서 직접 잡겠습니다."

―원망… 원망!!! 캬하하하!!! 나는!

망령이 괴성을 지르며 덤벼든다. 영혼을 짓누르는 죽음의 기운과 몰아치는 광기는 산 자들을 죽음으로 몰고 가는 저주의 집합!

그러나 생체력은 연마하면 연마할수록 모든 속성에 저항하는 성질을 가지게 되는, 굳이 말하면 세미 탱커들의 수련법.

나는 녀석을 피하는 대신 마주 덤비며 보조 무기를 꺼내 들었다. 물론 축복받은 단검은 아니었다.

파지직!!!

번갯불이 튀자 소드 마스터도 쉽게 상대할 수 없는 최상급 망령의 몸이 일렁인다.

예로부터 벼락은 양기의 으뜸으로 귀신을 쫓는 벽사(辟邪)의 상징. 내가 잔뜩 만들어 충천해 놓은 라이트닝 블레이드는 이런 망령들을 상대로 꽤 높은 효율을 보여주는 무기다.

땡크랑! 파지직! 땡그랑! 파지직!

한 대 맞고 한 대 찌른다.

나는 최상급 망령이 덤벼들 때마다 라이트닝 블레이드를 녀석의 몸에 꽂았다. 최상급 망령쯤 되면 속도가 너무나 빨라 피하며 공격을 성공시키기가 불가능하기 때문이다.

영적인 추가 공격력(예를 들어 검기)이 부족한 경천칠색이었기에 잔뜩 쌓아놓았던 라이트닝 블레이드가 미친 듯 소모된다.

그리고 그렇게 라이트닝 블레이드를 서른 자루쯤 썼을까?

—꺄아아악!!

결국 최상급 망령이 버티지 못하고 죽는다.

"하악… 하악… 아이고 힘들어. 아, 난 유령이 너무 싫어. 잠시 쉬어가겠습니다."

그렇게 말하고 근처에 있는 의자에 앉는다.

팟!

순간 주변이 밝아진다. 나는 나무 의자에 앉았지만 그 의자는 삽시간에 왕관이 새겨져 있는 화려한 보좌로 변해 푹신하게 내 몸을 받아주었다.

—당신은 챌린저(Challenger) 랭크입니다.

피투성이였던 몸이 빠르게 회복된다. 보좌의 랭크가 랭크였던 만큼 금세 회복하는 몸. 나는 내친김에 간단히 식사까지 하고 공략을 이어나갔다.

그래, 그렇게 이어나갔다.

40시간 동안.

시간이 상당히 걸렸지만 사실 이 정도면 대단히 빠른 편이다. 13레벨 상급 난이도의 제한 시간은 800시간. 스테이지의 지형과 적들을 모두 꿰고 있지 않으면 이만한 플레이 타임은 뽑을 수 없으리라.

그리고 마침내 악령나무 앞에 서자.

아레스가 어이없다는 듯 물었다.

[아니, 잠깐. 이건… 아주 정상적인 공략법 아냐?]

[함장님, 5레벨 플레이어들은 이 공략을 따라 할 수가 없습니다. 오시면서 키메라랑 망령을 죄다 살해하셨는데 황금 거울로 이만한 숫자의 몬스터를 잡는다는 건…….]

스테이지에서 주 무기와 보조 무기가 가지는 역할은 막대하다. 스테이지 레벨에 못 미치는 존재라 하더라도 공략이 가능한 것은 바로 이 강력한 무기들 덕분이니까.

다만 문제는.

이 무기라는 것들이 죄다 소모품이라는 것이다.

'항상 빠듯하단 말이지.'

내가 13레벨 중급 스테이지에서 했던 것처럼 버그성 공략을 하지 않는 이상 주 무기건 보조 무기건 무조건 부족하다. 플레이어들은 스테이지에 걸맞은 레벨의 적을 최소한 1번 이상 자력으로 쓰러뜨려야 하는 상황에 마주하게 되는 것이다.

'공략만 [완벽하게] 해낼 수 있다면 문제없지만.'

그러나 사람들은 그러지 못한다.

왜냐하면 실수하기 때문이다.

13레벨을 예로 들면 13레벨 키메라와 망령은 거울을 4번 비추면 죽는데, 그중 한 발이라도 빗나가면 그 빗나간 한 발은 플레이어의 피와 살점으로 채워 넣어야 한다. 무수한 연습을 할 수 있다면 실수를 줄일 수 있겠지만.

'실패=죽음인 스테이지에 재도전은 없지.'

거기까지 생각한 나는 남문에서 몸을 돌려 왔던 길을 되돌아가기 시작했다.

"아마 여러분은 지금쯤 북문 근처를 싹 정리한 다음 파밍과 암기를 계속하고 계실 겁니다. 말씀드렸던 것처럼 최소 2개 이상의 축복받은 단검과 1회 이상 충전된 황금 거울을 가지고요."

내가 40시간 동안 공략을 진행하며 내내 주지시킨 사항이다. 자력으로 공략이 가능한 사람이 아닌 이상 나를 따라 움직이지 말고 초반부나 탈탈 털고 있으라고.

"그럼 이제 본격적인 공략을 시작하겠습니다. 지금까지 한 공략은 당연한 밑바탕이고, 제가 준비한 건 그 난이도를 조절할 수 있는 방식입니다. 흔히 딜 뻥이라고 부르는 방법이지요."

그렇게 말하고 나는 아까 지나쳐 왔던 파밍 장소에 도착했다. 최상급 망령이 숨어 있는 것을 확인했던 보상 상자 속이다.

그리고 설명한다.

"황금 거울로 상대를 비추면, 그 거울에 비친 상대는 일종의 신성 대미지를 입게 됩니다. 겨우 네 방 만에 13레벨이나 되는 최상급 망령을 죽여 버릴 정도니 아주 강력한 성물(聖物)인 셈이지요."

사실 이 수준의 성물은 대우주 시대에도 흔치 않다. 그냥 몇 번 비추는 것만으로 13레벨의 강자가 죽어버리다니? 천재가 수많은 역경과 시간을 들여 소드 마스터가 되고 심지어 거기에서 더 발전했는데 일반인이 와서 총으로 쏴 죽이는 거나 다름없다.

과학기술로 친다면 제3문명으로는 불가능한 위력이다. 삼대 속성(時空無)을 다룰 수 있는 제4문명에 들어서야 가능한 이야기.

"하지만 여러분들은 당연히 이 위력이 부족하다고 느끼겠지요? 겨우 네 방이라고 했지만 그 네 방을 맞히기가 힘들 테니까."

일격은 먹이기가 쉽다. 달의 위치를 확인해 몬스터의 위치를 숙지하고 있다면 기습을 당할 일도 없고 먼저 적을 발견하는 게 가능하니까.

그러나 한 대를 맞히면 그 순간 13레벨의 괴물들이 미쳐 날뛰기 시작한다. 화살, 심하면 총알 정도의 속도로 날아다니고 대뜸 돌진해 플레이어를 살해하려 드는 것이다.

거기까지 말하고 나는 보상 상자를 거울로 비췄다.

—아프…….

콰직!

비명이 터져 나오기 전에 축복받은 단검을 보상 상자에 찔러 넣는다. 단검을 두 개 찔러 넣자 13레벨로 추정되는 망령이 소멸한다.

이미 꽉꽉 채운 황금 거울의 코스트는 감소하지 않았다. 최상급 망령을 죽인 것은 거울이 아닌 단검이었기 때문이다.

"사실 꽤 사기적인 함정입니다. 그야말로 아무런 복선 없이 터지거든요. 웬만한 능력으로는 함정 상자를 판별하는 게 불가능합니다."

나야 맞고 버텼지만 이 함정에 죽은 사람이 한둘이 아니다. 혹 맞고 버텼다 하더라도… 그는 부비트랩 때문에 평생 PTSD를 앓는 미군처럼 정신적인 불구가 될 가능성이 높다. 기본적으로 망령과 키메라의 저주는 대상의 정신을 박살 내는 효과를 가지고 있기 때문이다.

"그렇다고 파밍을 안 할 수도 없다는 점에서 악질적이죠."

그렇기에 플레이어는 본격적인 파밍 전에 황금 거울부터 얻어야 하며, 보상 상자 외의 수단으로 황금 거울을 충전시켜야 한다.

상당히 번거로운 과정이지만 귀찮다고 그냥 진행한다면 보상 상자를 열 때마다 죽음의 주사위를 굴려야만 한다.

"대신 반대급부도 있습니다. 상자 안에 들어 있는 망령은 네 방이 아니라 한 방이면 죽는다는 점. 축복받은 단검으로는 여덟 방을 찔러 넣어야 하는데 두 방이면 됩니다. 즉 상자 안에 있으면 이 녀석들은 4배의 대미지를 받게 된다는 말인데."

—아프…….

콰직!

비명이 터져 나오기 전에 축복받은 단검을 보상 상자에 찔러 넣는다. 나는 산책하듯 걸어 다음 보상 상자를 향해 이동했다.

"그런데 그게 사실 그렇지가 않습니다. 사실 이 상자의 효과는 받는 피해 증가가 아니라 딜 4배 증가지요."

[…그게 뭔 소리야? 너 그렇게 한 다음 다른 악령을 겨눴을 때에도 4번 비춰야 했잖아?]

아레스의 말대로 내가 말한 과정. 그러니까 거울로 함정을 비춘 후 바로 단검으로 쑤시는 과정을 거친다 해도 이후 황금 거울의 위력이 4배가 되지는 않았다.

만약 그랬다면 물건의 칭호를 볼 수 있는 나 말고도 그걸 발견하는 사람들이 나왔을 것이다.

"뭐, 간단한 이야기입니다. 황금 거울로 보상 상자를 비추면 바로 반응이 시작되는데, 그때 잽싸게 축복받은 단검으로 망령을 찔러 죽이면 황금 거울은 코스트도 소모되지 않고 딜만 4배로 증가하게 됩니다."

그렇게만 말하고 잠시 기다려 본다. 역시나 경탄의 리액션이 돌아오지 않는다.

짐작하고 있던 일이기에 어깨를 으쓱였다.

"다들 혼란스러워할 게 짐작되네요. 어? 아닌데? 안 그런데? 나도 해봤는데? 하는 분들도 계시겠지요."

—아프…….

콰직!

설명하며 축복받은 단검을 보상 상자에 찔러 넣는다.

—아프…….

콰직!

또 찔러 넣는다. 또 찔러 넣는다. 내가 바리바리 들고 있던 축복받은 단검은 이제 다 써버렸고 함정도 끝이다. 맵 전체에 스무 개 정도 있는 보상 상자 중 함정은 총 6개이기 때문이다.

"하지만 그건 이 황금 거울에 제약이 걸려 있어서일 뿐 딜은 계속 증가하고 있습니다. 지금 저는 이 과정을 6번 거쳤지만 3번만 거쳐도 제약이 도저히 버틸 수 없는 수준이 되지요. 즉, 그때는 황금 거울을 비추면 악령이든 키메라든 다 한 방에 죽는다는 말입니다."

그리고 그렇게 되면 빠듯하던 황금 거울의 사용 횟수가 오히려 남게 된다.

그뿐인가? 거울을 한 번 비추는 것만으로 적이 죽는다면, 정말 엔간히 방심하지 않는 이상 문제없이 스테이지를 클리어 할 수 있게 되리라.

"이것으로 공략은 끝. 이지만 증명 과정이 필요하겠지요."

그렇게 말하며 나는 스테이지의 중심부에 있는 광장으로 이동했다. 이미 경로의 몬스터를 다 죽여 버린 상태이기에 주변은 조용하다.

하늘을 올려다본다. 정의의 요람을 이용하고 있는 시청자들은 내 주위 3미터 내에서 자유로이 시점을 변경할 수 있으니 내 시선을 따라 시점을 변경할 것이다.

거기서 말한다.

"자, 여기서 문제. 황금 거울의 힘은 딜 뺑의 과정마다 4배씩 증가합니다. 그렇다면 딜 뺑을 6번 거친 황금 거울의 대미지는 얼마나 증가했을까요?"

─크아아아앙──!

저 먼 하늘에서부터 망령룡 레플리가 모습을 드러낸다.
나는 황금 거울을 들어 녀석을 겨누고, 말했다.
"답은 4,096배입니다."
번쩍!!!!!!
순간 황금 거울로부터 눈이 멀어버릴 것 같은 빛이 터져 나온다. 인간을 초월한 괴력을 지닌 나조차도 두 팔이 후들거릴 정도로 황금 거울이 격동하는 게 느껴진다.
그리고 마침내.
쩌억!
지금까지와는 차원이 다른 균열음이 터져 나온다.

─크아아아악!!!!

하늘을 쩌렁쩌렁 울리는 비명 소리. 실눈을 떠 하늘을 올려다보니, 새하얗게 빛나고 있는 레플리가 보인다.
"와. 저것만 보면 무슨 신의 사자 같네."
그러나 현실은 망령룡.
잠시 휘청거리던 레플리의 몸이 이내 추락하기 시작했다.

쿵! 콰과광!!!!

거대한 망령룡의 육신이 도시를 파괴하며 바닥을 구른다.

그 즉시 알림이 떠오른다.

—14억 3,843만 6,777명이 당신에게 경탄합니다!

—정의 포인트가 79억 1,222만 3,924점 누적됩니다!

들어오는 정의 포인트가 줄었지만 별로 섭섭하지는 않다. 당장 목숨 보전하기도 어려운 녀석들이 쓰지도 않는 내 정의 무구를 강화해 줘봐야 찝찝할 뿐이었기 때문.

그리고 그와 동시에 다른 글자체의 텍스트가 떠오른다.

—시스템이 일부 업데이트됩니다.

—특정 플레이어가 비정상적인 방법으로 NPC를 사냥했음이 확인되었습니다!

—망령룡 레플리가 더 이상 등장하지 않습니다!

"음? 뭐지?"

예상치 못한 알림에 고개를 갸웃거린다.

"…왜 굳이?"

스테이지는 뭔가 추가 조건을 클리어한다고 보상을 더 주는 그런 게임이 아니다. 추가 보상을 얻는 방법은 반복 노가다뿐인 망겜인 것이다.

내가 망령룡을 잡은 것은 어디까지나 끝까지 증폭한 황금 거울의 딜을 확인하고 싶어서였지, 뭔가를 얻기 위해서가 아니라는 말.

그런데 이렇게나 급하게 적용한 패치 내용이 딜 증폭을 막는 것도 아니고 망령룡의 등장을 막는 것이라니?

"설마?"

그 순간 번개처럼 머리를 치고 지나가는 생각이 있었다.

"설마……."

나는 달리기 시작했다. 도시의 남서쪽 건물들이 일직선으로 파괴되어 있었기에 헤맬 필요가 없다.

"설마!!!"

그리고 마침내 도달한다.

도달한 그곳에는… 하얗게 불타고 있는 거대한 망령룡의 시체가 있었다.

화아아————!

접근하면 접근할수록 점점 더 강렬해지던 열기는 막상 접촉하자 온화한 온기로 변해 온몸을 휘감는다. 본디 새까맣던 레플리의 뼈와 비늘은 하얗게 변해 버린 상태다.

"특이한 속성이네. 원 속성에서 망령 속성이 추가되었다가… 이제는 신성이라니."

불타는 레플리의 몸에서 느껴지는 서늘한 냉기. 아레스가 말했다.

[이제 보니 머큐리 드래곤(Mercury Dragon. 수은룡水銀龍)이었군. 그런데 왜 이렇게 크지? 머큐리 드래곤은 드래곤 중에서 작은 편인데.]

[잠시, 잠시만. 함장님, 이거 고룡(Ancient Dragon)입니다! 세상에, 개체수도 얼마 없는 머큐리 드래곤의 고룡이 이런 곳에?!]

두 관제 인격의 말을 들으며 아파트 한 동만 한 크기를 가진 레플리의 등판을 가로지른다. 무슨 거대한 천막을 쳐놓은 것 같은 날개를 지나쳐 가슴 한복판까지 접근했다.

"어디 보자."

나는 내 앞을 가로막는 갈비뼈를 잡아당겨 보았다. 보기보다 촘촘하게 들어차 있는 뼈 때문에 목적지로 이동할 수 없는 상황이다.

웅!

경천칠색(驚天七色).
청(靑).

번뜩이는 청색과 함께 레플리의 거대한 몸이 들썩였다. 나는 어이가 없어 입을 벌렸다.

"와."

건물 몇 채는 날려 버릴 정도로 강력한 충격이었을 텐데도 쓰러져 있는 레플리의 뼈에는 금 하나 가지 않는다.

"살아 있었으면 완전 노답이었겠는데?"

시체마저 이토록 튼튼한 걸 보니 살아서 육신에 마력이 흐를 때에는 그야말로 상상을 초월하는 내구력을 가지고 있었을 것이다. 잠을 자던 와중에 핵무기를 얻어맞아도 멀쩡했겠지.

쿵!

다시 한번 때려보았지만 역시나 무소용. 자세히 보니 내가 때리는 순간 갈비뼈 전체가 미세하게 떨린다. 마치 내 동심원 특성처럼 충격을 분산해 흩어버리는 것으로, 아무리 무지막지한 타격을 받아도 내장 기관까지는 타격이 들어가지 않는 구조다.

"그나저나 머큐리 드래곤이라더니 이게 뭔 수은이야? 왕튼튼EX 슈퍼 은이라고 불러야지."

액체 느낌 1도 없는 강도에 혀를 찬 나는 갈비뼈를 헤치고 들어가는 걸 포기하고 대신 목뼈 부분까지 타고 올라가 드러나는 틈을 통해 안으로 들어갔다. 살점이 사라지고 뼈와 비늘만 있는 육신이었기에 가능했지 아니었다면 육신을 해체하는 데만 엄청난 시간을 소모했으리라.

그리고 마침내, 목적지에 도달한다.

"멋지다."

나는 레플리의 가슴 한복판에서 환하게 빛나는 마나의 응집체를 보며 감탄했다. 녀석의 엄청난 덩치를 생각하면 작디작은 사이즈다. 기껏해야 어린아이의 머리통 정도?

나는 지체 없이 손을 뻗어 그것을 잡았다. 그리고 고유세계로 잡아끌었다.

웅…….

한순간 흐릿해지는 레플리의 드래곤 하트. 그러나.

꿍!

"큭!!"

나는 영혼을 후려치는 것 같은 충격에 드래곤 하트에서 손을 떼고 괴로워했다.

[괜찮아?]

[혹시 안 되는 건가요? 지금 될 것 같았는데!]

"지니야, 아레스도 날 걱정해 줬는데."

[앗! 죄, 죄송합니다.]

당황하는 지니의 대답에 웃는다.

"뭐 괜찮아. 느낌 온다."

지금까지 스테이지의 물건을 가져오는 건 철저히 통제되고 있었다. 예를 들어 스테이지에 있는 나무나 돌, 건축물이나 몬스터 등을 고유세계로 가져가려 마음먹으면, 그게 엄청나게 힘이 든다거나, 어렵다거나 그런 게 아니라 [그냥] 안 되던 것.

그러나 이 드래곤 하트의 경우는 다르다.

"뭔가의 방해가 느껴져."

그리고 그 '뭔가'가 뭔지에 대해서는 굳이 설명할 필요도 없으리라.

'종말 프로젝트.'

저격 패치도 그렇고, 지금까지 녀석의 존재를 여러 번 느껴왔지만, 그게 지금처럼 선명한 적은 없었다. 바둑판을 두고 마주하고 있는 상대는 그 얼굴을 보지 못해도 속내를 읽어낼 수 있는 것과 같다.

'이렇게 직접적으로 방해하다니.'

녀석의 행동에서 혼란과 당황이 느껴진다.

우우웅————!

나는 레플리의 드래곤 하트를 안아 든 후 레플리의 등뼈 위로 올라섰다. 집채만 한 레플리의 척추뼈는 작업을 진행하기에 충분한 넓이를 가지고 있다.

나는 가면을 벗었다.

우우우우우─────.

순간 알 수 없는 영혼의 울림이 들렸다. 기묘한 현상이었지만 당장 중요한 문제는 아니다.

"프레데터, 지금까지 수고했다."

무수히 만들어낸 아바타 시리즈와 다르게 수(獸)급 기가스는 지금껏 단 두 대밖에 만들지 못했다. 수급 기가스에 걸맞은 라이트닝 하트를 만들기 위해서는 정령력과 오오라의 영구적인 소모를 감수해야 했기 때문이다.

그리고 지금 이 순간. 나는 내가 최초로 만들었던 수급 기가스를 [소모]하기로 마음먹었다. 메탈 에일리언 특화로 만들어진 녀석은 13레벨에 올라서서는 가면으로만 쓰고 다닐 정도로 그 필요성이 줄어들었기 때문이다.

"아레스!"

[오냐!]

들고 있던 가면. 프레데터를 허공에 집어 던지자 허공에서 한 줌의 쇳물로 녹아내렸던 프레데터가 작은 로봇의 형상으로 변한다.

금속과 뇌전의 고유 정령. 아레스의 등장이다.

"지금부터 레플리의 몸을 녹여서 가져와."

내 말에 아레스가 황당하다는 반응을 보인다.

[뭔 소리야? 고룡의 몸을 녹인다고?]

"금속이잖아."

[머큐리 드래곤의 몸을 굳이 금속이라 부르자면 금속이기는 한데……]

이게 되나? 하는 반응으로 붕 날아 레플리의 날개 뼈에 내려 앉는 아레스.

그리고 그게.

된다.

레플리의 날개 뼈의 일부가 녹아 내 쪽으로 날아오기 시작한다. 나는 내 몸 주위까지 도착한 수은의 지배권을 이어받은 뒤 그것으로 드래곤 하트를 감쌌다.

고오오오————.

한동안 깎지 않아 꽤 길어진 머리카락이 하늘로 솟구쳐 올라가는 게 느껴진다. 몸 주위를 휘도는 무지막지한 마력의 폭풍.

나는 은빛으로 코팅된 드래곤 하트를 바라보았다.

[종말 프로젝트]
[***************]
[레플리의 드래곤 하트]

내가 칭호를 확인한 것은 [소속]을 보기 위해서였다. 내가 금속의 속성력으로 종말 프로젝트의 억제력을 해소할 수 있다면 그것을 소속의 변경으로 확인할 수 있다고 판단했기 때문이다.

그런데 막상 확인하니 다른 게 보인다.

'이게 뭐지?'

레벨 부분에서 뜻을 알 수 없는 이상한 점들이 보인다. 그것은 언뜻 보면 별 무리 같기도 했고, 또 어떻게 보면 수많은 문자를 뭉개 합쳐놓은 무언가로 보이기도 했다.

"이건."

눈이 빠질 것처럼 아프다. 그러나 눈을 뗄 수가 없다.

한순간 그 별 무리가 칭호 칸에서 사라졌다가 다시 나타났다. 일렁일 듯 칭호 앞으로 튀어나왔다가, 위성처럼 칭호 주위를 빙빙 돌기도 했다.

나는 그제야 깨달았다.

'초월의 힘?'

그러나 이해할 수 없는 일이다. 지금껏 수많은 사람들의 칭호를 봐왔지만 이런 걸 본 적은 없었기 때문이다.

레온하르트 제국의 공작들도, 아레스도 초월적인 존재다. 언터쳐블인 성계신이나 하와, 후안의 경우는 말할 필요조차 없겠지. 그런데 그 모든 존재들에게서 볼 수 없었던 초월의 기운이 이제야 보이다니?

"아."

의문이 떠오름과 동시에 답 또한 떠올랐다.

"죽었기 때문이구나."

고룡이었던 레플리는 죽었기 때문에 초월에 대한 통제력을 잃어버렸다. 원래는 훨씬 강했을 그가 고작 19레벨에 불과한 것도 같은 이유일 것이다.

고오오오오———!

주위를 휘감는 마력의 폭풍이 점점 강해진다. 이제는 드래곤 하트를 잡고 있기가 힘들 정도였지만 나는 금속의 속성력으로 레플리의 척추에 내 몸과 드래곤 하트를 고정시켜 버렸다.

그리고 허리에 차고 있던 권총을 잡아든다.

"너는… 지금부터 조각칼이다."

업의 작동 원리 때문에 정의 무구를 사용하지 못하는 것처럼 나는 정언력 역시 사용할 수 없다.

당연한 일이다.

끼기긱!

나의 영성은… 정언력 [따위]와 비교조차 할 수 없는 드높은 권능. 절대 명령까지 사용할 정도로 거대하기 때문이다.

웅!

권총 모양이었던 정의 무구가 조각칼로 변하는 모습을 보며 나는 알았다. 지금까지는 내가 원하는 형태로 자유롭게 변할 수 있었던 정의 무구의 형상이, 지금 이것으로 [고정]되었다는 것을.

[뭘 하려는 거야? 드래곤 하트에 마법진이라도 새기려고? 너 그런 거 못 하잖아.]

"그런 건 못 하지. 난 그냥."

조각칼을 들어 드래곤 하트를 뒤덮은 은빛을 깎아내기 시작한다.

"편집이라는 걸 해보려고."

천천히, 그리고 차분하게 고쳐 나가기 시작한다.

초월의 힘을.

*　　　　*　　　　*

콰릉!

느닷없는 천둥소리에 악령의 머리통을 한 방에 날려 버린 재석의 고개가 들린다. 그의 표정에 의문이 떠올랐다.

"이게 뭐야. 13레벨 스테이지에도 날씨가 있었나?"

하늘을 올려다보니 먹구름이 모여드는 모습이 보인다. 재석은 고개를 갸웃거리다가 황금 거울을 꺼내 들었다.

[캬하하! 살아 있구나! 살아 있는 녀석이 왔…….]

번쩍!

[끼아악!!]

거울을 한 번 비추자 모습을 드러냈던 상급 키메라가 일격에 불타 사라진다. 원래도 이길 수 있는 적이지만 전투 난이도가 상상을 초월할 정도로 쉬워졌다.

이제는 재석도 그 원리를 안다.

"상자를 겨누면서 딜 증폭이 걸리고 망령이 죽으면서 딜 증폭이 꺼지는데 마무리를 단검으로 해서 증폭을 안 끝낸다, 이거였지?"

듣고 나면 참 간단한 이야기지만 딜이 표시가 되는 것도 아닌데 순식간에 이런 걸 찾아내다니.

"그야말로 타고난 버그 플레이어구먼. 큭큭."

어이없다는 듯 웃고 있을 때였다.

콰르르르르릉!!!

"아, 뭐야?"

감탄하던 재석의 시선이 다시 하늘로 향한다. 원래도 어둡던 스테이지가 더욱더 어두워져 있다.

"뭔 일이 벌어지는 거지?"

뭔가 심상치 않은 분위기에 그는 상황을 지켜보기로 마음먹고 히든 포인트로 이동, 정의의 요람에 접속했다. 그의 정의 무구는 고작 아이언 등급에 불과해 무기로 쓰기에는 부족하지만, 접속만 하면 되는 만큼 그 이상의 등급은 필요 없다.

―폭풍 불고 번개 치고 난리 났습니다. 이거 무슨 일이죠? 또 업데이트인가요?

―여러분 히든 포인트에서 나가지 마세요! 눈깔 키메라가 벼락 맞아 죽는 걸 봤어요!

―저기, 그런데 벼락이 플레이어는 안 맞히는 거 같아요. 제가 칼을 들고 있었는데도 벼락은 앞에 있는 악령을 맞히더라고요.

―대체 무슨 일이죠? 뭔 상황인 거예요?

예상했던 대로 게시판이 난리가 나 있다. 그가 게시판 내용을 보는 사이에도 시간은 계속 흘렀지만, 게시판은 진정되긴커녕 점점 혼란스러워졌다.

―아니, 잠시만. 지금 플레이하고 계신 분들은 모르겠지만

요람 안에서도 천둥소리가 납니다. 심지어 10평도 안 되는 공간에서도 천둥소리가 쿠릉쿠릉…….

―네? 저는 안 그런데.

―혹시… 철가면님 공략 보고 계신가요?

―네? 아뇨. 공략 끝났는데 왜… 헉! 시청 켜니까 방에 먹구름이 생겨요! 아니, 이 좁은 방에 뭔 먹구름이…….

―전 시청 끝내니까 방에 있던 먹구름이 사라지는 거 확인했습니다.

―철가면님 지금 뭐 하고 계신 거죠?

―말씀 들어보면 드래곤 하트 가지고 뭘 만들려는 거 같던데…….

―여러분 방송 보고 있는 거 맞죠? 지금 철가면님 가면 벗으셨어요!

―와. 젊을 거라고는 생각했지만…….

―세상에, 철가면이 저렇게 어렸다니.

재석은 게시물들을 보며 눈을 가늘게 떴다.

"대하 녀석… 뭘 하고 있는 거야?"

재석은 플레이 시청을 눌러 여전히 1위인 철가면의 게시물을 눌렀다. 이내 그가 보고 있던 배경 전체가 변한다.

콰릉! 콰릉!

쿠오오오오오!!!

벼락이 친다. 폭풍이 휘몰아치고 있다.

세상 모든 것을 집어삼킬 듯 가공할 어둠이 나타났다가 이

내 터져 나오는 빛에 산산이 흩어져 버린다.

그리고 그 한가운데에.

그가 있다.

"…이게 뭐야."

대하가 은빛으로 빛나는 동그란 구체에 조각칼로 문양을 새기고 있다.

콰릉!!

벼락이 떨어지더니 대하의 몸을 후려친다. 그러나 어째서인지 그의 몸에는 그을음 하나 생기지 않는다.

콰릉! 콰릉!!

다시 떨어진 벼락은 이젠 숫제 대하의 몸으로 빨려 들어가다시피 했다. 그리고 그 상태에서 대하가 조각칼을 움직이자—

킹!

동그란 구체에 스파크를 흩뿌리는 새로운 문양이 새겨진다.

휘우우우—.

레플리의 갈비뼈 하나가 마치 물결치듯 휘어지더니 액체로 변해 대하의 몸을 휘돈다. 대하는 오른손을 들어 그것을 잡아 당겼다.

언뜻 봐도 수 톤은 넘어 보이는 어마어마한 질량이 대하가 손에 들고 있는 구체 안으로 빨려 들어간다. 물리법칙 따위 알 바 아니라는 모습.

킹!

그리고 그 수 톤의 질량은 단 하나의 문양으로 변했다.

고오오오———!

"맙, 소사."

재석은 강해졌다. 세계를 [진동]이라는 관점에서 해석하는 경천칠색을 수련하고 있는 그에게 메탈 에일리언들과의 기나긴 전투는 기연 그 자체나 다름없었기 때문이다.

그는 이제 인류 최강을 논할 수 있는 존재가 되었다.

이제는 그 무시무시하다는 지킴이조차 함부로 할 수 없을 정도로 그는 강해졌다. 일격을 떨쳐내는 것만으로 지진을 일으키고 폭풍을 일으킬 수 있는 강자가 바로 그.

그러나 그런 그조차 대하를 보며 느꼈다.

다르다.

그는 뭔가 격(格)이 달랐다.

콰과광!!!

그오오오오———!!

세계 그 자체가 대하를 해치려는 것처럼 울부짖는다. 시커먼 악의가 그의 주변을 맴돌며 승냥이처럼 으르렁거렸고, 당장이라도 죽이겠다는 듯 살기를 흩뿌렸다. 그를 더 이상은 두고 볼 수 없다는 불안과 초조함이 보였다.

그러나 그 어떤 것도 대하에게 접근하지 못한다. 왜냐하면 대하의 주변을 둘러싸고 있는 빛 때문이다.

그렇다. 빛이다.

"미친, 저게 뭐야… 후광(後光)?"

대하를 정면에서 마주 보니, 그의 등 뒤에서 뿜어지는 빛이 보인다. 대하를 중심으로 희뿌연 광원이 그려지고 그 어떤 악의도 그 광원 안으로 들어가는 순간 힘을 잃었다.

시점을 대하의 뒤로 옮기자 이제는 대하의 앞에서 빛이 뿜어지는 것으로 보인다. 여전히 그를 중심으로 흩뿌려지고 있는 광원.

"말도 안 돼."

대하의 머리는 조금도 빛나지 않고 멀쩡한데 어느 각도에서 보건 그 뒤에서 뿜어져 나오는 빛이 보인다. 이건 물리적인 의미에서 해석할 수 있는 빛이 아니었다.

고오오오오!!!

[죽여! 죽여!!! 죽여!!!!]

[캬아아아아아악!!!!!!!!]

[킥! 키키키킥!!!!!]

분명히 대하가 다 죽여 버렸음이 분명한 키메라와 악령들이 무수히 몰려와 괴성을 지르고 공격을 날린다. 이제는 스테이지의 기본 원리조차 무시해 버린 폭거!

그러나 그럼에도… 그들은 대하에게 조금의 피해도 입힐 수 없다. 광원 안으로 들어온 그 모든 공격들이 힘을 잃고, 광원 안으로 달려들면 육신 자체가 흩어져 버리는데 무슨 수가 있겠는가?

오히려 그들이 불어오는 폭풍과 떨어지는 벼락에 몰살당한다.

"뭔가."

재석은 깨달았다.

"뭔가 일어나고 있어."

그리고 그 역사적일지 모르는 순간을 지켜보고 있었다.

지구 전체.

과반수의 인간이.

*   *   *

정보와 문명의 신이었던 친부는 영락(零落)하여 기계신 디카르마가 되었다.

되돌아보면 이상한 이야기다. 영락해 떨어져 내린 결과가 어떻게 최상급 신일 수 있는가? 최상급 신은 온 우주를 뒤져도 몇 없는 존재이고, 육계의 지배자라 할 수 있는 절대신들도 권한과 위치를 제외하면 결국은 최상급 신이라 할 수 있는 존재인데.

'즉, 원래 그 이상의 존재였다는 말이다.'

콰릉!!

쏟아지는 벼락을 받아 문양으로 바꾼다. 어마어마한 전압의 뇌전은 그저 한 글자의 [정보]가 되었을 뿐이다.

휘우우우——.

레플리의 갈비뼈 중 하나가 통째로 날아와 물결친다. 나는 그것 역시 받아서 문양으로 바꾸었다. 십 수 톤의 질량 역시 한 글자의 정보로 치환되었다.

'그렇구나.'

이미 내 눈은 빛을 받아들여 시신경을 통해 시각 정보를 전달하는 그 모든 기능을 멈춰 버린 상태다. 왜냐하면, 필요가 없기 때문이다.

오직 정보.

초월적인 인지가 주변에 있는 모든 것을 읽어낸다.

내가 깔고 앉아 있는 레플리의 척추가, 주변에 있는 건물들이, 그 아래 쓰러져 있는 키메라가 빛으로 화한다. 그 모든 것이 한 글자의. 혹은 한 줄의 문자가 되었다.

세상이 변하는 것이 아니다.

세상을 보는 내 [시점]이 바뀌고 있다.

콰릉!

고오오오!!!

[죽여! 죽여! 죽여어어어어!!!!!]

[키아아악!!]

새카만 악의가 보인다. 거대한 질량의 키메라들이 미친 듯이 몰려드는 것이 느껴졌다. 그 숫자는 감히 측정조차 불가능할 정도.

실로 무시무시한 기세였지만……. 나에겐 의미 없는 발버둥에 불과하다.

팟!

힘겹게 싸우는 대신 그것들 전부를 정보 덩어리로 바꾸어 버렸다. 어차피 스테이지에 있는 대부분의 존재는 [진짜]가 아니니 [정보 치환]을 견디는 것은 불가능한 일이다.

파스스스!

모두 가루가 되어 흩어진다. 가루가 되었다고 하지만 그들이 서 있던 자리에는 먼지조차 남지 않는다.

당연하다. 애초에 그들은 존재하지 않았으니.

'알겠어.'

그렇다. 나는 알게 되었다.

세계는 무엇으로 이루어져 있는가?

'정보.'

나는 내가 지금껏 봐왔던 칭호가 세계를 읽어내는 능력의 산물이라 생각했지만 장님이 코끼리를 만지듯 대략적인 파악이었을 뿐이다.

그래. 지금껏 내가 봐왔던 칭호는 고작 이름표 따위가 아니다

칭호는 존재 그 자체다.

그리고 그것을 편집할 수 있는 나는.

나는…….

쩡!!!

"악!!"

엄청난 격통과 함께 시야가 급변한다. 초월적인 인지 전부가 날아가 버리고 인간의 감각이 돌아온다. 어마어마한 상실감이 영혼을 좀먹는 것 같다.

"안 돼!"

분노해 화내는 대신 다시 눈을 감고 집중에 들어간다. 지금 이 감각을 놓치면 안 된다는 절박감이 몰려온다.

그러나.

—크아아아앙!!!

강렬한 포효와 함께 무언가 거대한 기둥 같은 것이 음속을 아득히 초월하는 속도로 휘둘러지는 게 느껴졌다.

나는 알았다.

깨달음이고 나발이고 무방비하게 그걸 맞으면 죽을 것이라는 사실을!

"이, 제기, 랄!!!!!"

나는 결국 눈을 뜰 수밖에 없었다.

경천칠색(驚天七色).

녹(綠).

꼬리와 오른손이 충돌하는 순간 강렬한 녹색이 온 세상을 뒤덮을 듯 폭발한다. 나는 손에 닿은 레플리의 꼬리를 단단히 붙잡은 뒤, 일순간 만들어진 거대한 진동을 [힘]으로 바꾸어 망령룡 레플리를 땅으로 던져 버렸다.

쿠과과과광!!!!

도시를 다 박살 내며 뒹구는 망령룡.

그러나 나는 통쾌함을 느끼는 대신 악을 썼다.

"이 똥망겜 운영 진짜!!! 망령룡 더 이상 안 나온다면서!!!!"

너무 화가 나서 머리가 핑핑 돈다. 아니, 자기가 공지까지 때려놓고 이게 무슨 꼬장이란 말인가? 물론 그 전에도 악령이나 키메라들을 닥치는 대로 보내긴 했지만 이건 경우가 다르다. 스테이지 몬스터들과 전혀 다른 메커니즘으로 만들어진 망령룡은 [정보 치환]이 먹히지 않는 존재이기 때문이다.

"아, 아 제길."

놓쳐 버린 초월적 인지가 마치 자고 일어났을 때의 꿈처럼 빠르게 사라지는 게 느껴진다. 나는 필사적으로 그것을 잡으려 애를 썼지만, 그것은 마치 신기루를 잡으려는 것처럼 무의미한 노력이다.

고오오────!

"윽?"

땅 쪽에서 느껴지는 마나의 폭풍에 식겁해 여태껏 내 몸을 고정하고 있던 척추뼈를 박차고 뛰었다.

쿠아────!!

새까만 브레스가 내가 서 있던 장소를 뒤덮으며 하늘까지 한 줄기 선을 그린다. 나는 조금만 늦었어도 그것에 휩쓸렸으리라는 사실을 알았다.

당연하지만, 그렇게 되었다면 그 결과는 죽음이리라.

"젠장. 아무리 열받아도 일단 상황에 집중해야겠다."

나는 일단 땅에 내려섰다.

─크르르…….

그리고 그런 내 앞에 15층 아파트 한 동만 한 크기의 망령룡이 내려선다. 대체 무슨 사연으로 종말 프로젝트에게 살해당했는지는 모르지만 살아 있을 적에는 노블레스들 사이에서 콧방귀 꽤나 뀌었을 거라 짐작되는 고룡. 이제는 죽어 19레벨이 되어버렸지만, 여전히 강력한 괴물 중의 괴물.

솔직히 버그로나 잡았지 내가 이길 수 있는 상대가 아니다.

그래.

어제 정도에는 그랬다는 말이다.

팟!

나는 고유세계에서 드래곤 나이트를 꺼냈다. 기가스 콜(Gigas Call)을 사용하지는 않았다. 기가스 콜은 단순히 고유세계에 있던 기가스를 불러내는 능력이 아니라 기가스를 불러내고 거기에 힘을 부여하는 모든 과정을 프로그래밍한 능력이었으니까.

그냥 껍데기만 있으면 되는 지금, 기가스 콜은 필요 없다.

—크앙!!

그 순간, 망령룡이 거대한 날개를 휘둘러 나를 공격한다. 삽시간에 드래곤 나이트에 탑승해 뒤로 물러났지만, 휘둘러지는 날개 이후에 불어오는 광풍이 드래곤 나이트를 쳐 날려 버린다.

쾅!

한쪽에 있는 건물을 박살 내며 바닥을 뒹굴던 나는 그대로 오른손을 들었다.

팡!

탄환처럼 날아온 무언가가 내 손에 잡힌다.

은빛으로 빛나는 그것은 레플리의 드래곤 하트다.

"시간이 없네. 시간이."

느긋하게 제작의 시간을 가지고 싶지만 이미 망령룡의 입에 새카만 기운이 몰려드는 상황.

주변의 모든 마나가 용의 들숨에 빨려 들어가는 것을 느끼며 나는 라이트닝 하트가 만들어지던 위치에 드래곤 하트를 끼워 넣었다.

우웅————!!

물론 이렇게만 해서는 그저 드래곤 나이트의 출력이 오르는 효과밖에 볼 수 없다. 우연히도 이 기가스의 이름 역시 [드래곤 나이트]이지만 그래 봐야 수급 기가스에 불과하니까.

'사실 다른 기가스 제작자들이 보면 비웃겠지. 고작 이런 기체에 드래곤을 가져다 붙이냐고.'

수급 기체에 초월종이나 환상종의 이름을 가져다 붙이는 경우는 그 기체가 수급 기체 중에서 특별히 강하거나 강렬한 개성을 가진 경우뿐이다. 알바트로스함에서는 천둥룡이 그랬었지.

"책."

그리고 그렇기에.

나는 이미 존재하던 기가스의 설계를 활용하기로 했다.

파라라락——!

말과 동시에 눈앞에 나타난 책이 자동으로 펼쳐져 페이지를 넘긴다.

책의 표지에는 아무런 글자도 없지만, 펼쳐진 페이지에는 [나폴레옹]이라는 소제목이 쓰여 있다.

웅!

책이 흐릿하게 변하더니 드래곤 하트에 녹아든다. 그리고 그와 동시에.

브레스가 뿜어졌다.

쿠콰콰콰쾅!!!!!

뿜어진 브레스가 모든 것을 파괴한다. 무지막지한 물리 대미지와 영혼 대미지를 동시에 가하는 망령의 숨결!

그러나 통하지 않는다.

고오오오———!

몸 주위를 휘돌던 영자력 실드가 한 번 반짝인 후 사라진다. 어빌리티, 〈죽지 않는 황제〉.

"후."

가볍게 심호흡한다.

그리고 명령한다.

"일어나라."

우우우우———!

드래곤 하트가 맹렬히 마나를 뿜어내기 시작한다. 그리고 그 안에 흡수된 책. 그 안에 자리하고 있는 무형의 아이언 하트가 맥동했다.

"나폴레옹."

푸확!!!

드래곤 나이트의 가슴팍에서 댐이 터지듯 은빛 물길이 쏟아져 나온다. 마치 살아 있는 것처럼 쏟아진 은빛은 드래곤 나이트의 전신을 휘감은 후 그 크기를 쑥쑥 키웠다.

고작 수 미터에 불과하던 드래곤 나이트는 눈 깜빡할 사이에 30미터까지 확장됐다.

우우웅———!

철컹! 철컹!

외장갑이 씌워진다. 투구와 갑주, 두터운 장갑과 부츠가 만들어졌다. 투구 안쪽에는 프리즘이 일 정도로 강렬한 안광이 뿜어진다.

[제길. 여기에 내가 있어야 하는데……]

투덜거리는 아레스의 목소리에 가볍게 나폴레옹을 움직여 보다 웃었다.

"봐주라. 아직 내가 능력이 부족해서 그래."

방해가 없었다면 어쩌면… 하는 생각에 절로 인상이 찡그려 졌지만 고개를 흔들어 떨쳐낸다. 이제 와서는 다 소용없는 소리다.

[쳇……]

구시렁거리는 녀석을 두고 정면을 본다.

망령룡 레플리가 새까만 숨결을 머금고 있는 모습이 보인다.

"너, 그거 이상의 공격 기술이 없는 모양이구나?"

쿠콰콰콰!!!!

브레스가 뿜어진다. 나는 피하는 대신 돌진했다.

〈마렝고의 질주〉. 〈죽지 않는 황제〉.

뿜어지는 용의 숨결을 정면으로 거스르며 짓쳐 들어간다. 아직 숨결을 뿜는 중이었던 레플리는 고개조차 돌리지 못했다.

쩌엉!!!

어퍼컷이 녀석의 턱을 후려치자 충격파만으로 주변에 있던 모든 건물이 박살 난다. 도시를 좌악 가르며 하늘까지 솟구치는 검은 줄기. 나는 왼손으로 녀석의 목을 붙잡은 뒤 오른손을 높이 들어 올렸다.

경천칠색(驚天七色).

청(靑).

거대한 마력과 영자력을 받아들인 오른손이 파랗게 빛나기 시작한다.

그리고 거기에서, 나폴레옹의 성명절기가 작동한다.

〈내 사전에 불가능은 없다〉.

번쩍!

찬란한 청광과 함께 오른손이 내려찍힌다.

쿠콰콰쾅!!!!!!

레플리를 중심으로 거대한 크레이터가 만들어진다.

"당연하지만 한 방으로 안 끝난다!"

번쩍!! 쿠콰콰쾅!!!

번쩍!! 쿠콰콰쾅!!!

때린다. 때리고 또 때린다. 레플리가 박살이 날 때까지 쉴 새 없이 후려쳤다. 아직도 살아 움직이는 레플리가 미친 듯 발버둥 쳤지만 녀석과 맞먹는 질량을 가진 나폴레옹의 몸을 뒤집지는 못한다.

"이 그지 같은 놈!!! 거기에서 방해를 하는 게 말이 돼?! 어?! 강호의 도리 뭐 그런 것도 모르냐?!"

날아간 기회를 생각하면 가슴이 타들어가는 것 같다. 물론 깨달음의 편린을 이미 맛봤으니 결국에는 그 경지에 도달할 수 있을 거라 믿지만, 그게 언제일지 누구도 장담할 수 없는 상황이다.

콰지직!

그렇게 잠시 후려쳤을까? 결국 버티지 못한 레플리의 갈비뼈가 박살 나며 내부 형태가 드러난다.

그 안에서 빛나고 있는 드래곤 하트까지.

'물론 이미 놓친 깨달음을 이거 하나 먹는다고 복구할 수는 없겠지만⋯⋯.'

[대하!! 조심해!]

"뭐? 이번엔 또 뭐—"

쾅!

순간 뭔가가 날아들어 내 몸을 후려쳤다. 무지막지한 충격을 제대로 흩어버리지도 못하고 바닥을 몇 바퀴나 구른다.

기가 막혀 고개를 들어 올리니.

나를 향해 숨결을 뿜는 또 다른 레플리의 모습이 보인다.

"아니, 이 미친―――"

쿠콰쾅!!!

황급히 〈죽지 않는 황제〉를 펼쳐 막는다. 유니크급 어빌리티를 너무 자주 사용한 탓에 속이 울렁거리는 게 느껴진다.

"도대체 이놈의 브레스는 몇 방째야?!"

이를 갈며 몸을 일으킨다. 그리고 다음 공격을 방지하기 위해 온 마력과 영자력을 일으켰다.

그러나.

자욱하게 일어난 흙먼지를 뚫고 올라온 것은 공격이 아니었다.

펄럭!

두 마리의 망령룡이 하늘로 날아오른다.

그중 한 마리의 손에는 박살 난 망령룡의 몸통이 들려 있다.

어찌나 급했는지 머리통하고 날개는 챙기지도 못했다.

파앙!

삽시간에 음속을 뛰어넘어 멀어지는 망령룡들.

나는 멍하니 그 모습을 바라보았다.

"도, 도망."

기가 차서 말을 더듬는다.

"도망, 도망."

헛웃음이 나온다.

"도망을 간다고……?"

멍하니 서서 하늘만 올려다본다. 급하게 만든 나폴레옹에 포격 시스템 따위가 있을 리 없다.

쭉쭉 멀어지더니 어느 선을 넘는 순간 사라져 버리는 망령룡들.

나는 망부석처럼 서서 그 모습을 보았다.

—20억 9,043만 7,777명이 당신에게 경탄합니다!

—정의 포인트가 212억 8,442만 9,961점 누적됩니다!

눈치 없는 사람들의 경탄만이 뒤늦게 떠오르는.

어느 가을날의 일이었다.

*　　　　*　　　　*

종말 프로젝트에게 인격 같은 것은 없다.

종말 프로젝트는 단순한 시스템일 뿐이다. 절차였으며, 도구였고, 결과를 위한 과정에 불과한 존재. 종말 프로젝트가 언네임드 사이에서 그저 병기로 쓰인 것도 그런 이유.

하지만 그것이 종말 프로젝트가 낮은 위계(位階)의 존재라는 뜻은 아니다.

"안 돼!"

새카만 형상의 아이가 화면을 보며 비명을 지른다. 아이는 어쩔 줄 모르며 발을 동동 구르더니 어디론가 달려가 한참 후에야 한 손에 인형을 들고 처음의 자리로 돌아온다.

아이의 손에 들린 것은 새카만 기운을 흩뿌리는 용 모양의 장난감이다.

퉁!

아이가 자신이 보고 있던 거울에 장난감을 눌러 넣었다. 아무런 움직임이 없던 장난감이 곧 생명을 얻고 포효한다.

—크아아아앙!!

포효는 강렬했지만 그것을 보는 아이는 불안과 초조함으로 안절부절못했다.

"안 돼. 이게 아닌데."

불안과 초조함은 점점 심해진다. 구체 안에서 은빛의 거인이 일어나 용을 두들겨 패기 시작하자 그 불안은 정점에 달했다.

그는 다시 두 개의 용 모양 장난감을 들고 와 거울 안으로 눌러 넣었다.

일한이 땅에 내려선 것은 그때였다.

"와… 우리 아들 진짜 대단하네. 13레벨 시험까지 왔는데 인류가 40억 가까이 살아 있다니."

일한은 주변을 둘러보았다. 수십억의 거울들이 지평선 끝까지 늘어선 모습이 보인다.

실로 믿을 수 없는 일이다.

대전쟁 때 종말 프로젝트를 맞이했던 문명들이 생존을 위해 만들어낸 '변형 컨셉'은 그 종류만 해도 10가지가 넘었지만, 그럼에도 그 모든 장르가 공통적으로 가지는 특성이 있다.

바로 생존자의 숫자가 많으면 많을수록 난이도가 폭증한다는 것!

그것은 종말 프로젝트의 목적성 때문에 어쩔 수 없는 일이다. 온갖 꼼수를 부려 해당 문명이 충분히 극복할 만한 컨셉을 정하거나, 혹은 필승 요소를 넣으려 한다면, 종말 프로젝트는 절대 기존 시스템과 융화되지 않는다. 오류 발생과 동시에 어떻게든 원형으로 돌아가려 한다는 것.

종말 프로젝트에게 인격은 없지만, 그것이 필요하다면 만들어낼 수 있는 것이 바로 종말 프로젝트라는 존재다.

'언네임드라고 다 같은 언네임드가 아니야. 종말 프로젝트는 서사를 가진 언네임드다.'

언네임드란 무엇인가?

그들은 이름 지어지지 않은 자들. 완성된 세계관(世界觀)에서 배제되었던 존재들이다.

언네임드란 하나같이 세상에 있어서는 안 될 존재들이다. 너무나 크거나, 너무나 작거나, 너무나 아름답거나, 너무나 추하거나.

'그러고 보니 내가 죽였던 [혹한][가장 차가운][냉기][여왕]도 정말 난리도 아니었는데.'

[그]가 200년 전에 죽였던 언네임드는 언네임드의 특징을 가장 잘 보여주는 존재라 할 수 있다.

그녀는 주변의 온도를 영하 9,000도까지 떨어뜨리는 존재였으니까.

'말이 안 되지.'

그녀를 처음 봤을 때의 황당함을 떠올리며 일한은 웃었다. 영하 9,000도라니. 그야말로 물리법칙 따위는 엿이나 먹으라는 것 같은 이야기다. 절대영도는 어디 소풍이라도 갔단 말인가?

그러나 그게 바로 언네임드다. 세상의 이치 따위는 상관하지 않는, 세계관 밖의 존재들.

그리고 그중에서도 [종말]이라는 기나긴 서사(敍事)를 담고 있는 종말 프로젝트는 결코 만만치 않은 언네임드였다.

"도망가!!!"

그때 검은 아이가 버럭 소리를 질렀다. 일한은 아이의 옆에 서서 거울 안을 들여다보았다. 그가 그렇게 접근했음에도 검은색 아이는 신경 쓰지 않는다. 사람이 방 안에 날아다니는 먼지를 인지하지 못하듯 아이 역시 그의 존재에 아무런 의미를 부여하지 않기 때문이다.

"오."

일한은 두 망령룡이 대하가 쓰러뜨린 망령룡의 몸통. 정확히는 드래곤 하트를 들고 도망가는 모습을 보았다.

그리고 말했다.

"이의 있습니다."

물론 검은 아이는 신경 쓰지 않았다. 들리지도 않는다는 태도. 그러나 일한은 애초에 그에게 말을 건 것이 아니다.

—기획자 관일한이 이의를 제기합니다!

"뭐?!"

이제야 검은 아이가 깜짝 놀라 일한을 돌아본다.

그러나 그렇다 하더라도 그는 알 수 없다. 미션 시스템은 대마법사가 아니라 일한이 설계한 것이며, 그 모든 것들은 무의신과 마법의 신이 만든 거대한 시스템을 카피해 만든 것이라는 사실을 그가 어찌 알 수 있을까?

일한이 말했다.

"두 번째 망령룡도 플레이어 철가면이 잡은 것이나 다름없다고 봅니다. 다른 망령룡이 드랍 아이템을 강탈해 가는 건 불합리합니다. 실제로 더 이상의 망령룡이 나오지 않을 거라는 공지도 하지 않았습니까?"

"뭐?! 아닌데? 아닌데? 아닌데? 아닌데!!!!"

버럭버럭 소리를 지르며 악을 쓰는 검은 아이.

철컹! 철컹!

소리 지르던 검은 아이의 오른팔에 두 개의 쇠사슬이 나타나 걸린다.

일한은 재촉하듯 말했다.

"빨리 드래곤 하트를 내려놓게 하십시오. 어차피 이미 한 개 뺏기지 않았습니까?"

검은 아이는 자신의 팔을 무겁게 내리누르는 쇠사슬을 보고 혼란스러워했다.

그러나 이내 고개를 흔들었다.

"싫어!!"

철컹!

새로운 쇠사슬이 나타나 그의 다리를 묶는 모습을 보며 일한은 웃었다.

'역시. 겁먹었다.'

사실 이제 와서 대하에게 새로운 드래곤 하트가 주어진다 해도 놓친 깨달음을 다시 붙잡을 수는 없을 것이다.

'깨달음은 그런 게 아냐.'

같은 상황, 같은 조건이 주어진다 해도 이미 놓친 것을 붙잡을 수는 없다. 하지만 검은 아이는 같은 상황이 벌어질까 두려워 무리하고 있다.

종말 프로젝트는 특수하고 특별한 언네임드.

애초에 종말 프로젝트에 검은 아이, 그러니까 [자아]가 싹튼 이유가 무엇인가? 대하가 깨달음의 순간을 맞이하자 초월적인 예지로 이대로는 자신의 목표가 실패한다는 것을 알았기 때문이다.

필요에 의해 만들어진 자아.

그것은 종말 프로젝트로서는 최선의 선택이었겠지만… 일한이 끼어들게 됨으로써 상황은 전혀 달라지고 말았다.

'흠. 그나저나 잘 풀리긴 했는데.'

일한은 멍하니 서 있는 거대 기가스의 모습을 보았다.

상황은 최상이다.

검은 아이는 아직도 감을 못 잡고 있는 모양이지만… 그는 이미 대하 때문에 너무도 많은 무리수를 저질렀고, 그 무리수는 종말 프로젝트에 엄청난 부담이 될 것이다. 종말 프로젝트는 결국 고유의 〈설정〉에 얽매인 존재였으니까.

'대하 이 녀석, 내 생각하고 전혀 다른 방향으로 상황을 해결하고 있는데.'

일한은 대하가 종말 프로젝트를 해결할 것이라고 예상했고, 그 예상은 맞아 들어가고 있다.

그러나 결과적인 이야기일 뿐 과정이 전혀 다르다.

'원래 예상한 건 신성이었지. 그건 좋다 이거야. 두고 왔으니 어쩔 수 없지. 하지만 왜 열쇠를 안 쓰는 거지?'

모든 [제약]을 풀어버린다는 가공할 만한 효과를 가진 열쇠는 어쩌면 한 자릿수의 넘버링을 가졌을지도 모를 초월 병기.

직접 그 열쇠를 건네주었고 지금도 대하가 그걸 목에 걸고 다니는 모습을 기억하고 있는 일한으로서는 버그 플레이를 널리 전파하기까지 하면서 막상 열쇠는 쓰지 않는 아들을 이해할 수 없었다.

'뭐, 잘하고 있으면 됐지.'

그렇게 생각을 정리한 일한은 다시 손을 들었다.

"건의 사항이 있습니다."

―기획자 관일한이 건의 사항을 제기합니다!

"드래곤 하트는 안 돼!"

날카로운 목소리에 미증유의 힘이 실려 있다. 마주하는 누구라도 공포에 질릴 수밖에 없는 상황이지만, 과거 대우주의 언터쳐블을 죽이고 다녔던 일한을 흔들 수는 없다.

"드래곤 하트는 상관없습니다. 하지만 그게 아니더라도 당연히 해야 할 걸 하지 않았군요."

"뭘?"

방어적인 태도의 검은 아이.

"뭐긴 뭐겠습니까."

거울 안에 보이는 아들의 모습을 보며 일한은 말했다.

"업데이트입니다."

*　　　　*　　　　*

―사망 처리가 모두 취소되었습니다!

―축하합니다! 스테이지가 완벽하게 클리어되었습니다! 기여도에 따라 보상이 주어집니다.

―당신의 순위는 공동 1위(12명)입니다.

"공동 1위가 팍 줄었네. 상위 멤버들이 슬슬 몸을 사리나?"

아니면 버그 공략으로 자력갱생하는 사람들이 많아져서일 수도 있다. 다행히도 종말 프로젝트는 온갖 꼬장을 다 부릴지

언정 버그를 중간에 막지는 못했다.

"아, 생각하니 또 열받네."

이미 지난 일이라고 생각해야 하는 걸 알면서도 손이 부들부들 떨린다. 나는 고유세계의 내 품에 안겨 있는 드래곤 하트를 확인했다.

[관대하]

[???]

[17% 실버 하트]

"아, 얼마 하지도 못했네."

작업을 꽤 오래 했다고 생각했는데 정작 결과는 5분의 1이다. 심지어 이건 일종의 각성 상태에서 만들어낸 결과물이라서 다시 하려고 하면 훨씬 느리게 진행될 것이다.

"거기에 드래곤 본도 모자라. 아닌가? 에너지가 부족한 건가? 아니면 다른 공정이?"

고룡급 드래곤 본을 다 때려 박았는데 고작 17%라는 것도 문제다. 물론 나를 방해했던 또 다른 망령룡의 날개와 머리통이 남긴 했는데 그로는 20%나 채우면 다행일 것이다.

"아… 이걸 완성하면 뭔가 될 것 같은데."

제멋대로 실버 하트라 이름 붙여진 드래곤 하트에서 전해지는 마력양은 그야말로 상상을 초월한다. 농담이 아니라 출력하나만 보자면 아레스의 아이언 하트와 비교해도 꿀릴 게 없는 수준인 것이다.

물론 상성 우위 때문에 아이언 하트가 드래곤 하트를 압도하는 성능을 보이겠지만… 그렇다 하더라도 잘만 하면, 만들 수 있을지도 모른다.

신(神)급 기가스를.

[혹시 망령룡이 또 나올까?]

"아마 어렵겠지."

이미 나한테 잡혔던 놈을 회수하려고 구출 팀을 보낼 정도니 다시 나오기는커녕 지금과 비슷한 상황도 발생하지 않게 노력할 것이다.

"그나저나 왜 망령룡의 시체만 다른 것들과 달랐지?"

[어디선가 포획한 건 아닐까요?]

"그렇게 생각했는데 마지막에 똑같은 녀석이 몇 마리나 나왔단 말이지. 아, 제길. 아이템 업데이트도 안 하는 녀석이 이상한 데에서만 필사적이고. 진짜 망겜 더러워서 못 해먹겠네."

팟!

투덜거리는 내 앞으로 커다란 자판기가 모습을 드러낸다. 그리고 늘 그랬듯 안내 메시지가 흘러나온다.

─클리어 보상으로 24조 4,140억 6,250만 포인트를 획득하셨습니다.

─포인트는 거래의 수단이며 [각성 포션], [경험치 포션], [장비], [도구], [재료] 등을 구매할 수 있습니다.

언제나 봤던 메시지. 그런데 그 뒤로 여러 문구가 추가된다.

—상점이 업데이트 됩니다.

—장비가 추가됩니다.

—도구가 추가됩니다.

—재료가 추가됩니다.

"어?"

전혀 뜻밖의 내용에 깜짝 놀라 목록을 살폈다.

놀랍게도 5클래스 마법이 걸린 마법 무구들이 생겼다.

텔레포트 스크롤과 은신 토템. 마법 지도 등이 생겼다.

중급 마나석과 상급 마나석이 생겼다.

그리고 무엇보다.

"이, 이것이 무엇을 뜻하는 것이지? 무엇을 상징하는 것이야?"

있다. 그것이 있었다.

미스릴과.

아다만티움이.

"설마 버그 다 고치고 업데이트도 충실하게 해서 갓겜으로 재탄생하겠다는 의미인가?! 아, 아닌가? 당연한 업데이트를 보고 감동하는 내가 조련된 것인가?"

손이 부들부들 떨린다.

물론 미스릴과 아다만티움은 미친 가격대를 가지고 있었지만 억도 조도 아닌, 경 단위의 포인트를 가진 나에게는 아무런 문제도 되지 않는다.

결국 나는 소리치고 말았다.

"가, 갓겜!!!"

감동하고 있는 내 앞으로 또다시 새로운 텍스트가 떠오른다.

—기획자 관일한으로부터 선물이 도착합니다!

퐁! 하는 소리와 함께 내 손 위에 작은 구슬 하나가 떨어져 내렸다.

나는 기쁨도 감동도 잊고 멍청히 반문했다.

"뭐라고?"

기획자 누구?

신세계 🌙 ✦ ✦

그건 너무나 오랜만에 보는 이름이다. 지구로 온 이후 별의 별 수를 다 써서 찾아다녔음에도 흔적 하나 찾을 수 없었던 이름.

"아니, 왜 아빠가 여기에서 나와?! 게다가 이제 와서 선물이라고?"

그야말로 기가 막힌 일이었지만 내 손에는 이미 구슬이 들려 있는 상황. 나는 신경질을 내며 구슬을 살폈다.

[없음]
[38레벨]
[마도황녀 제니카]

"아니, 무슨 물건이 38레벨이야… 설마 뭐 여의주 같은 건가? 아니, 여의주치고도 너무 고렙인데."

그야말로 미쳐 버린 레벨에 당황해 자세히 살펴보았지만, 아무리 봐도 평범한 구슬로밖에 보이지 않는다. 강대한 마력이나 영력은커녕 소소한 마나조차도 없는 하얀 구슬에 불과하다.

"아니, 이게 뭐야… 아무것도 안 느껴지잖아?"

모든 환각과 환술을 무시하는 눈으로 봐도 조금의 특이점도 느껴지지 않는다. 농담이 아니라 칭호가 아니었다면 그냥 어디 액세서리 매장에 있는 목걸이에서 떨어져 나온 옥구슬이라고 오해했을 것이다.

그런데 이런 손톱만 한 구슬 하나가… 38레벨이라고?

"아니, 말이 되나? 거의 언터쳐블급 아닌가?"

20레벨이 하나의 행성에서 하나 나올까 말까 한다는 하급 초월자. 30레벨만 넘어도 대우주에도 몇 없는 황제 클래스라는 걸 생각해 보면 38레벨은 그야말로 우주 정상급 레벨이라고 해도 과언이 아니다.

이쯤 되면 어떤 언터쳐블이 죽어서 남긴 유해라고 해도 이상할 게 없는 수준이다. 40레벨이 넘는 언터쳐블이 죽어 남긴 영혼쯤 되어야 이만한 레벨이지 않겠는가?

"아니, 그렇다고 생각하기에는 칭호랑 이름이 이상한데."

마도황녀 제니카.

이건 사물이 가질 만한 칭호가 아니다. 심지어 종말 프로젝트의 시스템으로부터 나에게 주어진 물건에 소속이 없다는 건 아무리 생각해도 이상하다.

"그러고 보니 미션 시스템에서 무슨 자료 화면처럼 나왔던 이름인 것 같기도 하고."

그렇게 중얼거리며 구슬을 만지작거리던 난 손끝에 와 닿는 감각에 멈칫했다.

"음?"

구슬을 잘 만져보니 묘하게 홈이 파여 있다.

더듬더듬 만져 파악한 홈의 형태는 두 개의 글자였다.

열쇠.

"……"

나는 가만히 목에 걸려 있는, 마치 철 조각들을 이어 붙여 만든 것 같은 열쇠를 보았다.

바보도 아니고 아빠의 뜻을 눈치 채기는 어렵지 않다.

'다만 열쇠는.'

불현듯 하와의 얼굴이 떠오른다.

"지금부터 그 열쇠, 단 한 번이라도 쓰면."

"그 34태양계를 요~ 렇게 접어서."

"이~ 렇게 뭉쳐서."

"당신 머리통만 하게 압축시켜 버릴 거예요."

화사한 얼굴로 살기등등한 말을 내뱉던 하와.

생각해 보면 그 이후로는 가급적 열쇠 사용을 피했던 것 같다.

'그러고 보니 얼굴 본 지 오래되었지.'

그녀의 협박은 절대 농담이 아니었다. 그리고 최초의 리전이자 언터쳐블인 그녀는 실제로 그 협박을 실행할 힘을 가지고 있겠지.

그러나… 그 순간 나는 깨달았다.

'무서워서는 아니었어.'

내가 열쇠 사용을 자제해 왔던 것은 물론 그녀 때문이었지만, 그것은 공포 때문이 아니다.

그냥, 그녀의 말을 들어주고 싶었다.

'이것도 내 태생 때문인가?'

투덜거리며 구슬을 손가락 사이로 굴린다.

'그나저나 이 구슬을 열쇠로 열라는 건… 이게 봉인된 상태라는 뜻인데.'

고민한다. 솔직히 내키지 않았다. 도대체 아빠가 무슨 상황인지, 또 뭘 목표로 하는지 알기 어려웠기 때문이다.

아빠가 왜 종말 프로젝트의 [기획자]라고 표시되는지. 어떻게 이런 선물을 보낼 수 있는지.

그리고 왜 나에게 모습을 보이지도, 상황을 설명하지도 않는지……

팟!

결국 나는 들고 있던 구슬을 고유세계에 밀어 넣었다. 작은 구슬은 아무런 부담 없이 고유세계로 이동됐다.

'그래. 내키지 않으면 말아야지. 나도 영성 하나는 어디에서 꿀릴 게 없는데 직감을 무시할 필요는 없다.'

그런고로 내 판단은 보류! 나는 잡념을 떨쳐 버리고 자판기 조작했다.

"나중에! 나중에 생각하지 뭐!"

일단 쇼핑부터 해놔야겠다.

*　　　*　　　*

　문을 열고 나서자 언제나 그러했듯 궁녀복을 입은 선애가 기다리고 있다. 나는 잠시 그녀를 바라보았다.

[원일고등학교]
[9레벨]
[권법 숙련자 이선애]

　레벨이 고작 1 더 올랐다.
　물론 그녀 역시 공략을 본 듯 플레이어로서의 레벨은 13까지 올랐지만 역량이 받쳐주지 않는 스탯 뻥튀기가 뭐 얼마나 대단한 효과를 발휘하겠는가?
　'아니, 그래도 이건 좀 이상한 거 아닌가?'
　물론 10레벨. 그러니까 완성자의 벽은 두텁다. 평생을 수련해도. 피와 눈물을 쏟고도 마스터의 경지에 오르지 못하는 이들이 수두룩한 것이 현실이겠지.
　그러나 지금이 어떤 시기던가?
　지금은 열심히 싸우기만 해도 얼마든지 영단들을 구매할 수 있고 배우고자 한다면 어떤 이능이든 접할 수 있는 시기다. 인류 전체의 평균 레벨(역량)이 6을 넘어서지 않을까 생각되는 와중인데 한참 전에도 8레벨이었던 그녀가 아직도 9레벨이라니?

'무엇보다… 이 녀석의 재능은 진짜였을 텐데.'

딱히 관심을 가지고 보지 않았어도 알 수 있다. 그녀의 재능은 재석이 녀석 따위와는 비교를 불허하는 수준이라는 사실을. 단지 그녀가 합성마수라는 정체를 가지고 있기 때문이 아니라, 그녀가 타고난 육신과 영적 자질이 인간의 수준을 넘어섰기 때문이다.

인간을 넘어선 재능이라는 것이 초인이나 신이 아닌, 단지 괴물일 뿐이라는 사실이 문제라면 문제였지만… 그렇다고 그걸 통제하지 못할 정도로 불안정해 보이지도 않았는데.

"너."

"왜?"

"어째서 이렇게 약하지?"

"……."

내 말에 선애가 벙찐 표정을 지었다.

"그게 무슨 말이야? 날 혼내는 거야?"

"그럴 리가. 그냥 내가 볼 때… 넌 재능이 있거든. 거의 천재적인 재능이지."

나름 칭찬이라 할 수 있는 말이라 생각했지만 내 말을 들은 선애의 눈이 날카로워진다.

"재능이 있으니 당연히 강해져야 했다고?"

"…흠. 하긴 뭐 기질의 문제도 있겠네."

생각해 보니 수많은 엄마들이 '너는 머리도 좋은데 왜 성적이 그 모양이니~~'라고 갈구는 것과 다를 바 없는 상황이었기에 그냥 넘기기로 했다. 내 인생도 아닌데 오지랖 부리는 것도 지나친 일. 지금의 나는 아주 기분이 좋은 상태였기 때문에 그녀와 티격태격하고 싶지 않았다.

'지니, 되겠지? 될 거 같지?'

[시간이 필요합니다.]

'당연히 시간이 필요하지. 하지만 스테이지 진행할 때 어차피 남는 게 시간이잖아. 될 거 같지?'

내 재촉에 지니가 답한다.

[그렇지요. 수급 기가스 양산… 가능해 보입니다.]

그렇다. 미스릴과 아다만티움. 화염목과 환상목. 만력석과 사령석. 거기에 중급, 상급 마나석이 추가되자 오오라와 정령력의 영구적인 소모 없이도 수급 기가스를 찍어낼 설계가 완성되었다.

'아, 얼른 만들어보고 싶다. 영혼로 제작은 아직도 멀었어?'

[다시 말씀드리지만 시간이 필요합니다. 적어도 몇 년은 필요한 대작업이지요.]

'뭐, 지금도 스테이지 한 번에 년 단위는 기본이잖아?'

버그 플레이로 무난히 넘긴 13레벨 상급 난이도조차 1년이 넘게 걸렸다는 걸 생각해 보면 당연한 이야기다. 클리어 횟수가 1만 회로 제한되어서 예전처럼 수십만 년 이상 머무는 경우는 없겠지만 그렇다 하더라도 시간은 많다.

'아, 그러고 보니 재료가 잔뜩 생겼으니 나폴레옹도 새로 만들어야겠다.'

[그렇겠지요. 그래도 1년 동안 공들여 만들었는데 아쉽군요.]

'그렇다고 좋은 보조 재료들을 안 쓸 수는 없지. 재료가 모

자라서 궁여지책으로 메꾼 부분도 많고. 무엇보다 포격 시스템이 너무 구렸으니까.'

그렇게 지니와 대화를 나누며 걷다 문득 멈춰 선다.

"흠. 그러고 보니."

주변을 둘러본다. 경복궁을 바쁘게 오가는 사람들의 모습이 보인다.

"왜 그래?"

"…어린 사람이 없네."

내 말에 내 뒤를 따르던 선애가 놀랍지도 않다는 듯 대답했다.

"스테이지를 진행하면서 노인분들이 많이 죽었는데도 대한민국 평균 나이가 50세가 넘을 정도니까."

실제로 별로 레벨을 올리지 못한 선애조차 예전에 비해 성숙해진 것이 눈에 보일 지경. 나는 내가 이 근처에서 제일 어려 보인다는 사실을 황당해하며 물었다.

"아이들은?"

"아예 어린애들이 아닌 이상 다들 어른이 되어버렸지. 뉴스에서는 인류 역사상 중고생이 가장 적은 시기라고 하더라고."

그렇게 선애와 대화를 나누고 있을 때였다.

"헛?!"

"음?"

난데없는 신음 소리에 고개를 돌린다. 그곳에는 어떤 무사한 명이 믿을 수 없는 무언가를 본 듯한 얼굴로 나를 바라보고 있다.

'아는 사람인가?'

잠시 기억을 뒤져보았지만 떠오르는 사람이 없는 상황. 그런데 의아해하는 나를 보고 잠시 버벅이던 그가 이내 꾸벅, 고개를 숙이는 게 아닌가?

머리가 바닥에 닿지 않을까 싶을 정도로 깍듯한 폴더 인사다.

"뭐야."

이상한 놈이라고 생각하며 경회루에 들어선다.

뚝!

내가 경회루에 들어서는 순간 시끌시끌하던 경회루가 단숨에 조용해졌다. 이쪽으로 몰리는 시선들. 확장된 눈코입.

그러나 잠시 후.

"…정말, 정말이구나."

"거봐. 내가 봤다고 했잖아. 괜히 이야기가 나왔겠어."

"와… 감동이다 진짜."

"자자, 예의를 지켜야지 예의."

수군거리는 소리와 함께 모였던 시선이 다시 흩어진다. 나는 식당의 늘어선 줄에 가서 섰다.

사사삭.

그런데 내 앞에 있던 사람들이 갑자기 여기저기로 흩어지는 게 아닌가?

"얼씨구."

순간 어이가 없어 웃음이 나왔지만 얼타는 대신 죽 나아가 배식을 받는다. 이가 사람들에게 이런저런 메뉴를 던져주고 있던 식당 아주머니가 길을 트는 사람들의 모습에 황당해한다.

"이건 뭔 분위기야. 너, 애들 때리고 다니는 거냐? 어째 좀 무섭더라니."

"때리긴 뭘 때려요. 밥이나 주세요."

"그래그래."

오늘은 일식.

아주머니의 손이 바람 소리가 날 정도로 화려하게 움직이더니 365피스의 초밥을 3층 접시에 담아주었다. 1년 12개월을 상징하는 듯 총 12종류의 초밥.

그리고 또 하나의 그릇에는 각종 튀김이 수북하게 담겼다.

"올~ 오늘 메뉴 괜찮네. 고마워요."

"흐흐. 과연 언제까지 그렇게 고마워할 수 있을까."

아주머니가 사악한 미소를 짓는다. 벌려진 그녀의 입 사이로 톱날 같은 이빨이 보인다.

"뭔 소리예요? 무슨 일 있어요?"

"글쎄. 모든 것이 파멸하는 순간이 다가온다고 할까. 크크크."

"뭔 이상한 복선을 뿌리고 있어. 이미 파멸이 과한 행성이거든요?"

나는 투덜거리면서도 자리를 찾아 앉았다.

초밥을 먹고 있으니 여기저기에서 힐끔거리는 시선이 느껴진다.

[역시 다들 알아보는군요.]

지니의 말에 초밥을 먹으며 답했다.

'뭐, 어쩔 수 없지. 20억 명이 봤는데. 그나마 시끄럽게 하거나 매달리거나 하지는 않아서 다행이다. 솔직히 좀 얼굴 붉힐

일이 있을 거라고 생각했는데 예상외로 매너들이 있잖아?'

바삭! 우걱우걱.

빠르게 식사를 진행한다. 사실 이렇게 식당으로 내려오지 않아도 식사 정도야 얼마든지 배달해 줄 것이다. 굳이 철가면이라는 정체가 아니더라도 나는 이가의 귀빈이라 할 수 있으니까.

그러나 스테이지를 진행하는 시간 동안 나는 언제나 혼자.

설사 좀 귀찮은 일이 생기더라도……. 나는 사람들을 보러 나올 것이다. 다른 게 아니라 내 정신 건강을 위해 필요한 과정이었기 때문이다.

팟!

"음?"

그런데 그때 기묘한 감각과 함께 경회루에 가득하던 사람들이 일시에 사라졌다. 정확히 말하면 그들이 사라진 것은 아니다. 그들의 입장에서는 내가 사라진 것으로 느껴지겠지.

그리고 그들이 사라진 자리가 새로운 사람들로 들어차기 시작했다.

슥. 스슥.

눈을 감았다 뜰 때마다 빈자리가 하나씩 채워지더니 순식간에 모든 자리가 차버린다. 그리고 그러고도 남은 사람들은 벽 쪽에 가서 섰다.

그 숫자는 정확히 천 명이다.

"만나서 반갑소. 나는 지킴이……. 지금 뭐 하시오?"

내가 앉아 있던 식탁의 맞은편에 앉은 노인은 무게 잡고 말을 걸다 멍청한 표정을 지었다. 근처에 앉아 있는 다른 사람들도 수군거린다.

"총이다."

"뭐지? 정의 무구는 아닌 거 같은데."

"이 타이밍에 웬 총을……."

나는 술렁이는 사람들 전원이 15레벨 이상이라는 사실을 알았다. 백인부터 흑인까지 남녀노소 구분 없이 섞여 있는 온갖 인간 군상들.

'아마 전원 지킴이겠지.'

나는 그들이 수군거리거나 말거나 총 형태로 변한 쉐도우 스토커를 잡아 들었다.

"무슨 무기인지 모르겠지만 일단 진정하시구려. 나는 지킴이 방(防)이오. 나와 지킴이들은……."

뭔가 설명하려 하는 노인. 그리고 나는 그런 그를 보며.

그대로 방아쇠를 당겼다.

철컥!

방아쇠를 당기자 젖혔던 공이치기가 공이를 때리고 탄환이 발사된다.

총성은 없다.

하긴 아무리 리볼버의 형태를 가지고 있다 해도 화약 무기가 아닌 쉐도우 스토커에서 총성이 울리면 그게 더 웃기는 일이겠지.

"…지금 뭘 한 거요?"

스스로를 방이라고 소개한 노인이 어리둥절한 표정으로 주변을 둘러보았다. 내가 쏘아낸 탄환은 그의 어깨 위를 스쳐 지나갔다. 누구도 그 탄환에 피해를 입지 않았다.

그 총알을 맞은 대상을 굳이 특정하자면, 바로 경회루라 할 수 있겠지.

"뭘 하긴. 총을 쏜 거지."

"하아. 흥분하지 마시오. 우리는 단지 대화를 하러 왔을 뿐인데."

"대화는 무슨, 소통 같은 소리하고 앉아 있네. 아니, 애초에 밥 먹고 있는데 이게 무슨 짓이야? 게다가 대화를 할 거면 한 명이 조용히 오면 되지 1,000명이 둘러싸고 이야기를 시작하려 들다니."

이놈들이 순수한 의도로 대화를 나눌 가능성은 만에 하나라도 없다. 그리고 혹여 있다 하더라도 기본 태도부터가 글러 버린 방식이다.

"어, 어르신! 경회루 문들이 다 봉쇄되었습니다! 나갈 수가 없어요!"

"아니, 이게 무슨… 설마 저 총이 마법기였나? 하지만 영력의 발현이 느껴지지 않았는데 어떻게 이럴 수가!"

"임시 채널이 봉쇄되었습니다! 외부와의 연결이 끊어졌어요!"

그들 역시 바보는 아닌지 금세 이상 상황을 눈치 챘다. 하지만 눈치 채 봐야 뭐 하겠는가? 시공 격리탄은 이미 그들이 만들어낸 임시 채널을 현실세계에서 멀리 떨어뜨려 버렸다.

[시공 격리탄의 정상적인 작동을 확인했습니다. 격리 한계까지 앞으로 31분 55초입니다.]

[해당 차원은 격리 시간 동안 물리세계와 별개의 시간축으로 분리되니 참고하시기 바랍니다.]

나는 머릿속에 울리는 쉐도우 스토커의 안내를 들으며 쉐도우 스토커를 다시 시계의 형태로 바꿨다.

"뭐, 그래. 할 말 있으면 빨리 해봐. 용무가 뭐야?"

"관대하 군, 당장 봉쇄를 해제하시오."

"용무를 말해달라니까?"

"일단 봉쇄부터 해제하시오! 이건 권고가 아니라 경고요! 지금 이 차원을 봉쇄했다 해도 그 차원 안에 지킴이 1천 명이 있다는 사실을 잊으셨소?"

버럭 하는 방의 말에 어이가 없어 물었다.

"아니, 이봐요 할아버지. 할아버지가 대화를 하려 날 이리로 납치했는데 내가 대화는 안 하고 '날 어디로 끌고 온 거지?! 당장 나를 돌려보내! 이건 권고가 아니라 경고다!!!' 이러기만 하고 있으면 막상 자기는 답답해했을 거면서 왜 이렇게 답답하게 굴어요?"

"납치가 아니라 잠시 다른 사람들의 시선이 없도록 조치한 것뿐이오."

"그걸 허락 안 받고 하면 납치라니까."

"말이 안 통하는군!"

고오오오———!

방이 몸을 일으키자 영기가 몰아치기 시작한다.

그의 뒤에는 반투명한 거인이 서서 나를 내려다보고 있었는데 뜻밖에도 그 모습이 내게 매우 익숙하다.

문제는 구면이라서 익숙한 게 아니라는 점이다. 초면인데 익숙한 외양.

"오, 저거 설마 관우예요?"

나는 노인을 보았다.

[지킴이]

[11(15)레벨]

[강령술사 방(防)]

특이하게도 2개의 레벨이 보인다. 예전이라면 세계 정상급이지만 이제는 제법 흔하게 보이는 레벨과 아직까지도 정상급인 레벨.

거기에 플레이어 레벨도 따로 있다.

[19레벨]

'아이구, 경험치 물약 많이 드셨네.'

하지만 스탯 포인트를 19레벨까지 받고도 간신히 11레벨이라는 건 그가 그리 대단한 강자는 아니라는 뜻.

그리고 그의 뒤에 있는 반투명한 거인은 그의 2번째 레벨이 왜 달려 있는지를 알려준다.

[대마법사 제논]

[15레벨]

[수호령(守護靈) 관우]

그것은 길 가는 아무나 잡고 물어도 모를 사람이 없는 전설적인 무장이다. 혼돈의 시대에 떨쳐 일어나 최후에는 신격화되어 숭배까지 받는 만인지적(萬人之敵)의 강자.

'그러고 보니 이 지킴이라는 녀석들… 죄다 강령술사로군.'

방이라는 녀석뿐만 아니라 지금 경회루에 앉아 있는 1천 명의 지킴이들 모두의 뒤에 반투명한 수호령들이 서 있다.

아서나 솔로몬 같은 신화 속의 존재에서부터 알렉산더, 나폴레옹 같은 역사책에 나오는 존재. 심지어는 잭 더 리퍼 같은 정체불명의 살인자 같은 녀석도 보였다.

그리고 그 모습을 보니 자연스럽게 고개가 기울어진다.

'…좀 이상한데?'

왜냐하면 어이없게도 그 수호령이라는 녀석들은 종류나 이름에 상관없이 죄다 15레벨이었기 때문이다.

'아니, 상식적으로 엑스칼리버의 주인인 아서랑 나폴레옹이 같은 레벨인 게 말이나 되나?'

한쪽은 신화 속 영웅이고 한쪽은 그냥 전쟁 좀 잘했던 인간에 불과한데 레벨이 같다는 건 아무리 봐도 이상한 일.

그러나 아레스는 따분하다는 말했다.

[말이 안 될 건 또 뭐냐? 기가스도 마찬가지 아냐? 인급 기가스 아서랑 인급 기가스 나폴레옹도 성능 고만고만한데.]

'…아니, 강령술사라며. 강령술사라기에 당연히 죽은 자의 영혼을 불러온 것이라고 생각했는데 이것도 위상(位相)이야?'

즉, 여기 있는 수호령이라는 것들은 정말로 과거에 살다 죽은 존재가 아니라 사람들이 가진 공통의 인식하에 존재하는 컨셉을 가져와 사용하고 있다는 말이다.

당연하지만 그 제작자는 안배의 달인, 대마법사이리라.

"자네… 내 말을 안 듣고 있군."

한참 수호령들을 구경하다 방의 서늘한 목소리를 듣고 정신을 차렸다.

"아, 전설적인 영웅들을 보니 감회가 새로워서 그만."

"아무래도 그냥 말로는 안 되겠군."

나를 노려보며 이를 갈던 방의 몸으로 관우의 영체가 스며 들어 간다.

고오오──!

관우의 영체를 받아들인 방의 몸이 크게 부풀었다. 휘몰아 치는 영력과 세상을 떨쳐 울리는 패기!

그러나 조금도 긴장이 안 된다.

"말로 해서 안 된다니. 할아버지야말로 진짜 분위기 파악이 안 되시네요. 그쪽 다 죽이는 건 나한테 일도 아닌데."

"건방진 놈!! 우리는 지킴이다. 인류 전체를 지키던 방패이자 최강의 수호신들인 우리에게 감히!"

분노하는 방의 옆으로 다른 지킴이들이 늘어선다.

"철가면, 당신이 강하다는 사실은 알지만 자신감이 지나치 군. 당신이 여기에서 그 거인을 불러낸다 해도 이 모든 전력을 이겨낼 수는 없어."

"이야기조차 듣지 않고 이렇게 막무가내로 나올 줄이야."

그들의 말은 분명 일리가 있다. 15레벨 1,000명이라는 전력은 대우주 시대에서도 절대 흔치 않은 전력이었으니까. 설사 내가 지금 이 자리에서 나폴레옹을 불러낸다 해도 이만한 숫자에게 다구리를 당하면 죽음을 각오해야겠지.

'이 정도 수준의 유격대가 돌입해 오면 알바트로스함이라도 위험할 거야.'

완성자 이상의 전투력을 가진 존재는 제국에서도 장교급으로 받아줄 정도의 고급 인력이라는 걸 생각하면 실로 당연한 일.

그러나 나는 어깨만 으쓱일 뿐이다.

'다 소용없어. 현실의 나는 스테이지의 나와 차원이 다른 존재다.'

구체적으로 어떤 점에서 차원이 다르냐면.

템발의 차원이 다르다.

팟!

들어 올린 오른손 검지 위로 한 장의 부적이 떠오르자 주변을 포위하고 있던 지킴이들이 벼락같이 달려들었다. 권총을 꺼냈을 때와는 전혀 다른 반응!

그러나 이미 늦었다.

보패(寶貝). 둔갑천령부(遁甲天靈符).
천간(天間).

시간이 멈춘다.

나를 향해 달려들던 지킴이들은 물론, 멀리서 지켜보고 있던 지킴이들까지 장대한 시간의 흐름에 붙잡힌다. 시간과 공간 계열 속성을 자유자재로 다루지 못하는 이상, 황제 클래스라도 벗어날 수 없는 강력한 억제력이었다.

"이, 이게 무슨."

"안 움직여!! 아니, 아무리 그래도 수호령까지 못 움직인다고?"

나는 자리에서 일어났다. 천간은 소유자의 자유까지 억압하는 강력한 기술이었지만 그거야 천간의 성능을 극도로 뽑아냈을 때에나 그렇지 지금처럼 적당한 수준에서 제어한다면 시전자인 난 얼마든지 움직일 수 있다.

'물론 이 상태에서도 공격은 무리지. 천간의 기본 구조에 반하는 일이니까.'

천간은 절대적인 평화지대.

그러나 그거야 나나 아는 이야기지 지킴이들이 그 사실을 어떻게 알겠는가? 내가 성큼성큼 걸어 다니자 지킴이들의 얼굴이 사색이 되었다.

"잠깐! 잠깐만! 우린 싸울 생각을 하고 온 게 아니에요! 진정하시고 이야기를 들어보세요!"

"어르신, 진짜 협상을 할 거면 제대로 하지, 지금 뭐 하는 거예요!!"

"저기, 전 한국인입니다! 철가면님, 예전부터 존경하고 있었어요! 공략 진짜 잘 보고 있습니다!"

"제가 대신 사과드릴게요! 어르신이 좀 답도 없는 꼰대라서 저런 거예요!"

여기저기에서 터져 나오는 비명과 아까만 해도 분위기 잡고 있던 지킴이들이 아우성치는 모습에 방의 얼굴이 참혹하게 일그러진다.

"이것들아!! 조용히 하지 못해?!"

"아니, 어르신이 좀 알아서 잘해야 저희도 조용하죠! 이건 뭐 대놓고 시비 걸더니 틸리기까지 하면 어떻게 해요!"

"철가면님은 널리고 널린 플레이어랑 차원이 다른 사람이라고 했잖아요!"

나는 시끌시끌한 지킴이들을 잠시 바라보았다.

'이것들 태세 전환 보게. 진작 목소리를 내던가.'

혀를 쯧쯧 찬 나는 끊긴 식사부터 재개한다.

냠냠. 쩝쩝.

그렇게 약 10분 동안 식당 아주머니에게 받아 온 초밥과 튀김을 먹었다.

"늘 생각하는 거지만 이 마족 아줌마 요리 솜씨가 보통이 아니란 말이야."

살이 탱탱한 연어 초밥을 마지막으로 식사를 끝낸다. 그리고 그 모든 과정을 지킴이들은 멈춰 있는 상태로 지켜보아야 했다.

"아, 잘 먹었다."

"…이제 좀 풀어주지 않겠는가?"

"왜요?"

"…미안하네. 잘못했네. 내가 너무 오랫동안 대우받으며 살다 보니 상대를 가리지 못했네."

방의 정중한 사과에 나는 손을 탁탁 털며 자리에서 일어났다. 그리고 말했다.

"뭐, 그럼 하고 싶다던 이야기 해보세요."

"이 자세로 말인가?"

현재 방은 거대한 언월도를 찍어 내리던 자세 그대로 멈춰 있는 상태다.

"이야기."

그렇게 말하며 주변에 있던 지킴이의 어깨에 손을 올렸다.

팟!

한순간에 사라지는 지킴이. 나는 혀를 찼다.

"에이 수호령은 안 딸려가네. 역시나 개인 소유가 아니라 대마법사의 시스템 위의 존재였나."

"자, 자네 지금 뭘 한 건가? 미카엘이 어디로 간 거지? 서, 설마 현실로 보낸 건 아니지? 우리 지킴이들을 현실로 데려가면 안 되네!!"

기겁하는 그의 모습에 나는 고유세계로 데려간 지킴이의 상태를 살폈다. 다행히 별문제 없어 보인다.

"현실 아니고 다른 데로 갔고. 별문제 없어 보이니 이야기나 얼른 해요."

팟!

또다시 한 명의 지킴이가 사라진다.

그리고 그 모습에 위기감을 느낀 것인지 방이 서둘러 말했다.

"지구 밖에 있는 자네의 우주선을 발견했네!!"

'아니, 지니야. 이런 하위 문명에 들키면 어떻게 해?'

[…죄송합니다. 하지만 아시다시피 지구는 일반적인 2문명이라기엔 좀…….]

변명하는 지니의 말을 넘기며 물었다.

"그래서요?"

"저, 그건. 그래서……."

순간 방이 차마 더 말을 잇지 못하고 더듬는다. 그 늙은 얼굴에 수치와 부끄러움이 보였지만 나는 배려하고 기다리는 대신 재촉했다.

"그~ 래~ 서~ 요?"

"우, 우리를 지구 밖으로 데려가 주게. 우리는 더 이상 스테이지를 견딜 수가 없다네."

"뭐라고요?"

그야말로 상상도 못 한 부탁에 어이가 없어 고개를 돌린다.

팟!

그 와중에도 지킴이는 사라지고 있다.

"아니, 이게 뭔 소리야. 설마 지구에서 도망치겠다고요? 인류 최강의 지킴이들이?"

내 말에 방의 얼굴이 새빨갛게 변한다. 수치심을 느낀 모양.

그러나 그의 얼굴이 점점 일그러지기 시작하더니 마침내 그가 악에 받쳐서 소리친다.

"하지만 어쩌란 말인가! 벌써 2만 명이 넘는 지킴이가 죽었어! 제기랄! 내가 벌써 180살인데 스테이지에서 150년을 보냈다고! 이게, 이게 사람의 삶이냐? 아냐! 이건 사람의 삶이 아니라고!!!"

버럭거리다 마침내 흐느끼기까지 하는 그의 모습에 황당해하는데 여기저기에서도 비슷한 한탄이 터져 나온다.

"할머니도 할아버지도. 아버지도 어머니도 스테이지에서 돌아가셨어요. 이제는 제 차례라고요! 더는, 더는 견딜 수 없어요."

"흑흑. 흐아앙! 이젠 싫어! 싫다고요!"

"언제까지 인류 전체를 위해 우리가 희생해야 합니까?"

"이대로는 지킴이 일족이 멸족할 겁니다! 기나긴 세월을 숨어서 희생한 결과가 이런 거라니."

여기저기에서 성토하다 못해 터져 나오는 통곡에 사방이 시끄러워진다.

꺼이꺼이 울고 있는 수백 명의 사람들.

"뭔 상황이야 이게?"

나는 황당해하면서도 지킴이 하나를 건드렸다.

팟!

또다시 사라지는 지킴이를 뒤로하고 묻는다.

"자세히 좀 설명해 봐요."

일단 이야기를 들어봐야겠다.

＊　　　　＊　　　　＊

지킴이. 그것은 대마법사가 초월경의 마법 능력, 그리고 그 마법 능력을 기반으로 기나긴 시간 동안 마련해 온 인프라. 거기에 성계신의 축복을 더해 만들어낸 두 개의 율법 단체(律法團體) 중 하나이다.

그들의 목표는 단순하다.

인류의 수호.

그리고 표면세계와 이면세계의 분리.

"이면세계 녀석들이 표면세계 세력 다 먹었던데 분리는 무슨 분리예요?"

이가의 세력 중 하나에 불과한 녀석들이 재벌 3세를 꼬붕으로 부리고 뭐만 하면 장사치라고 무시하던 것만 봐도 뻔한 이야기 아닌가?

그러나 90년생이면서(1890년 아니고 1990년) 지킴이 최연장자인 방(防)은 고개를 흔들었다.

"하지만 그렇다 하더라도 이면세계에 관해서는 거의 알려지지 않았지요."

"그냥 비밀이면 장땡이다?"

"그렇소. 적어도 그 선을 지키는 이상 표면세계는 평화롭고 인류는 번영할 수 있으니까."

방은 설명했다.

지구 유일의 초월자이자 세계 최고의 예언자이기도 했던 대마법사는 이면세계와 표면세계가 통합되면 벌어질 일들을 예지한 후 두 세계를 분리하기로 마음먹었다.

"그분의 말씀에 따르자면 전쟁이 끝도 없이 벌어질 예정이었다고 하더구려. 물론 그 결과로 인류가 멸망한다거나 하는 것은 아니니, 그렇게 온갖 환란을 겪으면서 새로운 질서를 잡아갈 수도 있겠지만……. 종말의 때를 예지하고 있던 대마법사께서는 인류의 소모를 줄이기 위해 이면세계와 표면세계를 엄격히 구분하는 수많은 장치를 만들고 저희 지킴이 일족을 그 마지막 부품으로 삼으셨지."

그리고 그 결과 인류는 번영(繁榮)하였다.

'그렇군. 지구 전체를 커버하기 위한 지킴이 일족인 건가.'

지킴이 일족의 정체는 간단하다.

그들은 극단적으로 치우친 재능을 가진 영매 일족.

그들은 스스로 그리 엄청난 힘을 가지거나 하지 못한 대신 미션 시스템을 통해 지구 전역에 깔려 있는 그랜드 소울(Grand soul)에 접속할 권한을 가지고 있다.

사람이 보는 것이라면 무엇이든 볼 수 있고.

사람이 있는 곳이라면 어디든지 갈 수 있는 15레벨의 수호령 1천 개체!

한국 최강의 검사라던 천검이 11레벨. 천하제일검이라 불리던 검황 쉬자인도 13레벨에 불과했다는 걸 생각해 보면 온갖 권한을 가진 15레벨 1천 명이 얼마나 무시무시한 전력인지 알 수 있으리라.

심지어 하나의 수호령으로 최대 10명까지 중복 계약을 맺을 수 있다고 하니…….

"그럼 문제는 뭐죠?"

"이 세계를 지탱하던 지킴이라는 부품이… 종말을 맞이해 녹슬기 시작했다는 것이오."

당연한 말이지만, 지킴이들은 받은 힘만큼 지켜야 할 율법들을 가지고 있다.

"우리는 가능한 한 인류를 지키기 위해 헌신해야 하오."

"그게 나쁜 겁니까?"

"나쁘오. 여력이 남아 있다면 무조건 스테이지의 재도전을 선택해야 한다는 말이니까. 스스로에게 최면을 걸어도 피해 갈 수 없는 강대한 억제력이 지킴이 일족 전체에 걸려 있으니 꼼수 따위는 불가능하오."

다시 말해 중도 포기가 불가능하다는 뜻이다. 무조건 '할 수 없을' 때까지 재도전을 해야 하는 것.

문제는 그뿐이 아니다.

'그러고 보니 강령술 수련자는 생체력 수련자와 반대의 상황이겠네.'

풍부한 보급이 뒷받침해 주면 엄청난 힘을 발휘할 수 있는 생체력 수련자는 보급이 없다면 위기를 맞게 된다. 단적으로 말해 나만 해도 스테이지를 돌다 아사하지 않았던가?

강령술 수련자는 그것과 정반대다.

그들은 거의 보급이 불필요한 존재들이다. 강신의 순간 반쯤 영적인 존재로 화하는 것이 바로 강령술사들이니까.

즉, 그들은 스테이지에서 파밍하는 최소한의 물과 식량만으로도 무한히 스테이지를 재도전할 수 있다.

그렇다. 이론상 '무한히' 재도전이 가능하다.

그들의 수명은 무한하지 않은데도…….

"긴 시간 동안 지킴이 일족은 늘어나면 늘어났지 줄어들 일이 없었소. 율법에 보호받는 지킴이 일족은 사고를 당하지도, 병에 걸리지도 않고, 외부에서 재능을 타고나는 이들이 계속해서 수급되었기 때문이오. 덕분에 최근에는 3만 명이 넘는 역대급 규모를 가지게 되었지만……. 그렇게 늘어난 지킴이 중 2만 명이 고작 요 한 달 남짓의 시간 동안 죽어버렸소."

그의 대답을 들으며 나는 근정전으로 들어섰다.

이곳은 표면세계의 경복궁이 아니다.

그렇다고 이면세계의 경복궁조차 아니었다.

[놀랍군요. 거품세계를 이런 식으로 활용하다니…….]

근정전이 수백 명의 사람으로 가득하다. 그리고 그 가운데에 몇 명의 노인들이 숨을 거두는 모습이 보인다.

노화(老化)로 인한 자연사(自然死)다.

죽음과 동시에 그의 몸에 걸려 있는 궁극 주문의 편린이 미션 시스템으로 환원되고.

팟!

그의 몸이 이면세계로 이동한다. 나는 그것을 따라 임시 채널에서 빠져나왔다.

파스스!

근정전 안에 나타났던 노인의 몸이 한순간 먼지로 변해 흩어진다. 나는 다시 임시 채널로 돌아왔다. 이면세계에 다녀오는 내 모습을 지켜보던 방이 설명을 이어나간다.

"지킴이 일족은 대부분 임시 채널에서 태어나 죽을 때까지 살아가오. 그리고 임시 채널의 요소로 채워진 일족의 육신은 임시 채널을 벗어나는 순간 사라져 버리지."

나는 예전 선애와 했던 대화를 떠올렸다.

"이 세계의 것들은 현실로 가면 사라져 버린다?"

"그래. 이면세계로 돌아가든 표면세계로 돌아가든 똑같이 적용되는 문제지. 특히."

"특히 혹시라도, 만약에라도, 그 어떤 상황에라도 절대 임시 채널의 음식을 먹으면 안 돼."

"음식?"

"그래, 음식. 임시 채널의 음식은 절대 건들지 마. 현실의 것과 똑같은 향과 외형을 가지고 있고, 또 현실의 것과 똑같은 맛을 가지고 있어도 그것들 모두 임시일 뿐이야. 네가 표면세계로 돌아가게 되면."

"…마찬가지로 사라지겠군."

"그럼 표면세계에 있는 지킴이들은?"

"서포터들. 그마저도 1천 명으로 숫자를 제한하기에 한 명이 죽어야 한 명이 충원되는 식이오."

거기까지 대화했을 때 바글바글 모여 있던 지킴이 일족 중 일부가 방과 나의 모습을 발견했다.

그들의 눈이 휘둥그레지더니 이내 수군거림이 커져간다.

"어? 철가면! 철가면이다!"

"세상에 진짜 철가면이야! 설마 철가면을 직접 보게 될 줄이야."

놀라는 사람들 사이에서 다른 목소리도 흘러나온다.

"저기, 그런데 손님으로 온 거면 끼니부터 대접해야 하는 거 아냐?"

"미친 소리 좀 하지 마! 아니, 철가면님이 지금 인류한테 어떤 존재인데 여기에 묶어두겠다는 거야?"

"하지만 법도인데……."

대략 수백 명. 작은 마을 규모의 인원이 나를 보고 있다. 나를 찾아왔던 1천 명의 지킴이들과 다르게 한국인들로만 구성된 인원이다.

"간추리자면."

나는 쭈뼛거릴 뿐 감히 다가오지 못하는 사람들을 잠시 바라보다 방에게 물었다.

"당신들은 거품세계에서 인류를 지켜오고 있었고, 이제 그만 그 업을 포기하고 싶다는 말이지요?"

"그건……! 아니, 그렇소. 정확한 말일지도 모르겠군. 이대로 가면 지킴이 일족의 미래는 불을 보듯 뻔하기 때문이지."

"어떻게 뻔하죠?"

"아무도 모르는 이곳에서 우리는 멸족(滅族)하고 말겠지… 전대나 전전대의 어르신들은 불타는 사명감으로 지킴이가 되었지만 우리는 아니오. 우리는 그저 태어나 보니 지킴이었을 뿐이니까."

어느 정도 공감 가는 말에 고개를 끄덕였다.

"그뿐이 아니겠지요. 지금이야 이렇게 노환으로 죽지만… 스스로의 역량이 증가하지 않으니 상황은 또 달라질 겁니다. 이대로 스테이지의 레벨이 15가 된다면."

"…수호령과 동급의 적이 나올 것이라 이거구려."

"심지어 더 높은 적도."

그렇게 대답하며 손을 내저었다.

팟!

아무것도 없던 허공에서 지킴이 일족 하나가 튀어나온다.

30대로 보이는 그녀는 마치 어린아이처럼 흥분한 상태다.

"밝아요!"

"뭐, 뭐니 수련아. 아니, 그보다 괜찮니?"

"밝아요! 밝다고요! 밝고 화려하고 포근해요! 그곳은, 그곳은… 으흑!"

"아, 아니, 수련아. 임시 채널도 충분히 밝은데……."

"달라요! 여기는 생동감이 하나도 없어!"

티격태격하는 둘의 모습을 잠시 바라보다 묻는다.

'지니, 지킴이들의 상태는 어떻지?'

[현재 넘어온 999명 모두 정상입니다. 그들 모두 거품세계의 존재들이지만 고유세계에서는 그 본질이 흐트러지지 않는 것으로 확인되었지요. 다만 여기에서 다시 표면세계로 나가면 어떻게 될지는 장담할 수 없습니다.]

그녀의 말을 들은 나는 나를 보고 있는 수백의 지킴이들을 바라보았다.

그리고 왼팔을 들어 시간을 확인했다. 오전 9시. 아직 꽤 여유로운 시간이다.

"방 님, 오후 3시까지 도저히 스테이지 진행을 못 하겠다는 사람들을 뽑아서 이곳으로 모아주세요."

"…도와주시는 겁니까? 정말로?"

"네. 다만 알바트로스함에 승선시킬 수는 없습니다. 이면세계를 벗어나면 죽게 되는 당신들이 알바트로스함에 타고 나면 알바트로스함도 지구를 떠날 수 없게 되니까요."

내 말에 방의 얼굴이 굳었다.

"그, 그럴 리 없소! 이미 저희는 달까지 가는 실험을 마친 상태인데……."

부정하는 방에게 지니가 알려준 지식을 읊어주었다.

"몇 명이나 실험해 보셨어요? 죄송하지만 거품세계를 지구에 깔린 인프라에서 멀리 떨어뜨리는 행위는 그랜드 소울에 부담을 줄 겁니다. 수백 수천 명이 그런 짓을 했다간 거품이 꺼져 버리겠지요."

"그, 그런."

내 말에 경악하는 방. 그러나 놀라는 건 그뿐이 아니다.

"잠깐만요! 방님, 정말 지구를 벗어날 생각인 겁니까?! 이건 의무를 내팽개치는 일입니다!"

"그 의무, 난 이미 할 만큼 했네."

"아니, 아무리 그래도."

"난!"

방이 버럭 소리 질렀다.

"난! 150년을 했어! 150년!!!! 제기랄! 난 이제 언제 늙어 죽어도 이상할 게 없는데 아직도 남은 의무가 있단 말인가?!"

고오오————!!

그의 영력이 타오른다. 그 기세가 무시무시할 정도로 강하지는 않지만, 그저 감정의 흐름만으로 이만한 영력의 변화가 일어났다는 사실이 지금 그가 얼마나 절박한지를 알려준다.

"평생을 역겨운 괴물을 죽이며 살았네! 이제는 지금처럼 강신을 푼 상태가 더 어색해!! 도대체, 도대체 내 인생은 다 어디로 갔단 말인가?"

"……."

피를 토하는 것 같은 외침에 딴죽을 걸었던 사내조차 더 말을 잇지 못한다. 지킴이들 모두가 할 말을 잃으면서 침중하게 가라앉는 분위기.

그러거나 말거나 나는 공지했다.

"어쨌든 3시까지 모아주십시오. 다행인지 불행인지 지금 보내 드리려는 곳에는 수호령을 데려가지 못합니다. 의무를 행하고자 하는 분이 있다면 남아서 할 수 있을 겁니다."

거기까지 말하고 거품세계를 벗어난다.

나는 내친김에 민경도 찾아갔다.

"…도저히 스테이지 클리어가 불가능한 인원 말씀이십니까?"

난데없이 찾아왔음에도 침착하게 묻는 민경에게 설명했다.

"그래. 너무 어린 아이도 좋고 악업이 너무 쌓여서 어떻게 해도 정의의 요람에 들어갈 수 없는 사람도 좋아. 나는 그들을 내 개인 차원에 데려갈 테고, 적어도 그 안에서는 스테이지를 진행할 필요가 없을 거야. 아, 참고로 올 수 있는 것은 몸뿐이야. 입고 있는 옷도 못 가져가니까 염두에 두고 진행해."

내 말에 민경은 잠시 차분한 표정으로 내 눈을 응시했다.

그러다 물었다.

"저에게… 이런 막대한 권한을 주셔도 되는 겁니까?"

"어차피 나는 누가 되든 상관없으니 익숙한 사람이 대신 해주는 게 편하지. 싫어?"

"아뇨. 그럴 리 없지요."

"그래. 그럼 오후 3시까지 경복궁에 사람들을 모아. 인원은 1만 명 안쪽."

"즉시 실행하겠습니다."

고개를 꾸벅 숙이고 떠나가는 민경.

나는 인식능력을 왜곡시키는 도구를 챙겨 광화문으로 나가 사람들을 구경했다.

그리고 오후 3시.

나는 수천 명의 지킴이와 정확히 1만 명의 추가 인원을 고유세계로 보내 버렸다.

[특성 고유세계(Legend++++)가 랭크 업 합니다!]

[A랭크 → S랭크]

구구구구구————————.

나는 고유세계의 규모가 한 차원 더 거대해지는 것을 느꼈다.

미친 듯이 팽창하는 사철의 소행성.

소행성의 중심부에서부터 쏟아진 엄청난 양의 사철에 소행성이 풍선처럼 부풀어 오른다. 구획별로 분류되어 있는 건물들이 폭풍을 만난 조각배처럼 출렁이자 빌딩 등에 방을 배정받고 있던 사람들이 비명을 지르며 불안해했다.

그러나 애초에 이렇게 확장될 수 있다는 사실을 염두에 두고 설계했던 강철의 도시들은 마치 배처럼 사철의 파도 위를 항해하다 확장이 멈출 때쯤 미리 지정했던 장소에 자리 잡을 수 있었다.

즉시 드론을 사출해 천장의 높이를 파악한 지니가 통보해 온다.

[충분한 고도를 확보했습니다. 인공 태양 라(RA). 발사하겠습니다.]

"오, 드디어 그게 되는 건가."

나는 광화문에서 사람 구경을 하며 잠시 기다렸고, 인공 태양 라가 고유세계를 한 바퀴 돌며 전해준 정보를 받아들였다.

그리고 그 결과, 나는 내 고유세계가 오세아니아를 한 개 반은 넣을 수 있는 넓이가 되었다는 걸 깨달았다.

그렇다. 마침내 고유세계가… 대륙(大陸)급에 이른 것이다.

＊　　　＊　　　＊

최종적으로, 고유세계에 들어온 인간의 수는 9만 명 정도였다.

엄청난 숫자다. 이마저도 내가 물건까지 잔뜩 집어넣어 줄어든 숫자라는 걸 생각하면 더욱 그렇다. 랭크 업마다 고유세계의 크기가 기하급수적으로 커지듯 고유세계로 진입시킬 수 있는 있는 질량도 늘어나고 있다.

[영혼로의 정상 작동을 확인하였습니다. 영자 발전기 또한 제대로 작동하기 시작했으니 아레스 님의 영자력을 쓰느라 혼나지 않아도 되겠군요.]

[작작 가져가야 참지, 작작 가져가야! 애초에 너, 고유세계에 너무 과몰입한다고!]

[어차피 펑펑 솟아나시면서 치사하긴. 그 작은 몸으로 저랑 비슷한 영자력을 생산하실 수 있으면 좀 주셔도 상관없는 거 아닌가요?]

고유세계에서 기나긴 시간을 보내서인지 꽤 친해져 있는 두 관제 인격의 대화를 들으며 나는 고유세계에 존재하는 단 하나의 도시, 센터(Center)를 보았다.

그곳에는 외부에서 들어온 사람들이 잔뜩 모여 있다. 물론 전부는 아니고 어린아이들은 제외한 숫자.

나는 고유세계에 사람들을 받아들이며 두 가지 조건을 걸었다.

1. 이차원에 갈 수 있는 건 오직 몸뚱이 하나뿐. 그렇기에 고유세계에서는 현실의 권력도, 재산도 인정하지 않는다.

2. 고유세계는 현실의 법과 도덕을 인정하지 않는다. 고유세계 안은 자체적인 법과 규칙에 따라 운영되며 그것을 어길 시 처벌받는다.

아주 간단한 조건이다. 동시에 받아들이기 힘든 조건이기도 하다. 어딘지도 모를 정체불명의 차원에 알몸으로 건너가 모든 처분을 상대에게 맡기고 살아가야 한다는 이야기.

몇 달 전 이런 조건으로 사람을 모았다면 모두가 미심쩍은 시선으로 추궁하거나 관심을 끊었을 것이다. 탐험심이 출중하거나 세상에 미련이 없는 막장 인생들이나 모였겠지.

그러나 지금, 상황은 전혀 다르다.

"남은 지원자의 숫자는 48만 7천 명가량이며 계속 늘어나고 있습니다. 순번은 저희 이가에서 관리하고 있지만 대하 님께서 원하신다면 언제든 다 갈아엎으실 수 있음을 통지하였습니다."

"예상 이상으로 반응이 좋네."

"이런 시절이니까요. 심지어 아크 프로젝트에 참여하고 있던 VIP들 중에서도 상당수가 지원하고 있습니다. 일각에서는 이 과정을 노아 프로젝트. 고유세계란 곳을 에덴이라 부르더군요."

"크게 기대하면 실망할 텐데."

나는 그렇게 말하며 시간을 확인했다. 오후 6시. 14레벨 시험을 시작하기 1시간 전이다.

"다들 파이팅!!! 우리는! 우리는 할 수 있습니다!!!"

"힘내세요!! 잘 부탁드려요!!"

"제발. 제발 이번에도 완벽 클리어에 성공하기를……."

광화문 광장은 삼삼오오 모여서 서로를 응원하거나 기도하는 사람들로 가득하다. 밥을 든든히 챙겨 먹는 사람들도, 그들을 먹이는 사람들도, 서로 이야기를 하거나 입맞춤을 하거나 사랑을 속삭이는 사람들도 있다.

어떻게든 서로의 힘과 의욕을 일으켜 세우려 전력을 다하는 사람들. 그러나 모두가 그런 것은 아니다.

"…하지만 하급 난이도는 공략도 불가능해. 철가면님조차 우리를 도울 수 없어."

"또 많은 사람이 죽겠군."

"제길. 정의 무구 등급을 골드까지 높였으면 내 힘으로 클리어를 노려볼 수도 있었을 텐데. 나도 악인 사냥에 참가해야 했을까?"

"그것도 살인이야! 아무리 형법이 없는 것이나 다름없는 세상이 되었다지만 살인을 못 한 걸 아쉬워하는 게 말이 돼?!"

"그럼 어떻게 하라고! 제길, 내 목숨만 목숨이냐?! 나한테 기대를 걸고 있는 사람이 얼마나 많은데!"

"으, 이렇게 된 이상 배정받은 버서커나 믿어보는 수밖에. 정의 무구를 들려주고 정언력으로 보조한다면 어떻게든……."

지구는. 그리고 인류는 변하고 있다. 어쩌면 그것은 인류가 늘 해오던 일을 반복하고 있는 것인지도 모른다.

적응.

그렇다. 인류는 새로운 환경에 적응하고 있다. 인간은 무엇에나 적응하는 동물이라는 도스토예프스키의 말처럼 그들은 이 극단적인 상황에도 적응하고 있는 것이다.

고유세계에 들어온 외부인들 역시 그러하다.

"저희는 어떤 일을 해야 합니까?"

[당장 모두에게 일이 주어지지는 않을 것입니다. 정확히는, 여러분들 중 당장 유의미한 일을 할 수 있는 인력이 많지 않지요. 합당한 교육을 이수하셔야 그런 일이 가능할 것입니다.]

고유세계에 들어온 9만 명의 사람들 중 약 5만 명 정도가(4만 명은 아이들이다) 한자리에 모여 지니의 안내를 듣고 있다.

'신기할 정도로 내가 생각한 그림과 다르네.'

나는 이곳에 들어온 사람들이 새로운 환경과 룰에 혼란스러워하거나 반발할 거라고 생각했다.

'내가 왜 그런 일을 해야 해?'

'네 정체가 뭐야! 이야기를 들어보니 AI 같은데 우리한테 명령을 내린다는 게 말이 돼?! 철가면 데려와!!'

'내가 누군 줄 알아?!'

…등등.

내가 이런 그림을 떠올린 건 그저 편견이나 클리셰 때문이 아니라 이곳에 들어온 사람들의 기본 조건 때문이다.

왜냐하면 그들은.

'악인(惡人)이니까.'

그들은 인류 평균에 크게 못 미치는 레벨을 가지고 있다. 정의의 요람에 접속하지 못하는 그들은 내 공략을 볼 수 없었기 때문이다.

정의 포인트를 선물받으면 악업을 지우고 아이언 등급의 정의 무구라도 얻어 요람에 접속하겠지만… 그것도 악업이 얼마 안 되는 이들이나 가능하지 악업이 어느 선을 넘으면 꿈도 못 꿀 일이다.

기본적으로 정의 포인트 선물이라는 것 자체가 효율이 나쁜 기능이다. 받은 사람은 한 번 쓰면 끝인데 선물한 사람은 회복하는 데 시간이 꽤 걸리기 때문이다.

혹여 누군가 스스로를 희생해 페널티를 감수하고자 한다 하더라도 한계는 명확하다. 선물 가능한 정의 포인트는 전체 정의 포인트양의 1%로 고정되어 있기 때문이다.

[물론 지금 당장 마련된 일자리도 존재합니다.]

"그것은 무엇입니까?"

[보육교사와 건설 인부 등입니다.]

"보육교사야 당연한 일이지만 건설 인부는 어째서입니까? 이 세계에는 엄청난 중장비가 많아 보이는데요."

[그럼에도 사람이 필요한 과정들이 있기 때문입니다. 먼저 들어오신 분들은 알고 있겠지만 고유세계가 크게 확장되어 개척할 공간이 가득하거든요. 앞으로 들어올 후발 주자들을 위한 거주 시설 또한 필요하고요. 신청은 각각 나눠 드린 디바이스를 통해 가능하고, 1차 심사에 통과된 인원을 대상으로 면접 후 채용할 것입니다.]

알바트로스함은 10만 명 이상의 선원이 상주하던 테라급 함선.

사람 다루는 일에 익숙한 지니는 일사천리로 사람들을 이끌었다.

[이곳에 오신 모든 분들에게는 기본적인 의식주가 제공됩니다. 하지만 보시다시피 고유세계의 자원은 한정되어 있으므로 그 이상을 원하신다면 우주 공용 화폐인 게럴트를 사용하셔야 합니다. 게럴트는 주어진 임무, 교육 등을 완수하거나 업무나 작업 등의 보수로 획득하실 수 있습니다.]

"우주 공용 화폐."

"우주 공용 화폐……."

"맙소사, 이곳을 둘러보면서 대충 느끼긴 했지만. 정말."

사람들이 술렁인다. 그러나 그렇다고 그들이 폭주하거나 성질을 부리는 일은 없다. 그들은 각오했다는 듯 호흡을 고른 뒤 질문을 계속했다.

"외부와 연락은 가능합니까?"

[물론입니다. 미리 안내했던 사항이기도 하지요. 지금 이 순간에도 연락하시는 분들이 상당수 계시니 걱정하실 필요 없습니다.]

"아! 감사합니다!"

[다만 중계기의 역할을 하는 것이 함장님의 육신인 만큼 종종 끊기거나 제한될 수 있음을 숙지해 주시길 바랍니다.]

안내가 끝나고 사람들이 흩어진다. 그들은 각각 준비된 자신의 집으로 찾아가거나 도시에 조성된 공원에 앉아 서로서로 이야기를 나눴다.

"디바이스 봤어? 1게럴트가 한화로 치면 대충 1만 1,000원이래. 게럴트에 다른 단위는 없고 그 이하는 0.1게럴트. 0.01게럴트 이런 식으로 구분되나 봐."

"보육교사 경쟁 빡세네. 그래도 건설 인부는 채용 인원이 많아서 웬만하면 채용되겠다."

"당장 직업을 구하는 것보다 이 장소와 시스템에 대해 알아야 해. 교육을 이수해야 하는 건 물론이고 틈나는 대로 다 공부해야지."

처음 받아보는 디바이스를 제법 능숙하게 조작하며 의견을 나누는 사람들이 보인다.

"아… 그래도 난 일단 좋다. 스테이지 때마다 죽음의 공포를 느끼던 때에 비하면."

"완전 독재국가 느낌이 나긴 하지만… 철가면님이면 그리 악독하게 하지는 않으실 거야."

"그래, 그렇게 기도하는 수밖에 없긴 하다."

여기저기 늘어지며 한숨을 토하는 사람들도 보였다.

나는 센터의 중앙에 위치한 건물 안쪽에서 그 모습을 보며 황당해했다.

"아니, 너무 순조로운 거 아닌가?"

솔직히 소란을 걱정했는데 이렇게 얌전하게 굴 줄은 몰랐다.

[당연한 일입니다.]

"당연하다고? 저들은 악인인데?"

[살아남은 악인들이지요.]

세상에는 수많은 악인들이 있다. 쾌락을, 혹은 재산을 위해 사람을 죽인 살인마도 악인일 것이고 사람을 때리고 다니던 깡패나 양아치도 악인일 것이다. 노동법 따위 무시하며 직원들 등골을 뽑아먹는 중소기업 사장 중에서도 악인이 나올 수 있으며, 하루 종일 인터넷이나 하며 사람들의 기분을 잡칠 악성리플이나 달고 다니는 사람도 악인일 수 있겠지.

"악인들이 많이 죽었나?"

[어떻게 정의 무구 사용자들이 이렇게 늘었다고 생각하십니까?]

"…듣고 보니 그러네."

당장 13레벨 중급 스테이지와 상급 스테이지 때만 해도 정의의 요람에 접속한 사람의 숫자가 차원이 다르다. 13레벨 상급을 클리어했을 때에는 나에게 경탄한 플레이어의 숫자가 20억이나 되었던 것!

그러나 잘 생각해 보면 누구나 이상하다는 사실을 깨달을 수 있을 것이다.

이제 남은 인류의 숫자라고 해봐야 40억이 안 되는데 어떻게 정의 무구의 소지자가 20억이 넘을 수 있는가? 인류가 언제부터 그렇게 '평균적'으로 정의로웠던가?

"악인들을 처단한 거야."

[그렇습니다. 정의 포인트의 획득 원리가 파악되는 순간 전 세계에 있는 사형수 태반이 살해당했지요. 그다음에는 강력범. 그다음에는 잡범들까지. 구분은 쉬웠을 겁니다. 아무리 가려도 가릴 수 없는 낙인이 피부에 새겨지니까요.]

"그게 끝이 아니었겠군."

[네. 모든 범죄자가 소모된 다음에는 사회 활동을 하던 악인들까지 살해당하기 시작했습니다. 법에 의해 처벌받지 않았을 뿐, 악업을 잔뜩 지고 있는 사람들은 얼마든지 있었으니까요.]

어쩌면 악인들이 잔뜩 모여 정의 무구의 소지자를 죽이고 다녔던 것도 그런 이유 때문일지도 모른다. 죽기 전에 오히려 죽이겠다는 마음이었겠지. 결국 전 세계적인 역량을 가진 정의 무구의 소지자들에 의해 몰살당했지만 말이다.

"후안 이 녀석… 인류야말로 희망을 품을 존재라고 생각한다더니만."

이런 걸 정의라 하는 건 좀 이상하다. 굳이 인권운동가가 아니라 상식을 가진 사람이라면 누구나 그렇게 생각할 것이다.

특히나 자신의 아들이나 딸에게 무기를 들려 자신이 제압한 악인을 죽이게 만드는 사람들이 있었다면, 더더욱 그렇게 생각했겠지.

그러나 후안이 그것을 [정의]라 규정한 순간.

사람들은 그것을 이용할 수밖에 없었을 것이다.

적응하기 위하여. 살아남기 위하여.

[지금 이곳에 온 이들은 악인이지만 스스로를 지킬 인맥과 힘이 있는 이들입니다.]

판사나 검사를 생각해 보자.

지금 대한민국은 사법 체계가 무너질 정도로 대부분의 구성원이 빠져나간 상태다. 검사들 중에는 강력한 정의 무구를 얻어낼 정도로 정의로운 인물들도 많았지만, 그 이상으로 얼굴도 못 들고 다닐 정도로 악업을 쌓은 사람들이 많았다.

언론인을 생각해 보자.

이쪽은 검찰과 비교도 안 될 정도로 상황이 심각했다. 하기야 인터넷 악플조차 상황에 따라 악행이 되는 와중에 악질적인 기사가 어떻게 규정될지는 더 이야기할 필요도 없겠지.

어디 그뿐인가?

약값 등을 가지고 장난치던 기업들을 생각해 보자. 기업 사냥 등을 하던 금융인들을 생각해 보자. 어려운 자를 도우라는 기부금을 중간에 빼먹던 세계적인 자선단체들을 생각해 보자.

하물며 재벌들은? 정치인은?

그들은 엄청난 악업을 쌓았지만 그럼에도 그들 중 상당수가 대대적인 악인 사냥에서 살아남았다. 악한 것과 별개로 그들은 그만한 능력을 가진 이들이었기 때문이다.

심지어 힘과 세력을 가지고 있다 하더라도 머리가 나쁘고 분위기 파악을 못 하던 이들은 죄다 죽어나가던 와중의 일이다.

"즉, 여기에 온 사람들은."

[네. 악인이라 할지라도 나름 거르고 거른 인재들이라는 말이지요.]

그렇게 대화를 나누고 있을 때 광장에 서 있던 지니를 향해 한 여인이 다가선다.

"저기, 죄송하지만 철가면님에 대해서 알 수 있을까요?"

지니는 즉시 대답했다.

[함장님께서는 대한민국에서 태어난 평범한 고등학생이었습니다.]

"정말 그분이 평범한 고등학생이었다고요? 외계인 같은 게 아니라?"

지니가, 정확히는 이제 언제나 센터의 광장에 대기하기로 한 지니의 메탈 바디가 답했다.

[네. 그분은 지구의 평범한 고등학생이었습니다. 그러나 어느 날 우주적인 단체, 레온하르트 제국이 만들어 배포한 조종사 육성 시뮬레이션을 마주하게 되지요. 그분은 거기서 12억 8천만 점이라는, 레온하르트 제국 역사를 뒤져봐도 전례를 찾아볼 수 없는 점수를 기록하셨고… 그리하여 그는 전쟁에 참여하게 되었고… 제국의 황녀 세레스티아를 만나게 되어…….]

마치 기다렸다는 듯 주르륵 정보를 읊기 시작한다.

어느새 지니의 주변에는 수백이 넘는 사람들이 모여 그 이야기를 경청하기 시작했다.

"아, 아니, 지니! 안내를 저렇게 하면 어떻게 해? 무슨 위인전을 읊고 있어?"

황당해하는 내 말에 지니가 물었다.

[뭐, 틀린 말 있습니까?]

"……."

그렇게 말하면 또 할 말이 없는 것도 사실이다.

어쨌든 지니는 나에 대한 이야기를 줄줄이 늘어놓았다. 심지어 그 방향성이 옆에서 듣고 있는 내가 다 낯 뜨거워질 정도!

"와아!"

"대단해!"

갑자기 환호가 터져 나온다. 뭔가 클라이맥스였나 보다.

이제 보니 지니의 옆에 자료 화면까지 떠 있는 상황.

나는 그만 두 눈을 가리고 말았다.

탄식이 절로 나온다.

"아이고."

*　　　　*　　　　*

―스테이지(Stage)가 오픈됩니다!

―레벨 14. 하급(下級)이 설정되었습니다.

―3시간 안에 해당 적을 제거하십시오.

―10초 후 스테이지가 시작됩니다.

―10. 9. 8. 7…….

흑색의 갑주를 입은 새까만 스켈레톤이 모습을 드러낸다.

신장은 1.9미터. 등에는 검은 수정으로 만들어진 양손 검을 차고 있다.

[종말 프로젝트]

[14레벨]

[블랙 데스 나이트]

고오오…….

새까만 아우라가 이글이글 타오르고 있다. 검을 뽑아 드는 기세는 칼날과 같다.

'강해.'

인류의 평균 레벨이 어마어마하게 올랐다지만 과연 지금 이 시점에 1:1로 이 녀석을 상대할 강자가 몇 명이나 있을까?

그러나 아레스가 뜻밖의 말을 했다.

[생각보다 많을걸.]

'뭐? 어떻게?'

[골드 랭크 이상의 정의 무구를 일격 필살이 가능한 형태로 진화시키면 어떻게든 한두 번은 이길 수 있는 모양이야. 지금 지킴이인가 뭔가 하는 놈 중 하나가 나한테 와서 재롱떨고 있는데 위력이 상당해.]

'정의 무구가 그렇게 성능이 좋았나?'

[네가 제작 도구로 쓰고 있는 것처럼 생각보다 바리에이션이

많은 모양이야. 대신 그런 식으로 쓰면 한동안 아이언 랭크를 벗어날 수가 없다고 하네.]

'그래? 그것 참.'

쾅!

"신기하네."

갑주째로 박살 난 데스 나이트의 몸이 물수제비처럼 바닥에서 텅텅 하고 튕기더니 보이지 않는 벽에 충돌해 널브러진다.

위이잉…….

나는 오른발의 진동이 서서히 가라앉는 걸 느끼며 기체의 상태를 살폈다. 그 찰나의 순간 날카롭게 일어난 검기가 내 발, 정확히는 나폴레옹의 발목을 후려쳤지만 드래곤 본을 기반으로 만든 나폴레옹의 장갑을 고작 검기로 뚫는 건 불가능한 일이다.

애초에 30미터짜리 거인이 2미터도 안 되는 녀석을 걷어찼으니 이걸 전투라고나 할 수 있는지가 의문이다.

─다음 전투를 시작하시겠습니까?

─다음 전투를 시작하시겠습니까?

─다음 전투를…….

대략 스무 번 정도 더 쓰러뜨렸다. 평균 전투 시간은 5초 안쪽.

너무도 당연하게도… 나폴레옹에 탑승한 나에게 14레벨의 데스나이트 따위 상대도 되지 않는다. 급조한 나폴레옹으로도

19레벨의 망령룡을 때려잡았었는데 이제 와 이 정도 상대에게 고생한다는 건 있을 수 없는 일이겠지.

'하지만 이건 내가 조종하고 있을 때 기준이란 말이지.'

나는 [책]을 덮었다. 아이언 하트와의 연결이 끊어지며 드래곤 하트에서 [영자력]이라는 속성이 사라진다.

이어서 스킬을 장착했다.

—억제기(10레벨): (극한) 1회 클리어를 20회 클리어로 판정. 고스탯부터 2,000포인트 스탯 감소 디버프.

이제 스킬을 3개까지 장착할 수 있지만 굳이 그러지 않았다. 어차피 몸으로 싸울 게 아니니 이 이상의 스킬은 필요가 없기 때문.

그리고 이어서 강철화를 발동. 스테이지의 의식을 끊어버렸다.

—당신은 마스터(Master) 랭크(임시)입니다!
—정의의 요람에 접속합니다!
—11억 6,551만 1,441명이 당신을 시청 중입니다!

고유세계의 몸으로 넘어가 정의의 요람에 접속한다.

—정의의 요람에 오신 것을 환영합니다.
—당신의 정의 포인트 0점.

―부여받은 정의 포인트 450억 1,223만 9,441점

―(게시판 읽기), (플레이 시청), (코멘트 확인), (설정)

―현재 정의의 요람 접속자 20억 1,111만 3,541명

―외부 접속자 5,521명

과거 억 단위였던 외부 접속자가 확 줄어 있다.

'하긴 당장 눈앞의 적과 싸우는 1:1 전투에서 요람에 접속할 여유가 있는 사람은 많지 않겠지.'

아마 저 숫자도 전투가 끝나고 주어지는 5분의 시간 동안 정보를 습득하기 위해 접속한 사람들이겠지.

나는 플레이 시청으로 스테이지의 내 모습을 확인했다.

구구궁…….

30미터에 가깝던 나폴레옹의 몸이 5미터까지 축소된다. 영자력과 어빌리티의 보정 없이는 거대한 덩치를 유지할 수 없기에 선택한 궁여지책.

물론 '드래곤 하트 정도 되면 고작 인급 아이언 하트보다 훨씬 강력한 힘을 품고 있지 않느냐?'라고 물을 수 있겠지만… 안타깝게도 지금 내 역량으론 드래곤 하트의 마력을 자유자재로 뽑아낼 설비를 만들어낼 수가 없다. 기껏해야 흘러나오는 기운을 가져다 쓰는 정도가 전부인 것이다.

'아, 몇 개만 더 있었으면 부숴보며 실험해 볼 텐데.'

투덜거리며 칭호를 확인한다.

[관대하]

[15레벨]

[인급 나폴레옹]

"15레벨인가."

드래곤 하트에 드래곤 본을 재료로 쓰고 있음에도 형편없이 낮은 레벨이다. 경복궁 앞에 있는 영혼거병 순신이나 세종과 같은 레벨.

'내가 보조하지 않으면 어빌리티도 없고 영자력도 사용할 수 없기 때문이겠지. 게다가 지니의 배틀 AI는 방대한 데이터로 능숙한 전투를 벌일 수 있는 대신… 영력 활용 능력이 떨어진다.'

심지어 내 제작 능력 또한 온갖 인프라를 다 깔던 대마법사에 못 미치는 수준.

드래곤 하트에 드래곤 본을 재료로 쓰고도 낮은 레벨인 게 아니라… 드래곤 하트에 드래곤 본을 재료로 썼으니 그나마 15레벨씩이나 될 수 있었던 것이다.

땅! 킹! 카가각!!!

지니의 배틀 AI의 조종에 따라 데스 나이트와 나폴레옹이 격돌한다.

5미터나 되는 나폴레옹 앞의 데스 나이트는 마치 어른과 맞서는 아이처럼 위태로워 보였지만… 놀랍게도 녀석은 나폴레옹이 휘두르는 거대한 대검을 어렵지 않게 쳐내고, 피하고, 그리고 그 안으로 파고들어 빈틈을 노린다.

콰득! 쩡!

전투는 제법 치열하다. 레벨에서 나폴레옹이 데스 나이트를 앞서지만, 그래 봐야 14레벨과 15레벨은 그렇게까지 큰 차이도 아니니 당연한 일.

쩡! 쩡!

'아니, 잠깐. 좀 많이 맞는 거 아니냐?'

[죄, 죄송합니다. 함장님. 이 해골 녀석, 만만치 않군요.]

이제 보니 데스 나이트의 검술이 상당한 수준이다. 방대한 전투 데이터를 가진 지니의 배틀 AI는 물리적인 전투에서 완성자에 가까운 역량을 가지고 있지만 그걸로 데스 나이트에게 항거하는 건 불가능한 일이다.

녀석은 14레벨.

완성자의 역량을 한참이나 뛰어넘은 초절정의 검수다.

콰! 콰직!

검은 두개골이 부서지고 마침내 데스 나이트가 쓰러진다. 나폴레옹을 가볍게 넘어서는 역량을 지니고 있음에도 녀석은 승리를 거머쥘 수 없었다.

"제법 강하네. 나폴레옹이 드래곤 본이 아니라 강철로 만들어졌으면 가지고 놀다가 박살 내버렸겠어."

그러나 승부의 세계는 냉혹하다. 검기를 뿜든 놀라운 검술을 사용하든 나폴레옹의 장갑을 뚫지 못하는 이상 승산이 있을 리 없다.

"전투 한 번에 20분 정도인가… 그럼 지니, 잘 부탁해."

[네, 함장님.]

지니의 대답을 듣고 작업실로 이동한다.

그리고 이동하며 게시판들을 살폈다.

—요람에서 나갈 생각도 하지 마세요! +5,222(스티븐)

—철가면님 벌써 매크로 돌리시네. 최대한 빨리 시청했는데 ㅠㅠ +112(민철)

—데스 나이트 패턴—지속 업데이트— +2,222(톰)

나는 제일 처음 올라온 게시물을 클릭했다.

—지금 요람에 있는 분들 혹여라도 요람에서 나갈 생각 하신다면 그만두세요! 데스나이트는 인류 최정상급 강자도 목숨을 걸어야 할 정도의 강적입니다. 설마 플레이어 레벨이 14레벨이라고 정말 본인이 14레벨 몬스터랑 싸울 수 있을 거라 믿는 머저리는 없기를 바랍니다.

그래도 굳이, 굳이 싸워서 포인트를 벌고 싶다면 요람에서 나가기 전에 몇 가지 조건을 확인하세요!

1. 자신이 골드 이상의 정의 무구를 가지고 있는가?

2. 정의 무구를 지속형이 아니라 일격 필살용으로 구현했는가?

3. 13레벨 악령이나 키메라를 황금 거울이나 축복받은 단검 없이 잡아본 적이 있는가?

그리고······.

길어지는 창을 닫고 다른 게시물도 눌러보았다.

—아, 최대한 빨리 데스나이트 잡고 시청 시작했는데 철가면님 싸우는 모습 보니 매크로인가 보네요 ㅠㅠ 철가면님이 직접 조종해서 싸우는 모습 보신 분 있나요?

아래로는 리플들이 달려 있다.

—저는 요람에 있어서 처음부터 봤습니다! 한 스무 번 정도는 직접 잡으신 듯? 10초 컷이었습니다!
—와, 겁나 센 거 같은데 10초라니 ㄷㄷ;;; 정의 무구로 한쪽 다리 잘라놓고 시작했는데도 죽을 뻔했는데…….
—망토 달린 로봇 그 자체로도 엄청 강한 것 같은데 직접 조종하시면 그야말로 차원이 달라지네요.
—전투도 전투인데 성능 자체가 달라지는 느낌. 하긴 뭐 덩치가 커져 버리니;;
—으, 좀만 더 직접 싸워주시지.
—뭔 소리 하는 거예요. 지금 상위 능력자들 다 늙어서 큰일 난 건 생각 안 함? 스테이지가 몇 레벨까지 있을지 모르는데 철가면님이 나이 들어버리시면 큰일 납니다!!
—촬영한 사람 한둘이 아니니 나중에 마이튜브로 보세요!

나는 정의의 요람을 꺼버리고 작업실로 들어섰다. 그리고 물었다.
"지니, 1만 회 클리어에 얼마나 걸릴 것 같아?"

[중간중간 있을 정비와 교체 시간을 생각하면 최소 147일에서 154일 정도로 예상됩니다.]

"그나마 하급이라 짧은 편이네."

그렇게 말한 후 나는 작업실에 있는 디스플레이를 조절해 고유세계의 모습을 훑어보았다. 대륙급의 땅은 대부분이 사철로 뒤덮여 있지만 센터를 중심으로 빠르게 개발이 이뤄지고 있는 중이다.

"참 빠르네."

[인력까지 잔뜩 충원되었으니까요. 개중 자질이 보이는 이들을 뽑아 정비와 조종 교육을 시키는 중입니다.]

"아니, 그거 말고 고유세계 말이야. 몇 발짝 안 걸어도 한 바퀴를 다 돌 수 있었는데."

본디 고유세계는 무생물의 반입 때문에 성장이 어렵다. 차원의 특성상 받아들일 수 있는 무생물의 질량보다 생물의 질량이 훨씬 큰데도 고유세계를 성장시키기 위해서는 두 요소를 비등하게 받아들여야 하기 때문이다.

그러나 나는 상황이 다르다.

스테이지의 자판기에서 주어지는 물품을 고유세계로 직접 받는 게 가능하게 되면서 고유세계에는 그야말로 상상을 초월하는 자원을 투입받게 되었다. 만도 억도 조도 아닌 경(京) 단위의 포인트는 작정하고 쓰면 빌딩 수천 개도 우습게 지을 수 있을 정도니 당연한 일이다.

'S가 등급의 끝은 아니겠지. 하지만 그렇다면 어디까지 커지는 거지? 설마 진짜 행성급으로 커지는 건가?'

만약 그렇게 된다면 사람들을 고유세계에 다 넣는 것으로 종말 프로젝트를 피할 수 있다는 말일 텐데.

'그런데 그게 될까?'

대전쟁 때 수많은 문명을 멸망시켰다는 종말 프로젝트가 그렇게 호락호락할 것인가?

[작업은 내일 시작할까요?]

"음? 아냐, 아냐. 생각날 때 해야지."

나는 고개를 흔들어 잡념을 떨쳐내고 작업을 시작했다.

[현재 밀린 일이 많아 제련 과정은 10% 정도만 완료했습니다.]

"부족하지 않겠어?"

[이것만 해도 미스릴 15톤에 아다만티움 4톤인데요?]

"흐흐."

절로 웃음이 나온다. 산더미처럼 쌓인 레어 메탈을 보니 밥을 먹지 않아도 배가 부른 것 같다.

"그럼 기본 설계부터!"

내 지시에 따라 지니가 디스플레이에 온갖 기가스들의 설계 도면을 띄웠다. 유출 위험이 의심되면 저장장치를 폭파시켜서라도 막아야 할 레온하르트 제국의 기밀 자료들이지만 나도 지니도 신경 쓰지 않는다.

그렇게 10일이 지났다.

"이거 수급 맞아? 기급 같은데… 다시 하자!"

20일이 지났다.

"출력 똥망이네……."

30일이 지났다.

"악! 터진다!!!!"

40일이 지났다.

"아니, 어디가 문제인 거야?"

50일이 지났다.

"아, 이거 새로 해야겠다……."

60일이 지났다.

그리고 드디어 완성한다.

"좋아!!! 이름은 흑호로 하자!!"

나는 새까만 색의 기가스를 앞에 두고 만족스럽게 웃었다. 지니가 끼어든다.

[함장님, 검은색 너무 좋아하시는 것 아닙니까? 드래곤 나이트 때에도 그랬지만…….]

"스테이지 환경이 어두워서 그래 어두워서! 위장은 기본 아냐?"

그렇게 변명한 나는 흑호에 다가가 손바닥을 댔다. 내 영력 파동이 전해지며 흑호의 등이 열린다.

키리릭! 철컥!

들어가 자리 잡자 갑주가 닫힌다. 나는 가볍게 몸을 풀어보았다.

아직 기본형이었기에 흑호에는 별다른 기능이 없다. 그저 수급 기가스의 운동 능력과 출력을 가지고 있을 뿐이다.

"그나저나 레어 메탈이 너무 비효율적으로 소모되는데……."

원래 계획은 레어 메탈과 강철을 혼용해 사용하는 것이었는데 철을 섞어 만들면 아무리 해도 그 성능이 기급 기가스를 넘어서지 못한다. 흑호를 완성한 건 다행이지만 재료의 99.9%가 레어 메탈이라는 것은 양산에 그리 좋은 이야기가 아니다.

"지니, 다른 제작자들도 이래? 예를 들어 캔딜러 종족."

[캔딜러족은 상황이 다릅니다.]

"상황이 다르다니?"

[캔딜러족은 타고난 제작자인 동시에 인챈터인 경우가 많으니까요.]

"아, 인챈터……."

그녀의 말에 입이 절로 벌어진다. 지금껏 전혀 생각도 안하고 있던 문제다.

[사실 기가스쯤 되는 최상급 병기를 생산계 능력자 혼자서 만드는 경우는 드물지요.]

확실히 맞는 말이다. 제국급의 거대 설비가 있지 않은 이상 기가스 제작에 인챈터의 도움은 필수적이라고 해도 과언이 아니니까.

'과학기술로 어떻게 안 돼?'

[함장님, 테라급 함선인 알바트로스함이라도 단독으로 기가스를 생산하는 것은 불가능합니다. 기껏해야 정비나 가능한 정도지요.]

지금껏 나야 수련하는 김에 만들고 있어서 신경 쓰지 않았지만, 기가스 제조라는 거대한 미션을 수행하는 데 인챈터가 없다는 건 이상한 일이다.

"하지만 이제 와 인챈터를 어디에서 구해? 심지어 수급 기가스 제작을 도우려면 완성자 이상의 고위 마법사여야 할 텐데."

그렇게 한탄하는 순간이었다.

킹!

묘한 파동이 퍼져 나간다.

"……?"

뭔가 싶어 고개를 돌리자 책상 위에 대충 던져놓았던 구슬 하나가 보인다. 그 위에는 이렇게 쓰여 있다.

[없음]

[38레벨]

[마도황녀 제니카]

＊　　　＊　　　＊

[그래서 교육 중에 있습니다.]

지니는 여상한 어투로 말을 이었다. 아무래도 그녀는 방금 그 소리를 인식하지 못한 것 같다.

"교육이라고?"

책상으로 가 구슬을 잡아드는 내 물음에 지니가 답한다.

[네, 함장님. 지원자에 한해 인챈트학 관련 시뮬레이션과 교보재 등을 제공하고 있지요. 고작 60일밖에 지나지 않아 평균 수준은 견습에 불과하지만… 민경 양이 선별해 보낸 인원들이 대체로 학력이 좋더군요. 자질도 기질도 충분하니 시간만 있으면 수준은 충분히 올라갈 것으로 예상됩니다.]

나는 그녀의 말을 들으면서도 구슬을 계속 살폈다.

'분명 신호를 줬어. 의식이 있는 건가?'

차분하게 구슬을 살펴보지만 역시나 보고 또 봐도 그냥 구슬일 뿐이다. 한 톨의 마나, 먼지만 한 영력도 느껴지지 않는 평범한 옥구슬. 알바트로스함에 있던 장비로 분석해 봐도 그저 평범한 옥으로밖에 인식되지 않았다.

지금 내 눈에 보이는 칭호가 아니었다면 아무리 나라고 해도 이 구슬이 특별하다는 생각을 하지는 못했을 것이다.

'분류나 해볼까.'

[함장님?]

"아, 그래그래. 일단 그렇게 진행해 줘."

지니의 물음을 대충 그렇게 넘긴 후 나는 구슬의 칭호를 구체화하기 시작했다.

마족의 재앙이 보인다. 천족의 재앙도. 인류의 재앙도 있다. 엘프의, 드워프의 재앙도 있었다.

"…칭호 살벌하구먼."

심지어 거기에서 끝도 아니다. 그로테스크의 재앙. 공룡족의 재앙. 오우거의 재앙. 오크의 재앙. 코볼트의 재앙. 재앙. 재앙. 재앙……

그야말로 재앙과도 같은 칭호들의 나열에 입이 절로 벌어진다. 거기에 칭호 중에는 이런 것도 보인다.

리전 학살자.

"리전을 1만 개체나 죽였다고?"

어이가 없다. 세상에 리전이 이렇게 많았다는 것도 실감이 안 되는데 심지어 그만큼을 죽였단 말인가?

거기에 노블레스인 드래곤을 1백 이상 죽여야 얻을 수 있는 드래곤 사냥꾼에 심지어 선인 사냥꾼도 보인다.

거기에 언네임드 학살자까지.

"와……."

줄줄이 떠오르는 칭호들은 그야말로 살육의 역사나 다름없다. 그저 텍스트였을 뿐이지만 보는 것만으로도 코끝에 피비린내가 와 닿는 것만 같다.

'이건 내가 통제할 수 있는 존재가 아냐.'

하와와의 약속과 별개로 봉인을 풀 자신이 없어진다. 멋대로 봉인을 풀었다가 무슨 일이 벌어질지 장담할 수가 없었다.

'물론 그래 봐야 언터쳐블보다 약하겠지만…….'

나는 절대신인 정령신조차 마주했던 존재다. 굳이 그가 아니라 하와만 해도 상급 신위를 가진 존재였지. 성계신 또한 언터쳐블 중에서도 특별히 강력한 존재라 할 수 있다.

하지만 그렇다 해도 마도황녀는 경우가 다르다.

나에게 호감을 가지고 있거나 이런저런 제약들을 가지고 있는 언터쳐블과 다르게 마도황녀는 완전히 자유로운 존재. 만일 풀려난 그녀가 다른 마음을 먹는다면 나로서는 저항이 불가능하다.

성향조차 모를 존재를 함부로 풀어놓는 건 위험한 일이다.

'내가 아레스에 타서 라를 쓰고 신성을 풀 개방 해도 안 되겠지.'

거기까지 생각했을 때 구슬의 칭호가 변한다.

[인챈트]

[16레벨]

[소울 엔진. 71버전]

"…정말 의식이 있는 건가? 그러면 대화를 걸면 될 텐데."

황당해하면서도 구슬의 칭호를 구체화시킨다.

어마어마한 규모의 문자들이 해일처럼 몰아쳐 방을 채워 버린다. 나는 전해지는 정보를 대략적으로 읽어내고 지니에게 물었다.

"지니, 7클래스의 인챈트 하나 새기는 데 글자가 보통 몇 개 정도 들어가?"

[학파와 주문의 종류에 따라 다르지만 룬 문자의 경우 18자에서 90자 가량입니다.]

"룬 문자가 아니면?"

[마나어는 조금 더 짧고 용언은 좀 더 긴 편이지만 비슷합니다.]

직접 마법을 쓸 수는 없어도 관련 자료는 잔뜩 가지고 있는 지니의 답변에 고개를 끄덕인다.

"수십 자 정도란 말이지."

나는 구체화된 칭호에 표시된 문자의 개수를 헤아렸다.

[무슨 일이십니까?]

"별건 아니고 인챈트 술식 하나를 얻었는데 문장은 한글이고 단어가 1만 8천 개야. 글자 수로 치면 2만 자 정도."

[…그게 무슨. 궁극 마법도 그렇게는 안 들어갈 텐데요?]

그녀의 말을 들으며 1만 8천 개의 단어를 살펴본다. 집중. 영혼. 전진. 소원. 응집. 저장 등등… 이제 보니 단어의 종류 자체는 그리 많지 않다.

잠시 살펴보자 그것들이 의미하는 바를 알 수 있었다.

'술식을 풀어놓았다.'

글자 하나를 수백 수천 개로 늘려놓은 셈. 언뜻 보면 비효율적인 일이지만 칭호를 분류하면 분류할수록 그것이 얼마나 기가 막힌 결과물인지 알 수 있다.

"와."

감탄이 절로 나온다. 이 1만 8천 개의 단어가 모든 술식을 파츠화 해서 흩어놓은 결과물이라는 사실을 깨달았기 때문이다.

덕분에 단어 하나하나에 담기는 술식의 제작 난이도가 미친 듯이 낮아졌다. 1만 8천 개의 단어 중에서 1클래스 마법사도 새길 수 있는 단어가 1만 개. 2클래스 마법사도 새길 수 있는 단어가 5천 개. 3클래스 마법사가 새길 수 있는 단어가 3천 개가 되어버린 것이다.

즉, 이것은 1~3클래스 마법사 수천 명이 있다면 각자 분업해 만들어낼 수 있는 7클래스 인챈트 술식이다.

[그런… 게 가능한가요? 제국에서도 들어본 적 없는 방식인데.]

내 설명을 들은 지니가 황당해한다. 그만큼이나 말도 안 되는 응용 마법이라는 소리다. 얼마나 마법에 대한 이해가 높아야 이런 일이 가능하단 말인가?

"뭐, 일단."

나는 구체화한 칭호에 있는 단어를 타이핑했다. 말이 좋아 술식이지 [힘]을 담지 않은 단어는 그저 단어일 뿐이기에 얼마든지 따라 칠 수 있다.

글자 수가 좀 많았지만 그래 봐야 단어 종류는 12종류뿐이었기에 복사 붙여넣기를 적극 활용하니 금세 작업을 마칠 수 있었다.

"지니, 디바이스에 알바 공고 내줘. 대금은 시간과 들어가는 노력을 감안해서 책정하고."

[네, 함장님.]

그녀에게 작업을 맡긴 뒤 나는 다시 기가스 제작을 시작했다. 흑호의 개량을 해보기도 하고, 새로운 수급 기가스를 제작해 보기도 했다.

10일.

30일.

60일.

나는 흑호와 더불어 흑웅과 흑랑을 만들었다.

아직 인챈트가 없는 상황이어서 100% 레어 메탈로 만든 물건들이다.

"흑웅은 재석이. 흑호는 민경. 흑랑은 경은하고 선애한테 주면 되겠다. 죄다 프로토 타입이라 성능이 애매하지만… 뭐, 나중에 업그레이드해 주면 되겠지."

새로이 만든 수급 기가스들은 원격조종이 아니라 탑승용이다. 맞춤으로 만들었으니 각자 잘 적응할 것이다.

　—모든 시험이 끝났습니다!
　—스테이지가 클리어되었습니다! 기여도에 따라 보상이 주어집니다.
　—당신의 순위는 공동 1위(66명)입니다.

　혹시나 했는데 역시나 완벽 클리어는 실패다. 하기야 어떤 면에서는 공략이 불가능한 하급이 중급이나 상급보다 더 까다로우니 어쩔 수 없는 일이다.

　—당신의 클리어 횟수는 1만 회입니다.
　—사망 취소 인원 1만 명을 표시합니다.
　—대상은 혈족. 지인. 거주 지역. 출신 지역 순입니다.
　—변경을 원하는 인원을 선택해 주십시오.

　눈앞으로 수많은 사람의 얼굴이 떠오른다. 나는 굳이 건들지 않고 화면을 넘겼다.

　—사망 처리를 변경 없이 적용합니다.
　—남은 [사망 처리]의 숫자
　—122만 6,228명.
　—집행합니다.

　학살이다. 아마 몇 달 전이었다면 이것만으로 전 세계가 혼란에 빠지고 세계경제에 대공황이 찾아왔을 것이다. 그러나 지금은 다르다.

"나 참… 백만 명이 죽었는데 제법 선방했다는 생각부터 들다니."

기막힌 일이었지만 이게 나만의 생각은 아닐 것이다. 이것이 인류가 이 정신 나간 업데이트 속도에 적응한 결과가 아닌 온갖 보정을 더한, 거기에 인류의 절반이 전투를 피했기에 낼 수 있었던 결과라는 게 아까울 뿐이다.

"지니, 진행률은?"

[현재 68%입니다. 클래스도 클래스지만 아직 인챈터들의 숙련도가 너무 떨어지는지라…….]

"쯧. 역시 딱 맞게 결과가 나오지는 않네. 하긴 나왔다 하더라도 겨우 1개뿐이었겠지만."

투덜거리는 순간 배경이 변한다.

"끝! 끝이다! 살아 있어! 설마 완벽 클리어인가요?!"

"완벽 클리어는 아닙니다. 백만 명 정도 죽었다고 하더라고요."

"백만……."

"하, 하하. 미치겠군요. 엄청난 숫자인데 그렇게 느껴지지가 않아요."

"얼마 전만 해도 몇 억씩 죽어나갔으니까요. 실제로 이 근처에 시체가 하나도 안 보일 정도로 적은 사망자이긴 합니다."

완벽 클리어에 실패했기 때문인지 환호로 가득 차거나 하지는 않았지만 그렇다 하더라도 한숨 돌리는 분위기.

다만 사망자가 별로 안 보인다고 부상자까지 없는 건 아니다.

"여기! 여기 환자 있어요! 도와주세요!"

"괜찮으세요? 일단 제가 응급치료를 해드릴게요!"

"여기 치료사 있습니다!"

여기저기에서 자원봉사자들이 뛰어다니는 모습이 보인다. 힐링 능력이 없는 이들 중에서도 의학 지식이 있는 이들은 어떻게든 다친 사람들에게 응급치료를 해주었다.

그리고 그들은 나에게도 달려왔다.

"아가씨! 괜찮아요?"

"허억… 허억… 괜찮아요. 신경 쓰지 말고 가세요."

나는 가쁜 호흡을 내뱉는 선애의 모습을 보았다. 그녀의 궁녀복이 피에 절어 있다. 스테이지의 적은 데스 나이트였으니 적의 피는 아닐 것이다.

"가라니요? 피가 이렇게 잔뜩 흘렀는데?"

다가온 의사가 당황해 되묻자 선애가 헐떡이면서도 고개를 흔들었다.

"다 치료했어요. 후우… 후우… 제가 재생 능력이 있거든요."

"아 그래요? 생체력 수련자인 모양인데 저기 아주머니들한테 가서 뭐라도 좀 먹어요."

자상한 말과 함께 떠나가는 의사. 나는 선애를 향해 물었다.

"너, 변신했구나?"

"시, 끄러워!"

캭, 하고 성질을 부리는 선애의 옆에 앉았다.

'그러고 보면 이 녀석도 참 특이해.'

레벨을 확인하니 아직도 9레벨. 거기에 녀석은 정의 무구도 없다.

'그런데 데스 나이트를 잡았다니.'

잔뜩 다친 모양이지만 그것이야말로 그녀가 자력으로 데스 나이트를 잡았다는 증거다. 만일 그녀가 데스 나이트에게 살해 당했다면 부상 따위는 없었을 테니까.

뿌득!

"응?"

느닷없는 뼈 소리에 나는 선애를 자세히 보았다.

그녀의 피부가 일렁이고 있다. 날개 뼈가 피부를 찢어버릴 듯 솟구치고 누가 바람을 불어넣기라도 하듯 그녀의 몸이 부풀기 시작한다.

"하, 하악… 흐으윽!!! 아, 안 돼!! 대하! 주변 사람들을 대피시켜!"

"왜? 폭발이라도 하나?"

"위험! 위험하다고!! 이런 제길… 흐아악……!"

"이런?! 무슨 일입니까? 괜찮으세요?"

"어? 저 아가씨 무슨 일이야?"

주변 사람들이 놀라는 순간, 나도 놀랐다.

"어?"

9였던 선애의 레벨이 10이 되었다. 그게 끝이 아니다.

11이 되었다. 12. 13. 멈추지 않고 올라간다. 14. 15. 16. 17레벨!

"아니, 이건 또 뭐야?"

뿌득! 뿌득! 뿌드득!!!!!

그녀의 등이 터져 나가면서 커다란 날개가 펼쳐진다.

선애가 비명을 질렀다.

"아, 안 돼!!! 안 돼!!!!!"

고오오오오————!!!!

그녀로부터 강렬한 기세가 뿜어진다. 광화문 광장에 있던 수많은 사람들이 경악해 사방으로 흩어지는 모습이 보인다.

광화문에 있는 대부분의 인간들이 능력자들이었던 만큼 실로 신속한 대피.

홀로 피하지 않은 나는 가만히 서서 선애를 들여다보았다. 그리고 보니 어느새 그녀의 얼굴조차 뒤바뀌어 있다. 귀엽기는 해도 미녀라고 부르기에는 애매했던 그녀가 놀랄 정도로 빼어난 미녀로 변한 것이다.

등에 난 커다란 날개는 깃털이 달려서 언뜻 보면 천사처럼 보이는 외양.

그러나 변신을 마친 그녀는 전혀 천사 같지 않은 기세로 포효했다.

"캬아아아아악!!!"

[원일고등학교]

[17레벨]

[완성형 니케]

나는 경악하기보다 황당해서 그 모습을 바라보았다.

"아니, 이건 또 뭔데 17레벨이야?"

이 날개 달린 여자가 내 나폴레옹보다 고레벨이라니 어이가
없다.

심지어 플레이어 레벨은 그보다도 높다. 그리고 그것을 확인
한 다른 플레이어들이 기겁한다.

"으악!!! 19레벨!! 19레벨이야!!!"

"폭주다! 무슨 능력인 거야?!"

"모두 피하세요!!!"

어느 정도 떨어져 있다가 아예 멀찍이 달아나 버리는 사람
들. 요즘 워낙 뒤숭숭한 시기라 그런지 다들 신속하기 그지
없다.

그리고 그때.

"오? 아하하하핫!!! 인간 세계! 인간 세계야! 드디어 그 지긋
지긋한 시체 놈을 안 봐도 되는구나!!! 신선한 피와 살점을 먹
어 치울 수 있겠어……!!"

요사스러운 목소리로 폭소하는 선애의 모습에 지니가 물
었다.

[함장님, 위험하지 않겠습니까?]

"위험할 건 또 뭐야."

나는 혀를 찼다. 볼 건 다 봤으니 되었다.

철컥!

방아쇠를 당긴다. 그리고.

털썩!

미친 듯 웃고 있던 날개 달린 미녀가 쓰러진다.

"···뭐야? 지금 쓰러진 건가?"

"뭐지? 방금 누가 19레벨이라고 하지 않았어요?"

"와, 저 날개 뭐지······."

술렁거리는 사람들. 나는 어이가 없어 웃었다.

"아니, 뭐 이리 허술해? 17렙이면 쉐도우 스토커에도 한두 방 정도는 저항할 만한데."

나는 만약을 위해 왼손에 꺼내 들었던 궁니르를 다시 집어넣은 후 선애를 안아 들었다.

일단 이 뜬금없는 변신이 뭘 뜻하는지 알아보고. 그리고.

고유세계에 넣을 사람을 더 모집해야겠다.

*　　　*　　　*

"선생님! 저 왕관 만들었어요!!"

[어머. 지은아, 고마워.]

"선생님! 선생님은 왜 이렇게 살이 다 드러나는 옷을 입으세요?"

[으응. 그건 우리 아버지의 부탁이었단다. 지금 내 모습이 너무 마음에 든다고 절대 바꾸지 못하게 하셨지. 얼마나 단호하셨는지 국방부 장관하고도 막 싸웠다더라고.]

육감적인 몸매의 무희가 새로이 들어온 아이들을 통솔하고 있다.

학부모들이 본다면 거품을 물 복장이지만 그럼에도 지니의 인기는 엄청나다. 가장 외모에 솔직하게 반응하는 아이들에게 절세 미녀에 가까운 지니의 인기가 많은 건 어쩌면 당연한 일일지도 모른다.

비록 그 모습이 강철의 몸에 씌워진 캐릭터 이미지라 해도 그렇다.

"…여긴 어디야?"

센터. 정확히는 '센터의 센터'라 불리는 중앙 광장의 잔디 위에 누워 있던 여인이 눈을 떴다.

이제는 고등학생이라고 도저히 생각할 수 없을 정도로 성숙한 외모의 그녀는 한때 내 짝꿍이었던 선애다. 한때 소녀소녀하던 외양의 그녀조차 스테이지의 시간을 견디지 못하고 나이를 먹고 만 것이다.

"말하자면, 일종의 아공간이지."

"여기가 그 소문의……."

선애는 들은 이야기가 있는 듯 벌떡 일어나 주위를 살폈다. 중앙 광장은 가로세로 1킬로미터의 넉넉한 넓이를 가지고 있었기에 그녀를 눈여겨보는 사람은 없다. 중앙 광장이 10만 명의 신입들로 시끌벅적한 상황이기에 더욱 그렇다.

"아빠!!"

"마, 마이클… 많이 컸구나."

어떤 백인 남성과 아이가 서로를 껴안는다. 눈을 마주치지 못하는 사내와 다르게 아이는 해맑기만 하다.

"나 백 밤이나 잤어요!! 헤헤. 근데 아빠도 문신이 잔뜩이네요."

아이의 말에 어른의 얼굴이 사색으로 변한다.

"아, 그, 그건⋯⋯."

"괜찮아요. 다들 많던데요. 선생님께서 이제부터 안 늘리면 된다고 하셨어요!"

"마이클⋯ 이 착한 녀석⋯⋯!"

사내가 아이를 안고 펑펑 운다. 나는 잠시 그 모습을 구경하다 말했다.

"웬 천사같이 변하던데."

"천사는 무슨, 돌연변이 괴물이지."

선애는 잔디밭에 앉아 150일 만의 가족 상봉을 한동안 가만히 지켜보았다. 그사이 나는 현실의 몸으로 이런저런 작업들을 진행하며 시간을 보냈다.

한참 후 선애가 말했다.

"만 개의 그릇이라고 했어."

"뭐가?"

"흑마법사들이 나를 그렇게 불렀다고. 세상에 둘도 없는 보배라고 했지. 자체적으로는 별다른 힘이 없지만⋯ 영적인 그릇은 만 명분을 합한 것과 맞먹는다고 붙여진 이름이래."

선애는 평범한 가정에서 태어났다고 한다.

그녀의 부친도, 모친도 이면세계의 존재 자체도 모르는 일반인.

그러나 그들 사이에서 태어난 선애는 특별한 자질을 타고났고, 그것이 그들 가족의 불행이 되었다.

세상 누구보다 먼저 그녀의 존재를 발견한 세계적인 흑마법사 단체, 로맨서(Romance)는 일말의 망설임 없이 그녀의 부모를 살해하고 그녀를 납치해 온갖 끔찍한 실험을 자행했다.

매일매일 죽기를 소원하는 지옥 속에서 살기를 5년째.

정말 아무런 전조조차 없이 로맨서가 붕괴했다.

그것은 그녀처럼 로맨서에서 키워지던 강대한 초능력자가 반란을 일으킨 결과로, 좀 더 기다렸다면 그녀도 그들과 함께하게 되었을지도 모르지만… 그 사실을 알 수 없었던 그녀로서는 그저 드러난 틈을 타 무작정 도망쳤을 뿐이다.

"나를 관리하던 흑마법사를 찢어버리고 도망칠 때 녀석이 말했지. 나는 신도 악마도 될 수 있는 자질을 가진 존재라고. 그 자질이 아깝지 않느냐고."

거기까지 말한 선애가 나를 바라보았다.

"그래서 아까웠어?"

"그럴 리가 있겠어? 신도 악마도 될 수 있기는 개뿔. 그야말로 우물 안 개구리 같은 소리지."

그렇게 한탄한 선애가 차분히 자신의 재능에 대해 설명했다.

"만 개의 그릇이라는 건 말 그대로 그릇이야."

그것은 기본적으로 어떠한 [강화]와 [주입]을 받아들였을 경우 어떻게든 그것을 흡수할 수 있는 재능을 말한다.

"말하자면 영약을 계속 먹을 수 있는 능력이지."

"…개사기 아닌가?"

자판기에서 영단을 계속 살 수 있지만 그렇다고 사람들 내공이 죄다 1갑자, 마나양이 죄다 5클래스급 이런 일은 벌어지지 않았다. 체내 마나양도 결국 수련자의 제어 능력에 영향을 받기 때문에 감당하지 못할 마나는 몸을 해치는 독이 될 뿐인 것. 그런데 저런 능력이 있다면 그야말로 상식을 넘어서는 마나양을 가질 수 있다는 말이 아닌가?

하지만 선애는 고개를 흔들었다.

"그래 봐야 한 방에 당했잖아. 하. 자판기에서 산 영단을 닥치는 대로 먹어서 돌연변이를 완성시켰더니 능력을 제어하게 되기는커녕 폭주나 하고. 그나마 그게 유일한 희망이었는데⋯⋯."

나는 그녀의 눈을 들여다보았다. 텅 비어 있는 눈동자에는 조금의 울림도 없다.

'지쳤군.'

마치 예전의 나를 보는 것 같다. 그녀의 모습에서 황제의 자리조차 마다하고 그저 평온함만을 바라던 내 모습이 보인다.

"내가 이곳에 이주민을 들이는 조건은 알지?"

"그래. 스테이지를 클리어하는 게 불가능한 사람들이라고 했지."

내 원래 기준이라면 그녀를 받아들이면 안 된다. 지금의 선애는 고작 9레벨에 불과하지만 날개 달린 여자로 변신하면 17레벨까지 강화되기 때문이다. 그녀 또한 1만 클리어를 할 수 있는 인재일 수 있다는 뜻.

그러나 나는 고개를 끄덕였다.

"너, 상태가 안 좋아 보이네. 지니한테 가. 머물 곳으로 안내해 줄 거야."

"⋯고마워."

나는 자리에서 일어나 천천히 멀어지는 선애의 모습을 잠시 바라봤다. 재석이처럼 원하는 자질을 가지지 못해 고통스러워하는 이들도 있지만 원치 않는 것을 타고나 고통받는 이 또한 있다.

그러나 이미 가지고 태어난 자질을 영원히 없는 것으로 할 수 있을까?

"폭주할 수도 있으니 잘 지켜봐 줘."

[이제 고유세계도 거의 알바트로스함에 비빌 만한 설비를 갖추고 있으니 안심하셔도 됩니다.]

"그래그래. 아, 그리고 인챈트 작업은 잘되고 있어?"

[네. 신입 중 마법사. 심지어 인챈터가 대거 투입되어 몇 배 이상 빨라졌습니다. 숙련도도 점점 더 오르고 있으니 최대 30배까지 가속될 것으로 예상됩니다.]

"…그렇게까지 빨라진다고?"

상식을 뛰어넘는 상승폭에 황당해 하자 지니가 답했다.

[이 작은 별에서 모집했다고는 믿을 수 없을 정도로 많은 마법사들이니까요. 심지어 평균 지능지수 또한 믿을 수 없을 정도로 높습니다.]

"마법사는 당연히 지능이 높은 거 아냐?"

[그게 꼭 그렇지도 않지요.]

마력을 다루는 능력과 지능은 전혀 별개의 재능이다. 거기에 타고나는 성향 또한 재능과 다른 경우가 허다한 것이 현실.

그러나 지구의 경우는 상황이 다르다. 자판기에서 주어지는 [보편의 재능] 때문이다.

자판기를 이용해 영력을 각성하게 될 때 대상이 선택한 능력에 대한 재능이 없다면 실로 기적 같은 일이 발생한다.

바로 '없던' 재능이 만들어지는 것!

당연한 말이지만 천재의 재능이 주어지거나 하지는 않는다. 주어지는 것은 해당 재능을 가진 이들이 가지는 가장 보편적인 재능.

영적인 재능이 전혀 없던 재석이 생체력에 입문할 수 있었던 것 또한 이 자판기의 힘 덕분이다.

이렇게 인위적으로 주어지는 능력의 장점은 바로 '선택'이 가능하다는 것이다.

"아, 그러네. 마력을 선택하는 사람은 당연히 마법을 좋아하는 사람이겠군?"

[그리고 스스로를 똑똑하다 여기는 검증된 인재들 역시 주로 마력을 골랐지요.]

판검사, 변호사, 과학자, 공학자, 수학자 등등. 자신의 지능에 자신이 있는 이들은 내공이나 생체력을 고르는 대신 마력을 선택했다. 그리고 거기에 보편의 재능이 더해지자, 그들의 성장은 눈이 부실 정도다.

"하긴. 지구가 이런 상황이 아니었다면 데려올 수 없는 고급 인력들이니."

물론 그게 마냥 좋기만 한 일은 아니다.

내 눈앞으로 화면 하나가 떠오른다.

널찍한 강당의 단상 위에 올라선 백인이 오른팔을 흔들며 열정적으로 소리치고 있다.

"이런 곳에 왔다 하더라도 우리는 미국인이오. 그가 우리의 은인이라 하더라도 이토록 자유를 억제하는 건 합당하지 않은 일이지!!"

화면이 바뀌더니 식당으로 보이는 장소에 모인 동양인들이 잔을 들어 올리며 소리친다.

"우리는 이제부터 중화 연맹이오!"

이번엔 널찍한 홀에서 파티를 즐기고 있던 백인들이 서로서로 의견을 나눈다.

"철가면이 동양인이어서 그런지 신입들 중 동양인이 너무 많소! 우리가 왜 이 꼴을 두고 봐야 합니까?"

"그렇습니다! 심지어 양키들이 설치는 걸 보세요! 유럽은 명백하게 차별받고 있습니다!"

어떤 방 안에 모인 동양인들이 소곤거린다. 그 표정과 자세가 사뭇 비장하다.

"우리는 이제부터 일본 제국의 부활을 위해 전력을 다해야 합니다."

연속해서 떠올랐다 사라지는 장면들에 어이가 가출한다.

"얼씨구."

기막혀하는 나에게 지니가 설명한다.

[파벌이 생기고 있습니다. 그리고 단체들과 각자의 룰이 만들어졌지요. 심지어… 자기들끼리 세금을 걷고 법전을 만드는 이들도 있습니다. 행정부는 저에게 맡기더라도 입법부와 사법부는 인간이 맡아야 한다는 여론이더군요.]

"절씨구."

후안에 의해 악인으로 낙인찍힌 이들이 반드시 악인 것은 아니다. 주어진 환경이 썩어 있다면 대단한 위인이나 정의감을 품은 의인이 아닌 이상 집단의 방향성을 따라갈 수밖에 없는 게 현실이니까.

그러나 악인으로 낙인찍힌 이들은.

당연히 진짜 악인인 경우가 더 많다.

"정말 가지가지 하네."

아무래도 이 고유세계라는 공간 안에서도 권력이라는 것을 잡아보고 싶은 이들이 있는 모양이다.

"이미 규칙은 다 공고했을 텐데?"

[그래서인지 동아리 같은 형태를 취하고 있습니다만 연관된 인원들이 구성원들 사이에서 상당한 발언권을 가진 이들입니다.]

"일단 세력을 키우면서 밑그림만 그린다 이거지."

벌써 딴생각을 하는 이들이 있다는 사실에 헛웃음이 나온다. 하기야 벌써라고 말하기도 뭣하다. 14레벨 하급 난이도 전에 넘어온 이들에게는 벌써 150일이라는 시간이 지났으니까.

'당연한 흐름일지도 모르겠네.'

그리고 내가 그저 고유세계만을 가지고 있었다면 이 흐름을 막지 못했을 것이다. 아니, 그 정도가 아니라 사람들에 대한 통제력을 완전히 잃어버리고 오히려 고유세계의 육신을 억류당했을지도 모르지.

그러나 나에게는 지니가 있다.

"걱정할 필요는 없지?"

[함장님, 전 레온하르트 제국의 테라급 관제 인격입니다. 제가 다뤄온 선원이 몇 명인데 그런 말씀을. 하물며 여기는 인권

위원회도 없는 곳인걸요.]

우쭐해 하는 지니의 목소리에 웃는다.

"식량 사정은 어때?"

[아직 비축분에 여유가 있지만 다시 비슷한 규모의 신입을 받으면 위험해질 것으로 예상됩니다.]

"그럼 남은 질량은 다시 가축으로 하지. 오후 6시까지 준비해 줘."

[네, 함장님.]

대답을 마지막으로 조용해지는 지니.

나는 허벅지 위에 올려놓았던 드래곤 하트를 들어 올렸다. 모처럼 현실에서 활동할 수 있는 시간이지만 고유세계에도 사람이 많아지니 굳이 나갈 생각이 들지 않는다.

"시간도 애매하게 남는데 작업이나 해두는 게 낫겠지……."

호흡을 고른다. 그리고 천천히 영성을 일깨운다.

우─우─웅───.

마치 바람처럼 내 주위를 맴도는 어떠한 [힘]이 느껴진다. 나는 조각칼을 들었다. 내 주위를 맴돌던 힘이 그 안으로 스며들어 간다.

끼기긱!

조각을 시작한다. 속도는 믿을 수 없을 정도로 느리다. 하루 종일 드래곤 하트를 잡고 있어야 겨우 0.02%쯤 올릴 수 있는 수준.

이론상 이 짓거리를 4,000일 넘게 해야 작업을 완수할 수 있다는 말이나 다름없다.

'노가다로 해결될 문제가 아니야. 그때 감각을 되찾아야 하는데.'

그러나 아무리 떠올리려 해도 안 된다. 자고 있을 때에는 그토록 생생하고 실감 나던 꿈이 깨어나고 나면 신기루처럼 흩어져 버리듯 깨달음의 순간 또한 아무리 잡으려 해도 희끗희끗하게 사라질 뿐이다.

"아! 진짜!"

자리에서 벌떡 일어난다.

"아니, 어떻게 거기에서 방해를 해?! 어떻게??"

생각하면 생각할수록 열이 뻗친다. 아주 악독한 새끼가 아닌가? 강호의 도리라든가 서로 간의 매너 이런 것도 없단 말인가? 명색이 운영자라는 놈이 지가 만든 공지마저 어겨가며 꼬장을 부리다니!

진짜 정말.

정말 정말 정말!!!!

화가 난다!

*　　　*　　　*

"화가 났군."

일한은 가만히 웃었다.

"으아악!!!"

비명이 터져 나온다. 거울을 보고 있던 검은 아이의 어깨가 들썩이고 있다.

당연한 말이지만 그는 정의의 요람에 접속할 수 없다. 후안은 그와 같은 언네임드였으며 고유한 [설정]과 [신성]을 가진 존재였기 때문이다.

그러나 스테이지에 있는 존재가 정의의 요람을 열람한다면.

그의 '눈'을 통해서 검은 아이 또한 게시물을 볼 수 있다.

그리고 지금 이 순간.

새로운 게시물이 올라왔다.

"으아아아!!! 아아아악!!!! 이! 바보! 멍청이!!! 쓰레기! 벌레!!! 같은!!!!!"

쾅! 쾅쾅! 쾅!!!

검은 아이가 분을 이기지 못한 듯 책상을 후려치자 세상이 무너질 것 같은 무지막지한 굉음이 울려 퍼진다.

그 게시물의 제목은 이러하다.

―1시간 후 7레벨도 클리어할 수 있는 14레벨 중급 공략 올릴 예정.(철가면)

적응과 업데이트

"슬슬 위험하네."

나는 푹, 한숨을 내쉬었다. 결국 이 날이 오고야 말았다. 언젠가 이렇게 될 것이라는 사실을 짐작하고 있었지만, 그렇다 하더라도 뼈아픈 일이다.

그렇다.

슬슬 스테이지의 빈틈을 찾기가 힘들어지고 있다.

[모니터링 팀의 보고가 올라왔습니다. 다른 플레이어들도 순조롭게 공략을 시작했다고 하더군요. 다만 그 전에 죽은 숫자가 제법 되는 모양이군요.]

"공략집 만드는 데 하루나 걸렸으니까."

내가 오류와 빈틈을 찾아내 이용하면 할수록, 그리고 종말 프로젝트가 그것을 고치면 고칠수록 스테이지의 완성도가 올라간다.

플레이어를 조롱하는 듯 난잡하던 오브젝트들이 하나씩 사라져 가고 총체적인 밸런스 역시 레벨에 맞게 안정된다.

만약 이게 놀려고 하는 게임이었으면 게임사를 칭찬했을 것이다.

"여전히 레벨링이 문제인데."

사실 이것조차 진짜 게임이라면 단점이 아니었을 것이다. 스테이지를 클리어하면 받는 보상으로 자판기를 이용하면 레벨에 걸맞은 스펙을 갖추는 게 가능하기 때문이다.

그러나 현실은 게임이 아니며, 역량은 그리 쉽게 늘어나지 않는다.

"무수히 많은 사람들이 완성자의 벽에서 피눈물을 흘리고 있으니……."

아무리 좋은 환경이 주어진다 해도 한계는 있다. 영약을 밥 먹듯이 먹고 훌륭한 신공과 마법서가 주어진다 해도 깨달음은 절대 쉽게 오지 않는 것!

역시 답은 장비뿐이다.

"역량 자체를 계속 올리는 게 불가능하다면 장비를 업그레이드해야 해."

수련하면 수련하는 대로. 시련을 겪으면 겪는 대로 강해지는 인간은 많지 않다. 그러나 고등학생하고 싸워도 지는 예비역 남성이 K—1 소총을 들면 호랑이도 쏴 죽일 수 있듯, 충분한 장비를 갖출 수 있다면 종말 프로젝트의 정신 나간 레벨 디자인에도 적응할 수 있다. 우주전에도 활용되는 수(獸)급 기가스라면 충분히 그만한 역할을 해줄 수 있겠지.

"진행 상황은 어때?"

[현재 완성된 인챈트 코인은 총 7회 분량입니다.]

"작업 속도는?"

[계속 상승 중입니다. 현재는 40시간마다 1개씩 완성되고 있습니다.]

"좋아."

차라랑!

책상 위에 올려져 있던 바구니 중 하나를 들어 허공에 흩뿌리자 날카로운 소리와 함께 1만 8천 개의 동전이 거대한 구체를 만들며 회전한다.

인챈트 코인(Enchant coin).

미리 공장에서 찍어낸 코인을 일종의 하청이라 할 수 있는 마법사들에게 넘겨 인챈트를 부여, 돌려받은 그것은 각기 마법의 힘을 품은 마법 물품이다. 오직 하나의 글자, 혹은 하나의 단어만 새겨져 있기에 하나하나는 아무런 효과도 발휘하지 못하지만 강대한 술식의 파편으로 기능하는 물건들.

위이잉!

원을 그리며 회전하던 1만 8천 개의 인챈트 코인은 천장과 바닥에서 가해지는 자성에 따라 정해진 순서로 나열되었다.

그리고 그 순간 천장에 매달려 있던 미스릴 원통이 떨어져 내리고.

인챈트가 발동한다.

웅!!!

동전에 새겨져 있던 1만 8천 개의 단어가 미스릴 원통의 표면에 날아가 박히자 인챈트 코인은 비처럼 쏟아져 바닥에 쌓이고 미스릴 원통만이 허공에 둥둥 떴다.

기나긴 준비 시간이 허망할 정도로 깔끔한 성공이다.

[인챈트. 소울 엔진의 안착을 확인했습니다. 수고하셨습니다.]

"수고야 마법사들이 다 했지."

나는 10킬로그램 정도 되는 미스릴 원통을 잡아 들었다. 원통이라고 불렀지만 가운데 부분이 움푹 들어간 그것은 기계장치의 부품보다는 묵직한 아령으로 보인다.

[수급 기가스. 붉은 곰—11 대기 중입니다.]

"붉은 곰에 들어간 레어 메탈이 얼마나 되지?"

[주 무기에 들어간 아다만티움과 소울 엔진에 들어간 미스릴까지 치면 21.5킬로그램입니다.]

"그 정도면 초기형치고 양호하네."

이미 열려 있던 붉은 곰의 가슴팍에 소울 엔진을 삽입. 그대로 180도 회전시키자 철컥! 하는 소리와 함께 엔진이 고정되고 투입구가 드러난다.

"연료는 마나석이지?"

[마나석뿐이 아닙니다. 이 주문은… 정말 놀랍군요. 영력과 영자력. 마력. 내공. 심지어 열에너지나 전기에너지도 에너지원으로 사용할 수 있습니다. 공격적인 염(念)만 없다면 뭐든 상관없다는 식입니다. 이런 게 가능하다니.]

"역시 마도황녀라는 건가."

당연한 말이지만 마도황녀에 대해 조사했다. 굉장한 유명인이었기에 관련 자료의 양이 어마어마하다.

마법의 신이 받아들인 유일한 제자. 인류 유일의 텐 클래스.

전쟁 영웅. 무자비한 학살자. 항성(恒星) 파괴자. 신살자(神殺者).

그리고.

그리고.

위대한 영웅의 동료.

"……."

나는 붉은 곰의 주입구를 잡고 정령력을 내뿜었다. 에너지 잔량을 나타내는 게이지가 차오르는 것을 확인하고 이번에는 오오라를 내뿜어보았다. 심지어, 마지막에는 진동 에너지까지 뿌렸는데 그럼에도 소울 엔진은 별다른 문제없이 그 모든 것을 연료로 삼았다.

그렇게 잠시 시간이 지나자 침묵하고 있던 붉은 곰에 생기가 깃들기 시작한다.

기이잉! 철컹!

느슨하게 풀려 있던 붉은 곰의 외부 장갑이 바짝 수축한다. 주입구에 올려놓고 있던 손을 떼자 무릎을 꿇고 있던 붉은 곰이 자리에서 일어선다.

[관대하]

[9레벨]

[붉은 곰]

레벨은 형편없다. 왜냐하면 붉은 곰은 자동 전투 능력을 배제하고 철저한 탑승형 기가스로 제작했기 때문이다.

지금의 레벨은 어디까지나 최소한의 것. 숙련된 조종사가 탑승한다면 훨씬 강력한 전투력을 발휘할 수 있으리라.

"계속하지."

나는 고개를 흔들어 잡스러운 생각을 떨쳐 버리고 본격적인 작업을 시작했다. 그 이후로는 반복이다.

아침에 일어나면 오전 동안 드래곤 하트를 조각하다 점심을 먹고 특성을 연구했다. 기가스 설계도를 살피고 인챈트 코인을 전달받아 소울 엔진을 완성, 수급 기가스를 생산한다.

오후 3시부터는 그냥 놀았다. 게임을 하거나 책을 보거나 그것도 아니면 중앙 광장에서 사람들을 구경했다.

1년이 지났다.

사람들은 고유세계에서의 삶에 완전히 적응했다. 종말의 공포에 떨며 두려워하던 것은 그들에게 이미 옛날의 일일 뿐이다.

2년이 지났다.

인챈터들의 경지와 숙련도가 올라 1년에 400기가 넘는 수급 기가스를 생산할 수 있었다. 새로이 인챈트에 입문하는 지원자들 역시 많아졌기에 속도는 더욱 빨라질 것으로 예상된다.

3년이 지났다.

지니의 작전에 휘말린 사조직들이 일망타진되었다. 주동자는 죄다 감옥행. 그들은 변호사를 선임하겠다고 떠들고 심지어 사람들끼리 모여 시위까지 벌였지만 그야말로 머저리 같은 짓거리다. 고유세계에 법조인 출신이 많은 건 사실이지만 지구의 법 따위 이곳에서 아무 힘도 발휘하지 못한다는 걸 왜 모른단 말인가?

3년이 지났다.

고유세계의 10%가 개발 완료되었다. 겨우 10%라고 생각할 수 있겠지만 대한민국을 15개는 넣을 수 있는 크기가 되어버린 고유세계의 10%는 절대 작은 크기가 아니다. 심지어 고유세계의 건물들은 대부분 고층 빌딩이니 더욱 그러하겠지.

지니는 센터 시티의 반대쪽에 새로운 도시를 만들고 함선 제작을 위한 거대 설비를 마련하겠다고 제안했다. 당연히 승낙이다.

4년이 지났다.

조종법과 스타일에 따라 수급 기가스의 분류를 새롭게 정립했다.

예를 들어 [색]은 전투 스타일이다. 은신 위주의 검정, 높은 복원 능력으로 정면에서 치고받는 빨강. 출력에 집중한 초록. 마력이나 기력 등을 보조하는 파랑.

동물로는 덩치나 외형. 그리고 조종법을 구분했다. 예를 들어 범이나 곰 등은 덩치가 있는 탑승 형태고 쥐나 늑대 등은 비교적 작은 사이즈에 헬멧으로 원격조종 하는 형태다.

5년이 지났다.

수많은 기가스가 완성되었다. 개중 가장 전투력이 좋은 것들은 검은 호랑이, 붉은 늑대, 초록 악어와 파랑 뱀 등이다. 안타깝게도 가장 처음 만들었던 붉은 곰은 실패작이나 다름없었다. 탑승형에 높은 복원 능력을 줘봐야 조종사가 다쳐 버렸던 것이다. 아직 아발론 시스템을 구현하지 못했기에 어쩔 수 없는 일.

그래도 무리를 조종하는 회색을 추가한 것은 고무적인 일이었다. 예를 들어 회색 쥐라고 한다면 기존에 만들었던 고블린을 10~20개 정도 지휘하는 식이다.

6년이 지나고, 7년이 지났다.

외주를 맡은 인챈터들의 숙련도는 계속해서 높아졌다. 인챈터가 고유세계에서 가장 많은 게릴트를 벌 수 있는 고소득 전문직이었기에 자연스러운 흐름이다. 이미 인챈터로 활동하고 있는 이들은 더욱더 효율을 높이려 궁리했고 새롭게 마법에 입문하는 사람 역시 많았다.

덕분에 소울 엔진의 생산량 역시 가파르게 늘어갔다. 이제는 1년에 1천 기가 넘는 수급 기가스가 생산되고 있는 상태.

합금 기술 역시 계속 개선되어 기가스에 들어가는 레어 메탈의 비율이 획기적으로 줄어들었다.

8년이 지났다.

시위가 일어났다.

생산 시설에 대한 테러와 함께 통신 시설을 향한 점거 시도. 더불어 새롭게 건조하고 있는 함선, 에덴에 대한 탈취 시도가 있었다.

어이가 없는 일이다.

"아니, 설마 이게 될 거라고 믿은 거야?"

당연한 말이지만 테러도 점거도 탈취도 실패했다. 고유세계는 이미 지니의 배 속이나 다름없는 공간이었기 때문이다.

지니가 고유세계에 자리 잡은 지 1, 2년도 아니고 수십만 년이 지났다. 고유세계 안에 그녀의 시선이 미치지 않는 곳이 없고 손이 닿지 않는 곳이 없는데 테러라니.

"불가능하다 하더라도! 우리는 해야 했소!"

"왜?"

반문하자 내 앞에 무릎 꿇려진 사내가 소리쳤다. 실로 비장하기 짝이 없는 표정과 태도는 누가 보면 독립투사 같은 걸로 오해할 지경이다.

"자유! 자유를 찾아야 하니까! 이곳에서 하고 있는 일들을 아무리 아름답게 치장해 봐야 당신은, 아니! 넌 그냥 독재자일 뿐이야!!"

"하. 이런 멍청한… 데려와, 지니."

소리 지르는 녀석에게 화내는 대신 지시를 내린다. 그리고 그런 내 지시에 따라 한쪽 문이 열리고 수십 명의 사람들이 끌려온다. 그들을 본 사내의 얼굴이 일그러진다.

"가주님? 마빈 님? 어째서 여기에… 이놈! 왜 무고한 사람들을 끌고 온 것이냐!! 날 협박하려는 건가!"

"무고는 무슨. 저것들이 너를 암중에서 조종하고 지원한 녀석들이라 데려온 거야. 이렇게 멍청하니 이용이나 당하지."

난 사고를 치면 당연히 일본인이나 중국인일 줄 알았는데 보니 죄다 서양인들이다. 정확히는 [유럽 연합]과 [다시 위대한 미국]이다.

고유세계로 돌아온 이상 원래 나라나 직위 따위 아무런 소용도 없는데 국가와 인종을 포기하지 못하는 모습들이다.

나는 혹시나 그들이 억울해하거나 순교자로 남지 않도록 그들이 작당 모의를 하거나 수작질을 하는 영상들을 틀어주었다.

"가주님! 마빈 님! 어, 어떻게 이럴 수가!"

기가 막힌다는 사내의 외침에도 사람들은 정작 당사자들은 다른 문제로 경악하고 있다.

"이게 무슨! 개인적인 공간까지 모두 감청에 녹화까지 했다는 말이오?"

"이, 이건 옳지 않은 일이오! 빅브라더도 울고 가겠군! 우리는 애완동물이 아니오! 이렇게 억누르고 억제해 봐야……!"

"왜 자꾸 원론적인 이야기를 해? 게다가 이것들은 다 들어올 때 미리 공지한 사항인데 모르는 척이라니. 모르쇠에 오리발은 청문회에서나 내밀어 멍청이들아."

농담이 아니라 고유세계에 들어온 사람들을 죄다 학살해도 문제가 없다. 독재자에 빅브라더라니. 단지 살고자 들어온 주제에 이제 와 무슨 소리를 하고 있단 말인가?

그날, 고유세계에서는 처음으로 사형이 집행되었다.

그 대대적이고 단호한 대처에 고유세계의 분위기가 크게 가라앉았다.

그리고 그로부터, 다시 6년이라는 시간이 지나고.

어느새 14레벨 중급 스테이지가 시작된 지 15년째에 들어섰다.

어느 순간 사람들은 대대적인 처형 따위 다 잊었다는 듯 살았다. 자신들을 지켜보고 있는 시선이 있을 수 있다는 사실에도 무감각해졌다. 지니가 그들에게 개인 공간으로 지정한 약간의 공간은 들여다보지도, 엿듣지도 않겠다는 약속을 믿었기 때문일지도 모르지.

시간이 물 흐르듯 지난다.

별로 새삼스러울 것도 없는 일이다.

나는 14레벨뿐만 아니라 13레벨도 12레벨도 이렇게 해왔다. 그 이하의 레벨에서도 마찬가지다. 나는 항상 최대치까지 클리어해 왔기에 스테이지에서 언제나 기나긴 시간을 보내왔다. 직접 경험한 것은 아니지만 수십만 년을 견딘 적도 있으니 더 말해 무엇 하겠는가?

고작 15년 정도는 그리 길지도 않은 시간.

그러나 보통의 사람들에게는 달랐던 모양이다.

이미 충분히 늙었던 인원이 하나둘 눈을 감는다.

고유세계 인원의 1/3을 차지하던 아이들은 무럭무럭 자라 어느덧 성인이 되었다.

그리고, 새로운 생명들이 태어났다.

다시 시간이 지나 14레벨 중급 스테이지가 시작된 지 20년 차.

고유세계에 이곳저곳에서 안내음이 울려 퍼진다.

[고유세계 모든 인원들에게 알립니다.]

[14레벨 중급 스테이지 종료까지 앞으로 20시간 남았습니다.]

[다시 한번 안내 드립니다. 중급 스테이지 종료까지 앞으로 20시간 남았습니다.]

고유세계에 존재하는 모든 매체를 통해 울려 퍼지는 안내에 바쁘게, 혹은 느긋하게 자신의 삶을 살고 있던 사람들이 멈칫

한다.

그중 젊은 사람들이 어리둥절해한다.

"14레벨 중급? 이게 무슨 말이야? 스테이지 종료라니. 뭐 하던 거 있었나?"

"14레벨급 고위 기가스를 개발했다고 알려주는 건가?"

"아니, 그게 이렇게 전체 알림을 할 사안까지는 아닌 것 같은데."

그리고 어느 정도 나이가 있던 사람들은 입을 벌렸다.

"아, 그렇구나. 그게 끝났어."

"그래. 스테이지… 맞아. 그런 게 있었지. 허허. 그렇구나. 하하. 그래 우리는 종말을 피해 이곳으로 왔었지."

"잠깐. 그러면 혹시 지구로 나가볼 수도 있는 건가?"

"그러고 보니 그립군… 허허. 분명 도망 왔었는데."

"바다를 본 지가 벌써 20년이나 된 건가."

14레벨 중급 스테이지가 끝나가는 어느 날.

어느 순간 강철계(鋼鐵界)라 불리고 있는 세계의 구성원들이 술렁이고 있었다.

*　　　　*　　　　*

현실과의 통신이 연결되었다.

장장 20년 만의 일이다. 현실에도, 고유세계에도 존재하는 내 몸을 중계기 삼아 언제든 지구의 인터넷과 연결되는 시스템을 만들어두었지만 스테이지가 진행되는 동안은 현실의 시간이 멈추어 버리기에 무의미하던 연결이 마침내 재개된 것이다.

20만 명이 넘는 고유세계의 사람들은 연결과 동시에 인터넷의 바다로 뛰어 들어갔다.

=강철계! 제가 소개해 드리겠습니다!

=20년 동안 강철계에서 벌어진 사건 사고.

=비행형 기가스 푸른 매를 타고 강철계 상공을 날아다녀 보았습니다.

=초거대 거주지 아사달의 모습.

=안녕하세요! 가수 겸 프로게이머 겸 파일럿 유아입니다!

마이튜브에 동영상이 쏟아지기 시작한다. 그렇다고 그들이 꼭 마이튜브에서만 활동했다는 것은 아니다.

고유세계에서 접속한 사람들은 자신이 기억하던, 혹은 말로만 들어보았던 각종 커뮤니티로 찾아 들어갔다. 20년 동안 업데이트가 멈춰 있던 지인들과의 대화방에 들어갔다. 그동안 연락하지 못했던 사람들에게 전화를 걸고, 문자를 보냈다.

"으아. 으아아아… 완벽 클리어 성공해서 진짜 다행이에요. 기억이 없는 걸 보니 죽은 모양인데, 하. 진짜 어쩌다 죽었지."

"혹 어떻게 죽는지 알고 싶으면 주변 분들한테 부탁하세요. 저도 정의의 요람에 계시는 분께서 촬영해 주셨어요."

"그리고 보니 아무도 안 봐서 생각 못 했는데 촬영이 가능하겠네요… 아 맞아! 그나저나 그 소식 들었어요?"

"무슨 소식이요?"

"철가면이 지배한다는 다른 차원이요. 강철계라고 하던가?"

온갖 방식으로 고유세계 내부의 정보가 밖으로 새어 나간다. 나는 그것을 굳이 막지 않았다. 그리고 그 결과.

"강철계로 이주하길 원하는 신청자 명단입니다."

나는 민경이 내미는 명단의 수치를 보며 물었다.

"하루에 들어갈 수 있는 인원은 10만이라고 알려줬는데도 900만이나 신청했다고?"

"추가로 선별한 인원도 150만 정도 됩니다. 미리 말씀하셨던 스테이지 진행이 불가능한 어린아이들입니다."

한국은 비교적 스테이지를 잘 이겨낸 편이지만 모든 국가가 그러지는 못했다. 특히나 인터넷 인프라가 제대로 깔려 있지 않은 국가들은 대부분 전멸에 가까운 피해를 면치 못했다.

기본적으로 종말 프로젝트는 동 레벨의 역량을 가져도 클리어하기 어려울 정도로 악독하게 설계된다. 한순간의 방심을 죽음, 혹은 치명적인 부상으로 갈음해야 하는 음험한 함정. 시간을 보내는 것만으로 정신이 피로해지는 환경. 마주하는 것만으로 멘탈을 날려 버릴 수 있는 끔찍한 적까지.

지금 플레이어들이 자신의 역량보다 훨씬 높은 레벨의 스테이지를 어떻게든 클리어할 수 있는 건 어디까지나 공략을 외워 그대로 따라 하기 때문이지 절대 스테이지의 난이도가 낮아서가 아니다.

"뭐, 참고하지. 선별 인원은 문자로 보내줄 테니 오후 6시까지 지정한 장소에서 대기하고 있으라고 해."

너무나도 당연한 말이지만, 고유세계에 들어오길 희망하

는 사람들이 다 한국으로 오지는 않는다. 만약 일 처리를 그렇게 했다면 한국행 항공편이 죄다 미어터지고 공항이 마비되었겠지.

10분이면 지구 어디든 갈 수 있는 알바트로스가 있는데 그리 답답한 짓을 할 이유가 없다.

"물자 상태는 어때?"

"풍족한 편입니다. 몇몇 국가의 경우에는… 지나치게 풍족하지요."

생산량이 폭증해 여유가 생긴 것은 아니다. 소비자가 다 죽고 사라져 물자가 굴러다닌다는 것이 정확한 표현이겠지.

물론 물자라는 게, 특히나 식량의 경우 시간이 지나면 상하거나 썩어 못 쓰게 되는 법이지만 조금만 생각해 봐도 쓸데없는 걱정이라는 걸 알 수 있을 것이다. 왜냐하면 스테이지를 시작한지 이제 고작 2달이 지났을 뿐이기 때문이다.

심지어 제대로 사람이 죽기 시작한 것은 한 달이 채 안 될 정도이니… 신선식품이 아닌 이상 온전히 남아 있는 게 당연하다.

"좋아. 가능한 한 자리를 마련하겠다고 전해. 물론 그렇다고 다 고유세계에 받아들일 수 있다는 말은 당연히 아니야. 몇몇 조건이 합격선을 넘지 못하는 사람들은 그저 우주에 올려 보낼 수 있을 뿐이니까."

"모함(母艦), 에덴(Eden)이군요."

그것은 고유세계에서 엄청난 인력과 자재. 그리고 시간을 들여 만들어낸 거대 함선의 이름이다. 물론 나에게는 충분한 적재 능력을 가지고 있는 알바트로스함이 있지만… 기본적으로 알바트로스함의 정원은 15만 명에 불과하다. 무기고와 연구소, 생산 라인 등등을 다 활용하면 천만 명도 더 태우겠지만 그런 식으로 무리하게 욱여넣었다간 반드시 문제가 터질 것이라는 사실을 알고 있었기에 지니의 조언을 받아 새로운 함선을 만든 것이다.

'물론 엄밀하게 말하면 에덴을 함선이라 부르기 어렵긴 하지.'

에덴은 항성 간 이동이 불가능하다. 정확하게 말하면 행성 간 이동도 불가능하다. 더 정확히 말하자면, 위성, 그러니까 지구에서 달까지 가는 데에도 일주일은 걸릴 정도로 느리다.

애초에 기가스도 찍어내기 바쁜 고유세계의 인프라로 고작 20년 만에 우주 함선을 뽑아내는 게 말이나 될 법한 일인가? 에덴은 그저 아주 거대한, 그래서 수많은 사람을 수용 가능한 거주 시설일 뿐인 것이다.

물론 그렇다면 어떻게 에덴에 사람들을 태워 우주로 나갈 거냐고 물을 수 있겠지만. 사실 별로 어려울 것도 없다.

'그냥 알바트로스함이 들고 날아가면 되니까!'

에덴에 항해 기능을 넣으려고 머리 깨지게 고민한 게 허망할 정도로 완벽한 결론이다.

"소식들이 빠르네."

"고유세계는 세계 최대의 관심사니까요. 마이튜브에 영상이 올라오기도 했고."

나는 그녀의 대답에 고개를 끄덕인 후 자리에서 일어났다. 그리고 그 모습에 함께 일어난 민경이 정중히 고개를 숙였다.

"⋯⋯."

잠시 그녀를 바라본다.

그녀가 익힌 이능 때문인지 아니면 스테이지 공략 횟수를 적절히 조절한 것인지 알 수 없지만 20대 후반 즈음의 외모로 고정된 모습의 그녀는 많이 피곤한 듯 안색이 창백하고 머릿결 또한 푸석푸석하다.

화장으로 덮어도 가릴 수 없는 거뭇한 다크서클과 거친 피부로 인해 연예인급 미소녀였던 트윈로즈의 이름이 무색한 수준.

그러나 그럼에도.

'빛나는군.'

그렇다. 그녀는 마치 타오르듯 빛나고 있다.

피곤한 기색의 그녀지만 마주한 사람들이 그녀를 안쓰러워하거나 무시하는 일은 별로 없을 것이다. 그녀의 형형히 빛나는 눈은 어떠한 목표를 향한 광기와도 같은 집념을 드러내고 있었기 때문이다.

"하실 말씀이라도 있습니까?"

가만히 서 있는 내 모습에 정중히 묻는 민경. 나는 대답 대신 묵묵히 그녀를 보았다.

형이 사랑하던 여자.

내가 인류와의 소통 창구를 굳이 그녀로 지정하고, 또 암중으로 돕는 이유는 그것밖에 없다.

만약 아니었다면⋯⋯.

어쩌면 질투심에 그녀를 죽여 버렸을지도 모른다는 생각이 들었다.

'쓸데없는 생각을.'

고개를 흔들어 잡념을 떨쳐 버리고 말했다.

"…받아."

쿵!

아무것도 없던 허공에서 4.5미터짜리 기가스를 꺼내 내려놓는다. 그러자 나와 민경을 둘러싸고 있던 인식 결계가 단박에 깨져 나가며 주변에서 비명이 터져 나온다.

"꺅?! 뭐, 뭐야 갑자기?"

"기가스다!"

"엄청 크다! 아바타 시리즈는 아닌 것 같은데 기종이 뭐지? 저렇게 화려한 종류도 있었나?"

사람들의 시선이 모였지만 신경 쓰지 않는다. 나는 놀란 듯 눈을 동그랗게 뜨고 있는 민경을 바라보며 말했다.

"너."

"…앗, 예, 예."

"죽지 마라."

팟!

동시에 리콜을 작동. 알바트로스함으로 돌아왔다.

[역시 황금 용은 황녀용이었군요.]

뭐야 그 기묘한 말장난은.

"뭐, 죽어도 찝찝하니까."

똑같은 등급의 기가스라 해도 특별히 강한 개체는 당연히 존재한다. 고가의 재료, 특수한 부품, 첨단기술을 적용하면 등급을 넘어설 정도는 아니더라도 더 강력한 성능을 가지게 되기 때문이다.

그리고 수급 기가스는 그것을 특별한 동물의 명칭을 붙임으로써 구분한다. 용, 불사조, 유니콘 등등. 분명 짐승이지만 강력한 환상종의 이름을 붙이는 것이다.

그리고 나 역시 그렇게 했다.

"황금 용은 선배한테 줬고. 현무는 재석이한테 주면 되는데, 주작, 백호, 청룡은 누굴 주지……."

20년 내내 생산만 했더니 물건은 쌓였는데 정작 줄 사람이 없다. 사실 사신수나 황금 용 같은 특수품 말고 양산품이 진짜 문제지.

"지니, 제작된 수급 기가스가 몇 기지?"

[현 시간 총 5,400대입니다. 다만 8년 전부터는 자재가 부족해 속도를 조절하고, 남는 인력을 에덴 제작에 쏟아부었습니다.]

"뭐, 5,400대만 해도 충분히 많지."

사실 충분한 정도가 아니라 엄청난 숫자다. 기급 바로 위의 기체라 낮아 보일 수 있지만 제3문명의 전쟁에서도 활약하는 주력 병기가 바로 수급 기가스인 것이다.

레온하르트 제국이 보유한 수급 기가스가 기껏해야 십만 대가 안 될 텐데 나 같은 개인이 하루 만에(물론 실질적인 시간은 20년이지만) 5,000대를 생산했으니 다른 세력이 알았다면 그야말로 기함할 일이었겠지.

"기가스 네트워크를 이용해 공지해. 대전쟁 10만 점을 기준으로 수급 기가스를 대여해 주겠다고. 단 대전쟁 점수가 100

만이 넘으면 무료. 20만 점이 떨어질 때마다 20%씩 할인을 줄여. 80만 이상이면 80%. 60만점 이상이면 60%, 뭐 그런 식으로. 20만점 이하는 그냥 제값 다 받고."

[지불 방식은 어떻게 할까요?]

"당연히 현물거래지. 레어 메탈이랑 마나석. 딱 원재료의 150%만 받아."

기체가 남아도는 만큼 적당히 뿌리는 것도 가능하지만 다른 장비도 아니고 기가스라면 당연히 조종술에 익숙한 사람이 다뤄야 높은 효율이 나올 것이다.

재료를 수급하는 건 겸사겸사에 불과하니 상황을 봐서 가능성이 보이는 사람이 있다면 할인을 하든 할부를 하든 하면 된다.

"이렇게 조건을 걸면 대충 몇 대 정도의 기가스가 나갈 것 같아?"

[현재 업데이트된 대전쟁 랭킹을 기준으로 하자면… 대략 2,000명 정도가 나올 것으로 예상됩니다.]

"그것밖에 안 돼? 하지만 그렇게 되면 너무 많이 남는데."

[대신 다른 쪽 지원자도 준비되어 있지요.]

"그렇긴 하지."

고개를 끄덕이며 적당한 자리에 앉는다. 그리고 그대로 의식을 고유세계 쪽으로 이동시켰다.

고유세계의 몸이 있던 장소는 이제 집처럼 익숙해져 버린 작업실.

나는 그대로 자리에서 일어나 뒤쪽 복도를 가로질렀다.

문을 열고 나서자 낮은 웅성거림이 단숨에 사라졌다.

파파팟!

거대한 홀에 자리하고 있던 수천 명의 사람들이 일사불란하게 대열을 맞춘다.

어느새 메탈 바디를 이끌고 나타난 지니가 내 옆에 서서 말한다.

[외출 준비 희망자 5,822명. 준비 완료되었습니다.]

지구와 고유세계의 통신이 연결되자 고유세계에 대한 지구의 관심이 폭발했다. 그리고 그것은 고유세계 역시 마찬가지였다.

지구와 고유세계의 통신이 연결되자 수많은 사람들이 고유세계 안으로 들어오길 원했다.

그리고 그것 역시. 고유세계도 마찬가지다.

고유세계에서 태어나거나, 너무 어린 나이에 고유세계에 들어온 젊은이들은 [바깥] 세상에 대해 궁금해 하고 또 가보고 싶어 했다.

그들뿐이 아니다.

이미 성인인 상태에서 고유세계에 들어왔던 이들 중에서도 희망자들이 상당하다. 그들은 지구에서 도망쳐 이곳으로 왔지만… 20년이라는 시간이 지나자 떠나온 지구를 그리워했다. 향수병이라면 향수병이라고 할 수 있을 것이다.

"알고 있겠지만, 아무나 내보낼 수는 없습니다."

내 단호한 말에 모두들 고개를 끄덕였다. 하긴 여기까지 온 사람들이 밖에서 스테이지가 진행 중이라는 사실을 모를 리는 없을 것이다.

"그리고 또, 14레벨 상급 스테이지를 수행하고 나면… 고유 세계의 시간은 최소 백 년 이상이 지나 있을 겁니다. 다시 돌아올 수는 있지만 알고 있던 모두가 죽고 없을 수도 있지요."

내 말에 지원자들의 성향이 갈린다.

"이미 10년 전부터 알고 있던 일입니다!"

"어차피 가족 하나 없는 몸이지요!"

"저희 어머니는 동면 장치에 들어간다고 하셨습니다!"

말 그대로 '나가보고 싶어서' 도전하는 사람들.

"이제 충분히 수련했습니다. 나가서… 가족들을 제 손으로 구할 겁니다."

"제 나라는 거의 멸망에 가까운 상황이었지요. 돌아가야 합니다."

"죽는다면 고향에서 죽고 싶습니다."

지구에 남겨둔 것들에 대한 미련 때문에 도전하는 사람들.

"스테이지! 꼭! 해보고 싶습니다!"

"영약을 퍼 준다던데!"

그리고 물질적인 욕망 때문에 도전하는 사람들.

동시다발적으로 터져 나오는 사람들의 외침에 나는 고개를 절레절레 흔들었다. 결심들이 이렇게 확고하다면 차라리 좋게 생각하는 편이 나을 것이다.

'그래 뭐, 지원자가 많은 건 좋은 일이지.'

나는 고개를 끄덕이고 지니에게 말했다.

"시작해."

말과 동시에 바닥이 열리고 40종류의 기가스 수백여 기가 모습을 드러낸다. 제일 첫 열에는 큰 덩치의 기가스들이 보인다. 검은 호랑이, 초록 호랑이. 푸른 호랑이. 그리고 두 스타일을 혼재해 만든 회적색 호랑이까지.

이름과 달리 실제 색은 대체로 검은색 아니면 회색이다. 색이 진짜 기체의 색을 뜻하는 게 아니라 스타일을 뜻하기 때문이다. 다만 컨셉 컬러이기 때문인지 몸 이곳저곳에, 하다못해 무기에라도 도색을 해놓은 모습이 보인다.

있는 것은 호랑이뿐이 아니다. 늑대, 악어, 뱀, 매, 사슴, 말 등등.

당연하지만 말만 짐승이지 대부분 이족 보행 병기들이다.

"돌아보니 종류가 참 많기도 하네."

[온갖 스타일들이 있으니까요.]

40기의 기가스가 동시에 조종석을 열자 준비하고 있던 조종사들이 탑승하거나 왕관을 썼다.

나는 그중 첫 번째 기가스를 바라보았다.

[관대하]

[11레벨]

[검은 호랑이]

20년의 시간이 무색하지는 않아서 수급 기가스의 수준이 훨씬 높아졌다. 하물며 이건 기가스 자체의 레벨.

위이잉! 철컥!

이렇게 조종사가 탑승하게 되면 기가스의 칭호가 변한다.

[강철계]
[17레벨]
[흑호 김종필]

"합격. 다음!"
[네? 전 아직 아무것도 안 했는데요?]
검은 호랑이에 탑승해 이제 막 관절을 풀고 있던 조종사가 황당해한다. 칭호를 분류해 확인하니 10레벨의 완성자급 초능력자다. 10레벨 수련자가 11레벨 장비를 들었다고 17레벨이 되다니 대단히 훌륭하다. 굳이 확인 안 해도 상당한 수준의 조종사라는 걸 알 수 있었다.
"다음!"
그렇게 말하고 다음으로 넘어간다. 다음 차례의 녀석은 이미 기가스에 탑승했다.

[강철계]
[14레벨]
[청호 도널드]

"애매해, 보류!"
[아직 아무것도 안 했는데!]
억울해하는 소리가 들렸지만 나도 어이없다. 이 녀석도 완성

자였는데 기가스에 탑승해 나온 결과가 영 시원찮다. 조종사로서의 역량이 떨어진다는 소리다.

"합격!"

"불합격!"

"보류!"

"아니, 이건 자체 레벨보다도 떨어지네. 불합격!"

나는 빠르게 조종사들을 걸러냈다. 그냥 보면 레벨로 대충 견적이 나오기에 속도는 빨랐다. 그나마 조종사의 정보도 대충이나마 훑어보았기에 시간이 걸린 것이지 정말 레벨만 확인하려 했다면 전부 확인하는 데 10분도 안 걸렸을 것이다.

그렇게 대략 1시간. 확인 작업이 끝나고 결과가 나왔다.

"조종사 육성 시뮬레이션을 10년 넘게 운영한 것치고는 결과가 별로인데?"

[인재 풀이 너무 작습니다. 고작 20만 명이 살고 있는 고유 세계에서 나온 결과라는 걸 생각해 보면 오히려 고무적인 편이지요.]

6천에 가깝던 지원자 중 절반 이상이 탈락하고 2,300명이 남았다. 심지어 보류는 물론이고 나이가 어린, 말하자면 장래성이 있는 조종사들을 포함한 결과가 이렇다.

"뭐, 어쩔 수 없지. 외출 준비 시작해."

[네, 함장님. 모든 작업을 마치고 중앙 광장에 대기시키겠습니다.]

"중앙 광장에서 송별회였던가… 그건 알아서 진행하고. 그 후에 에덴에 탑승하라고 해. 통째로 꺼낼 테니까."

[알겠습니다. 함장님.]

지니의 대답을 들은 뒤 다시 바쁘게 움직인다.

지난 20년 동안 널널하게 사는 데 익숙해진 나였지만 오늘만큼은 일분일초를 아껴 쓸 수밖에 없다.

오늘은 20년 만에 돌아온 하루.

그리고 다음에는 수백 년 후에나 돌아올지 모르는 하루다.

외부와 연결되는 모처럼의 기회니 할 수 있을 때 모든 작업을 마쳐놓아야 한다.

"지니, 지금 남은 인류의 숫자가 몇이지?"

[약 35억 명가량입니다.]

"아니, 완벽 클리어인데 왜 이렇게 줄었어?"

[인간이 꼭 스테이지에서만 죽는 것은 아니니까요.]

"혼란의 도가니네 진짜."

나는 혀를 차며 작업실에 도착했다. 그대로 침대에 몸을 눕히고 의식을 지구로 옮겼다.

"지니, 고유세계에 가장 부족한 건 뭐지?"

사실 고유세계가 S랭크에 오른 지금, 한 번에 받아들일 수 있는 인간의 수는 고작 10~20만 명 정도가 아니다.

그러나 그럼에도 내가 이주 인원을 10만으로 제한한 것은 대책 없이 유입만 늘리면 고유세계의 자원이 그것을 감당하지 못하게 될 것을 알기 때문이다.

[이제는 가축도 필요 없습니다. 물을 되는 대로 충당해 주십시오.]

"그래. 바닷물이나 떠 가자."

나는 적당한 바다에 내려서 한순간 바닥이 드러날 정도로 맹렬하게 바닷물을 흡수했다. 바닷물이 고유세계로 넘어가 호수를 만들거나 하는 일은 없다. 고유세계에서 물은 필수 자원이기 때문에 조금의 낭비도 없이 준비된 물탱크로 들어간다.

그리고 다시 리콜과 워프를 반복. 일성의 건물로 이동한다.

그리고 재석이를 만나 인사했다.

"안녕! 실력이 하나도 안 늘었구나?"

"그게 인사냐? 에라이……."

"와, 말은 들었지만 대하 너, 진짜 동에 번쩍 서에 번쩍이네."

재석이 녀석은 경은과 함께 있었다.

그것도 그냥 함께 있는 게 아니라 재석의 허벅지에 경은이 앉아 있다.

내가 나타났음에도 둘이 떨어질 기미는 1도 보이지 않는다.

"후. 그나저나 실력이라… 나름대로 영약도 챙겨 먹어 보고 괴물 놈들도 잡아 죽이고 명상도 해보고 하는데 통 변화가 없어. 진동 아닌 것을 진동으로 바꾸는 방식에서 뭔가 근본적인 변화가 일어나야 할 것 같은데."

아무래도 재석이 녀석은 벽을 마주한 듯했다. 물론 저 경지에 이르기까지 벽이야 수도 없이 만났겠지만, 20대, 30대에 만나는 벽과 80대, 90대에 만나는 벽은 근본적으로 다르겠지.

게다가 재능의 한계라는 것 역시 분명히 존재할 테고.

'과연 그 벽을 또 넘을 수 있을까?'

그거야 알 수 없는 일이다. 이미 경천칠색의 경지는 나보다 재석이 녀석이 더 높으니 조언할 것도 없고.

그러나 그와 별개로 당장 전력을 늘리는 건 가능하다.

쿵!

고유세계에 있던 기가스를 꺼내 내려놓는다. 빛을 빨아들이는 듯 시커먼 색의 거인은 두터운 갑주가 인상적인 외양을 가지고 있었는데, 특이점으로 양 팔을 묵색의 뱀이 칭칭 감고 있다.

"사신수 중 현무야. 보다시피 방어형이고 경천칠색을 잘 운용하면 외부 충격으로 코어를 충전시킬 수 있어. 그리고 코어 충전 특성을 적극적으로 활용하려고 듀얼코어 방식을 택했으니까 제어를 잘해야 할 거야. 아, 출력은 흑호의 스무 배 정도 돼."

주르륵 늘어놓는 설명에 재석이 황당해한다.

"뭐? 출력이 스무 배? 아니, 무슨 업그레이드가, 그것도 이 정도로 엄청난 업그레이드가 매일 돼?"

"나한테는 20년이었거든. 업그레이드하기에 충분한 시간이지."

"…그래. 그러고 보니 그 고유세계인가 뭔가가 시간이 그렇게 흘렀다고 했지. 중급이 이 지경이면 상급은 더 심각한 거 아냐?"

녀석의 말에는 걱정이 담겨 있었지만 대충 어깨를 으쓱이고 넘긴다.

사실 별걱정거리도 아니었기 때문이다.

"아, 그리고 넌 이거."

탁.

또다시 새로운 기가스를 내려놓는다. 이것 역시 2.5미터나 되는 크기지만, 그 무게는 현무와 비교조차 되지 않는다.

"사신수 중 주작이야. 100% 특수 처리를 한 미스릴로 만들었지. 속도전 중심이고 비행이 가능해. 이름에 붉을 주가 들어갔지만 보다시피 검은색이야. 스테이지에는 천장이 있으니까 날아다닌다고 깝치지 말고 속도전 중심으로 싸워."

그렇게 기가스를 넘겨주고 나는 녀석들과 잠시 담소를 나누며 점심을 먹었다. 그리고 잠시 후 리콜을 발동해 알바트로스함으로 돌아왔다.

"바쁘다 바빠. 지니. 대전쟁 점수는 어때?"

[상당한 데이터가 업데이트되고 있습니다. 아무래도 스테이지 내에서 기가스를 다루는 실력이 늘어 테스트하는 사람이 많은 모… 호오.]

지니의 말이 끊긴다. 드문 일이었기에 물었다.

"무슨 문제라도 있어?"

[문제는 아닙니다. 다만… 170만점이 있군요.]

"오, 진짜?"

대전쟁 랭킹 시스템에서 10만점 이상의 점수를 획득한 플레이어는 예비 조종사 자격을 얻을 수 있다. 50만점 이상이면 숙련된 파일럿으로 취급하여 당장 기가스 탑승이 가능하고, 100만점 인(人)급 이상의 기가스를 탈 수 있는 일류 파일럿으로 대접받게 된다.

그리고 1,000만점 이상이면 성(星)급 이상의 기가스를 탈 수 있는, 기간트 마스터(Gigant Master) 자질을 가진 파일럿으로 분류된다.

"그럼 인급 기가스를 타도 될 정도의 조종술이라는 거잖아?"

[꼭 그렇다고 볼 수는 없지요. 저 점수는 어빌리티의 존재를 배제하는 대신 보정이 주어진 것이니까요.]

기가스 조종사에게 조종술은 물론 중요한 요소이지만, 정말 중요한 것은 바로 어빌리티를 가지고, 또 활용할 수 있는 영적인 재능이다. 이 재능이 없으면 그저 자신의 어빌리티가 없는 게 문제가 아니라 기가스에 내장된 어빌리티도 쓸 수 없기 때문이다.

당연한 말이지만 조종술이 웬만큼 뛰어나지 않은 이상 어빌리티의 한계를 뛰어넘는 건 불가능하다.

"근데 다 소용없는 이야기지. 그 재능이 있어도 어차피 내 기가스에는 어빌리티 자체가 없으니까."

그리고 그것이 아이언 하트를 가지지 못한 내 기가스의 가장 본질적인 한계다. 내 손으로 수급을 만들었다는 사실은 자랑스럽지만, 그 근본이 아이언 하트가 아닌 라이트닝 하트, 혹은 소울 엔진인 이상 그 한계가 명확하니까.

"뭐, 어쨌든 좋은 소식이네. 기가스 분배할 보람이 있겠어."

그렇게 고개를 끄덕일 때였다.

[함장님, 모든 외출자의 에덴 탑승이 완료되었습니다.]

"좋아. 그럼 바로 꺼내줘지."

나는 즉시 알바트로스함의 워프 기능을 사용했다. 정해진 좌표는 가장 많은 이주 희망자가 존재하는 장소이자 가장 많은 외출자가 가고 싶어 하는 장소, 뉴욕이다.

팟!

그런데 이동하는 순간.

"철가면이다!"

"와아아아아!!!"

"진짜 왔어! 진짜 철가면이야!"

"오, 하느님!!"

"철가면! 철가면!"

갑자기 우레와 같이 터져 나오는 함성에 그저 어리둥절하다.

"뭐, 뭐야 이것들은?"

황당해하는 나에게 어떤 백인 남성이 다가온다.

"미국에 오신 것을 환영합니다! 당신을 만나게 되어서……."

"아, 잠시. 잠깐만요."

일단 손바닥을 내밀어 그를 멈추게 했다. 다행히 도착한 장소는 꽤 넓은 곳이었고 주변에 고층 빌딩도 없다. 그리고 그런 환경에 힘입어.

"웃차. 하나, 둘."

나는 모함, 에덴을 꺼내 들었다.

고유세계의 에덴을 들어 올린다는 느낌으로(실제로는 스스로 부양하는 에덴의 움직임에 내 힘을 더한 것이지만) 현실로 꺼내 들었다. 그 자세는 데드리프트처럼 허리까지만 들어 올리는 동작이었기에 현실에서 본다면 마치 우주선을 바지 주머니에서 꺼내는 것처럼 보였으리라.

모함, 에덴의 기본 컨셉은 간단하다.

쉽게 망가지지 않도록 튼튼하게. 얼마든지 수리할 수 있도록 단순하게.

그리고.

무조건, 크게.

훅!

존재하지 않던 질량이 단숨에 현실로 밀고 나오면서 주변에 강풍이 몰아닥쳤다. 그 바람에 사람들이 어어, 하고 신음하는 순간.

한순간 온 뉴욕이 어둠에 잠긴다.

텅! 텅! 텅!

거친 소리와 함께 어둠에 잠겼던 도시가 다시 밝아진다. 빠른 원상복구였지만, 드러난 모습은 조금 전과 완전히 다른 광경이기도 했다.

왜냐하면 새로운 광원(光源)이 태양이 아닌 하늘에 떠 있는 거대한 강철의 구에 박힌 라이트들이었기 때문이다.

"이, 이, 이게……."

자신만만한 태도로 나를 맞이했던 백인 사내가 창백한 얼굴로 하늘을 올려다본다. 그가 다시 나를 보며 버벅거렸지만 별로 신경 쓰지 않았다. 애초에 누군지도 모를 사람. 나는 쓸데없는 데에 신경 쓰는 대신 에덴으로 말을 전했다.

"뉴욕 도착. 미국행 외출자들은 즉시 강하 준비하고 승무원들은 이주자를 받을 준비를 해주세요."

내 말과 동시에 구체 형태인 에덴이 빙그르 회전하더니 바닥이 열리고 커다란 원통형의 구조물이 바닥을 향한다.

그리고 내 귀로 에덴에서의 보고가 전달된다.

[미국행 외출자! 검은 호랑이 김종필 외 817명! 강하를 시작

합니다!]

보고와 함께 바닥을 겨누고 있던 원통형의 구조물에서 빛이 쏘아진다. 깜짝 놀란 사람들이 비명을 질렀지만 당연히 공격은 아니다.

우우웅———!

아무도 없는 바닥을 겨눈 빛줄기가 반경 200미터 정도를 비추며 쏟아져 내리고, 에덴에서 뛰어내린 기가스들이 빛의 길을 따라 떨어져 내렸다.

사람들은 목이 꺾일까 걱정이 되는 자세로 그 모습을 바라보았다.

사실, 보통의 인간이라면 볼 수 없는 광경이다.

어지간한 시(市)에 맞먹는 거대함을 가진 에덴이 도시를 짓누르는 상황을 피하기 위해 고도를 엄청나게 높였기 때문이다. 하물며 수급 기가스라 해봐야 인간보다 조금 더 큰 사이즈에 불과한데 어찌 땅에서 그 모습을 확인할 수 있겠는가? 날아다니는 먼지로나 보이겠지.

그러나… 지금의 지구는 인류 평균 레벨이 7에 육박하는 마경(魔境).

"뛰, 뛰어내렸다!"

"기가스다! 기가스들이 떨어지고 있어! 엄청 많아!"

"어? 그런데 저건 무슨 기종이지? 지금까지 봐 왔던 기가스들하고는 전혀 다른데?"

"흑호!! 흑호가 있어! 아니, 설마 저 기가스들이 다 수급이라고?!"

이제는 아바타 시리즈를 십억 대 가까이 뿌리고, 또 그 이상으로 뿌린 조종기를 통해 대전쟁을 플레이할 환경을 만들어놓은 상황.

때문에 기가스에 대한 정보는 꽤나 광범위하게 풀려 있다. 대전쟁 자체가 조종사로서의 튜토리얼을 겸하기 때문에 신성인 수기의 기가스 등급 역시 많은 사람이 알게 된 것이다.

[무엇보다 현 인류 최고의 슈퍼스타 철가면이 제작계 능력자이자 기가스 조종사니까요.]

"슈퍼스타라니……."

[슈퍼스타지요. 나폴레옹에 자기네 기업 로고를 달고 싶다고 요청한 기업이 한두 개가 아닐 정도인걸요. 심지어 그중 몇은 백지수표를 제안하던데.]

"백지수표 같은 소리 하고 있네. 기업을 백지로 만들어 버릴까 보다."

물론 현 인류의 절반 이상이 내 플레이를 시청하고 있는 상황이니 광고효과야 어마어마하겠지만, 인류가 멸망하느냐 마느냐 하는 시국에 광고 생각을 하다니 그야말로 어이가 없다.

쿵! 쿵쿵!

그렇게 투덜거리고 있는 동안 빠르게 강하한 기가스들이 내려서는 모습이 보인다. 기가스 중에 비행 기능을 가진 기종은 극히 드물지만, 에덴에서 뿜어진 빛의 기둥은 일종의 중력장이기 때문에 낙하 속도를 적절히 제어할 수 있었다.

땅에 내려선 외출자들의 분위기는 각양각색이다. 개중 몇은 벌서 기가스에서 내려 바깥 공기를 마신다.

"지구다! 하늘이다! 저기 봐! 영화에서 봤던 뉴욕이야!"

"와, 사람 엄청 많아! 우릴 기다린 건가?"

날아갈 듯 가벼워 보이는 사람들.

"돌아왔군… 그래. 결국 돌아왔어."

"할 수 있다. 난 할 수 있다. 나는 해낼 것이다…….."

"아버지, 어머니. 친구들…….."

죽음을 각오한 듯 비장한 분위기의 사람들.

"스테이지! 스테이지 시간이 7시 맞지?"

"나, 지구 음식 먹어보고 싶다!"

무슨 여행이라도 온 듯 보이는 사람들까지.

언뜻 보면 난잡해 보이는 분위기지만 이들은 레온하르트 제국의 커리큘럼을 최소 3년에서 10년까지 수행한 정예들. 기가스 자체에 설치된 보조 AI가 지니와 연동되어 있기도 하니 사고를 걱정할 필요는 없을 것이다.

"대통령님."

"당신은… 설마 한스 대위?"

"오랜만이군요."

"이럴 수가! 세상에, 노인이 다 되었군 그래!"

아까 나를 반기던 백인이 외출자 한 명과 반가이 손을 잡는다.

'저 사람이 대통령이었나? 미국 대통령은 포커인가 뭔가 하는 사람이었는데.'

그러나 생각해 보니 이 혼란스러운 시국에 정치판 역시 지각변동이 일어났었다는 사실이 떠오른다. 정의롭지 못한 정치인들은 모두 얼굴을 들고 다니지 못하는 시절, 대통령을 비롯한 다수의 정치인이 갈려 나가는 건 어쩌면 당연한 현상이리라.

새로운 대통령은 나와 대화를 나누고 싶어 하는 분위기였지만 내 성향을 알고 있는 외출자들의 자연스러운 방해로 그 뜻을 이루지 못했다.

'굳이 뭘 더 하려는 건지. 외출자 전력만 해도 충분히 도움될 텐데.'

아닌 게 아니라 이만한 수의 외출자는, 그것도 수급 기가스로 무장한 외출자들은 미국에 가뭄의 단비와 같은 무력이 될 것이다.

그들은 전원이 최소 1천 회에서 최대 1만 회까지 클리어할 수 있도록 준비된 [공략자]들이기 때문이다.

"지니, 이민 지원자들의 위치는?"

[즉시 표시해 드리겠습니다.]

나는 지니의 안내를 따라 미리 공지를 받고 대기하고 있던 이민 지원자들을 찾아갔다.

나는 고유세계에 받아들이는 인원은 하루 10만 명으로 제한했다. 무작정 사람들을 받아들였다가는 고유세계 안의 자원이 부족해질 수 있기 때문이다.

반면 모함, 에덴은 억 단위의 사람들을 받아들일 수 있다.

[그러나 그만한 자원이 필요하지요.]

"그야 당연하지."

지금 에덴에는 그저 거대한 강철의 거주 구역만이 존재할 뿐 단 하루치의 식량도 없다. 지니는 안 그래도 제한된 고유세계의 자원을 유출할 생각이 전혀 없었기 때문이다.

[미리 말씀드렸던 대로 에덴에서는 외부의 재산을 인정할 생각입니다.]

"몸뚱이만 들어오는 고유세계랑은 상황이 다르니까. 그쪽은 부탁해."

[매끄럽게 처리하겠습니다.]

나는 고유세계에 들어올 인원들을 선별했다. 예전만큼 경쟁이 빡세지는 않았다. 에덴이라는 대체제가 생기기도 했고, 스테이지의 사망자 숫자가 어느 정도 안정에 들어갔기 때문이다.

'하지만 그렇다고 이민자가 모자라지도 않지만.'

하긴 당연하다. 당장이야 문제없이 스테이지를 클리어하더라도… 스테이지의 레벨은 계속 오르고 있었으니까.

그저 지구 전체에 퍼져 있던 절망감이 다소 걷힌 정도에 불과하다. 여전히 사람들은 미래를 두려워하고 있다.

나는 몇 시간에 걸쳐 고유세계에 사람들을 들여보냈고 에덴 역시 전 세계에 자신의 모습을 내보이며 이민자들을 받아들였다.

[각오하고 있던 일이지만 무겁군요…….]

함선 전체를 뒤덮은 중력장의 힘으로 무한정 떠 있을 수 있지만 별다른 이동 수단이 없는 에덴을 새 모양의 알바트로스함이 채서 날아다니는 상황.

그 모습이 마치 제 몸보다 큰 야자열매를 들고 날아다니는 새 같아서 재미있다.

"엄살은."

피식 웃으며 내 일을 한다. 대전쟁 점수가 높은 조종사들을 찾아다녀 확인하고 녀석들에게 어울리는 기가스를 넘겨주는 것.

직접 만든 물건들이었기에 그에 걸맞은 조종사에게 주고 싶었다.

"아, 안녕하세요!!"

"…그래. 안녕?"

나는 중학생 정도로 보이는 아이를 보며 자연스럽게 웃었다. 그러나 내심 놀라는 중이다.

'이게 뭐야?'

[30기의 아바타를 동시에 조종하고 있습니다.]

어이없게도 서른 기의 고블린이 그녀를 지키듯 서 있다. 손발을 건들거린다든지 내 쪽을 힐끗거린다든지 하는 고블린들의 모습은 마치 살아 있는 것처럼 생동감이 넘친다.

심지어 그녀는 헬멧도 쓰지 않고 있는 상태.

지니가 기가 막힌다는 듯 말했다.

[맙소사. 어빌리티입니다. 심지어 아이언 하트 없이 활용이 가능할 정도로 개화하다니…….]

최근에는 현실보다 고유세계에 더 관심을 가지던 아레스도 끼어든다.

[이거, 운만 좋으면 기간트 마스터도 될 수 있을지 모를 재목인데? 지구에 이런 녀석이 있었네.]

[오히려 대전쟁의 시스템 때문에 손해를 본 케이스입니다.]

나는 두 관제 인격의 말을 들으며 자세를 낮춰 소녀와 눈을 맞췄다.

그러고 보니 본 적 있는 얼굴이다.

"김소향이었던가?"

고블린을 조종해 은행 강도들을 죽인 선업으로 정의 무구를 받았던 꼬마다. 어린아이의 살인을 막지도, 참고 지켜보지도 못하던 명월이 펑펑 울던 장면이 기억에 남아 있다.

"어?! 철가면님이 절 아세요?"

"우연히 본 적 있어. 그새 많이 자랐네."

"헤헤. 스테이지에서 좀 오래 있었어요. 그래도 진짜 오래 계시는 분들하고는 비교도 안 되지만요!"

전 세계 모든 사람들의 시간대를 뒤죽박죽으로 섞어버린 스테이지지만 그럼에도 어린아이가 금세 자라는 경우는 많지 않다. 스테이지에서 오랜 시간 있었다는 건 스테이지를 여러 번 클리어했다는 뜻인데, 초인들도 어려워하는 스테이지를 어린아이가 여러 번 깨는 건 쉽지 않은 일이기 때문이다.

나는 소향을 보았다.

[이가]

[15레벨]

[군단 김소향]

'고블린들을 이끌고 있는데 15레벨. 그것도 이 어린 나이에.'

절로 떠오르는 미소에 오른손을 뒤로 당겼다.

쿵!

회색의 거인을 땅에 내려놓는다. 그 모습을 본 소향이 눈을 동그랗게 뜬다.

"철가면님?"

"사신수, 백호다. 좀 아쉽구나. 너 같은 녀석이 있는 줄 알았으면 회색 사자 같은 걸 만들었을 텐데."

그러나 아쉬움은 아쉬움. 나는 백호의 기능을 설명해 주었다.

"자동 전투에 특화된 기종이다. 매크로에 적합한 이능을 가진 조종사를 위해 만든 기종이지만……. 넌 다르게 사용할 수 있겠지. 출력은 떨어지지만 전투 지속력이 뛰어나니 상황을 설계하며 움직이는 게 좋을 거야."

"저, 저한테 주시는 거예요?"

"선물."

일어선다. 나야말로 기대하지 않은 선물을 받은 기분이라 기분이 좋았다.

그러곤 시간을 확인한다. 어느새 오후 6시 30분. 14레벨 상급 시험이 다가오고 있다.

"지니, 에덴에 탑승한 이주자 숫자가 얼마나 되지?"

[1억 7천만 명입니다. 걱정만큼 많지는 않군요.]

"정의의 요람에 들어설 수 있는 사람이 20억이 넘으니까."

나는 미리 계획했던 작업들을 모두 마무리 지은 후 경복궁으로 돌아왔다.

결국 청룡은 줄 사람이 없었기에 그냥 두었다. 뛰어난 마법사는 많았지만, 뛰어난 마법사이면서 쓸 만한 조종사는 없었기 때문이다.

그리고 마침내 시간이 흘러 금요일 저녁 7시.

스테이지가 시작된다.

—스테이지(Stage)가 오픈됩니다!

—레벨 14. 상급(上級)이 설정되었습니다.

—300시간 안에 데스나이트 킹을 살해하십시오.

—10초 후 스테이지가 시작됩니다.

—10. 9. 8. 7······.

"일단은 평범한 목표인가."

지금까지의 흐름을 봤을 때 데스나이트 킹이라는 녀석은 15레벨일 것이다. 지금껏 스테이지 클리어에 지대한 공을 세워왔던 지킴이들이 상대할 수 있는 마지노선.

결국 이다음부터는 더 많은 플레이어를 기가스에 탑승시키고 시험에 참여하는 인원을 줄여 부담을 줄이는 방향으로 가야 한다는 말이다.

[이번에도 편법이 존재할까요?]

"찾아봐야 알겠지··· 다만 점점 찾기 힘들어지고 있단 말이지."

그렇게 투덜거리는 순간이었다.

—경고. 22억 1,211만 4,331명이 영역을 벗어나 있습니다.

—시스템이 일부 업데이트됩니다.

―난이도 [최상]이 추가됩니다.

　―스테이지 종료까지 영역을 벗어나 있는 인원의 할당량이 단체 전투에 적으로 추가됩니다.

　"아, 또 이상한 거 하네."

　난이도 최상.

　단체 전투.

　다른 게임을 할 때에는 얼마든지 칭찬해 주었던 행위를 보며 고개를 절레절레 흔들었다.

　"대규모 업데이트라니⋯⋯."

새로운 세상은 종말을 먹고 자란다 ☽ ✦ ✦

예상했던 대로.

편법을 찾기가 힘들다. 버그성 플레이가 불가능해 보였다.

그건 스테이지가 모든 버그를 완벽히 잡아낸 갓겜이기 때문이 아니다.

"아니, 이런."

단지.

그저 단지.

"너무 단순하잖아……."

기존의 스테이지는 레벨에 상관없이 유지되는 공통점들이 존재했다. 강력하지만 찾기가 너무나 힘든 소모성 무기. 시간을 보내는 것만으로 멘탈이 갈려 나가는 두렵고 혐오스러운 환경. 악질적인 함정. 강점과 약점을 지닌 적 등.

그러나 이젠 다르다. 나는 공동 한가운데 꽂혀 있는 백색의 성검을 어이없는 표정으로 바라보았다.

"주 무기가 그냥 대놓고 있네."

대신에 위력이 약화되었다.

"함정도, 헤맬 미로도 없이 그저 하나의 커다란 방으로 이루어진 구조야."

대신 몬스터를 기습하는 게 불가능하다. 검을 뽑으면 눈앞에 이미 나를 인식하고 있는 몬스터가 소환되기 때문이다.

"찔끔찔끔. 그것도 힘들게 찾아야 하는 게 아니라 적을 물리칠 때마다 식수와 음식을 풍족하게 제공한다는 말이지."

대신 몬스터를 피해 갈 길이 없다. 무조건 싸워야 한다.

즉, 종말 프로젝트는 스테이지의 난이도를 낮추는 대신.

공략이라는 행위를 불가능하게 만들었다.

팅!

바닥에 박혀 있던 성검을 뽑아내자 뽑힌 자리에 새로운 성검이 생겨나고 그 뒤로 데스나이트가 소환된다.

콰득!

나폴레옹의 장검이 소환된 데스나이트를 일격에 참살하자 텍스트가 떠오른다.

—축! 승리하셨습니다!
—데스나이트 처치 10기 중 9기!
—모든 데스나이트 처치 시 데스나이트 킹이 출현합니다!
—충분한 식사와 휴식 후 성검을 뽑아주세요!

아주.

아주 친절하다. 그야말로 모든 과정을 친절하게 설명하고 있는 상황. 유쾌하기까지 한 설명들은 마치 날 조롱하는 것만 같다.

[너무 단순한 구조라 공략거리가 없군요.]

"아니, 이러면 컨셉 무너진 거 아냐? 이게 무슨 호러 컨셉이야? 데스나이트랑 싸우면 호러야? 데스나이트가 시체니까?"

장기와 바둑에는 필승법 따위가 없다. 새로운 형태의 스테이지 역시 마찬가지다.

하나의 적을 해치우고, 쉬었다가 다시 하나의 적을 해치우는 이 과정은 그냥 하급 난이도를 10번 반복하는 것에 불과하다. 이 과정 어디에도 혼란스럽거나, 비밀이 숨겨져 있거나 하는 요소가 없다. 그냥 정면 대결인 것이다.

굳이 공략을 만든다면 데스나이트의 패턴 공략 정도를 할 수 있겠지만 그건 내가 아니어도 만들 수 있는 공략이다.

콰득!

검을 휘둘러 데스나이트 킹을 박살 낸다. 나폴레옹에 탑승한 나에겐 14레벨의 데스나이트나 15레벨의 데스나이트 킹이나 별 차이 없는 적이었다.

─클리어!

─다음 전투를 시작하시겠습니까? 연속으로 적을 쓰러뜨릴 경우 클리어 숫자만큼 [사망 처리]가 취소됩니다. 스테이지 종료 시 취소되지 않은 [사망 처리]는 [확정]으로 변해 되돌릴 수 없습니다.

"시작."

말과 동시에 배경이 변한다. 깔끔하게 변한 공동 한가운데 성검이 꽂혀 있다.

팅!

뽑아내자 그 자리에 다시 성검이 생겨난다.

팅! 팅! 팅! 팅!

연속으로 성검을 뽑아낸다. 그리고 그 타이밍에 맞춰 그 뒤에서 데스나이트들이 줄줄이 소환된다.

팅! 팅! 팅! 팅! 팅!

뽑혀 나간 성검들이 바닥을 뒹군다. 저것들은 제법 강력한 성물이지만 나폴레옹에 탑승한 내 입장에선 그저 잡동사니에 지나지 않는다.

그리고 그렇게 10기의 데스나이트가 모두 소환되는 순간.

〈내 사전에 불가능은 없다〉.

〈전광석화〉.

번쩍!

신장 30미터의, 압도적인 덩치를 가진 나폴레옹이 그 덩치에 걸맞은 크기의 장검을 휘두르자 드넓은 공동이 폭풍에 휩쓸린다.

콰자작!!!

일검에 다섯 기의 데스나이트가 쓸려 나간다. 한 번에 모든 적을 노렸지만 다섯 기가 쓸려가는 동안 나머지 다섯 기는 벼락같이 뛰거나 몸을 숙여 공격을 피하고, 심지어 반격까지 노렸다.

그러나 흑색의 검기를 품은 필살의 공격은 나폴레옹의 몸에 그저 가벼운 기스만을 남겼을 뿐이다.

콰자작!!

사방으로 흩날리는 뼈다귀! 단 두 번의 휘두름에 열 기의 데스나이트가 몰살당했다.

그리고 소환되는 데스나이트 킹!

그러나… 이미 나폴레옹의 검은 녀석의 머리를 내려치고 있다.

[감히!]

놀랍게도 대사를 읊은 데스나이트 킹은 흑색의 검기를 내뿜었다. 그리고 놀라운 반사신경으로 나폴레옹의 검을 맞받아쳤다!

실로 신속한 대처. 그러나 그렇다 해도.

콰작!!

19레벨 망령룡의 갈비뼈도 박살 내던 공격을 막아내지는 못한다.

"지니, 얼마나 걸렸지?"

[재시작 시간 포함 11분 28초입니다.]

"더 줄일 수 있겠어."

―다음 전투를 시작하시겠습니까?

―다음 전투를 시작하시겠습니까?

―다음 전투를…….

경천칠색은 투법이지만 어떤 형식을 가진 무술이라기보다는 그저 진동을 이용하는 기예에 가깝다. 진동에 대한 이해가 높아지면 높아질수록 전투 방식이 완전히 달라지기 때문에 어떤 형식으로 스스로를 구속하기보다 단순하고 직관적인 전투법이 효과적이라는 식.

그리고 그런 자유로움은 온갖 특수 능력을 가진 내 스타일에 아주 어울린다.

경천칠색(驚天七色).
청(靑).

강렬한 진동을 품은 장검이 열 기의 데스나이트를 찢어버리고 이어 등장한 데스나이트 킹 역시 참살한다.

[재시작 시간 포함 10분 15초입니다.]
[재시작 시간 포함 10분 1초입니다.]
[재시작 시간 포함 9분 24초입니다.]
8분 58초. 8분 33초. 7분 50초. 7분 48초. 7분 40초.
그리고.
[재시작 시간 포함 6분 15초! 신기록입니다!]
"아, 슬슬 힘드네. 막상 전투 시간은 얼마 안 되는데 텍스트 안내에, 소환에, 재시작 시간이 5분 가까이 잡아먹으니."
지니의 안내에 파르르 떨리고 있는 장검을 등에 꽂는다. 롱소드 형태의 검이 나폴레옹의 척추에 덧대듯 납검되었다.

―클리어!

―다음 전투를 시작하시겠습니까? 연속으로 적을 쓰러뜨릴 경우 클리어 숫자만큼 [사망 처리]가 취소됩니다. 스테이지 종료 시 취소되지 않은 [사망 처리]는 [확정]으로 변해 되돌릴 수 없습니다.

"지니, 내가 몇 번이나 클리어했지?"

[현재 3,749회 진행하셨습니다.]

"3분의 1정도 한 건가. 시간은 얼마나 지났고?"

[26일 8시간 34분입니다.]

"내가 계속 노가다 하면 100일 훨씬 안쪽으로 1만 회를 끝낼 수 있다는 말이네."

['최소' 100년이 걸릴 거라고 예상했었는데 상황이 완전히 달라졌습니다.]

이번에 업데이트된 이 단순한 구조가 마냥 나쁘기만 한 것은 아니다.

공략이 불가능해 능력이 안 되는 이들이 포인트를 얻는 게 불가능해졌지만, 대신 플레이 타임이 짧아져 다회 차 플레이어에게 유리한 구조로 변한 것이다.

하물며 명예의 좌가 없어도 음식물이 충분히 주어지는 상황이 아닌가?

―다음 전투를 시작하시겠습니까?

―2분 30초 안에 시작하지 않으시면 도전이 중단됩니다.

"도전."

말과 동시에 강철화 발동.

내 의식이 자연스럽게 고유세계로 넘어간다.

슬쩍 시청해 보니 나폴레옹이 성검을 뽑는 모습이 보인다. 성검은 상당한 크기를 가진 바스타드 소드(bastard sword)였지만 작아졌다 해도 5미터에 가까운 나폴레옹이 잡아 드니 그저 숏 소드처럼 보인다.

좀 볼품없는 모양새지만 나와 책의 보정이 없다면 아이언 하트의 영자력도, 어빌리티도 발휘할 수 없는 나폴레옹에겐 반드시 필요한 무기다.

"신입들은 어때?"

[기본 숙소로 배치 완료했습니다. 아직은 교육이나 노동에 들어간 이들보다는 단순히 휴식을 취하거나 기존 인원의 분위기를 살피는 이들이 다수입니다. 다만 마냥 게임이나 하며 시간을 보내는 사람이 많군요.]

"뭐, 노는 거야 별문제 아니지. 문제만 안 생기게 해줘."

나는 그렇게 말하고 욕실로 향했다. 땀투성이인 스테이지의 육신과 다르게 말끔한 상태의 몸이지만 기분 전환도 할 겸 욕조에 몸을 담갔다.

그리고 그렇게 한참 쉬다 물었다.

"지니, 요번 스테이지에서 몇 명이나 죽을까?"

[상당하겠지요. 그러나 걱정하실 만큼은 아닐 겁니다.]

"어떻게?"

[하급 난이도에서 그러했듯 역량이 모자란 이들은 애초에 도전도 안 할 것이기 때문입니다. 그리고 하급 난이도 때와는 달리 5천 대의 수급 기가스가 추가되었지요.]

수급 기가스의 추가는 분명 고무적인 성과를 낼 것이다. 왜냐하면 수급 기가스는 이미 수백 수천 번의 n회 차 플레이어가 아닌 조종술에 재능을 가진, 하위 플레이어에게 주로 주어졌기 때문이다.

하지만 그렇다 하더라도 [공략]이 없어진 틈을 메울 정도일까?

[또 고유세계에서 키워낸 파일럿들도 있지요. 그들은 제법 뛰어난 인재들입니다. 레온하르트 제국의 커리큘럼을 이수한 정예들이니까요.]

그녀의 말을 들으며 생각한다.

원한다면, 나는 요번 스테이지를 완벽 클리어 할 수 있다.

왜냐하면 이미 발견한 빈틈이 있기 때문이다.

'하지만 그 방법을 사용하면 종말 스테이지가 어떻게든 대처할 거야.'

종말 스테이지는 지금껏 내가 사용한 편법들에 어떻게든 대처하고 있다. 아무 언급조차 없던 플레이 횟수마저 1만 회로 제한한 마당에 '내가 모든 인류의 스테이지를 다 깨고 다니는' 상황을 묵과할 리는 없겠지.

즉, 이 방법을 쓸 수 있는 건 오직 한 번뿐이고.

'이 판단으로 수백 수천만 명이 죽을지도 모르지만.'

지금은 그 정도의 비상 상황은 아니다. 아직 14레벨.

15레벨도 16레벨도 17레벨도 넘어서야 하는 상황에 이걸 사용할 수는 없다.

"그래… 믿어보자."

그렇게 말한 후 정의 무구를 이용해 스테이지에 접속했다.

이미 공략이 없다는 게시물을 작성한 상태였기에 비교적 적은 시청자 수를 대충 넘기고 전투 장면을 살핀다.

원래의 크기보다 훨씬 작아진, 그러나 그럼에도 5미터의 거대한 덩치를 가진 나폴레옹이 아이를 괴롭히는 어른처럼 데스 나이트를 후려치고 있다.

"좋아. 훨씬 강하다."

기가스 제작 능력이 성장하면서, 또 인챈터 군단의 실력이 성장하면서 나폴레옹의 성능 또한 끊임없이 업그레이드되었다.

사실상 사신수와 황금 용 모두의 능력을 다 가진 것이 바로 나폴레옹이라 할 수 있다.

[망토에 걸린 인챈트만 해도 13종이지요.]

"그걸 13종이라면 안 되지. 효과가 겹치니 3종이야."

그 거대한 덩치에도 나폴거리는 나폴레옹을 잠시 바라보다 조용히 잠든다.

그리고 꿈을 꾸었다.

나폴나폴 나폴레옹…….

"아, 제길 무슨 개꿈을. 겨우 한 달 조종했다고 피곤했나?"

나는 어이없어 하면서도 그대로 일주일을 쉬었다. 한동안 집중했던 만큼 마냥 쉬어버린 것.

그리고 어느 정도 정신에 여유가 생긴 후 작업실로 돌아왔다.

"솔직히 작정하면 지금이라도 100일 안쪽으로 끝낼 수 있지만……."

그러나 잘 생각해 보면 굳이 그럴 이유가 없다는 걸 알 수 있다.

미쳐 버린 종말 프로젝트의 업데이트 속도에 맞춰 걸으려면 이 뒤틀리고 유리된 시간의 흐름이 필요하다.

그렇게 수개월이 지났다.

이제는 소울 엔진 말고도 온갖 영역에 인챈트를 활용했다. 이제는 고유세계의 주류로 우뚝 선 인챈터 군단의 성장이 그것을 가능케 했다.

다시 반년이 지났다. 기가스들의 무기에, 장갑에, 스프링과 나사 하나하나에도 마법이 씌워진다.

더블 엔진과 트리플 엔진 시스템이 양산되기 시작했다. 쿼드라 엔진도 만들어보았지만 나 말고는 그 어떤 조종사도 통제하지 못한다.

"나중에 소향에게 가져다줘 봐야겠다."

그녀에게는 기대하는 바가 많다.

사실상 현 인류 중 유일하게 성급 기가스를 탈 가능성이 있는 존재라 말해도 과언이 아니리라.

그리고 다시 시간이 지난다.

그리고 1년 차, 내가 어떻게 하면 하나의 파츠에 더 많은 특성을 구겨 넣을 수 있을지 고민하고 있을 때.

내 눈앞으로 텍스트가 떠오른다.

―사망 처리가 모두 취소되었습니다!

─축하합니다! 스테이지가 완벽하게 클리어되었습니다! 기여도에 따라 보상이 주어집니다.

─당신의 순위는 7위입니다.

"…어."

나폴레옹이 이제 간신히 클리어 5천 회를 넘어섰을 때였다.

"어?"

내가 황당해서 자리에서 일어나거나 말거나 스테이지가 종료된다.

"어어어?????"

좋은 의미로.

상상도 못 하던 사태가 벌어져 있었다.

*　　　　*　　　　*

"그러니까……."

스테이지에서 나온 난 민경의 설명을 듣고 물었다.

"신도라고?"

"그렇습니다. 이미 삼신을 믿는 자들이 많은 상태지만 조금 더 본격적이지요. 정확히 말하자면… 그렇군요. 사제라는 표현이 맞을 겁니다."

민경이 그렇게 말하고 기도하듯 두 손을 합장했다.

웅!

한순간 그녀의 레벨이 1 상승한다. 자세히 보니 은은한 기운이 그녀의 주위를 휘돌고 있다.

"삼신에게 신앙을 바친 거야?"

"조금 다른 느낌입니다. 저는 삼신 중 누구도 숭배하지 않으니까요. 저 스스로의 정의를 믿고, 진실하려 노력한다 생각했을 뿐인데 자격이 된 것이니까요."

그렇게 말하며 민경은 새로운 힘, [삼원(三元)의 맹세]에 대해 설명했다.

"이번 스테이지를 시작할 때 삼원신의 목소리가 들려왔습니다. 그들이 처음으로 인류에게 접촉했을 때와 같은 방법이었지요."

그러나 그전과 달리 그것은 전 인류에게 전해진 목소리가 아니었다.

일종의 자격이 필요했던 것이다.

"어떤 자격?"

"정의, 진실, 명예 모두가 브론즈 랭크 이상이어야 했습니다."

"쉽지 않은 조건이네."

정의롭게 살았다고 꼭 존경받는 건 아니다.

진실하게 살았다고 꼭 정의로운 것도 아니다.

크나큰 명예를 가진 사람들 중에는 오히려 정의롭지도 않고 거짓말쟁이인 인간쓰레기가 더 많았다.

대기업 회장, 대통령, 심지어 독재자조차도 바로 그 명예를 가진 존재가 아니던가? 그러나 민경은 고개를 흔들었다.

"그렇게 드물지도 않습니다. 정의로운 사람은 그렇지 않은 사람보다 진실할 가능성이 높고, 정의롭고 진실한 사람은 명예를 가지고 있을 가능성 또한 높으니까요. 무엇보다… '외부적인 수단'으로 정의를 충당한 사람들이 있는 상황이지 않습니까? 이렇게 되면 진실함과 명예만 있어도 맹세를 할 수 있지요."

"그게 또 그렇게 되는군."

"뭐, 극단적인 경우일 뿐 상위 사제들은 대체로 정의롭고, 진실한 사람들이 대부분입니다. 이런 세상이니 명예야 정의롭고 진실한 것만으로 얻을 수 있는 상황이고요."

'고유세계에는 그 사제라는 존재가 거의 없겠군.'

당연한 일이다. 애초에 그런 이들, 그러니까 정의의 요람에 들어갈 수 없고, 그래서 스테이지 진행이 불가능한 이들을 중심으로 뽑았기 때문이다. 그리고 그 결과 고유세계에 온 인간들은 소위 '사회 지도층'이라 불리는 것들이다.

'태반이 잡것들이지.'

내심 혀를 찬다. 농담이 아니라 이 잡것들의 욕망과 야망, 그리고 수작질은 정말 보통 수준이 아니다. 지니가 완벽하게 관리해 스무스하게 넘어가고 있는 것이지 그녀의 도움 없이 고유세계에 그들이 알아서 살게 했다면 정말 오만 가지 방법으로 내 골치를 썩게 했을 것이다. 실제로 지니가 통제하고 있는 상황에도 몇 번이나 그러지 않았던가?

농담이 아니라 지니가 없었다면 그들 중 태반이 내 손에 죽어나갔을 것이다.

'그나마 극악인을 걸렀는데도 그렇단 말이지.'

현재의 지구는 악인들의 지옥이다.

어느 선을 넘는 악업을 가진 이들은 설사 대단한 권력자나 재벌이라 하더라도 그 목숨을 지키기가 어렵다.

상대가 극악인(極惡人)이라면, 그 한 명만 죽여도 정의 무구를 얻어낼 수 있다.

혹 그렇지 않더라도 그를 살해해 자신의 악업을 지울 선업을 쌓을 수도 있겠지.

숨어도 소용없다. 정의 무구를 가진 존재는 악업을 가진 존재를 감지할 수 있기 때문이다. 실력 좋은 경호원으로 인의 장막을 쳐봐야 소용없다. 바로 그 경호원이 그를 살해할 테니까.

법치가 무너진 세상. 악인을 살해한 이는 오히려 정의 포인트를 쌓을 뿐 어디에서도, 그 누구에게도 처벌받지 않는다.

목적을 위해 사람을 죽인 살인범. 장난삼아 불을 지른 방화범. 쾌락을 위해 아랫도리를 휘두른 강간범. 수많은 사람들의 재산을 강탈한 사기꾼.

금력으로, 권력으로, 인맥으로 죗값을 치르지 않던 악인들 모두가 결국 죽고 말았다. 대기업 회장도, 언론사 대표도, 정치인도 죽음을 피하지 못했다.

지금 지구에 살아 있는 '공식적인 악인'은 정말 한 줌의 한 줌에 불과하다.

"그래서 그 삼원의 맹세라는 게 정확히 뭐지?"

"일종의 제약(制約)과 금제(禁制)를 통한 파워 업입니다. 정의, 진실, 명예의 카테고리 안에서 스스로 정한 주제로 맹세를 하는 것이지요. 다만 중요한 건… 아무 맹세나 할 수 없다는 것입니다."

"그게 무슨 말이지?"

"예컨대 '거짓말을 하지 않겠다' 라는 맹세를 하려면 앞으로도 하지 않는 건 물론이고… 지금까지 살아오면서도 한 적이 없어야 합니다."

그렇게 말한 민경이 그 자리에서 한쪽 무릎을 꿇었다.

그리고 기도했다.

—남에게 해를 끼치기 위한 거짓을 입에 담지 않겠습니다.

—제가 맡은 역할에 최선을 다하겠습니다.

—여유가 되는 대로 선행을 행하겠습니다.

말과 동시에 그녀의 몸을 감싸고 있던 힘이 아주 미묘하게 강해지는 게 느껴진다.

다시 일어난 민경이 말한다.

"…이런 식입니다."

"어기면 어떻게 되지?"

"기도로 쌓은 힘이 깎이고 징벌을 받게 됩니다."

"스테이지 진행하면서 맹세를 어길 일은 없을 테니 없는 거나 다름없는 페널티네."

결국 그런 말이다.

종말 프로젝트는 공략이 불가능한 직관적인 플레이 스타일을 만들었지만, 그 상태에서 인류 전체의 전투력이 높아져 버리자 오히려 쉽사리 뚫려 버렸다는 것.

"그럼 내 위에 있는 게 바로 그 사제들이라는 말이군?"

"스테이지 최후 인원들이 누구인진 알 수 없지요. 다만 상위 사제들의 정체는 짐작할 수 있습니다."

그녀에게서 쪽지를 받아 든다. 그곳에는 수십 개의 이름이 쓰여 있다.

"인권운동가, 세계적인 배우, 교황, 정치인. 오, 한국 사람도 한 명 있네."

심지어 구면이다.

"네, 명월 스님입니다. 들리는 말이지만 7절 맹세를 했다고 하더군요. 1절 맹세를 만들 문장도 찾기가 보통 힘든 게 아닌데 어떤 삶을 살아온 것인지⋯⋯."

"맹세의 종류와 숫자에 따라 기하급수적으로 강해지는 모양이네."

나는 14레벨 상급 난이도를 5천 회 넘게 클리어했다. 이는 절대 적은 숫자가 아니다. 아니, 오히려 위업이라 할 수 있는 숫자.

그런데 그 위업을 한 명도 두 명도 아닌 6명이 뛰어넘은 것이다!

"하지만 그렇다 하더라도 1등은 기가스 파일럿 아니겠습니까?"

"설마 위로하는 거야? 뭐, 기쁜 일이긴 하지."

그렇다. 결국 기여도 1순위를 차지한 것은 클리어 횟수 1만 회에 빛나는 천재 파일럿, 소향. 현재 그녀는 이가에 소속되어 있는 만큼 민경도 그 사실을 알고 있다.

놀라운 일이다. 겨우 1년 만에 끝나 버린 14레벨 상급 스테이지에서 1만 회를 다 채우다니 클리어 속도가 대체 얼마나 빨랐다는 말인가?

"뭐, 곧 확인하게 되겠지."

"오랜만의 휴식이지만… 역시 그렇게 되겠지요."

그 말과 동시에.

배경이 변한다.

—스테이지(Stage)가 오픈됩니다!

—레벨 14. 최상급(最上級)이 설정되었습니다.

—제한 없음. 데스나이트와 데스나이트 킹 부대를 전멸시키시오.

—10초 후 스테이지가 시작됩니다.

—10. 9. 8. 7…….

"내 이럴 줄 알았다. 거 휴일 하나 있던 걸 뺏네."

지금껏 스테이지는 1주일에 2개씩 진행되고 하루를 쉬었다. 초반 레벨을 예로 들자면 일요일 저녁 7시에 1레벨 하급, 월요일에 중급, 화요일에 상급. 수요일에 2레벨 하급, 목요일에 중급, 금요일에 상급을 하고 토요일 하루는 스테이지가 없었던 것.

정말 드물게 쉬는 날인데 기어코 최상 난이도를 욱여넣었다.

"그나마 13레벨 키메라랑 악령 없이 데스나이트만 있는 걸 다행이라고 해야겠네."

아무래도 갑자기 추가한 긴급 패치라 적용이 안 된 모양이다.

"여, 여긴 어디야?"

"최상급 난이도다! 제길, 진짜 하다니!"

"세상에 엄청 넓어!"

지금까지의 스테이지와 달리 주변에는 온갖 사람으로 가득하다.

심지어 대부분 눈에 익은 얼굴들이다.

"같이 왔군요."

일단 내 앞에는 방금 대화를 나누던 민경이 있다. 그뿐이 아니다.

"경은아! 휴, 다행이다 함께… 어? 대하도 있잖아? 엥? 김실장님?"

재석이도, 경은이도, 그리고 조금만 기억을 되새기면 알법한 사람들로 주변이 가득하다. 물론 모두가 그렇다는 건아니고 주변에 있는 수십만 명의 사람들 중 일부가 그렇다는말이다.

—8분 뒤 웨이브가 시작됩니다. 1시간 간격으로 반복됩니다. 리젠횟수는 할당된 데스나이트가 모두 소진될 때까지입니다.

—인원 분류는 인연 레벨 기준입니다.

—리젠되는 적의 숫자는 모여 있는 플레이어 숫자에 비례합니다.

"역시, 이런 식이군."

"아, 맙소사. 여기 사람이 백만은 되어 보이는데. 그럼 데스나이트가 백만 마리씩 온다는 말이야?"

"일단 모여봐!!! 진형! 진형을 짜야 합니다!!"

"다른 플레이어들은 없어?"

"동쪽으로 10킬로미터 밖에 역시나 백만 명 정도의 사람들이 보입니다! 서쪽으로도, 남쪽으로도 북쪽으로도 보여요!"

"제길, 바둑판 모양인 건가!"

"그나저나 저렇게 먼데 보면 알아요? 심지어 명수까지?"

"저 17레벨 추적자거든요? 척 보면 압니다! 정확히 백만이 에요!"

곧 혼란이 가라앉고 각자 뭔가를 시작한다. 뭐 이리 빨리 적응하냐고 물을 수 있겠지만 이게 당연한 일이다.

스테이지 어디 하루 이틀 하던가? 지금까지 살아남은 이들은 모두가 최소 두 달, 최대 수십 년을 스테이지에서 살아남은 베테랑들이다.

서로 아는 사람들끼리 묶여 왔다는 것도 상당한 메리트였다. 사람을 찾느라 소란을 피우는 과정이 사라졌기 때문이다.

그리고 무엇보다.

"여러분!! 긴장 풀고 진형을 짜주십시오!! 당황할 것도, 겁먹을 것도 없습니다! 주변을 보십시오! 이곳에 한국인들만 있습니다! 지금 확인했는데 동서남북 있는 무리 모두 한국인들입니다!"

능력을 써서 외치는 듯 사방으로 퍼져 나가는 외침에 여기저기에서 반론이 터져 나온다.

"아니, 기운 내는 건 좋은데 한국인이 무슨 상관이에요?"

"너무 긴장 푸는 소리 하지 마요!!! 벌써 전투 시간 5분밖에 안 남았어요!"

"아, 이 사람들 참! 눈치 없기는! 여기 한국 사람만 있다는 게 무슨 소린지 모르겠습니까? 한국 사람들이 모여 있다는 건 여기, 적어도 이 주변에 그가 있다는 겁니다!"

"아! 그렇구나!!"

"자자, 다들 차분하게! 겁먹지 말고 차분하게 합시다!"

여기저기에서 터져 나오는 외침에 눈을 가늘게 뜬다. 주변을 둘러보니, 역시나 근처에 있는 모든 사람들이 나를 바라보고 있다.

"큭큭큭. 그러게. 다들 그걸 잊으면 안 되지."

재석이가 턱 하고 어깨동무를 한다. 어느새 녀석의 옆에는 흑색의 거인이 서 있다.

"우린 철가면 보유국이니까."

번쩍!

시동이 걸리자 두 눈을 번뜩이는 수급 기가스, 현무.

나는 그 어이없는 상황에 웃음이 나왔지만 고개를 끄덕였다.

"뭐, 맞는 말이네."

나는 14레벨 상급 스테이지를 클리어한 이후에도 고유세계로 추가적인 이주민을 받았다. 그리고 다시 수억 명이 넘는 사람들을 에덴에 탑승시켜 우주로 날려 보냈다.

그러나 지금까지와 다르게 기가스를 풀지는 않았다.

이번 스테이지에서 보낸 시간이 1년으로 짧았기 때문이 아니다. 고유세계의 생산력은 어느 선을 넘어서 1년 동안 만든 기가스만 해도 절대 무시할 수 없는 숫자였으니까.

그러니까 내가 기가스를 풀지 않은 이유는 다른 게 아니다.

바로, 지금 쓰기 위해서이다.

"지니, 외출 준비."

[외출 준비 시작하겠습니다. 제군들, 준비 완료되었습니까?]

[준비 완료되었습니다!!!]

[준비 완료되었습니다!!!]

[준비 완료되었습니다!!!]

[준비 완료되었습니다!!!]

중앙 광장에 사열하고 있던 수많은 조종사들이 우렁차게 외친다. 당연하지만, 그들 모두가 이미 기가스에 탑승한 상태.

고유세계의 나는 그들 중 맨 앞에 있는 녀석들에게 다가가 장갑 위에 손을 올렸다.

"그렇다면."

그리고 스테이지 안으로 집어 던졌다.

"출격해!"

외침과 함께 스테이지에 있는 내 위로 수십 기의 기가스들이 솟구친다. 그것은 푸른 매. 비행형 기가스들이다.

파파팟!!

바람을 가르는 소리와 함께 푸른 매들의 등에 청색의 빛이 뿜어지고 기체가 가속한다. 나는 잠시 걱정하며 그 모습을 바라보았지만 다행히 천장의 높이가 상당한 듯 충돌음 따위는 들리지 않았다.

"지니."

[통합 전술망 작동 개시. 접속 가능한 모든 기체와 연결 중입니다. 5. 4. 3. 2. 1······. 연결 완료. 현 접속망 연결 기체

2,240기입니다.]

"많이 모자란데?"

[아직 정의의 요람에 남아 있는 인원들이 있을 겁니다. 그들 역시 새로이 진입하는 대로 연결하겠습니다.]

그녀의 말에 나는 정의 무구를 꺼내 들었다.

정의의 조각칼.

사실 이제 이걸 무구라 부르기도 애매한 상황이다. 조각칼 에서 무기의 형태로 바꾸려면 추가적인 힘의 소모가 필요한데, 결국 후원(?)받은 정의 포인트에는 제한이 있는 만큼 형태를 바꾸지 않고 제작 도구로만 사용하고 있기 때문이다.

그와 더불어 지금처럼 정의의 요람에 접속할 때에도 쓰인다.

─당신은 다이아몬드(Diamond) 랭크(임시)입니다!
─정의의 요람에 접속합니다!
─11억 3,211만 9,331명이 당신을 시청 중입니다!

한때 그랜드 마스터에 가까웠던 정의 랭크는 지속적인 소모 로 다이아몬드 랭크까지 떨어졌다.

─정의의 요람에 오신 것을 환영합니다.
─당신의 정의 포인트 0점.
─부여받은 정의 포인트 15억 1,115만 4,561점
─(게시판 읽기), (플레이 시청), (코멘트 확인), (설정)
─현재 정의의 요람 접속자. 19억 3,321만 5,566명

—외부 접속자 442만 3,331명

정의의 요람 전체 접속자는 20억가량. 그런데 그중 19억이 남아 있다는 말은 아직 대부분의 인원들이 요람 안에서 밖의 상황을 살피고 있다는 뜻이리라.

그런데 그렇게 생각하는 내 옆으로, 회색의 거인이 내려선다.

쿵!

묵직하게 땅이 울린다. 회색의 거인은 자신의 몸보다도 거대한 강철의 배낭을 메고 있었는데 그 무게가 어찌나 무거운지 강대한 출력을 가진 기가스가 휘청거렸을 정도다.

후두두둑!!

강철의 배낭이 분리되더니 이내 수백 기의 고블린으로 변해 쏟아져 내려온다. 그 후 내 앞으로 다가온 회색의 기가스, 백호에서 높은 목소리가 들린다.

"왓!!! 와! 와아! 진짜 철가면님 옆으로 나타날 수 있어요!!"

"소향아?"

나는 기가 막혀서 회색의 기가스를 멍하니 바라봤다. 아니, 이 녀석 어디에서 나타난 거야?

그러나 그녀가 끝이 아니었다.

팟! 팟! 팟! 팟!

"와! 철가면님! 와, 실물을 보게 되다니!"

"우와! 진짜 여기서 나타난다! 단체전이니 이런 게 가능하구나!"

내 근처로 사람들이 쏟아지기 시작하자 이를 보고 있던 지니가 말했다.

[정의의 요람에 있던 사람들이 함장님을 기준으로 진입하고 있는 모양입니다.]

"아, 안녕하세요! 철가면님! 관대하 님! 저 진짜진짜 팬입니다! 사, 사인……."

"이 등신아! 철가면님께 폐가 되잖아!! 이제 5분 뒤에 전쟁 시작이야!"

"추한 모습 보이지 말고 진형에 참가해!"

"아오, 진짜 이러지 좀 말자! 생방송 스튜디오에 난입하는 사생팬들이랑 다를 게 뭐냐?! 팬이라면 매너를 지켜야지!"

나에게 다가오려던 몇몇 인원이 새롭게 나타난 다른 인원들에게 질질 끌려 사방으로 흩어진다.

그리고 그런 그들의 모습에 커다란 덩치의 백호가 나에게 꾸벅 고개를 숙인다.

"자, 잘 부탁드려요! 백호 진짜진짜진짜 짱 좋아요! 잘 쓰고 있습니다!"

그렇게 말하고 쿵쿵 멀어져 간다. 계속 기가스에 타고 있던 만큼 처음부터 끝까지 그녀의 얼굴도 보지 못했지만 그럼에도 빠릿빠릿하게 웃는 소녀의 모습을 본 것 같은 기분이다.

"그래. 이런 식이구면."

이렇게 접속 위치를 자유롭게 설정할 수 있다면 굳이 그들을 닦달해서 불러낼 이유가 없다. 물론 전력이 많으면 많을수록 좋지만 그들이 접속하면 한 번에 나타나는 데스나이트의 숫자도 늘어나지 않던가?

차라리 자유롭게 접속할 수 있다는 장점을 활용해 필요한 장소에 투입하는 게 나을 것이다.

콰드득!

진동을 담은 손으로 바닥을 한 번 쓸자 바닥이 부서지며 다섯 줄기의 고랑이 생긴다.

"다행히 파괴되네. 재질은 석재인가. 금속이면 좋았을 텐데."

혹시나, 정말 혹시나 침묵의 스테이시호 같은 배경이었다면 가능했을 〈무한 포탑〉 빌드는 버려야 할 모양.

'하긴 그렇게 형편 좋게 될 리가 없지.'

나는 고유세계에 있는 기가스를 계속 꺼내며 생각했다.

'적의 규모는 어떻게 될까?'

14레벨 상급 난이도가 시작될 때의 공지 내용은 이랬다.

—경고. 22억 1,211만 4,331명이 영역을 벗어나 있습니다.

—시스템이 일부 업데이트됩니다.

—난이도 [최상]이 추가됩니다.

—스테이지 종료까지 영역을 벗어나 있는 인원의 할당량이 단체 전투에 적으로 추가됩니다.

그리고 최상급 스테이지의 공지는 이랬다.

—레벨 14. 최상급(最上級)이 설정되었습니다.

—제한 없음. 데스나이트와 데스나이트 킹 부대를 전멸시키시오.

꽤나 친절한 안내다. 대규모 전투가 벌어질 것이라는 사실을 알려주었고 그 방식이 어떨지, 적이 누구일지, 또 그 숫자는 어떨지 대략적으로 짐작할 수 있게 해주었으니까.

'그나마 14레벨 적만 와서 다행이다. 13레벨이 일월화, 14레벨이 수목금으로 같은 주라서 토요일인 최상급에 13레벨 몬스터까지 같이 오지 않을까 걱정했는데.'

그리고 그렇다면 악령과 저주 대책은 제외해도 될 것이다. 부랴부랴 준비한 노력이 아깝지만 그리 완벽한 대책도 아니어서 차라리 안 쓰는 게 좋은 상황이다.

'공지에는 영역을 벗어난 숫자가 22억이라고 했지만 최종적으로 그 숫자는 줄어들었지.'

왜냐하면 조금 전 소향을 비롯한 플레이어들이 그러했듯 정의의 요람에서 상황을 살피다 추가적으로 스테이지에 참여하는 이들 역시 상당했기 때문이다.

14레벨 상급 시험 때 최종적인 이탈자는 약 15억 명이었다.

'즉, 추가적인 적의 수는 150억 데스나이트와 15억 데스나이트 킹일 거야. 14레벨 상급 스테이지에서 나오는 데스나이트가 10기에 데스나이트 킹 한 기였으니까.'

엄청난 숫자지만 그마저도 14레벨 상급에서만 추가된 규모.

'그리고 이번에는 에덴에 태워 우주로 날려 보낸 5억이 추가되니 20억의 이탈자가 있다고 판단해야겠지. 상급 난이도에도 참여 안했는데 최상급에 도전하기는 어려울 테니까.'

맘 같아서는 더 태워 보내고 싶었지만 물리적으로 무리였다. 사람들이 제대로 통제되지도 않았을 뿐더러 그만한 숫자가 에덴에 타는 데에도 상당한 시간이 소모되었기 때문이다.

사실 하루 만에 에덴에 5억이나 태운 것도 거의 마구잡이로 욱여넣은 결과다. 그저 사람만을 넣었을 뿐이니 스테이지가 끝나면 다시 지구로 내려 물자부터 보급해야 하리라.

'뭐 어쨌든.'

그렇게 생각하면 총 200억의 데스나이트와 20억의 데스나이트 킹이 추가될 것이라는 사실을 알 수 있다. 그러나 어디 나타날 게 추가적인 적뿐일까? 추가는 그저 추가일 뿐이다.

'즉 최상급 자체에 깔려 있는 적들도 있을 텐데 이건 가늠이 안 돼. 중급이 5기, 상급이 10+1기니… 최상급은 그보다 더 심하면 심했지 덜하진 않을 텐데.'

대충 가늠하니 그야말로 눈이 핑핑 돌 정도로 어마어마한 숫자. 그나마 '리젠되는 적의 숫자는 모여 있는 플레이어 숫자에 비례'한다고 했으니 저 숫자가 한 번에 덤비거나 하지는 않을 것이라 기대할 만하다.

"시작입니다! 진형을 갖추고 대비하세요!"

"으아아! 사람 너무 많아!!! 아니, 바둑판처럼 사람을 좍좍 흩어놓았는데 한 무리마다 백만 명 실화냐?!"

"떠들지 말고 자신 없으면 진형 안쪽으로 들어가세요!"

5분이라는 시간은 그야말로 눈 깜빡할 사이에 지나갔다.

그리고.

―1웨이브.

―시작.

적이 등장했다.

후웅—!

한순간 새까만 광풍이 몰아치더니 셀 수 없이 많은 데스나이트들이 플레이어 무리 사이사이에 나타났다.

하늘에서 내려다보고 있는 푸른 매들의 시야로 보면 마치 바둑판 위에 한 칸씩 떼고 늘어져 있던 바둑알 사이사이에 흑돌이 놓이는 것 같은 광경이다.

[스캐닝이 완료되었습니다. 현재 스테이지 진행 인원 10억 7천만 명입니다. 등장한 데스나이트 숫자 역시 동일하며 데스나이트 킹은 없습니다.]

플레이어들과는 대략 2킬로미터 정도 거리를 두고 등장한 데스나이트들은 소리 높여 기세를 일으키거나 플레이어들을 위협하거나 하지 않았다.

그저, 칠흑의 검기를 두른 검을 들고 파도처럼 밀려왔을 뿐이다.

"막아!!!"

"방어형 기가스 타신 분들 다 앞으로!!!"

"아, 제길 솔플밖에 안 해봤는데 파티플도 아니고 대규모 전쟁이 웬 말이야!"

여기저기에서 터져 나오는 비명과 함께 검과 검이 충돌하고 화살이 쏘아졌다. 마법이 구현되고 염동력과 정령력이 태풍처럼 몰아친다.

그리고 그렇게, 데스나이트가 쓸려 나가기 시작한다.

"어?"

"어, 뭐야? 데스나이트 다 어디 갔어?"

"와. 나 칼도 안 휘둘렀는데."

쿠콰쾅!!!!

굉음과 함께 뼈들이 박살 나는 모습을 보며 고개를 끄덕였다.

"푸른 매랑 푸른 코끼리만 만들길 잘했군. 효과가 좋아."

[어느 정도 대비한 상황이니까요.]

연신 포격을 뿜어내던 포격 전문 기가스, 푸른 코끼리들이 달아오른 포구를 식힌다.

데스나이트 부대는 군대로 말하자면 100% 검병으로만 이루어진 부대.

우리 쪽에 제대로 된 [포병]이라는 병과가 끼어드는 순간 전쟁 수행 능력이 비교조차 되지 않는 수준으로 벌어져 버린다.

백만 데스나이트의 두터운 병력 한 가운데에 포격을 쏟아내니 밀집된 녀석들이 그 놀라운 검술을 활용조차 못하고 쓸려 나가는 것이다.

"와! 무슨 기가스가 끝도 없이 나와? 게다가 그게 다 포격 특화라니 저런 기종은 들어본 적도 없는데."

"기존 스테이지에서는 비효율적인 형태니 나눠 주지 않았겠지요."

주변 사람들의 말을 들으면서도 스테이지 상황을 계속 살핀다.

내가 포함된 백만 명의 무리는 고작 수백의 부상자가 발생하였을 뿐 사망자도 없이 전투를 끝내 버렸다. 고유세계의 지원을 받는 전투는 그만큼 압도적이라는 말.

그러나……. 모든 인류가 그런 지원을 받을 수 있는 것은 아니다.

"나폴레옹."

드래곤 하트를 꺼내 하늘로 집어 던지자 마치 물 폭탄이 터지듯 드래곤 본이 쏟아져 미리 잡아놓은 형태로 굳어진다.

그리고 모습을 드러낸 것은 30미터의 거대한 신장, 은빛의 육신, 그리고 적색의 망토를 차고 있는 거인.

여기저기에서 탄성이 터져 나온다.

"나폴레옹이다!!"

"와! 실물을 직접 보게 될 줄은!"

"크다! 엄청 커! 와 이렇게 컸나?"

"멋지다!"

전투가 어느 정도 마무리되어서인지 시끄러운 사람들의 환호성을 뒤로한 채 바닥을 박찬다. 한 번 말했듯 나폴레옹에는 사신수와 황금용의 모든 기능이 다 적용되어 있다.

비행은, 당연히 포함된 기능이다.

쿠아아!!

망토를 펄럭이며 솟구친다. 속도는 삽시간에 음속을 뛰어넘었고 그대로 수십, 수백만의 사람들 위를 지나친다.

내가 포함되었던 100만 명 무리의 동서남북에 있던 모든 데스 나이트가 푸른 코끼리의 포격에 괴멸적인 타격을 입은 덕에 주위 다른 무리들 모두가 쉽사리 전투를 마쳤지만 수십 킬로미터 이상 비행하니 아직 전투가 끝나지 않은 무리가 보이고 100킬로미터 이상 벗어나니 오히려 데스나이트에게 밀리는 무리들이 보인다.

  *오늘의 어빌리티!
  [가속]
  [중압]
  [점멸]
  [저격]

"마지막에 저격이라도 붙어서 다행이다. 이왕이면 포격 전문 어빌리티가 있으면 더 좋을 텐데."

아쉬워하면서도 시야에 들어오는 모든 데스나이트를 타게팅한다.

그리고 그대로.

나폴레옹의 양손에 달린 여덟 개의 포구에서 영자력탄이 쏟아지기 시작한다.

콰콰콰과광!!!

폭격을 쏟아낸다. 내가 일렬로 죽 긋고 지나갈 때마다 그 아래 있는 데스나이트들은 제대로 저항도 못하고 쓸려 나간다.

그야말로 무자비한 학살!

그러나 그럼에도, 나 혼자서 수억의 군세가 뒤얽힌 모든 전선을 완벽히 커버하는 건 불가능한 일이다.

[전투가 종료되었습니다. 소모 시간 35분 11초. 데스나이트 전멸. 플레이어 피해는 사망 32만 명에 부상자는 6,211만 명

입니다.]

"첫 웨이브에?! 그것도 겨우 30분 동안 싸웠는데……."

[대규모 전쟁입니다, 함장님. 10억 대 10억이 싸웠는데 이 정도 교전 비율이면 그야말로 압승이지요.]

"아무리 그래도… 지금껏 살아남은 플레이어라면 기본적으로 생존 전문가들 아냐? 지금까지 스테이지는 어떻게 클리어한 거지?"

기막혀하는 나에게 지니가 말했다.

[그야 클리어하지 못했을 테니까요.]

"……."

나는 14레벨 상급 스테이지를 5천 번이나 클리어했다. 당연히 2위부터 6위까지도 5천 번 이상 클리어했을 것이며, 소향의 경우는 1만 번이나 클리어했었지. 굳이 우리 같은 최상위급 플레이어가 아니더라도 스테이지를 두세 번. 혹은 열댓 번 클리어하는 경우가 절대 적지 않은 상황이 아니던가?

그리고 당연하게도, 그 '추가 클리어'는 아무것도 못 하고 죽어나가는 보통의 플레이어들이 있기에 성립하는 것이다.

거기까지 생각이 진행되자 우려하던 질문이 떠오른다.

"과연 최상급에서 죽는 사람들도 추가 클리어로 죽음이 취소될까?"

[아마 그렇게는 안 될 거다.]

"뭐? 왜?"

갑자기 끼어드는 아레스의 말에 반문하자 녀석이 설명했다.

[종말 프로젝트를 직접 겪은 적은 없지만 언네임드와는 제

법 싸워봤지. 종말 프로젝트 같은 녀석에게 사자 소생 능력 따위가 있을 리 없어. 종말이라는 속성과 가장 반대되는 능력이니까.]

"하지만 지금까지 죽은 플레이어들이 수없이 되살아났잖아?"

[다른 세계선 안에서 일어난 죽음을 '없던 일'로 만든 것뿐이야. 지금처럼 모두 하나의 세계로 들어오면 불가능한 일이지. 스테이지가 왜 죄다 1인용이었는지, 그리고 죽은 이들이 왜 다들 죽음의 기억을 잃었는지를 생각해 봐. 설마 종말 프로젝트가 '사람들이 죽는 경험을 간직하고 있으면 힘들 거야. 기억을 지워줘야지'라는 인도적인 생각을 했을 리는 없잖아.]

"하긴."

만일 사망자가 죽음의 기억을 가지고 살아났다면 어떻게 되었을까?

하물며 종말 프로젝트의 컨셉은 호러.

플레이어는 음침한 장소를 헤매다 끔찍한 외형의 시체에게 습격당해 온몸을 뜯어 먹히는 죽음의 경험을 기억해야 했을 것이다. 바닥에서 튀어나온 창이, 쏘아진 화살이 살을 찢고 뼈를 부수고 박히는 경험도. 한 치 앞도 안 보이는 어둠 속에서 수십 시간 헤매고 다닌 경험도, 그러다 와락 튀어나오는 악령에게, 나무 위에서 뛰어내리는 식인 괴물에게 무참히 살해당하는 경험 역시 마찬가지다.

심지어 그런 일을 날마다 겪어야 한다면? 그리고 언제까지 이어질지도 알 수 없다면? 장담컨대… 스테이지가 10레벨이 되기도 전에 인류 절반이 자살했을 것이다.

모두가 나처럼 공포 게임을 웃으며 할 수는 없다.

키보드와 마우스를 가지고 하는 공포 게임에서도 자지러지고 신경쇠약에 걸릴 수 있는 게 바로 인간이다.

—2웨이브. 시작.

[전투가 종료되었습니다. 소모 시간 40분 21초. 데스나이트 전멸. 플레이어 피해는 사망 25만 명에 부상자는 4,771만 명입니다.]

—3웨이브. 시작.

[전투가 종료되었습니다. 소모 시간 48분 55초. 데스나이트 전멸. 플레이어 피해는 사망 28만 명에 부상자는 5,541만 명입니다.]

—4웨이브. 시작.

[전투가 종료되었습니다. 소모 시간 52분 28초. 데스나이트 전멸. 플레이어 피해는 사망 15만 명에 부상자는 3,771만 명입니다.]

—5웨이브. 시작.

[전투가 종료되었습니다. 소모 시간 58분 36초. 데스나이트 전멸. 플레이어 피해는 사망 11만 명에 부상자는 3,200만 명입니다.]

—6웨이브. 시작.

[전투… 종료되지 않았습니다.]

아직 데스나이트를 전멸시키지도 못했는데 1시간이 지나자 다음 데스나이트가 리젠된다. 나는 계속해서 폭격을 쏟아냈지만, 억 단위로 쏟아지는 데스나이트들을 모두 감당하기란 애초에 불가능하다.

"아, 제길."

그 지경에 이르러서야 드디어 깨닫는다.

아무리 내가 있다 해도. 고유세계의 지원이 주어진다 해도.

신의 힘을 활용하는 사제들이 돕고 있다 해도.

대우주에서도 보기 드문 엄청난 규모의 고레벨 플레이어가 훌륭한 무장을 하고 있다 하더라도…….

"사망자 발생을 막을 수 없어."

그렇게 줄이고 줄였음에도 우주로도, 고유세계로도 도망가지 못한 이들이 10억.

100만 명씩 10킬로미터의 거리를 두고 있는 이 미쳐 버린 규모의 전장.

그 엄청난 숫자가 동등한 숫자의 강적과 싸우는데 사상자가 발생하지 않는 건 있을 수 없는 일이다.

그리고 그 숫자는.

웨이브를 반복하면 반복할수록 기하급수적으로 커져가고 있다.

[누적 사망자 150만 7,663명! 누적 부상자 2억 7,559만 432명입니다!]

지니가 안내하는 와중에도 사람들은 죽고, 또 죽여 나간다.

"부상자를 뒤로 빼!!! 제대로 못 싸우는 것들 그거라도 제대로 해!!"

"제길 시체! 시체도 치워!! 사령술사!! 시체 얼른 치워!! 발에 걸린다!!"

플레이어들은 믿을 수 없을 정도로 잘 싸우고 있다. 100만 명의 플레이어가 거대한 원형진의 형태로 진형을 갖추고 부상자가 생기면 원의 안쪽으로 집어넣고 대기하고 있던 인원이 밖으로 나와 싸우는 것!

설사 이들 전원이 군인이라 해도 그들이 정말 어지간한 정예가 아니면 불가능한 일이다.

누구라고 전열에 서고 싶어 하겠는가?

누구라고 제 목숨이 아깝지 않겠는가?

그러나 그들은 소리 지르며 압박하는 독전관이 없어도 전선으로 뛰어나갔고 칼을 얻어맞으면서도 부상을 입은 동료를 구했다.

전쟁터에서 흔히 볼 수 있는 이기심과 비겁함을 찾아보기가 어렵다. 쉽게 할 수 없는 희생과 인내가 어렵지 않게 눈에 들어온다.

왜냐하면 이기심과 비겁함은 정의롭지 못한 일이기 때문이다.

'이런 전장에서 악업을 쌓았다가는 옆의 동료에게 '처형' 당하겠지.'

부상당한 아군을 구하는 행위는 정의로운 일이기 때문이다.

'지금이라도 선업을 쌓아 정의 무구를 얻는다면 그의 전투력이 비약적으로 상승함은 물론이고… 다음 스테이지부터는 정의의 요람으로 안전하게 몸을 피할 수 있다. 어떻게든 더욱 더 선업을 쌓으려 들겠지.'

'확실히 후안의 존재는 인류에 도움이 되고 있다.'

악업과 선업의 존재 때문에 플레이어들은 기이할 정도로 합리적이고 효율적으로 전투를 이어나갔다. 만약 악업과 선업이 없었다면 플레이어들은 저 혼자 살겠다고 난동을 부리다 데스나이트들에게 각개격파 당했을 것이다.

"모두들!!! 죽지 마라!"

정언의 힘을 가진 플레이어가 거세게 소리 지르자 당장이라도 숨을 거둘 듯 피를 쏟아내던 부상자들의 출혈이 어느 정도 가라앉는다. 그리고 그렇게 혼절한 플레이어들의 몸이 사람들의 손에서 손으로 옮겨져 원형진의 한가운데에 놓인다.

실로 대단한 활약이었지만 더 대단한 건 따로 있다.

번쩍!

어마어마한 빛에 놀라 내려다보자 압도적인 빛의 파도가 수백 수천 기의 데스나이트들을 후려치는 모습이 보인다.

물론 그걸로 파괴된 데스나이트는 그중 1%도 되지 않았지만, 엄청난 충격에 해롱거리는 녀석들이 이윽고 들이친 플레이어들의 손에 박살 나 버린다.

"삼신의 사제들인가."

지금 이 전장에서 가장 크게 활약하는 존재를 뽑으라면 당연히 내가 원탑이겠지만 지금 전황이 이 정도 상황이나마 유지할 수 있는 건 그들의 활약 덕이 크다. 전장 전체에 골고루 퍼져 있는 사제들은 삼신의 신성력을 아낌없이 뿜어내고 있다.

—7웨이브. 시작.

—8웨이브. 시작.

—9웨이브. 시작.

—10웨이브. 시작.

웨이브가 계속 진행된다. 스테이지 초반의 혼란을 이겨낸 플레이어들이 점점 효율적으로 데스나이트를 상대하고 있다.

"밀어냈다!! 땅 계속 파! 빨리!!"

"3미터 이상 파야 해! 서둘러!"

지니를 통해 전술 지시를 받는 플레이어들이 원형진을 둘러싸는 형태로 땅을 파낸다. 유리한 지형에서 싸우기 위해 만들어낸, 일종의 해자(垓字).

물론 14레벨의 데스나이트들에게 겨우 몇 미터 깊이의 해자따위 발구름 한 번이면 뛰어넘을 수 있는 웅덩이에 불과하지만, 그 웅덩이 너머에 기가스에 탄 적이 기다리고 있다면 상황이 달라진다. 해자를 뛰어넘기 위해 땅을 박차는 순간 공격에 무방비로 노출되기 때문이다.

―11웨이브. 시작.

―12웨이브. 시작.

―13웨이브. 시작.

―14웨이브…….

지형이 만들어지고 플레이어들의 교대 순서와 방식이 안정되기 시작하자 점점 사망자가 줄기 시작한다. 나는 부지런히 하늘을 날아다니며 폭격을 계속했다.

고작 인급 기가스로 수백 수천 번의 폭격을 반복하자 머리가 어질어질했다.

그리고 마침내.

―24웨이브.

―시작.

하루가 지났다.

"지니. 상태."

[누적 사망자 350만 2,213명! 누적 부상자 5억 1,119만 3,377명입니다!]

24시간을 싸웠다고는 믿을 수 없을 정도로 적은 사망자.

그러나 문제는 사망자가 아니다.

"부상자가……."

나는 여기저기에서 터져 나오는 비명과 터지는 핏줄기에 기분이 가라앉는 것을 느꼈다.

부상자 5억 1천만.

최초 플레이어의 숫자가 10억이었다는 걸 생각하면 그야말로 미쳐 버린 비율이다. 아직은 사망자의 숫자가 350만 명밖에 안 되지만… 지금 이 팽팽한 구도가 계속 유지될 수 있을까? 뭔가 조금만 틀어지게 되면 저 부상자 숫자는 모조리 사망자 숫자로 전환될 것이다.

하물며.

"목말라! 물 없어?!"

"물이랑 음식을 데스나이트들이 가끔 드랍하고 있긴 한데……."

"제길 전선이 이렇게 짜였는데 녀석들이 죽은 자리에 떨어지는 보급품을 어떻게 가져다 먹어?! 악! 저놈들 물통을 밟아 터뜨리고 있어!"

물과 음식이 모자라다. 명예의 좌를 가진 이들은 음식을 소환할 수 있지만 그건 타인에게 넘겨줄 수 없는 귀속 물품이다.

"나, 나 좀 자고 올게……."

"커억! 마력이……."

"더는, 더는 못 싸워……."

사람들의 체력과 영력과 정신력이 고갈되기 시작했다. 고작 하루를 버티지 못하느냐고 물을 수도 있겠지만, 쉴 새 없이 꼬박 이어지는 24시간의 전쟁은 초인이라도 견디기 힘든 극한의 환경이다.

그리고 그 와중에도 데스나이트는 1시간마다 계속 생겨나고 있다.

"지니, 데스나이트의 숫자는?"

[23억 7천만 기입니다.]

"돌겠군."

이미 데스나이트 전멸은 옛날 일이다. 플레이어들이 데스나이트를 죽이는 숫자보다 데스나이트 리젠 속도가 더 빨라 점점 데스나이트의 숫자가 쌓여가고 있는 것.

그나마 동시에 싸울 수 있는 데스나이트의 숫자에 한계가 있기에 버티고 있는 상태다. 사실 데스나이트의 태반이 플레이어와 싸우지도 못하고 뭉텅이로 모여서 대기 중이니까.

"…저기가 좋겠다. 지니!"

[네, 함장님. 즉시 공지하겠습니다.]

내가 맨 처음 위치하고 있던 무리에서 30킬로미터 정도 이동한 나는 부상자가 특히나 많아 보이는 무리를 발견, 매섭게 폭격을 가해 근처에 공터를 만든 뒤 착지했다.

"나폴레옹이다!!!"

"철가면님이다!"

"으아아! 우릴 도와주세요!!"

여기저기에서 터져 나오는 비명을 한 귀로 듣고 흘리며 무리의 중앙으로 이동한다. 30미터의 거인을 본 사람들이 알아서 길을 텄기에 어려움은 없었다.

"철가면님!! 지니 님의 말씀대로 가장 심한 부상자들을 모아 놨습니다!"

나에게 달려와 외치는 사람은 한국인이다. 내 무리에서 꽤 이동했지만 아직은 한국인들이 위치한 자리.

나는 나폴레옹의 가슴팍을 열고 나와 부상자들에게 접근

했다.

전신의 뼈가 다 박살 난 사람. 피를 너무 많이 흘려 쇼크로 기절한 사람. 심지어 팔다리가 다 잘려 나간 사람까지.

당연하지만 그들을 치료하기 위해 온 것은 아니다. 나에게 그런 능력이 어디 있겠는가?

그러나 스테이지에 진입하고 24시간이 지난 지금, 나는 그들을 치료하는 대신 치료할 수 있는 공간으로 보낼 수 있는 힘이 있었다.

팟! 팟! 팟!

빠르게 이동하며 부상자들을 고유세계로 던져 넣는다. 고유세계 안에서는 대기하고 있던 의료 인력이 그들을 받아 수술을 시작했다.

나는 부상자를 모조리 고유세계로 옮겨 버린 뒤 다음 무리로 향했다.

팟팟팟!!

부상자를, 혹은 도저히 전투가 불가능해 보이는 저레벨들을 고유세계로 던져 넣는다. 내가 지나간 자리에는 오직 그들이 장비하고 있던 무구와 기가스만이 남았다.

'물론 이렇게 옮길 수 있는 숫자에는 한계가 있어. 최대한으로 받아들이고 나면 다시 24시간을 버텨야 할 텐데 과연 그때까지 얼마나 되는 사람들이 살아남을 수 있을까?'

하지만 그렇게 생각하는 순간.

[특성 고유세계(Legend++++)가 랭크 업 합니다!]

[S랭크 → SS랭크]

본격적인 판이 깔렸다.

*   *   *

정의 무구 소지자들에게는 스테이지 진입 시 선택지가 떠오른다.

바로 스테이지에 진입할 것인가? 아니면 정의의 요람에 먼저 진입할 것인가?

그리고 거의 전부에 가까운 플레이어들이 그중 후자를 선택한다. 정의의 요람은 로우 리스크 하이 리턴. 그야말로 아무런 리스크 없이 얻는 것만 많은 공간이기 때문이다. 들어가는 데 자격이 필요할 뿐 들어갈 수만 있다면 무조건 들어가는 게 이득인 공간.

정의의 요람에 진입하면 그리 넓지 않은 밀폐된 공간에 도착하게 된다. 아이언 랭크의 요람은 간신히 발이나 뻗을 정도의 넓이에 가구조차 없지만, 랭크가 높아지면 높아질수록 공간은 점점 넓어져 책상, 의자, 침대 등의 가구 역시 추가된다.

외부의 물건은 가지고 들어갈 수 없다. 스테이지를 위한 완전무장을 하고 진입했다고 해도 다시 스테이지에 들어갈 때 적용될 뿐, 정의의 요람에서는 오직 정의 무구 하나만을 든 채 들어가게 되는 것.

장비들이 사라지는 대신 하얀색의 신관복이 주어지기에 나체로 있을 필요는 없다. 입고만 있어도 체온을 유지시켜 주는 기능을 가지고 있기에 그냥 맨바닥에 누워도 덥거나 추울 일 없이 편안히 잠들 수 있을 정도.

음식도 주어진다. 아이언 등급에서는 1일마다 정말 최소한의 식량과 물만 주어지지만, 등급이 높아질수록 어느 정도 넉넉하게 주어진다.

즉, 밀폐된 독방이나 다름없는 환경이라 하더라도 정의의 요람에서는 의식주 모두가 보장된다. 괜히 [요람]이 아니라는 말.

"윽!"

쿵!

명월은 조심스럽게 의자에 앉으려다 그만 바닥을 뒹굴고 말았다. 잠시 일어나지도 못하고 누워 있던 명월은 몰려오는 자괴감에 이를 악물었다.

"최상급 스테이지가 시작되었을 텐데… 나가서 도와야 하는데……."

그러나 그의 마음이 그러할 뿐 그러지 못한다. 지금 당장이라도 정의 무구를 들어 진입 요청을 하면 스테이지에 들어설 수 있겠지만(다시 요람으로 돌아올 수는 없다), 지금 이 상태로는 그저 사람들에게 부담을 더하는 결과밖에 나오지 않으리라.

지금의 그는 두 다리를 잃어버린 것이나 다름없는 상태였으니까.

"하아……."

명월은 완전히 절단된 후 박살이 나버려 회수조차 하지 못한 오른 다리와 어떻게든 다시 붙여놓았지만 여전히 제 역할을 하지 못하는 왼 다리를 원망스럽게 바라보았다.

사제로서의 힘을 각성한 명월은 그전과 차원이 다른 힘을 가지게 되었다. 여전히 그의 역량은 완성자의 경지를 넘어서지 못했지만, 그럼에도 14레벨 상급 스테이지에서 수천수만 기의 데스나이트를 해치울 전투력을 가지게 된 것!

그야말로 학살이라 불러도 모자라지 않은 놀라운 결과를 만들어낸 명월이었지만, 그는 그것이 상대가 약해서가 아니라는 사실을 잊고 말았다. 좀 더 정확히 말하자면, 반복되는 전투에 익숙해져 그만 방심했다고 할 수 있겠지.

사제로서의 권능을 각성한 명월이 이제는 마스터 랭크에 올라선 정의 무구에 다이아 랭크의 정언력을 가지고 14레벨의 데스나이트를 상대하는 것은, 말하자면 전역한 지 얼마 안 된 예비역이 좁은 복도에서 중기관총을 잡고 사자나 호랑이를 상대하는 것과 같다.

절대 어려운 일이 아니다. 적이 하나씩 나오는 이상, 전투는 그저 방아쇠를 당기는 것만으로도 끝나게 되기 때문이다. 사실 전투라고 부르기도 애매한 과정이다. 정확히는 노가다라고 부르는 편이 정확하겠지.

그러나… 그렇게 학살할 수 있다 해서 예비역이 정말 맹수보다 강하다고 할 수 있을까?

명월과 데스나이트의 관계 역시 마찬가지였다.

어차피 다 한 방에 죽여 버리고 있었기에 데스나이트와 데스나이트 킹의 차이를 잠시 잊어버렸던 대가는 너무나 컸다.

단 한순간 방심했을 뿐이거늘 명월은 허리가 거의 절반 이상 뜯겨 나가고, 양다리는 절단, 마지막으로 심장에 칼이 박히는 치명상을 입고 말았던 것이다.

"죽지 않은 걸 다행으로 여겨야겠지."

그는 간신히 몸을 움직여 의자에 앉았다.

팟!

평범하던 나무 의자가 강철로 변한다. 그리고 그 의자에 담겨 있던 [힘]이 명월의 몸으로 쏟아져 들어온다.

뿌득! 뿌득!

끊어졌던 왼쪽 다리의 힘줄과 신경이 회복된다. 그 과정이 제법 고통스러웠지만 명월은 이를 악물고 참아냈다.

—당신은 마스터(Master) 랭크입니다.

—힘의 소모로 인해 언랭크(UnRanked)로 하락합니다!

팟!

오른 다리의 재생은 시작도 못 했는데 명예의 좌가 사라지고 원래의 나무 의자로 돌아온다. 좌에 주어진 힘을 모두 소모해 버린 것이다.

"큰일이다."

명월은 초조함에 입술을 깨물었다. 물론 그가 자신이 불구로 살아야 한다는 사실에 괴로워하는 것은 아니다. 명예의 좌의 랭크는 시간이 지나면 회복되고 좌의 힘이라면 어떠한 부상이나 장애, 심지어 태어날 때부터 가지고 있던 장애나 유전병까지도 회복시켜 버리는 가공할 성능을 가지고 있기 때문이다.

사람들은 명예의 좌가 가진 음식 창조 능력을 신기해하지만 명월이 보기에 진짜 놀라운 것은 이 회복 능력이다.

"오른 다리까지 완전히 회복시키려면 적어도 다이아 랭크까지는 복구해야 해… 대충 한달 정도 걸리겠지."

다만 문제는 그 한 달의 시간 동안 최상급 난이도가 계속 진행된다는 것. 그리고 지금 구도로 최상급 스테이지가 계속 진행된다면, 인류의 피해는 그야말로 돌이킬 수 없는 최악으로 치달을 것이다.

"가속이 좌의 회복도 가속시키면 좋을 텐데."

모든 정의의 요람에는 마치 금고 다이얼처럼 생긴 장치가 벽에 붙어 있다.

그것은 요람의 시간을 가속/감속 하는 도구.

다이얼을 왼쪽으로 돌리면 요람의 시간이 감속된다. 요람의 시간이 천천히 흐르니 반대로 스테이지의 시간은 가속하게 된다. 정의 무구를 통해 [시청]한다면 엄청난 속도로 움직이는 플레이어들의 공략을 볼 수 있게 되는 것.

감속은 최대 1만 배까지 가능하기 때문에 최대치로 감속시켜 놓으면 스테이지가 어지간히 길어져도 잠시 쉬다 보면 끝나 있다. 정의의 요람에서 하루만 푹 자도 스테이지에서는 1만 일, 그러니까 27년이라는 시간이 지나가 버리기 때문이다.

과거 대하가 스테이지를 수십만 년 진행할 때 요람이 있었다면 요람은 그 자체로 감옥이 되어 미쳐 버리는 사람이 속출했겠지만, 요람이 생길 때 즈음에는 그렇게나 장시간 스테이지가 진행되는 경우가 없게 되었으니 충분한 비율이라 할 수 있을 것이다.

가속 역시 최대 1만 배.

이것은 수련과 휴식을 위한 설정이다. 전 스테이지에서 쌓인 부상과 피로가 아주 심해 요양이 필요할 때, 혹은 혼자서 기나긴 수련을 하고 싶은 사람들이 이용하는 기능.

다만 이건 1인의 요람만을 가속하는 것이기 때문에 외부의 힘을 부여받는 좌나 정언력, 정의 무구 등까지 회복되지는 않았다. 뿐만 아니라 가속에는 정의 포인트가 소모되기에 무작정 1만 배 설정을 했다간 정의 무구가 언랭크까지 떨어져 버리리라.

끼리릭!!

명월은 일단 시간을 10배 가속했다.

그리고 미리 준비되어 있던 1일 치의 음식을 아주, 아주 조금 덜어내 몇 시간에 걸쳐 씹어 먹었다. 그리고 정언의 힘을 사용한다.

"내 남는 지방과 영양분, 그리고 힘은 내 오른 다리가 돋아나는 데 사용될 것이다!"

언령이 발동하자 온몸의 힘이 탁 풀리며 다리가 근질거리기 시작한다. 재생이 시작된 것.

그러나 그렇다고 눈에 보일 정도로 엄청난 속도까지는 아니었다.

'명예의 좌의 힘을 다 썼으니 음식을 꺼낼 수 없다. 10배 가속을 사용했으니 정의의 요람에서 제공하는 음식도 10일 뒤에

나 주어지겠지.'

그나마 다행히도 명월은 제법 후덕한 체형이다. 40년의 감옥 생활을 끝내고 나온 뒤 먹는 것을 좋아하게 된 그는 고작 171㎝에 불과한 신장에도 체중이 100킬로그램이 넘을 정도의 비만이 되어버린 것.

그게 수행자의 체형이냐며 주지 스님에게 늘 혼났지만 이 [남는] 육신을 언령과 신성력으로 잘 덜어낸다면 다리를 돋아나게 하는 것도 가능할 것이다.

물론 새로운 다리뼈를 만들면 온몸의 뼈가 약해지겠지만… 그건 스테이지를 끝낸 뒤 어떻게든 복구하면 된다.

웅!

바닥에 정좌(正坐)하고 앉아 합장한 명월의 몸 주위로 웅혼한 기운이 흐르기 시작한다.

신성력(神聖力).

[삼원(三元)의 맹세]로 삼신에게 귀의한 사제들에게 주어지는 힘이다. 명월은 드루이드로 신성력과 별 상관없는 직업을 가지고 있었지만, 삼신의 신성력은 마법사들조차 문제없이 다룰 수 있을 정도의 포용력을 가지고 있어 사용에 아무런 문제가 없다.

'신성력을 키워야 해.'

그저 다리만 복구하고 나가는 것으로는 제대로 된 활약을 할 수 없다. 왜냐하면 정언력도, 명예의 좌도 모두 소모해 버린 것은 물론, 온몸이 깡마른 상태로 나가게 된다면 사람들에게 짐이 되는 상황은 여전하기 때문이다.

결국 그는 [삼원(三元)의 맹세]를 추가했다.

"용서한다."

[삼원(三元)의 맹세]가 처음 생겼을 때부터 시도했던 맹세.

그리고.

지끈!

"크악… 끄으으으윽……!!!"

몰아치는 고통에 명월의 대머리에 혈관이 잔뜩 일어나고 눈이 충혈된다. 그럼에도 쓰러지지 않은 것은 그가 실로 초인적인 인내심을 가졌기에 가능한 일이리라.

"하아… 하아… 아직도 미혹(迷惑)을 벗어던지지 못했구나. 다 털어버렸다 생각한 것이 그저 나의 착각이었다니."

고통이 밀려오자 과거의 모습이 떠오른다.

─옷을 다 벗으세요.

정중하기까지 하던 사내의 말이 떠오른다. 자신의 팔다리를 교차하듯 묶어 막대기를 끼워서는 책상 사이에 걸어놓던 사내들의 모습도. 마치 통닭구이처럼 거꾸로 매달려 있는 자신의 얼굴에 씌워지던 수건도, 부어지던 물도, 질식 상태나 다름없던 자신에게 가해지던 각목 구타까지.

"허억… 허억……."

떠올리는 것만으로도 호흡이 가빠진다. 몸뚱이 전체가 공중에 둥둥 뜨는 것 같던 감각이 떠오른다. 비명을 지르려 해도 목소리가 안 나오고 가슴이 미어터질 것 같던 감각.

그는 자신이 왜 잡혀가 고문을 당하는지도 몰랐다. 이유를 모르니 고문을 당해도 뭘 말해야 할지 몰랐다. 결국 진이 빠질 대로 빠졌던 그는 사내들이 불러주는 각본대로 진술을 받아쓸 수밖에 없었다.

나중에야 그 모든 과정이 공안검사의 지휘 아래에 씌워진 누명이라는 것을 알았다.

그 누명을 걷어내고 무죄판결을 받기까지 40년이 걸렸다.

"…나는."

명월은 고요히 눈을 감았다.

그리고 말했다.

"용서한다."

고통이 밀려온다.

그러나 그럼에도… 그는 시도했다.

계속. 계속.

그는 멈추지 않았다.

*　　　*　　　*

쿵!

내가 맨 처음 자리하고 있던, 정확히는 이가의 세력이 주류인 한국인 무리에 내려선다. 백만 명이었던 무리는 어느새 천만에 가까워졌다.

당연한 말이지만 원형진 역시 그전보다 훨씬 더 거대해졌다. 아니, 이제는 그저 원형진이라고 말하기도 어려운 상황이 되었다.

"성벽을 높여!! 더 높여야 해!"

"포격 멈추지 마!!"

"성문 열어! 새로운 플레이어들이 들어온다!!!"

"요격 부대, 나가서 길을 내!"

지름이 10킬로미터가 넘는, 규모로만 보면 어지간한 도시를 넘어서는 무지막지한 규모의 성이 스테이지 한편에 자리하고 있다. 스테이지의 땅을 파고 건설 장비를 동원해 구축해 낸 결과물이다. 그리고 그렇게 만들어진 성 안에는 간단하게나마 잠을 잘 수 있는 집들과 장비를 수리할 수 있는 정비소들이 들어서고 있다.

가까이 있는 무리들은 이미 다 들어와 있는 상태고, 멀리 있는 무리들도 천천히 이동해 접근하고 있다.

내가 부상자와 여태껏 대부분의 스테이지를 죽으며 넘겨왔던 저레벨들을 죄다 고유세계로 던져 버려 무리들이 이동하기 편해졌기에 가능한 일이다.

"지니, 상태."

[누적 사망자 410만 1,333명. 누적 부상자 3억 6,622만 1,007명입니다.]

부상자가 확 줄었다. 물론 그들을 치료했기 때문은 아니다.

"한 번에 2억 살짝 안 되는 정도까지 넣을 수 있는 건가……."

기이이잉!

나폴레옹을 대기 모드로 전환하자 나폴레옹이 한쪽 무릎을 땅에 댄 채 멈춰 선다. 그리고 그제야 조종석이 명예의 좌로 변한다.

고오오——!

소모된 체력과 영력이 급속도로 차오른다. 누가 국자로 마구 휘젓는 것 같던 머릿속도 고요히 가라앉아 최상의 컨디션으로 돌아왔다.

—당신은 챌린저(Challenger) 랭크입니다.
—힘의 소모로 마스터(Master)로 하락합니다!

그랜드 마스터에서 간당간당하던 랭크가 마침내 마스터까지 떨어졌다. 힘의 총량이 랭크마다 크게 차이난다는 걸 생각하면 가면 갈수록 랭크 다운 속도는 빨라만 질 것이다.

"나폴레옹의 아이언 하트를 회복시킬 수 있으면 마스터가 아니라 언랭크가 되어도 좋을 텐데."

아무런 소모 없이 무한한 영자력을 생산하기에 무한 동력이라고까지 불리는 아이언 하트라 하더라도 시간당 생산량에는 당연히 제한이 있다.

그리고 지금 이 순간, 저장된 영자력은 완전히 소진되었다. 생산은 계속되고 있지만 폭격을 유지할 정도까지 회복되려면 상당한 시간이 필요하리라.

"드래곤 하트는 아직 쌩쌩하지만 활용이 어렵고."

꽤 많은 노력을 했지만 여전히 드래곤 하트의 마력을 자유자재로 쓸 수가 없다. [조각]의 진행도는 아직도 25%. 그나마 진행도도 칭호를 봐서 아는 것이지 전체적인 구조나 원리조차 모르는 상황이다.

[함장님, 배치가 완료되었습니다.]

"딱 타이밍 맞네. 이쪽 몸은 재워둔다."

[상태가 엉망이군요. 소독과 환복을 진행해 두겠습니다.]

지니의 대답을 듣고 의식을 고유세계로 넘긴다. 도착한 곳은 광활하게까지 보이는 규모의 건축물 안으로, 원래는 에덴의 부품을 제작하던 공장이었는데 한동안 놀려두다 긴급 병원으로 쓰고 있는 장소다.

사방에 가득히 들어찬 병상과 환자들. 그리고 코끝이 아릴 정도의 피 냄새.

나는 팔에 차고 있던 쉐도우 스토커를 권총 형태로 전환했다. 그러는 와중에도 응급실에서 기본적인 처치를 완료한 환자들이 자동으로 움직이는 침상에 실려 방 안으로 들어온다.

응급처치를 했다지만 말 그대로 응급처치일 뿐이다. 그들 한 명 한 명이 대수술을 받아야 하는 중환자들이었기에 이대로 방치하면 죽을 수밖에 없는 상황!

난 그들을 향해 방아쇠를 당겼다.

철컥! 철컥! 철컥! 철컥! 철컥!

마구 발사했다. 어차피 죽을 사람이라고 총살하는 건 당연히 아니다. 탄환에 맞은 사람들은 죽는 대신 정지된 시간 속에서 멈춰 버렸으니까.

나는 그렇게 가장 심각한 환자 1,500명가량의 시간을 정지시켰다.

"탄환 끝! 나머지는 내일!"

[조치하겠습니다.]

대답과 동시에 마무리되지 않은 중환자를 실은 침상들이 다시 아래층으로 돌아간다. 나는 그것들을 따라 이동했다.

"23팀 작업 완료했습니다! 다음은 어디죠?"

"2층 중상자들 부탁드립니다! 설비가 부족하니 응급처치만 해주세요!"

"네!"

우렁찬 소리와 함께 분주하게 뛰어다니는 사람들이 보인다. 거대한 건축물 안, 간격을 맞춰 바둑판처럼 배치된 침상 위에 누운 환자들에게 접근한 의료인들이 가능한 선에서 치료하고, 불가능하다면 응급치료라도 하고 있다.

위이잉!

철컹! 위잉!

지니의 제어를 받는 침상들이 자동으로 움직여 환자를 분류한다. 당장 목숨이 위험한 환자는 1층의 응급실, 당장 죽을 정도는 아니어도 놔두면 상태가 악화되는 환자는 2층의 중환자실로 이송하는 것.

큰 부상은 없지만 기력이 다한 환자들은 별도로 옆 건물로 이송해 각자의 방에 눕힌다. 개중 환자가 아님에도 고유세계로 진입한 이들, 그러니까 저레벨 유저들은 모조리 지원 인력이 되어 다른 환자들을 돕거나 의료진을 보조하고 있다.

'어디 보자, 처음 고유세계로 들어왔던 인원이 9만 명이던가.'

그 후에 추가된 인원도 그보다 조금 더 많은 정도에 불과했다. 그다음도 마찬가지.

그러나 사실 내가 고유세계에 진입시킬 수 있었던 인원은 고작 그 정도가 아니었다. 작정하면 수십만, 어쩌면 백만 명까지도 들여올 수 있었을 것이다.

그러나 내가 왜 그러지 않았던가?

'자원이 부족하기 때문이지.'

그저 고유세계 안으로 들여오기만 한다고 모든 문제가 해결되는 것이 아니다. 기본적으로 고유세계는 오직 사철로 이루어진, 생명체가 살아남기에 적합하지 않은 장소이기 때문이다.

때문에 나는 이민자들의 숫자를 제한하고 남는 진입 용량을 모조리 물을 끌어오는 데 쓰고 있었다. 자판기에서 철도, 나무도, 돌과 흙도 구할 수 있지만 물만은 도저히 어떻게 할 방법이 없었기 때문이다.

그리고 그런 고유세계에 2억의 추가 인원이 입장했다. 심지어 그 대부분이 중상자!

고유세계 전체가 뒤집어지는 게 오히려 당연하다. 모든 복지와 의료서비스를 완벽하게 수행해 오던 센터 시티의 무인 병원으로는 도저히 감당이 불가능한 상황인지라 고유세계의 거주자 태반이 치료에 동원되었다.

"봉합 완료! 여기 고정기 없어요? 고정기?"

"고정기는 무슨! 저기 부목 쌓였으니까 붕대로 감아!"

"아니, 시대가 어떤 시대인데 부목에 붕대……."

"으! 집중력이 떨어집니다. 교대 불가능한가요?"

"지금 환자가 몇인데! 약이라도 맞으면서 버텨!"

"죽지만 않게 해! 막 다 치료할 생각 말고 현상 유지를 우선으로 하란 말이야!"

의료진들이 제각각 필요한 사항을 외치며 빠르게 환자들을 치료하고, 임시 숙소로 이송하고, 치료하고 건물로 이송하는 과정이 반복된다.

그리고 그렇게 환자들이 분류되면.

"130번 [냉동고] 클리어! 마지막 점검 부탁드립니다!"

"인원 관리 확실하게 해! 남아 있는 사람이 있으면 안 돼!"

건물 입구에 서서 실려 온 환자들의 상태를 체크하던 마법사가 건물을 나오며 팔에 차고 있는 디바이스를 조작한다.

푸쉬윅—!

거대한 건물에서 바람 빠지는 소리가 들린다.

[130번 냉동고 폐쇄 완료. 아이스 에이지(Ice Age). 가동합니다.]

단번에 만 명의 인간이 동결된다. 간단한 수술과 치료로 안정화하는 데 성공했지만, 그렇다 하더라도 움직여 제 역할을 수행하기에는 애매한 상태의 사람들.

"냉동 인간이라……."

"정말 엄청난 규모로군요."

"그래 봐야 아직 130만 명입니다. 남은 사람은 언제 다 할 수 있을지……."

그들을 얼린 것은 다른 이유가 아니다.

자원의 부족, 정확히는 물이 부족하다. 고작 수십만 명이 거주하던 고유세계는 억 단위의 인간이 머물기에 적합하지 않다고 할 수 있겠지. 이렇게라도 [보관]하지 않으면 셀 수 없이 많은 사람들이 갈사(渴死. 목말라 죽음)하고 말 것이다.

"자자! 계속합시다! 아직 많이 남았습니다!"

"사람을 구하는 일입니다! 힘냅시다!"

서로를 격려하며 다시 움직이는 사람들. 나는 잠시 그 모습을 바라보다 사람들 사이에서 빠져나왔다.

"나 참."

문득 탄식이 흘러나온다.

"고유세계가 이렇게 커졌는데도 품을 수 있는 인간은 한 줌이 안 되네."

[그야 네 속성이 강철과 뇌전이니까. 여기가 이렇게 발전할수 있었던 건 결국 철이 많아서인데, 너무 우는소리 하는 거 아니냐?]

"아레스."

내 눈앞으로 회색 머리칼의 근육질 사내가 모습을 드러낸다. 제법 오랜만에 보는 녀석의 아바타다.

"하긴, 뭐 틀린 말은 아니지. 이만한 도시를 만들 수 있었던 것도 이게 사철의 혹성이라 가능했던 일이니."

고유세계가 SS랭크가 되었다.

당연한 말이지만 엄청난 변화가 있었다. 24시간에 한 번씩 들일 수 있는 인간의 수가 2억에 가깝게 늘었고 사철의 혹성 역시 어마어마하게 커졌다. 센터 시티를 비롯해 사철의 바다 위에 떠 있는 것이나 다름없는 도시들이 혼란에 빠지는 것 역시 당연한 일.

그리고 최종적으로 커진 혹성의 크기는.

[직경 4,000킬로미터입니다.]

"달보다도 크다니."

달이 직경 3,474킬로미터라는 걸 생각해 보면 실로 무지막지한 크기다. 대륙급을 넘어 위성급에 도달했다는 말이 아닌가?

[그리고 변한 게 또 있지.]

"또 있다고? 뭐가?"

[…그나저나.]

아레스가 나를 보고 눈을 가늘게 뜬다. 뭔가 띠껍다는 표정이다.

[요새 나만 놔두고 재미있게 놀더라?]

"놀다니. 대규모 전투가 어떻게 놀이야?"

[너, 내가 누군지 모르냐?]

"아."

아레스의 말에 뭐라 반박하지 못한다. 그러고 보니 아레스는 전쟁 신의 위상을 가진 존재가 아닌가? 아수라장이나 다름없는 최상급 난이도를 보면 속이 타는 것도 당연하리라.

[뭐, 됐어. 고유세계가 성장하면서 방법이 생겼으니까.]

"그러니까 그게 뭔데?"

[금방 알게 될 거다. 이미 입문은 넘어섰거든. 흐흐… 그래 결국 이리 될 운명이었던 거지. 설마 스테이지라는 거에서 전쟁을 벌이게 될 줄이야.]

뭐가 그렇게 신나는지 헤벌쭉 웃는 녀석의 모습에 몇 번 더 재촉해 보았지만 결국 알려주지 않는다.

뭐 어쨌든, 정신없이 시간이 지났다.

다시 하루가 지나고 스테이지에서 2억 명을 데려왔다. 이번에는 환자가 반도 채 되지 않았고 아직 몸 상태들도 괜찮았기에 하루 정도 부려먹은 다음 자기들 발로 [냉동고]에 들어가도록 처리했다.

냉동을 거부하는 인원이 있었지만 싫다는 녀석들을 다시 스테이지로 내보내 준다 하니 곱게 말을 들었다. 급속 냉동에 대한 막연한 두려움보다는 피비린내 나는 전쟁터가 더 두려웠던 모양이다.

또 하루가 지났다.

다시 2억 명을 데려왔다.

이번에는 중상자가 거의 없고 대체로 멀쩡한 편이다. 한국 무리가 시작된 장소에 만들어진 거대한 성, [최후의 성벽]에서 가장 먼 무리부터 데려와 멀쩡한 이들은 새로운 장비를 맞춰준 뒤 스테이지로 보내고 전투를 원하지 않는 이들은 냉동고에 넣었다.

다시 2억 명을 데려왔다.

이번에는 추가 인원까지 있었다. 추가 인원이 뭐냐 하면 최초에 있던 10억에 들지 않는 인원이다. 정의의 요람에서 분위기를 보다 중간에 끼어들었던 플레이어들.

짧지만 훌륭하게 활약한 이들도 있고 영상으로만 전쟁을 보다 보니 쉽게 생각했다가 크게 당하고 돌아온 이들도 있다.

다시 하루가 지났다.

다시 2억을 데려왔다.

그리고 또 하루가 지났다.

고유세계로 들어갈 지원자를 뽑던 나는 이제 그 숫자가 2억에 한참 못 미친다는 사실을 알았다.

최종적으로, [최후의 성벽]에는 10만의 정예만이 남았다. 그리고 [리젠되는 적의 숫자는 모여 있는 플레이어 숫자에 비례합니다]라는 규칙에 따라 데스나이트들의 리젠 속도 역시 1시간에 10만으로 줄었다.

1시간, 1시간이 피가 말리던 스테이지 진행이 점점 더 느려지기 시작한다.

하루가 지났다.

또 하루가 지났다.

일주일이 지났다.

한 달이 지났다.

1년이 지났다.

그 와중에도 사상자는 물론 있었다. 유리한 환경에서 부상자를 바로바로 빼며 싸웠지만 적은 완성자를 넘어서는 강적. 어쩔 수 없다.

그러나 적어도, 그 빈도가 점점 줄어든다. 무엇보다 플레이어들이 공성에 익숙해지기 시작했다.

두두두두두!!!

기이이잉——— 쾅!!!

성벽 안에서 쏘아진 포격이 성 밖을 쑥대밭으로 만든다.

성벽 위에 자리 잡은 플레이어들이 성벽을 타고 올라오려는 데스나이트를 철통같이 막아낸다.

피로가 쌓이면 하루에 한 번 정해진 시간마다 고유세계 안에 있는 인원들과 교대했다.

[최후의 성벽] 내부에 더욱더 완벽하게, 무엇보다 강철을 재료로 한 새로운 성벽을 만들었다. 백만, 천만 명의 플레이어들이 사용하던 성벽은 너무나 컸기 때문이다.

스테이지에 남은 플레이어가 1만 명이 되었다.

최상급 14레벨 난이도의 진행이, 점점 더 느려진다.

그리고 그쯤 지니가 부탁한다.

[함장님, 드랍품을 다 수거해 주십시오.]

"뭐? 이제 별로 안 부족하잖아? 맛도 없고 다 먹기에 오히려 많을 것 같은데."

잠시 힘든 시절이 있었지만 잉여 인력들은 죄다 얼려놔서 많이 여유로워진 상황. 그러나 지니의 뜻은 당장 먹으라는 게 아니었던 모양이다.

[다 수거해서 고유세계 안으로 가져오시면 됩니다.]

"하지만 시간이 지나면 사라진단 말이야."

진입 할당량을 소모한다면 스테이지에서 주어지는 음식과 물들을 고유세계에 가져오는 건 물론 가능한 일이다. 실제로 몇 번이고 그랬었고.

그러나 스테이지가 갱신되거나 시간이 지나면 보급품은 사라진다. 다시 말해 저장이 불가능하다는 것.

그러나 지니는 말했다.

[다 먹으면 되지 않습니까? 대소변은 사라지지 않는데.]

"……."

나는 깨달았다.

지니의 알뜰살뜰 심시티가 또다시 시작되었으며—

그 규모가 지금까지와 차원이 다를 것이라는 사실을.

그리고 과연, 지니는 그렇게 했다.

삑!!!

일주일 후, 폭격을 마치고 대기 중이던 나는 성벽 위에서 한참 싸우다 내려온 기가스에서 울린 경고음을 들었다.

정확히는 기가스 안쪽에서 들리는 소리였지만 요즘 부쩍 민감해진 청각에 걸려든 것이다.

[마크롱 씨, 볼일은 고유세계로 돌아가 보셔야 합니다.]

"하, 하지만 지니 양! 나 지금 너무 급한데. 작은 건데도 안 돼?"

[10게럴트 벌금 처리 하신다면 가능합니다.]

"10게럴트! 으음. 10게럴트. 으으음……!"

벌금은 고유세계의 화폐이자 우주 공용 화폐인 게럴트로 지불해야 한다. 10게럴트라면 한화로 치면 약 20만 원 정도. 끼니를 스무 번 때울 수 있고 괜찮은 게임 타이틀 4개 정도 살 수 있는 돈을 볼일 한 번 보기 위해 내야 하는 것.

'그러고 보니 대변이 5게럴트에 소변이 10게럴트인가.'

간단히 말하면 그런 말이다. 대변을 보려면 10만 원을 내야 하고, 소변을 보려면 20만 원을 내야 한다는 것!

당연하지만 소변이 대변보다 벌금이 센 것은 고유세계에서 물의 가치가 더 높기 때문이다.

'이게 참 가혹한 듯 아닌 듯 애매하단 말이지.'

사람들이 시위를 하지도 못하는 게 결국 24시간에 한 번씩 전투조가 교대하기 때문이다. 스테이지로 나서기 전에 속을 비우고 나가서 딱 하루만 참고 있다 복귀하면 아무 문제 없는 것!

심지어 [전투조]에 낄 정도면 일반인도 아니고 고위 능력자들이 아니던가? 그들에게는 24시간 볼일을 참는 것도, 10게럴트의 벌금을 내는 것도 그리 심각한 문제는 아닌 상황.

결국 그들을 강제하는 건 벌금 그 자체가 아니라 그들을 갈구는 지니의 존재일 것이다.

"하. 그래. 우리 지니 양 말인데 두 시간 더 참지 뭐."

[훌륭하십니다.]

"볼일 좀 참는 것 가지고 훌륭은 무슨."

투덜거리는 플레이어.

심지어 이건 그저 지니가 진행한 알뜰살뜰한 심시티의 빙산의 일각에 불과하다.

"으앙! 나 고기 먹고 싶어! 식빵 지겨워! 지니야! 아무리 그래도 30센티 식빵 4개는 너무 많지 않아?! 다 먹고 나면 밥맛도 없어!"

"그래그래. 하루에 마셔야 할 물 할당량이 10리터라니. 내가 무슨 생체력 수련자도 아닌데……."

"생체력 수련자는 식빵 12개에 물 30리터 먹어야 하거든요?! 내가 뭔 하마도 아니고!"

사람들이 센터 시티에 항상 대기 중인 지니의 메탈 바디 앞에 모여 투덜거린다. 물론 씨알도 먹히지 않았다.

[맘 같아서는 지금의 2배는 먹이고 싶습니다. 제가 극도의

자제심을 보이고 있다는 걸 여러분은 아셔야 할 것입니다.]

"히익. 식빵 8개에 물 20리터라고? 먹다 죽는다 죽어!"

[참으세요.]

"하이고 맙소사!"

탄식하지만 결국 수긍하고 넘어가는 사람들.

그러나 하루가 지나고, 일주일이 지난다.

다시 한 달이 지났다.

결국 불만이 터져 나온다.

"아니, 이건 너무하잖아!"

"살이 쪄요, 살이 쪄! 탄수화물이 다이어트에 얼마나 안 좋은지 몰라?"

"밥 좀 먹고 싶다! 빵도 드럽게 맛없는 식빵, 제기랄!"

"우우!! 식고문 그만해라!! 여기가 무슨 쌍팔년도 군대도 아니고!"

꽤나 거센 저항. 심지어 문제는 그뿐이 아니었다.

"쿨럭쿨럭! 악! 배가!"

"이, 이런! 너 설마 스테이지산 빵을 먹은 거야?"

"네… 엄마가 먹기 힘들어하는 거 같아서……."

"이런 바보! 거기 음식들은 플레이어밖에 못 먹는다고 했잖아! 여기서 태어난 네가 먹으면 배 속에서 사라진다고!"

먹은 음식이 배 속에서 사라지면 한순간 음식물이 있던 장소가 진공 상태가 되며 탈이 난다. 심지어 먹은 지 오래 지나 영양분으로 흡수라도 된 상태라면 상황은 더욱 심각해진다.

"쿨럭! 우웩!!"

"아이고! 얼른 병원으로!"

여기저기에서 문제가 터지기 시작한다. 저항은 점점 더 거세졌다. 심지어 시위까지 일어날 정도.

지니는 난감해하다가 결국 새로운 방법을 찾아냈다.

취이익————!

[1~10번 냉동고 개방 완료. 아이스 에이지(Ice Age)를 종료합니다!]

[11번~20번 냉동고 개방 완료. 아이스 에이지(Ice Age)를 종료합니다!]

[21번~30번 냉동고 개방 완료. 아이스 에이지(Ice Age)를 종료합니다!]

냉동했던 플레이어들을 깨우기 시작한 것이다.

고유세계의 사람들은 기대했다.

"휴! 다행이다 우리 인구가 거의 두 배 가깝게 늘었으니 할당량이 절반 가까이 줄어들겠지?"

과연 줄어들었다.

하루 식빵 3개에 물 7리터로!

"아니, 이게 뭐야! 고작 이만큼 줄었다고?!"

[최대한 양보한 겁니다.]

"아니, 지니 양! 이거 욕심이 끝이 없는 거 아니야?!"

황당해하는 사람들. 그러나 그들이 아무리 황당해 봤자 급속 냉동 되었다가 다시 깨어난 사람들만큼이나 황당하겠는가?

"나름 각오하고 냉동 인간이 되었는데 똥 싸는 기계가 필요해 냉동을 풀었단 말인가……."

그러나 그렇게 한탄한다 해도 풀려난 사람들에게서는 사실 별다른 불만이 없었다. 한 달의 시간 동안 그들이 머물 거주지와 거주민 등록이 끝났기 때문이다.

하물며 그들은 스테이지를 겪으며 죽음의 공포 속에서 하루하루 살아가던, 심지어 수많은 사람들이 죽어나가는 전쟁을 경험한 이들.

잔뜩 늘인 고무줄처럼 팽팽하게 유지하던 긴장감을 풀 수 있는 여유로운 삶은 그들에게 선물과도 같은 것이다. 덕분에 하루 식빵 3개와 물 7리터를 숙제처럼 먹어야 하는 일 따윈 부담조차 되지 않는다.

2년이 지났다.

100개의 냉동고가 추가로 해제됐다. 고유세계의 인원은 어느새 200만 명에 가까워졌다.

냉동 해제 속도는 점점 빨라졌다. 왜냐하면 고유세계로 음식물이 들어오면, 단지 한 끼 해결할 양식이 들어왔다. 라는 것만으로 끝나지 않기 때문이다.

그것은 고유세계라는 [생태계]로의 편입.

데스나이트들에게서 드랍된 물병과 식빵들은 매일 교대되는 [전투조]에 의해 부지런히 운반되었고, 플레이어들에게 소화되었으며, 그 모든 것들이 고유세계의 생태계에 누적되었다. 제3문명의 과학기술을 가지고 있는 지니에게 있어서는 소변에서 칼륨이나 질소, 인 등의 성분을 분리하는 것 따위 일도 아니니 고유세계의 생태계는 점점 풍부해졌다.

3년이 지났다.

실전을 바라는 이들이 많아져 [전투조]의 숫자가 1만에서 10만으로 다시 늘어났다. 그리고 그렇게 되자 드랍템의 수급량 또한 늘어났다.

4년이 지났다.

전황이 급변한다. 데스나이트 킹이 출현하기 시작했기 때문이다. 원래 훨씬 일찍 등장했어야 하는 녀석들인데 우리가 전투를 질질 끌어서 이제야 등장한 것.

결국 수백 명의 사상자가 발생했다.

센터 시티에서 대규모 장례식이 거행되었다.

사람들 속에서 그 모습을 살피던 내 귀로 참배객들의 말이 들린다.

"그래. 아직 우리는 종말을 살아가고 있었지. 너무 평온해서 그만 잊고 있었군."

"그래도… 안심이 되는군요. 수억 명이 죽어도 슬퍼하지도 못하던 게 불과 얼마 전이었던 것 같은데."

5년이 지났다.

냉동고가 개방되고 사람들이 풀려나는 속도가 점점 빨라진다. 하루가 다르게 센터 시티의 규모가 커져갔다.

6년이 지났다.

마법사들의 도시, 칠색 마탑(도시 이름이 마탑이다)이 생겨났다.

장인들의 도시인 블루 메탈이 생겨났다.

그리고, 10년이 지났다.

"축하합니다!!!"

"행복하게 살아요!"

나는 수많은 사람들의 축복을 받고 있는 커플을 가만히 바라보았다. 뒤늦게 내 존재를 눈치챈 사람들이 술렁거린다.

"와! 철가면님이다!"

"대하 님!!! 대하 님, 저 팬이에요!"

"배재석 님하고 대하 님이 친구라는 말을 언뜻 듣기는 했지만 그게 진짜였구나……."

깜짝 놀라는 사람들을 헤치고 들어가 재석이와 악수한다.

"결혼 축하해."

"고마워. 와줬구나?"

"당연히 와야지. 뭐 대단히 바쁜 일 있다고."

인간 흉기나 다름없는 몸을 쫙 빠진 양복으로 감싼 재석이 나를 보며 환하게 웃는다. 어느덧 녀석의 얼굴에서 연륜이 보인다.

"대하, 안녕!"

"안녕하세요. 아주머니."

"뭐가 어째?! 아오, 이 녀석은 왜 나이도 안 먹어?"

위협적으로 주먹을 휘휘 휘두르는 경은의 모습에 웃는다. 웨딩드레스를 입은 그녀의 배가 살짝 불러 있는 모습이 보인다.

나는 경은이 다른 친구들에게 인사 간 사이 재석에게 물었다.

"괜찮겠어?"

"결혼 말이야? 어차피 10년 가까이 사실혼 관계였는데 뭐."

"그거 말고 자식 말이야. 가질 생각 없다면서."

내 말에 재석이 진지한 눈으로 나를 바라본다.

"그래. 그럴 생각이었지. 경은이하고 서로 합의한 바였기도 했고… 하지만 대하야."

불현듯 재석이 씩, 하고 웃었다.

"나는 지금 너무 행복하다."

"그래. 그거면 됐다."

나는 녀석과 한 번 포옹했다. 그리고는 준비된 좌석에 앉아서 결혼식을 구경했다.

그런데 내 옆에 익숙한 얼굴이 보인다.

"선애야?"

"…오랜만이야."

그녀는 내 짝꿍이었던 선애다. 살구색 재킷에 A스커트를 단아한 느낌이 나도록 코디한 그녀는 나를 보며 살짝 손을 흔들었다.

나는 그녀를 보고 살짝 놀랐다.

"하나도 안 변했네."

이미 고유세계에서 30년이 넘는 시간을 보냈음에도 그녀의 외모는 거의 변하지 않았다. 지구에 있었을 때와 마찬가지로 20대 중반 정도로밖에 보이지 않는다.

"너만 하겠어."

항상 굳어 있던 예전과 다르게 꽤 여유 있어 보이는 표정을 짓고 있는 선애.

그녀의 머리 위에 있는 칭호를 확인한다.

[강철계]

[17레벨]

[만령자 이선애]

놀랍게도 그녀는 스스로를 유지하면서도 변신했을 때의 능력을 고스란히 유지하고 있다. 이 정도면 고유세계에서도 세 손가락 안에 꼽을 정도의 레벨.

내가 그녀를 내버려 둔 사이 그녀는 자신의 정체성과 능력에 대해 어느 정도 결론을 내린 모양이다.

"…행복하게 잘 살길 바란다."

주례석에는 경은의 언니인 민경이 서 있다. 저렇게 젊은 여자가 주례를 보는 경우가 잘 없는데 그녀의 직위가 직위인 만큼 아무도 이상하게 생각하지 않는 모양이다.

결혼식이 끝나고 재석과 경은은 모두의 축복을 받으며 결혼식장을 나섰다.

결혼식장 밖에는 날개를 활짝 펼친 수급 기가스, 주작이 자리하고 있다.

"잘 다녀오세요!!"

"휘익!!"

"결혼 축하해요!!"

주작에 경은이 탑승한다. 재석은 멋쩍어하며 주작의 품에 안겼다. 주작은 슬쩍 상체를 숙이나 싶더니.

쾅!

땅을 박차고 하늘로 날아올랐다.

"결혼~! 축하해요!!!"

"와아아!! 주작 멋지다!!"

사람들의 환호성과 함께 결혼식이 끝난다. 결혼식 하면 흔히 생각하는 어른들께 인사하고 다니거나 그런 과정은 전혀 없다. 저 둘은 저대로 날아서 자신들이 정한 신혼여행지로 떠날 것이다.

"끝났네."

나는 망설임 없이 자리를 털고 일어났다. 사방에 가득한 사람들이 흘깃흘깃 내 모습을 훔쳐보거나 수군거렸지만 누구도 감히 다가와서 함부로 말을 걸거나 하지는 못했다. 고유세계 안에서 내 입지는 절대 만만한 수준이 아니었기 때문이다.

"고마워."

느닷없는 말에 고개를 돌리자 선애가 꾸벅 고개를 숙인다.

"…이 말이 늘 하고 싶었어."

"뭘."

나는 대충 손을 흔들고 자리를 떠났다.

다시 시간이 지난다.

그렇게 15년째.

나는 장례식에 참여했다. 지킴이 방(防)의 장례식이었다. 더 이상 지킴이로서의 의무를 지고 갈 수 없다고 악을 쓰던 그가 죽고 만 것.

당연하지만 내가 그의 죽음을 기릴 이유는 없다. 나와 그가 무슨 인간적인 교감을 나눈 적이 있는 것도 아니니까.

그저 장례식이라서 참여한 것도 아니다. 고유세계에 장례식이 처음도 아니고 그럴 이유가 없으니까. 다만, 지금 이 장례식은 지금까지의 장례식과 좀 다른 점이 있어서 찾아왔다.

"호상이지. 잘 살다 가신 거야."

"그놈의 스테이지 때문에 고생 많이 했는데 그래도 돌아가실 때에는 편안하게 가셨네요."

장례식장에 모여 있는 지킴이들이 절을 하고 서로 대화를 나누는 모습을 잠시 바라보다가 이내 몸을 돌려 밖으로 나왔다.

이 장례식이 시사하는 바는 꽤 크다.

왜냐하면 그를 해친 이가 없었기 때문이다.

그럼에도 불구하고 그가 죽었다.

15레벨이 넘는 강력한 능력자로, 일반인을 초월하는 능력을 가지고 있던 그도 결국 [그 죽음]을 피하지 못했다.

그렇다. 그의 사인은, 노환(老患)이다.

[시작이군요.]

"뭐, 예전부터 걱정하던 문제긴 하지."

나는 작게 한숨 쉬었다.

그리고 지니의 말대로.

그의 죽음은 시작일 뿐이었다.

"마탑주님… 벌써 돌아가시다니요. 아직 배워야 할 게 많은데……."

"스테이지에서 워낙 고생하셨지요. 오히려 마지막 순간에 평화로우시군요……."

지고 마탑의 탑주, 신인화가 수많은 마법사들의 추모를 받으며 눈을 감았다. 얼마 뒤 천공 마탑의 탑주 역시 눈을 감았고, 영혼 마탑의 탑주 역시 죽음을 눈앞에 두고 스스로를 리치화

했다.

"하지만 리치가 되고도 여전히 스테이지에 도전할 수 있을까?"

"알 수 없는 일이지……."

여기저기에서 장례식이 시작된다. 사실상 전멸이나 다름없는 삼대 마탑의 탑주들과 다르게 오대 무파의 문주들 중에서는 아직 죽은 이가 없다. 이는 수련한 영능에 따른 수명 차이 때문이다.

어떤 영능을 수련해야 가장 수명이 길어질까?

정답은 생체력이다. 왜냐하면 생체력은 수련자가 바라는 대로 육신을 진화시키는 힘이기 때문이다.

'그리고 세상에 자신이 단명하길 바라는 사람은 없지.'

정적인 수련법을 익힌 생체력 수련자 중에는 300년 넘게 사는 경우도 있다.

'다음은 오오라. 다음은 무공. 차크라 뭐 그런 순서였지. 대체로 육체를 강화시키는 수련법들이 장생에 도움이 돼.'

그런 면에서 마법은 장생에 크게 도움 되는 능력은 아니다. 리치화 같은 추가적인 조치가 없다면 200년을 넘기가 어려운 수련법이다.

[좋지 않군요.]

"아주 좋지 않지……."

사실 장례식은 계속 있어왔다. 고유세계에 들어온 이들 중에는 노인 역시 많았으니까.

문제는 고레벨들이 죽기 시작했다는 것.

이는 지구의 평균 레벨이 떨어질 정도로 심각한 문제다.

심지어 문제는 또 있다. 바로 [레벨 한계].

콰르릉!!

땅이 크게 울린다. 눈을 움직여 디스플레이를 확인하니 수천 기의 데스나이트 앞에 서 있는 현무의 모습이 보인다.

현무의 양 팔을 감고 있던 뱀이 풀려나와 그 대가리를 땅에 묻어버리자 대지가 흔들린다.

쿠르릉!!!!!

대지를 통해 거대한 충격파가 퍼져 나간다. 데스나이트 중 일부는 점프해 대지와의 접촉을 피함으로써 그것을 회피했지만, 그러지 못한 녀석들은 막대한 충격을 그대로 얻어맞았다.

"가르쳐 준 적도 없는데 결국 저 방향으로 가는군."

내 손에 죽은 레온하르트 제국의 개국공신. 하워드 공작은 단 한 번의 발구름으로 지진을 일으켜 어스퀘이커라는 별명을 가지고 있었다. 물론 지금 재석의 재주를 감히 그와 비교할 수는 없겠지만 적어도 방향성은 같다고 할 수 있으리라.

[일성]

[17레벨]

[현무 배재석]

"아, 이래도 18레벨이 안 되네."

[아무리 특별품이라도 수급 기가스로 그 이상은 힘들 것입니다. 사실 이 정도면 웬만한 인급 기가스를 넘어서는 강함이지요. 그 성능 대부분을 조종사의 강함에 기댄다는 것이 문제긴

하지만… 배재석 군 정도면 훌륭한 조종사이기도 하니까요.]

지니의 말대로 이제는 재석이도 충분히 훌륭한 조종사다. 기가스를 타고 스테이지를 클리어해 온 시간도 벌써 수십 년인 만큼 엄청난 숙련도를 쌓은 것.

거기에 기가스에 탑승하고도 마음껏 생체력을 활용할 수 있는 재석의 역량은 그야말로 전성기의 그것에 가깝다고 해도 과언이 아니리라.

'하지만.'

지금의 그가 전성기라는 것은.

바꿔 말해 그에게 더 이상 올라갈 곳이 없다는 말이나 다름없다.

'재석이뿐이 아냐.'

[레벨 한계]라는 건 바꿔 말하면 재능의 한계를 말한다. 미친 듯 올라가던 지구의 평균 레벨이 점점 정체되기 시작한 것.

아무리 스스로를 연마하고, 영약을 먹고 깨달음을 얻어도, 어느 순간 더 이상 성장하지 못하는 구간이 찾아온다.

누군가는 10레벨에서, 누군가는 15레벨에서 성장이 멈춰 버린다. 아무리 죽어라 노력해도 넘어서지 못하는 재능의 벽을 만나는 것이다.

영능을 수련하다 보면 무수히 만나게 되는 벽들과는 좀 다른 느낌의, 완벽한 환경에서 늙어 죽을 때까지 수련해도 결국 넘지 못하는 진짜 벽… 지고의 마탑주가 결국 8클래스의 경지를 넘어서지 못했듯 아주 특별한 깨달음이나 기연이 없는 이상 영원히 발버둥 쳐도 벗어날 수 없는 재능의 한계가 사람들을 가로막는다.

즉. 이대로 고유세계를 더 유지해 봤자 플레이어들이 계속 강해지기는커녕 늙어 죽기만 할 것이라는 사실.

그러나 고유세계에 오직 절망만 있는 것은 아니다.

[이것으로 아이언 아카데미 5기 졸업식을 마치겠습니다!]

"와아아!!!"

"졸업이다!!"

"으앙! 결국 1,000등 안에 못 들었어. 일단은 기급 기가스로 실력을 키워서 수급 기가스를 받도록 해봐야지……."

죽어가는 사람만큼, 태어나는 이들도 있다.

기가스가 넘치도록 많은 고유세계였던 만큼 그들은 아주 어린 시절부터 쉽게 기가스를 접하고, 기가스 조종사로서의 꿈을 꾸고, 기가스 조종에 적합한 방향으로 이능을 수련했다.

20년째.

이제 스테이지에서는 백만 명이 넘는 [전투조]가 운영되고 있었다.

고유세계의 인구수는 4억을 돌파했다.

고유세계에 존재하는 마법사들 중 주류가 되어버린 인챈트 학파는 [마도황녀]의 구슬에서 계속 쏟아지는 주문을 배우는 것을 넘어 자신들이 원하는 인챈트를 만들어내기까지 하는 수준에 이르렀다.

고유세계의 지배자라 할 수 있는 나를 동경한 이들을 주축으로 생산직들의 수준도 크게 증가했다. 놀랍게도 개중에는 내 특성을 흉내 내는 이들조차 있었다.

그리고 그렇게 25년째.

고유세계의 인구수가 10억을 돌파했다.

시험을 처음 시작할 때보다 인구가 더 많아진 것은 정의의 요람에 머물고 있던 이들이 뒤늦게라도 스테이지에 진입, 나를 만나 고유세계로 들어왔기 때문이다.

"와 1만 배 감속을 걸고 꽤 버텼는데 아직도 스테이지가 진행되고 있었다니."

"세상에, 여기 봐. 너무 멋지다……."

"거기, 거기!!! 신입들, 식빵하고 물 먹고 들어와!!"

"할당량! 빠뜨리면 지니 양한테 혼나요!"

그리고 그렇게.

30년.

—축하합니다! 스테이지가 클리어되었습니다! 기여도에 따라 보상이 주어집니다.

—당신의 순위는 1위입니다.

첫 최상급 난이도가 끝났다.

"후."

어느새 나는 광화문 광장에 앉아 있다.

"우왓?! 뭐야? 왜 이렇게 사람이 없어?"

"설마 스테이지 망한 건가요??? 최상급 난이도라?"

"아니, 그러면 시체라도 떨어져야 하지 않나요? 왜 아무것도 없어?"

광장 이곳저곳에 서 있는 플레이어들이 당황해 떠드는 소리가 들린다. 정의 무구를 얻어 정의의 요람에 접속했지만 싸울 수준은 되지 않아 감속을 최대치까지 설정하고 그냥 스테이지를 넘겨 버린 사람들이다.

"저런 사람들이 있을 거라고는 생각했지만 생각 이상으로 많네. 감속을 해도 중간중간 확인했다면 고유세계의 존재를 몰랐을 리 없는데."

스테이지를 시작할 때에 꽉 차 있던 광화문 광장은 이제 믿을 수 없을 정도로 한산하다. 거의 텅 비어 있다고 느껴질 정도.

그러나 당연한 일이다.

광화문 광장뿐이 아니라 전 세계 인류의 [대부분]이 내 고유세계에 들어와 있었으니까.

그리고 그 사실을 알게 되자. 문득 궁금해졌다.

"그런데 아레스, 넌 종말 프로젝트를 몇 번 봤다고 했지?"

[그렇지. 이것하고는 좀 다른 형태였지만.]

"그럼 말이야."

나는 텅 비어 있는 광화문 광장에 사람들을 내려놓는 대신 아레스에게 물었다.

"내가 이대로 고유세계에 사람들을 머물게 하고 지구에서 도망쳐 버리면 어떻게 돼?"

*　　　　*　　　　*

콰르릉!

구름 한 점 없는 하늘에 천둥소리가 나더니 훤칠한 키의 미남이 모습을 드러낸다.

특이하게도 연두색으로 빛나는 머리칼을 허리까지 늘어뜨리고 있는 그는 정체를 알 수 없는 동물의 가죽과 금속을 정교하게 연마해 만들어진 옷을 입고 있었는데 몸에 착 달라붙는 가죽옷 안쪽으로 정체를 알 수 없는 문양들이 슬쩍슬쩍 보인다.

"결국 직접 오게 되었네. 안 그래도 바쁜데."

마치 중력의 영향을 받지 않는 듯 고요히 떠 있는 사내의 이름은 밀레이온 더 윈드리스.

대우주 전체에 위명이 자자한 대영웅으로 [올마스터]라는 이명을 가진 황제 클래스의 강자이다.

원한다면 일검에 행성 하나를 쪼개는 것조차 가능한 초강자.

그러나 그만한 힘을 가지고 있음에도… 그는 땅에 내려서는 순간 온몸에 소름이 돋는 것을 느꼈다.

"…이런. 늦었군."

대전쟁의 시대를 살아남은 그는 [종말 프로젝트]에 대해 알고 있다. 실제로 그것에 의해 멸망하는 문명을 여럿 봐오기도 했으니 당연한 일이다.

위잉!!

손짓조차 없이 고위 마법이 발현하고, 그는 세계로부터 정보를 다운로드했다.

"종말 프로젝트… 컨셉 호러… MMORPG? 이런, 게임으로 한 건가?"

종말 프로젝트를 [순정] 상태로 받아들이고 살아남은 문명은 거의 없다. 해당 문명의 공포를 끊임없이 증폭하고 또 실체화하는 그 방식은 그야말로 [종말 병기]라는 위명에 걸맞은 파괴력을 가지고 있었으니까.

때문에 대전쟁 시절의 문명들은 살아남기 위해 온갖 방법을 연구했고, 그중 가장 성공적인 방법이 바로 컨셉을 추가하는 것이었다.

밀레이온은 꽤 많은 컨셉을 목격했다.

가장 흔한 것은 [책]이다. 모험소설, 연애소설, 동화, 심지어 만화나 웹툰 등. [영상물] 역시 존재했다. 영화나 드라마 등의 세계를 구현해 내는 것이다.

그리고 그 모든 과정은 끔찍했다. 종말 프로젝트는 종말을 위한 것이며, 그렇기에 어떤 방향성을 잡아도 [호러] 컨셉을 뗄 수가 없었기 때문이다. 로맨스 소설을 컨셉으로 잡아도 [호러 로맨스 소설]이 되어버리는 식.

하지만 이렇게 컨셉을 추가하는 방식이라면 그나마 생존 가능성이 생긴다. 심지어 컨셉을 [클리어]하는 경우 해당 문명의 30%나 생존하는 경우도 있었다.

공포의 세계에서 살아남기 위해 발버둥 쳤던 만큼 해당 문명 전부가 PTSD에 시달린다는 문제가 있기는 하지만 어쨌든 생존은 한다는 것.

그러나 지금 이곳, 34지구가 선택한 [게임] 컨셉은 다르다.

"위험한데."

종말 프로젝트에 게임 컨셉을 추가한 문명도 꽤 있었다.

언뜻 굉장히 좋아 보이는 방법이다. 왜냐하면 대우주의 모든 법칙을 무시하는 언네임드의 불가해한 힘으로 문명 그 자체를 강화하는 것이 가능하기 때문이다.

게임이란 결국 레벨 업이 기본 아니던가?

그러나 게임 컨셉은 너무나 위험하다. 하이 리스크 하이 리턴이라 부르기에도 위태로운 컨셉이었다.

심지어 종말 프로젝트를 [클리어]하여 이겨낸 경우에도 그렇다.

"클리어하는 과정에서 대부분 죽어버리니까."

밀레이온은 종말 프로젝트 게임 컨셉을 [클리어]하는 모습을 본 적이 있다.

모든 생명체가 죽어버려 멸망한 문명.

그리고 그 멸망 위에 남아 울부짖는, 단 한 명의 초월자.

종말 프로젝트 게임 컨셉은 그 업데이트가 너무나도 빠르다. 해당 문명의 영능학이 아무리 발달했다 해도 해당 인류 전체가 그 업데이트 속도에 발맞추어 가는 것은 불가능한 일이다.

오직 탁월하고 탁월한, 거대한 운명과 악마적인 재능, 그리고 무엇보다 초월의 가능성을 품은 극소수의 인원만이 그 컨셉을 이겨낼 수 있는 것.

"심지어 게임 컨셉은 도망조차 힘들지."

종말 프로젝트가 자리 잡은 행성에서 해당 문명의 모두가 도망쳐 종말 프로젝트의 [클리어]에 실패하게 되면, 종말 프로젝트는 [불완전한 종말의 마수]로 진화하여 해당 문명의 탈출자들을 추격한다. 종말 프로젝트가 완전해지기 위해 그들을 잡아먹는 것.

문제는, 게임 컨셉을 진행한 문명은 게임을 플레이하며 그동안 받아먹은 스탯과 스킬이 일종의 [마커]가 된다는 점이다.

언터쳐블에 맞먹는 권능과 힘을 가진 [불완전한 종말의 마수]는 마커를 우주 끝까지 쫓아간다. 맘씨 좋은 언터쳐블(그런 존재가 있을지는 모르지만)의 영역으로 도망가지 않는 이상 생존은 불가능하다.

"어디 보자… 아이고, 벌써 지구에 25억밖에 안 남았잖아?"

밀레이온의 얼굴이 심각해진다. 34지구의 인구 역시 다른 지구들이 그러하듯 60~70억 정도라는 사실을 알고 있었기 때문이다.

"그렇다면 레벨은 대충 5레벨? 아니, 8레벨 정도인가? 양자 녀석을 구하려면 결국 내가 종말 프로젝트에 참가해야 할 텐데."

그렇게 중얼거리며 세계의 정보를 받아들이던 중.

문득 그의 표정이 멍해진다.

"어?"

믿을 수 없는 정보가 그의 머릿속으로 흘러 들어오고 있었다.

"어어어???"

―스테이지(Stage)가 오픈됩니다!

―레벨 15. 하급(下級)이 설정되었습니다.

―신규 인원 확인!!! 레벨이 변경됩니다!

―레벨 1. 하급(下級)이 설정되었습니다.

―레벨 1. 하급(下級)부터 레벨 15. 하급(下級)까지 연속으로 진행

합니다!

　그것은 스테이지 중간에 끼어든 신규 인원의 편입이다. 밀레이온뿐 아니라 고유세계에서 태어나 지구로 나간 이들 역시 겪는 과정.

　다만 신규 인원인 만큼 그들은 각자의 시간대에서 스테이지를 클리어하기에 추가 클리어를 할 수도, 누군가 죽음을 취소해 줄 수도 없다.

　15레벨 스테이지를 따라잡기까지 자신의 스테이지만 진행해야 하는 것.

　그러나 밀레이온에게 중요한 건 편입 과정 따위가 아니다.

　"아니, 이게 무슨… 15레벨? 15레벨이라고? 25억 명이 살아 있는데?"

　"캬아악!!"

　1레벨 하급 몬스터, 시체 꼬마가 밀레이온을 보며 괴성을 지르더니 그대로 돌진한다.

　밀레이온은 어이없어하며 그것을 바라보았고.

　"캬아————!!!"

　그 눈길에 그만 시체는 불타 사라지고 말았다. 아무리 스탯이 제한되어도 저깟 언데드 따위, 올마스터 앞에서는 먼지만도 못한 존재다.

　"아니, 아니, 대체……."

　그리고 흩어지는 시체 앞에서 밀레이온이 멍하니 중얼거린다.

"25억 인류 평균이… 15레벨이기라도 하다는 말이야??"

*   *   *

15레벨 하급 스테이지가 끝났다.
얼마 걸리지도 않았다.

—사망 처리가 모두 취소되었습니다!
—축하합니다! 스테이지가 완벽하게 클리어되었습니다! 기여도에 따라 보상이 주어집니다.
—당신의 순위는 1위입니다.

"확실히 도전자 수가 줄어드니 빠르네."
제법 진심으로 데스나이트 킹들을 쳐 죽였는데도 고작 270기 밖에 잡지 못했다. 저레벨 스테이지를 넘어선 이후로는 겪지 못했던, [사망 처리]의 수가 모자라 스테이지가 금방 끝나는 현상.
예전처럼 인류 평균보다 스테이지가 쉬워서가 아니고 인류의 태반이 지구에 없기에 가능한 일이었다.
"에덴이 내려온다!"
"자자! 표시된 자리 비워주세요!! 다들 바쁜 몸인데 얼른 지구 일도 마무리해 놓아야죠!!"
"구경할 틈 없어요!! 지구에서 해야 할 일들 빨리빨리 해두세요!"
모함, 에덴에 탑승해 약 1시간의 우주여행을 마친 승객들이 지구로 돌아온다.

내 생각은 아니고 에덴의 승객들이 낸 의견을 받아들인 결과다. 확실히 스테이지가 발동하는 그 순간에만 지구에서 벗어나면 스테이지에 휩쓸리지 않으니 6시 30분쯤 출발해 우주로 나갔다가 7시 30분에 지구를 돌며 각자 원하는 장소에 내려준다.

우주여행 자체야 1시간뿐이어도 탑승과 하선의 과정에 한나절은 걸릴 정도로 번거로운 일이었지만 에덴에 물자를 실을 필요가 없고, 무엇보다 우주에 인력을 아예 올려 버리는 대신 잠시 나갔다 돌아옴으로써 발전소나 금융 등 기반 시설의 인력을 유지할 수 있다.

물론 그 과정 중에 에덴이 지구 전체를 날아다녀야 한다는 문제가 있지만 에덴을 들고 다니는 알바트로스의 수고가 조금 문제일 뿐이니 충분히 감수할 만하다

호로록.

나는 핫초코를 마시며 생각을 정리했다.

"현 생존자는 35억. 그중에서도 지구에 있는 인간의 수는 25억 7천만……."

그런데 우주에 갔다 돌아온 에덴의 승객이 5억 1천만이다.

정의 무구를 지닌 플레이어의 수가 19억 7천만이다.

아카데미를 수료하여 수급 등의 기가스를 가지고 지구로 튀어나온 고유세계 출신이 1천만 명.

설사 죽더라도 지구에서 죽겠다는 인원이 8천만.

그리고 끝.

그렇다.

지금 지구에는 스테이지에 억지로 끌려가야 할 인간은 단 1명도 존재하지 않는다. 원래라면 지구에 남아 플레이어에게 부담이 될 10억의 인구는 모두 고유세계에 들어 있는 상태이기 때문이다.

[드디어 '지원자'만으로 스테이지를 진행할 수 있게 되었군요.]

종말 프로젝트는 전 인류를 대상으로 한 강제 이벤트.

갓난아이도, 노인도, 겁쟁이도, 병자도 끔찍한 괴물과 싸워야 하는 스테이지에 강제로 끌려갈 수밖에 없었다.

얼마나 많은 인간이 죽었던가?

얼마나 많은 인간이 고통받는가?

"물론 내가 그 사실을 대단히 안타깝게 여기거나 한 건 아니지만."

[그러나 그렇다 하더라도 34지구가 함장님께 구원받았다는 사실은 변하지 않습니다.]

부담스럽지만 틀린 말은 아니다. 지니는 이 순간, 틀림없는 사실을 말하고 있다.

'하지만 나 혼자의 힘은 아니지.'

나는 단지 도왔을 뿐, 인류의 의지가 있었기 때문에 가능했던 일! 같은 개소리를 하려는 건 당연히 아니다. 의지야 당연히 세워야지 뭐 대견스러울 게 있겠는가? 살고 싶으면 열심히 해야 하는 게 당연.

내가 생각하는 건 다른 녀석이다.

'후안.'

녀석이 만들어낸 삼신의 권능과 힘은 어마어마하다. 농담이 아니라 어딘가의 신이라고 해도 믿을 정도거늘 이들이 그저 도구로밖에 느껴지지 않으니 이게 가능한 일이란 말인가?

어쨌든 나의 공략과 고유세계, 그리고 후안의 삼신으로 인해 스테이지 진행은 정상 궤도를 완전히 벗어나 버렸다.

'제작자의 예상을 훨씬 추월한 추진력이라 할 수 있겠지.'

종말 프로젝트에 [게임]이라는 속성이 추가된 이상 '무조건' 전멸하는 스테이지는 있을 수 없다. 아무리 어려워도 해당 스테이지 안에서 클리어가 가능해야 한다.

그러나 동시에, 종말 프로젝트의 목표는 [종말]이다.

지구의 게임으로 치면 소울 라이크류의 게임을 벤치마킹한 것으로 보인다. 클리어 자체는 가능하지만 기본 설계부터가 플레이어의 [죽음]을 염두에 둔, 수없이 죽어가며 배우지 않으면 원 코인 클리어 따윈 있을 수 없는 그런 방식의 게임.

내가 보기에 종말 프로젝트에서 생각하는 '적절한' 클리어 인원은 1명, 많아봐야 10명 안쪽이다.

절대 25억+10억이 아니다.

지금 상황은 종말 프로젝트에게도 비상 상황.

"분명 뭔가 하겠지."

그러나.

나 역시도 충분한 준비를 했다.

—스테이지(Stage)가 오픈됩니다!

─레벨 15. 중급(中級)이 설정되었습니다.

─사망 처리가 모두 취소되었습니다!
─축하합니다! 스테이지가 완벽하게 클리어되었습니다! 기여도에
따라 보상이 주어집니다.
─당신의 순위는 1위입니다.

─스테이지(Stage)가 오픈됩니다!
─레벨 15. 상급(上級)이 설정되었습니다.

─사망 처리가 모두 취소되었습니다!
─축하합니다! 스테이지가 완벽하게 클리어되었습니다! 기여도에
따라 보상이 주어집니다.
─당신의 순위는 1위입니다.

이제는 스테이지 클리어에 예전처럼 수십 년이 지나거나 하
지 않는다. 인류 전체의 역량과 무장이 예전과 비교할 수 없을
정도로 강화되었기 때문이다.
혹 스테이지 진행을 따라가지 못하는 자가 있다면?
그냥 고유세계에서 살거나 우주로 나가면 된다.
그리고 패치가 있었다.
[스테이지 오픈 시간이 길어졌군요.]
"이제 일주일에 1레벨씩 오르네."
[하급, 중급, 상급, 최상급 해서 일주일에 네 번 스테이지가

열리는 셈이지요.]

원래 스테이지 레벨은 일주일에 2레벨씩 올랐다. 일월화, 수목금 저녁 7시마다 진행되고 토요일에 쉬었던 것.

그러나 15레벨은 하급 난이도가 일요일에. 월요일 쉬고 화요일에 중급 난이도. 수요일 쉬고 목요일에 상급 난이도가 진행되었다.

그리고 짐작하기로 금요일을 쉬고 토요일에 최상급 난이도.

이건 무조건 좋은 일이었다. 그냥 순수하게 쉬는 시간이 추가된 것이기 때문이다.

[플레이어들 좋으라고 했을 리는 없고 최상 난이도를 만든 부작용인가 보네.]

툭 끼어드는 아레스. 그런데 녀석이 묘하게 힘들어 보인다.

"뭐야? 너, 무슨 일 있어?"

[몰라. 얼른 최상 난이도나 했으면 좋겠다.]

나는 흥미진진해하는 아레스의 아바타를 보며 눈을 가늘게 떴다.

'이 녀석, 요새 뭐 하고 있는 거야?'

아레스의 본체가 중앙 광장에 자리 잡고 앉아서 센터 시티의 명물이 되었다는 이야기는 들었는데 도무지 목적을 모르겠다. 아레스가 나한테 해가 되는 일을 할 리는 절대 없기에 가만히 보고 있기는 하지만.

슈아아!!!

내가 그렇게 느긋하게 있는 와중에도 사람들은 바쁘게 움직인다. 하늘에 비행형 기가스가 뭔가를 들고 날아다니고 땅에서도 물자를 실은 트럭들과 사람을 태운 버스들이 분주히 움직인다.

특수한 능력을 가진 기술자들이 상하수도 등의 인프라를 정비하고 지금껏 고유세계에 들어오지 못했던 사람들에게 상황을 안내한다.

예상하지 못했던 스테이지 사이의 틈을 사람들은 제법 잘이용했다. 그리고 그렇게 이용한다는 것은 그들이 이제 희망을가지고 있다는 것을 뜻하기도 한다.

종말 프로젝트가 무사히 클리어될 것이라는 희망을 말이다.

"자자!! 조금 있으면 최상급 시작합니다!!! 플레이하실 분들다 배 든든히 채우고 가세요!"

"들어가면 또 한동안 배고파요!"

"이번엔 꼭 사망자 없도록 합시다!! 파이팅!!"

―스테이지(Stage)가 오픈됩니다!

―레벨 15. 최상급(最上級)이 설정되었습니다.

―제한 없음. 데스나이트 킹과 리치 부대를 전멸시키시오.

―10초 후 스테이지가 시작됩니다.

―10. 9. 8. 7…….

단숨에 배경이 변한다. 스테이지에 진입한 것이다.

"움직이세요!!"

"땅부터 파요!!!"

"10분 뒤 리젠 시작입니다!! 서두르세요!"

자세를 잡고 있던 달리기 선수들 앞에서 땅! 하고 출발 신호 탄을 쏘기라도 한 것처럼 플레이어들이 땅을 박차고 튀어 나간 다. 그들은 미리 약속한 대로 각자의 역할을 수행한다.

쾅! 쾅! 쾅!!

폭음과 함께 대지가 갈라지고 여기저기에서 거대한 구덩이 들이 생겨난다.

　

—8분 뒤 웨이브가 시작됩니다. 1시간 간격으로 반복됩니다. 리젠 횟수는 할당된 적이 모두 소진될 때까지입니다.

—인원 분류는 인연 레벨 기준입니다.

—리젠되는 적의 숫자는 모여 있는 플레이어 숫자에 비례합니다.

　

"더, 더! 더 빠르게!"

"아직 성벽은 오버예요!! 땅부터 파요!"

추리고 추린 1만의 정예가 움직이자 삽시간에 거대한 원이 그려진다.

그러나 그들이 아무리 공사의 달인이라 하더라도 10분 만에 1만의 플레이어를 지킬 만한 크기의 성을 만들기란 불가능하기 에 5분쯤 지나서는 요격 부대가 외곽으로 이동한다.

고유세계에서 건설 장비들을 잔뜩 꺼내 뿌려 버린 나 역시 앞으로 나선다.

"나폴레옹!"

드래곤 하트를 꺼내 집어 던진다.

거대한 은빛의 거인이 삽시간에 몸을 구성해 나를 집어 삼킨다.

—1웨이브.
—시작.

후웅—!

몰아친 흑풍과 함께 데스나이트 킹들이 소환된다. 일반 데스나이트보다 훨씬 다양한 바리에이션을 가진 상대였기에 14레벨 최상급과도 차원이 다른 난이도여야 하지만 긴장하는 이는 적다.

"좋아! 적어!"

"허접 뼈다귀 놈들! 무서워할 거 하나도 없다!"

우리의 숫자와 마찬가지로 그들의 숫자는 겨우 1만! 물론 데스나이트 킹 1만은 절대 적은 수가 아니지만, 십억 단위로 소환되어 파도처럼 몰아치던 것에 비하면 아무것도 아니다.

쿵!

앞으로 튀어 나간다. 붉은색 망토를 휘날리며 나폴레옹의 몸이 날아오르자 전장(戰場)에 있는 모든 이들의 시선이 한 점에 모인다.

"나폴레옹이다!!"

"철가면님!! 관대하 님!! 고고!!"

"하하하!!! 다 죽었다!!!"

신나서 소리치는 사람들.

그리고 그때였다.

웅!

뭐라 표현할 수 없는 거대한 고양감이 내 영혼 깊숙한 곳에서부터 끓어오르는 게 느껴진다. 심장이 쿵쿵 뛰고 마구 소리 지르고 싶은 욕망이 불처럼 타올랐다.

명백한 이상 상황. 그러나 그 상황에 기쁨의 비명을 지르는 자가 있었다.

[좋았어! 됐어! 성공이야! 하하하! 역시 될 줄 알았다니까! 지금 이 순간에도 20억이 보고 있고, 이 전쟁이 그들의 전쟁이기도 한데 안 될 리가 없지!]

"아니, 아레스 이것아. 지금 뭘 한 거야?"

[기뻐하라고! 넌 신의 기예라 불리는 전신위광을 완성자부터 시작하는 거야!]

"아니, 그 전신위광 아직 포기 안 했었냐?"

기막혀하면서도 나폴레옹을 조종한다.

"첫 타는 거창하게!!"

경천칠색(驚天七色).

청(靑).

거대한 마력과 영자력을 받아들인 나폴레옹의 전신이 파랗게 빛난다. 하늘로 솟구쳤던 나는 그대로 나폴레옹의 진동을 통제하며 1만의 데스나이트 킹 한가운데로 몸을 집어 던졌다.

이어 어빌리티까지 작동시킨다.

〈내 사전에 불가능은 없다〉.

번쩍!

청색이 터져 나온다. 데스나이트들은 일사불란하게 몸을 날려 낙하하는 나에게서 거리를 벌렸다. 그러나 소용없다.

쿵!

대지를 내리찍는 순간 30미터나 되는 거체가 땅을 후려치는 충격력까지 모조리 진동으로 변해 반경 수 킬로미터를 모조리 휩쓸어 버린다. 데스나이트 킹들의 경공이 아무리 뛰어나도 도저히 벗어날 만한 범위가 아니었다.

콰콰콰콰!!!!!!

폭풍과도 같은 진동이 모든 것을 갈기갈기 찢어버리며 퍼져 나간다. 하나하나가 달인급의 검술을 사용하는 데스나이트 킹이었지만 이런 재앙급 파괴 활동 앞에서는 아무런 소용이 없다.

그리고 삐걱거리는 몸을 일으켜 세웠을 때, 사방에 가득하던 데스나이트 킹들의 모습은 어디에서도 볼 수 없었다.

"하하하하하!!!"

[하하하하하!!]

끓어오르는 고양감에 취해 유쾌하게 웃자, 잠시 조용하던 지니가 조심스럽게 묻는다.

[저기, 함장님. 괜찮으신 건가요?]

"괜찮냐니 당연한 소리를! 나는 지금 그 어느 때보다……."

나는 거기까지 말하다 멈칫했다.

온몸이 완전히 탈력 상태다. 내 스스로의 영력은 물론이고 나폴레옹의 아이언 하트까지 텅텅 비어버린 것이 느껴진다.

'아니, 이게 무슨. 지금 내 모든 힘을 한 방에 다 쏟아부었다고?'

지금 이 장소에서 수십 년을 싸워야 할지 모르는데 한 방에 다 소모해 버리다니?

물론 무지막지한 위력이긴 했다. 15레벨 데스나이트 킹 1만을 한 방에 날리는 위력은 일반적인 기술의 범주를 한참이나 넘어가는 것이었으니까.

하지만 근거리 적이 상대라면 안전하게 폭격을 떨구는 게 당연하지, 왜 온몸을 적진으로 집어 던진단 말인가?

그러나 내 황당함을 아는지 모르는지 아레스가 신나는 목소리로 묻는다.

[하하하! 어떠냐! 대하! 죽이지! 한 방에 다 날려 버렸다고!]

"…아니, 지금 뭘 한 거야?"

[이것이다! 이것이야말로 전신위광! 전신의 위엄과 권위를 빛내는 찬란한 권능의 편린이다!]

"이런 어이없는. 아니, 게다가 나 정신계 면역 아냐? 와, 이거 예전에 익혔으면 진짜 큰일 났겠네."

그렇게 기막혀하는 순간이었다.

두근!

심장이 뛴다.

"이, 이번에는 또 뭐야? 아니, 이제 힘없어!!"

기막혀하는 와중에도 스스로를 다잡는다. 또 전신위광인가 뭔가를 발동하기에는 남은 힘이 너무나 모자랐기 때문.

그러나 이번에 뛴 심장은 내 것이 아니었다.

두근!

"아니, 드래곤 하트가……?"

나폴레옹의 코어 역할을 하던 드래곤 하트가 맥동하기 시작한다. 그러더니 이해할 수 없는 현상이 벌어지기 시작했다.

―좌(座)로의 접근이 확인되었습니다.

―전쟁신의 위상이 확인되었습니다. 천왕(天王)급 보정.

―전쟁신의 권능이 확인되었습니다. 천왕(天王)급 보정.

―해당 기체의 [전쟁] 속성이 확인되었습니다.

―어빌리티 체크. 클리어.

―싱크로율 체크. 클리어.

―모든 조건이 클리어되었습니다.

―충격에 대비해 주십시오.

"…뭐야. 아레스! 뭘 한 거야?"

[뭘 하다니 이미 다 했는데? 이제 전신위광이 완전히 자리 잡았으니 전쟁을 진행하며 천천히 수련해 나가면…….]

"아니, 그게 아니라 이거 어디에서 들리는 소리……."

[함장님! 드래곤 하트의 마력이 폭증하고 있습니다!]

너도 나도 정신없는 와중에도 맥동하는 드래곤 하트.

그리고.

―전쟁성좌(戰爭星座).

―기동.

나폴레옹의 은빛 육신이 진화(進化)하기 시작했다.

꾸드득!!

드래곤 본으로 이루어진 기체가 뒤틀리고 찢긴다. 마치 거대한 손이 빨래를 짜듯 배배 꼬이면서 압착되고 근원의 모습인 수은으로 변해 펄펄 끓는다.

"윽!"

[함장님! 괜찮으십니까?]

"약간 따끔한 정도니 걱정 마."

문제는 고통이 아니라 지금 벌어지고 있는 상황 그 자체다. 내가 드래곤 하트에 [기억]시킨 나폴레옹의 형상과 수십만 명이 넘는 인챈터들이 피땀 흘려 박아 넣은 부여 주문들이 근본부터 뒤틀리고 있었다.

"전쟁성좌라니, 이게 무슨… 일단 분위기는 인급에서 성급으로 진화한다는 거 같은데."

하지만 이해가 안 가는 일이다.

진화라니?

아무리 신비(神祕)로 가득한 기가스라 해도 그 근본은 공산품이다. 새로운 무장을 장비하거나 기능을 추가하는 업그레이드라면 몰라도 한 차원 다른 수준의 기체를 만들어내기 위해서는 처음부터 완전히 다르게, 나사나 볼트 하나부터 차원이 다른 설비와 공정이 필요하다.

자전거를 오토바이로 개조하는 건 어찌어찌 가능해도 비행기로 개조하는 건 불가능한 것과 마찬가지.

그러나 지금 이 순간. 나폴레옹은 분명하게 변하고 있었다.

뿌득! 뿌드득!!

30미터의 거체가 점점 축소된다. 그 과정의 나는 그야말로 위태롭기 짝이 없었지만 적은 전멸했고, 리젠 간격이 1시간이었기에 덤비는 적은 없다.

'물론 저번처럼 룰이고 뭐고 무시한 채 망령룡을 보낼 수도 있지만… 당장 그럴 기미는 없다.'

나는 두 눈을 감은 채 기체와의 싱크로율을 강화했다.

두근! 두근!

미친 듯이 맥동하며 마력을 뿜어내는 드래곤 하트.

그리고 그 순간, 드래곤 하트에 뭔가가 깃드는 게 느껴진다.

"…이건."

그것은 별(star).

우상(idol)의 힘이다.

고오오————!

드래곤 하트에서 뿜어진 마력이 마치 피처럼 콸콸 쏟아져 드래곤 본 속을 흐르고, 금속으로 만들어진 기체가 살아 있는 것처럼 생기를 띠기 시작한다.

그것은 마치 생체 병기, 아니, 그냥 강철로 이루어진 생명체 같다.

전혀 '공학적'이지 않은 과정.

그리고 그 순간 나는 내가 해야 할 일을 깨달을 수 있었다.

—당신은 챌린저(Challenger) 랭크입니다.

전투 중이 아니었기에 좌의 힘을 활용할 수 있는 상황.

나는 조금의 망설임도 없이 특성 부여를 시작했다.

"[강철 근육]."

근육을 구성하기 시작한다. 대흉근이나 소흉근부터 상완이두근. 대퇴직근 등등.

대체로 운동능력을 위한 골격근(skeletal muscle)들.

그뿐이 아니다.

[동심원], [강화], [복원], [가속], [중압], [진동 흡수].

[화염 저항], [빙결 저항], [뇌전 저항]……

미친 듯이 오오라가 소모되었다가 명예의 좌의 효과로 회복되기를 반복한다.

그 와중에 아레스가 불쑥 말을 걸었다.

[대하! 나, 할 수 있을 것 같다!]

"뭘?"

[이 기체, 내 본체와 연결할 수 있어! 정령력 써도 되나?]

"뭐, 그래."

대답과 동시에 조종석 한쪽의 드래곤 본이 움푹 뜯겨 나오더니 금속과 번개의 정령, 아레스가 소환된다.

녀석은 나타나기가 무섭게 일말의 망설임 없이 나폴레옹 안으로 스며들었다.

"지니, 재석이 불러서 날 성안으로 옮겨달라고 해. 최대한 조심하라고 하고."

[네, 함장님.]

말을 전한 뒤 다시 특성 부여에 집중한다.

[마력 증폭]. [마력 흡수]. [항마력]. [정령 친화]. [전광석화]……

원래 일정량의 금속에 부여할 수 있는 특성에는 한계가 있다. 금속의 영성이 약하면, 그 질량과 크기가 작으면 부여할 수 있는 특성의 힘 역시 보잘것없는 것.

그러나 지금.

특성이 끝도 없이 부여된다.

"자자! 조심해서 옮겨! 대하 녀석, 깨달음을 얻는 중이래!"

"나폴레옹이 꾸물꾸물거려요… 대체 무슨 깨달음이기에 기체까지 변화를 시키는 건지……."

"그렇게나 강하신데 아직도 더 강해지다니."

웅성거리며 다가온 수십 대의 기가스가 나를 들어 새로 건설되고 있는 성안으로 옮긴다. 포클레인과 트럭들이 흙을 퍼낸 후 옮기고 있었고, 내가 미리 꺼내놓았던 인챈트 걸린 철판들이 일정 거리를 두고 설치되고 있다.

고오오———!

그리고 그런 와중에도 변화는 멈추지 않는다.

'그렇군.'

나는 별의 힘이 [설계]가 아니라는 사실을 깨달았다. 성급 기가스의 설계도 따위 이미 예전부터 알고 있던 것들이니 헷갈릴 이유가 없다. 심지어 나는 신급 기가스인 아레스를 항상 옆에 두고 있는 이가 아니던가?

즉, 중요한 건 설계 그 자체가 아니다.

별의 힘의 진짜 기능은 [그릇]을 제공하는 것.

마치 신급 기가스의 [위상]이 신들의 권능을 흉내 내듯, [전쟁성좌]의 힘이 성급 기가스의 어빌리티와 스펙을 견딜 수 있는 밑바탕을 만들어주고 있었다.

'황금성좌와는 좀 다르군.'

나는 제국으로부터 골드리안의 제조법을 전달받았지만 그것을 따라 제작하지는 못했다. 제작에 실패하는 그런 수준이 아니라 시도조차 하지 못했다.

황금성좌가 왜 황금성좌겠는가?

제작을 위해서는 천문학적인 인력과 금력을 때려 박아야 한다. 제국 클래스의 세력이 아니면 감히 넘볼 수 없는 엄청난 설비가 필요한 것이다.

쿠구구————!

[윽! 작아! 아니, 이거 왜 이렇게 작아졌지?]

아레스의 불평에 나는 물었다.

"지니, 지금 기체 크기가 어떻지?"

[현재 10.5미터입니다.]

"나폴레옹의 크기군."

나폴레옹은 원래 10미터짜리 기가스였다. 인급 기가스인 나폴레옹에게는 오히려 그 정도가 적당한 크기.

그럼에도 드래곤 본으로 만들어진 나폴레옹의 몸이 30미터나 되었던 것은 아레스의 영향을 받았기 때문이리라.

[작———— 아!!!!!]

콰르르르!!!

"우왁!! 나폴레옹이 다시 커진다!"

"뒤로 빠져!"

"거기, 그만 신경 쓰고 자리 잡아!! 슬슬 리젠 시간이다!"

주변 사람들의 목소리가 들린다. 내가 지금 상황에 집중하지 않기 때문이 아니다. 점점 의식이 선명해지고 확장되고 있었기 때문이다.

쿵!

그리고 마침내.

회색의 거인이 몸을 일으킨다.

―전쟁성좌(戰爭星座).

―워 로드(The War Lord).

―인스톨 완료.

그 말을 끝으로 할 일을 끝냈다는 듯 별의 힘이 멀어진다.

이어 환호성 소리가 들린다.

[성공이다!]

"어?!"

나폴레옹, 아니, 워 로드에게서 들리는 목소리에 깜짝 놀란다.

"아레스? 아니, 너 뭐야?"

[뭐긴 뭐야. 나도 드디어 싸울 수 있다는 거지! 하하하!]

나는 녀석의 웃음소리를 들으며 워 로드의 어빌리티를 확인했다.

〈전신안〉

〈만병지왕〉

〈전신의 위세〉

"엥?"

어빌리티의 상태가?

"아니, 잠깐! 아레스! 이 워 로드, 어빌리티가 네 어빌리티 인데?"

당연히 성급 기가스의 새로운 어빌리티를 볼 거라 생각했던 나는 기겁할 수밖에 없었다. 여기서 신급 기가스의 어빌리티가 왜 튀어나온단 말인가?

[그게 다가 아닐걸?]

"그게 무슨 소······."

거기까지 묻다 그만 굳어버리고 말았다.

〈전신의 보물 창고〉

〈전신의 군세〉

〈전쟁의 신〉

"아니, 이건. 미친."

그것은 초월기다.

전쟁의 신 아레스에게 내장되어 있는 고유의 초월기.

[멋지지?]

"아니, 이건 말이 안 되잖아?"

기가 차서 헛웃음밖에 나오지 않는다. 고작, 아니, 성급 기가스를 고작이라고 평하면 안 되긴 하지만. 어쨌든 성급 기가스일 뿐인데 어떻게 초월기가 튀어나온단 말인가?

나는 조금 진정한 후 워 로드의 칭호를 살폈다.

그리고 알았다.

"워 로드 이 녀석, 본래 가진 어빌리티는 한 개뿐이야."

그렇다. 단 한 개. 〈강신체〉이다.

"이거, 설마."

이름만 봐도 대충 느낌이 왔지만 그 내용을 읽는다.

강신체(降神體).

신의 힘을 내려 받을 수 있다. 강신 중 본체의 어빌리티와 초월기 봉인.

그릇의 한계로 동시에 발동할 수 있는 어빌리티는 2개, 초월기는 1개이다.

"…아니, 이게 무슨 워 로드야. 전쟁 신의 사제지 사제."

나는 강신체가 전쟁성좌의 원래 어빌리티가 아니라 지금 이 자리에서 아레스가 간섭해 만들어진 결과라는 것을 알 수 있었다.

사실 엄청난 리스크를 가진 어빌리티다. 단독으로는 거의 불구나 다름없는 기능이 아닌가? 사실상 기체 그 자체로는 어빌리티가 하나도 없는 게 지금의 워 로드인 것.

그러나… 그 뒤를 받쳐주는 신급 기가스가 있다면 상황이 완전히 달라진다.

"나폴레옹이 일어났다!"

"어? 그런데 저거 나폴레옹 맞나? 모습이 바뀌었어."

"어디서 보던 외양인데… 아! 저거 혹시 중앙 광장에 있는 그거 아니야?"

"아레스? 아레스라고?"

사람들의 목소리를 들으며 발동시킨다.

초월기를.

〈전신의 보물 창고〉

공간이 열리고 이쑤시개만 한 창이 모습을 드러낸다. 그것은 잡아채기가 무섭게 40미터 이상으로 확대되어 워 로드가 들기에 적당한 크기가 되었다.

'전신의 보물 창고를 켜는 순간 모든 어빌리티와 초월기가 비활성화된다.'

그러나 상관없다. 이미 무기를 들었으니 보물 창고의 효용은 끝. 바로 닫아버린다.

〈만병지왕〉, 〈전신의 위세〉.

두 어빌리티를 발동하자 워 로드에 막대한 버프가 들어가는 것이 느껴진다. [전쟁이 벌어졌을 시 전투에 참여한 아이언 하트의 수만큼 막대한 버프]라는 전신의 위세 설명에 불안했지만 다행히 아이언 하트가 아니라 코어도 카운트되는 모양이다.

팟!

"앗."

그러나 이내 들고 있던 창이 사라져 버린다.

"아, 이런. 보물 창고로 물건 막 꺼낼 수 있나 했더니."

투덜거리며 〈만병지왕〉과 〈전신의 위세〉를 꺼버리고 다시 창을 꺼내 들었다. 두 어빌리티가 아무리 강해도 초월병기를 추가로 드는 것만큼의 전력 상승을 일으킬 수는 없기 때문.

다시 40미터짜리 창을 드는 나에게 아레스가 물었다.

[감상이 어때?]

"감상이 어떠냐고?"

나는 성벽 밖을 보았다. 잔뜩 몰려온 데스나이트 킹들이 맹렬하게 성을 공격하고 기가스에 탑승한 1만의 정예가 그들을 막아내고 있는 모습이 보인다.

쿵!

가볍게 땅을 구른 것뿐인데 워 로드의 거체가 수백 미터 이상 날아오른다. 그리고 날아오른 자세 그대로——

번쩍!

청광(靑光)을 내뿜는 창을 벼락같이 휘둘렀다.

[저, 괴물이————!!]

[막! 아!]

[아니, 피……!]

데스나이트 킹들이 오러 블레이드를 뿜어내며 대응하려 했지만 어림없는 소리다.

아무리 뛰어난 검의 달인이더라도 30미터짜리 거인이 휘두르는 40미터짜리 창을 어찌 막아낼 것인가?

콰르릉————!!!!!!

단 일격.

별다른 부담 없이 휘두른 공격에 수백의 데스나이트 킹은 물론이고 그들이 서 있던 지표면이 마치 과자 껍질처럼 박살 나 흩어진다.

나는 웃었다.

"어쩌냐면… 개사기네 진짜."

[적절한] 조종사가 탑승했다고 가정할 때.

기급 기가스는 숙련된 능력자, 그러니까 5~9레벨에 준한다고 평가된다.

수급 기가스는 완성자 이상, 그러니까 10~13레벨에 준하며.

인급 기가스는 최상급 능력자, 그러니까 14~17레벨에 준한다고 평가되고.

성급 기가스는 초월자 바로 아래, 그러니까 18~19레벨에 준한다고 평가된다.

그러나 나는 어떤가?

인급 기가스인 나폴레옹을 처음 만들었을 때… 나는 이미 19레벨이던 망령룡을 압살했다.

"지니, 고유세계에서 스테이지 구경하고 싶다는 사람 지원받아."

[얼마나 받을까요?]

"무제한. 다 받아. 하, 설마 여기에서… 성급 기가스라니."

잠시 예전 이야기를 하자면.

과거 전투 시뮬레이션 [대전쟁]을 플레이했을 때, 나는 10만점이면 합격인 스코어에서 12억 8,000만 점을 찍어버리면서 점수를 조작했다는 오해를 받았다.

어떻게 그런 말도 안 되는 점수가 가능했던가?

답은 골드리안이다.

그때 나는 황금성좌 골드리안을 타고 전장을 초토화시켜 버리고 적의 테라급 전함 [징벌]에 침투해 함선 자체를 포획해 버렸다. 실로 믿을 수 없는 업적이라 할 수 있겠지.

그러나 함선 포획이라는 건 사실 점수에 반영이 되지 않는다. 애초에 목표가 아니었기 때문이다.

내가 12억 8,000만 점을 얻을 수 있던 것은, 함선을 포획했기 때문이 아니라 함선의 포획을 방해하던 녀석들을 모조리 살해했기 때문이다.

무슨 말인지 이해가 되는가?

알바트로스함에 백곰, 천현일 소장이 있었듯 징벌에도 당연히 함장이 있다.

그리고 그 역시 당연히 초월자.

"진짜 개사기야."

즉, 그런 말이다.

성급 기가스에 탄 나는.

초월자를 조질 수 있다.

*　　　*　　　*

15레벨 최상급 스테이지가 별다른 희생자 없이 클리어되었다.

그리고 다음 주, 16레벨 하, 중, 상, 최상 스테이지가 클리어되었다.

문자 그대로 무난한 클리어.

다시 다음 주.

17레벨 하, 중, 상급 스테이지가 클리어되었다.

그리고.

그렇게.

11월이 되었다.

"와, 원래대로라면 수능 쳐야 할 즈음이네."

"수능… 큭큭. 같이 고3이었던 철수가 마흔 살이 되었는데 말이야."

"너도 서른은 되지 않나?"

"몰라. 시간이 완전 뒤죽박죽이라."

"스테이지와 평생을 함께한 것만 같은데 지구 시간으로는 이제 겨우 2달밖에 지나지 않았다니……."

콰르릉!!!!

한탄하는 플레이어들의 등 뒤로 청색이 번뜩인다.

후욱──!

자욱하던 흙먼지가 흩어지고 전장의 모습이 드러난다. 30미터의 거인이 자신의 몸보다 길다란 창을 들고 있는 초현실적인 광경.

그 앞에 있는, 기괴한 형상의 괴물들이 겁을 먹고 주춤거리는 모습이 보인다.

그것들 하나하나가 엔간한 나라 정도는 한 시간이면 다 밀어버릴 최상급 마족이라는 사실을 감히 누가 믿을 수 있을까?

물론 그가 정말로 그것들을 혼자 상대하고 있는 것은 아니다.

"포격! 개시!!!"

"포인트 벌어보자!! 발사!!!!!"

쿠쿠쿵!!!

성벽 안쪽에 위치하고 있던 포대에서 마력탄이 쏟아진다. 그들뿐이 아니다.

"결계 유지해!!! 저것들 원거리 공격 날린다!"

"으아! 철가면님하고 싸우면서 곁다리로 날리는 건데 왜 이렇게 무겁냐!!"

"빨리 교대 좀 해줘!"

"으, 마력 딸려… 난 이제 가서 쉰다……."

"가서 빵 먹고 물 마시면서 쉬어!"

"으어어 그놈의 빵, 물……."

여기저기서 터져 나오는 고함과 비명. 그런데 그들 중에서 비교적 태평하게 쉬고 있는 이들이 있었다.

그들은 전장을 살펴보며 담소를 나눈다.

"최상급 마족 미쳤네. 레알. 개세 진짜."

"그나마 철가면님이 계셨으니 버티는 거지 안 계셨으면 그냥 뚫리고 죽었겠다. 저것들 1:1로 상대할 수 있는 플레이어가 열 명도 안 된다면서?"

"철가면이 인간이라 얼마나 다행인지……."

감탄하던 플레이어들 중 한 명이 문득 말한다.

"…그런데 철가면님이 인간이긴 해?"

"사실 나도 전해 들은 말인데 말이야. 저분이 선천신족인가 뭔가 하는 거라던데. 어떤 신하고 인간 여인하고 맺어져 태어났다는……."

"무슨 그리스 로마 신화도 아니고."

"하지만 설득력이… 있어!"

"저분 나폴레옹 처음 만들 때 봤어? 진짜 무슨 영화의 한 장면이던데. 신으로서의 자신을 각성하는 그런……."

"후광 봤냐. 후광? 나 진짜 그거 볼 때 다리가 막 풀리더라고."

"오버하긴, 뭘 다리가 풀려?"

"넌 아냐?"

"난 좀 쌌지."

"에라이!"

쿠콰쾅!!!!

대화를 나누는 와중에도 폭음이 멈추지 않는다. 쏟아지는 포격이 짜증났는지 최상급 마족들이 고위 마법을 쏟아내고 개중 몇은 성을 향해 달렸지만 그들 중 누구도 거대한 창을 들고 있는 워 로드를 뚫지 못한다.

그리고 그렇게 적들의 기세가 확 죽을 때쯤.

여태껏 담소만 나누고 있던 이들이 몸을 일으킨다.

"좋아, 슬슬 되겠다."

"자자, 서둘러! 파밍하러 가자!"

"염동력 부대도 붙어! 우리가 쳐내는 동안 다 챙겨야 해!"

"성문 열어!"

기기기긱——!!

대화를 나누고 있던 플레이어들이 성문을 통해 전장으로 급파된다. 싸우기 위한 목적은 아니었고 대하가 죽인 마족들이 드랍한 빵과 식수를 회수하기 위해 움직이는 것.

쿠쾅! 쾅!!

근접전에 특화된 기가스들이 동시에 하나의 특성을 발동시킨다.

"〈과부하〉!"

"〈과부하〉!"

"〈과부하〉!"

성벽을 통해 뛰쳐나간 1만 기의 기가스의 몸이 동시에 빛난다.

그리고 그들을 그들보다 훨씬 더 큰, 족히 8미터는 되는 거인이 이끌며 달려 나간다.

"〈이순신〉 님! 혈염산하 써주세요!!"

"지랄 말고 따라 달리기나 해! 그리고 이순신 님이라고 부르지 말고 재석이라고 이름 부르라니까!"

드디어 생산이 시작된 인급 기가스에 탑승한 재석이 파밍 팀을 이끌고 최상급 마족 무리로 파고든다.

쿵!!!!

과부하를 사용해 한순간 5배 이상의 출력을 가지게 된 기가스들은 무지막지한 힘으로 최상급 마족들의 밀치고 때리고, 가끔은 죽이기도 하면서 바닥에 떨어진 식빵과 물을 파밍했다.

그들의 전투는 길지 않다. 과부하의 시간제한 때문이다.

"자자, 빠집시다!!"

"으아아 과부하 너무 힘들어! 단전이 타버릴 거 같아!"

"난 서클이 팽팽 돌다보니 머리도 팽팽 돈다!!"

"코어 터진다 코어 터져! 우리 붉은 곰 아야 하는 거 봐라!!"

서로서로 소리 지르고 악을 쓰며 몸을 돌려 후퇴한다. 염동 능력에 의해 파밍된 빵들과 식수가 새 떼처럼 그들을 따라 날아간다.

[건방진!!! 인간 놈들 어딜 제멋대로 설치고 도망을!!!]

[죽여 버려!!!!]

최상급 마족들이 눈이 뒤집혀 플레이어들을 쫓는다.

그러나 몇 번이나 그래 왔듯, 그들은 목적을 이루지 못한다.

투쾅!!!

쏘아진 투창이 수백의 최상급 마족을 갈기갈기 찢어버린다. 고작 창 하나 던져서 만들어냈다고는 믿을 수 없는 위력에 마족들이 주춤하는 순간 창을 집어 던졌던 워 로드가 대지를 박찬다.

콰콰쾅!!!

인간을 잡겠다고 진형을 무너뜨렸던 마족들 중 태반이 죽어 나간다. 마족들이 절망감에 비명을 지른다.

"제기랄!! 이거 초월자 아냐?! 어째서 성급 기가스가 이만한 힘을……!"

"저 창 뭐야?! 왜 막을 수가 없지?!"

혼란스러운 전장.

그리고 그들을 바라보는 시선이 있었다.

"어마어마하군. 한자리에 최상급 마족이 10만 단위로 모여 있는 건 나도 처음 보는데… 설마 레벨이 오르는데 전투조의 숫자를 오히려 늘려 버릴 줄이야."

최상급 마족이 마족 중에서도 귀족이라 할 수 있는 존재라는 걸 생각하면 사실 말이 안 되는 광경이다. 세계의 섭리를 어그러뜨리는 언네임드가 아니면 재현할 수 없는 광경이리라.

우주 전체에 위명이 쟁쟁한 대영웅. 물질계를 대표했던 인중신. 만능의 초인으로 올마스터라 불리던 밀레이온은 사람들 사이에 섞여 그 모든 광경을 가만히 바라보고 있었다.

그가 스테이지에 참여한 건 이렇게 구경이나 하기 위해서가 아니었지만 상황이 그가 예상했던 것과 전혀 달라 함부로 움직일 수가 없다.

"17레벨에… 사실상 생존자가 35억."

25억이라 생각했을 때에도 어이가 없었는데 고유세계라는 장소에 추가로 10억이 더 있었다니 그야말로 기가 막힌 일이다.

400년 전, 대전쟁이 터지고 대우주가 혼란의 시기로 빠져들었을 때.

종말 프로젝트는 셀 수 없이 많은 문명을 멸망으로 몰아갔다. 개중에는 종말 프로젝트의 손에 그대로 멸망한 문명들도. 어떻게든 [클리어]하여 문명을 종속한 이들도. [이탈]하여 종말 프로젝트에서 도망간 이들도 있다.

그러나 그 어떤 문명도.

이렇게 막대한 생존자를 지켜낸 적이 없다.

"하물며 게임 형식으로……."

이건 그저 클리어해서, 혹은 이탈해서 살아남는 것과도 차원이 다르다.

왜냐하면 종말 프로젝트의 힘으로 플레이어들이 레벨링 하고 영단을 먹고 스킬을 구매하고 자원을 구매하는 만큼 종말 프로젝트의 [설정]이 영구적으로 소모되는 것이나 다름없는 상황이기 때문이다.

하물며 그 수가 수십억이라니?

지금껏 그 어떤 문명도 그렇게 하지 못했다. 그 위세가 대단해 다수의 초월자를 보유한 제국급 문명들도 종말 프로젝트가 터지면 해당 행성을 포기하고 달아나기에 급급했을 정도인데 제3문명에도 들어서지 못한 34지구가 종말 프로젝트를 순조롭게 클리어하고 있는 것이다.

"이제 남은 레벨은 고작 3개뿐."

그리고 지금 이 기세로 가면 그들이 소모시킬 설정은 그야말로 상상을 초월할 것이다. 그리고 만약 그렇게 된다면.

그들이 [클리어]에 성공하게 된다면.

그때가 바로… [종말]이라는 거대한 [서사]를 가진, 온갖 신적 존재들조차 잠시 패퇴시킬 수 있었을 뿐 끝내 존재 자체를 없앨 수는 없었던 종말 프로젝트가 이 세상에서 사라지는 순간일 것이다.

"이 와중에 분신 녀석은 대체 어디 있는 거야? 걱정하고 있던 문제긴 하지만… 설마 진짜로 숨어버리다니."

수십 년 전 밀레이온은 특별한 운명의 힘을 타고난 여아를 살피기 위해 자신의 분신을 만들어 그녀에게 붙였다.

그런데 놀랍게도 그녀는 무신(武神) 다크에게 패퇴당해 종적이 묘연하던 리전의 지배자, 디카르마를 만나 그의 아이를 출산했다. 그때까지만 해도 아직 분신이 이상행동을 보이기 전이었던 만큼 밀레이온 역시 그 사실을 알고 예의 주시 하던 일이다.

"……."

밀레이온은 성급 기가스를 타고 최상급 마족을 학살하고 있는 대하를 바라보았다.

최상급 신격이었던 기계신과 인간 사이에서 태어난 아이. 34지구가 종말 프로젝트를 상대로 펼치고 있는 이 믿을 수 없는 선전의 상당 부분이 바로 그로 인한 것이다.

"그리고… 언네임드 신격이 하나 더 있다."

처음에는 34지구에 추가된 [변수]인 줄 알았지만 삼신에게서 언네임드 특유의 법칙 파괴의 냄새가 진하게 난다.

"원래대로라면 제거해야 하겠지."

그러나 지금처럼 그 언네임드의 행동이 종말 프로젝트를 방해하고 있는 상황에서 섣불리 움직이는 것도 어리석은 일이리라.

"어휴. 바빠 죽겠는데."

밀레이온은 한숨 쉬며 창을 휘두르는 거인의 모습을 보았다. 그리고 일사불란하게 그를 따르는 사람들도.

참으로 순조로운 진행이지만… 종말 프로젝트는 그런 진행을 원하지 않을 것이다.

어떻게든 플레이어들을 잡아먹어 소모한 설정을 회수하려 들겠지.

"좀 더 지켜보자."

나직이 중얼거린 그의 모습이 사람들 사이로 사라져 버린다.

＊　　　　＊　　　　＊

—축하합니다! 스테이지가 완벽하게 클리어되었습니다! 기여도에 따라 보상이 주어집니다.

—당신의 순위는 1위입니다.

17레벨 최상급 난이도가 끝났다.

최초 만 명에서 최후 백만 명까지 늘어난 전투조의 소음으로 시끌시끌하던 스테이지가 단숨에 침묵에 잠긴다.

팟!

그리고 내 앞에 나타나는 자판기.

—클리어 보상으로 4해 5,775경 3,671조 8,750억 1,223만 포인트를 획득하셨습니다.

—포인트는 거래의 수단이며 [각성 포션], [경험치 포션], [장비], [도구], [재료] 등을 구매할 수 있습니다.

보상이 경을 넘어 해 단위로 가버렸다. 최대한 양보했음에도 이 지경이라니 정말 어마어마한 수준.

'종말 프로젝트, 이렇게 퍼줘도 괜찮은 거야?'

이젠 살 것도 없다. 영약은 이제 먹으면 몸에서 탈이 나는 수준에 이르렀고 자판기에서 살 수 있는 장비들보다 내가, 혹은 고유세계에서 생산되는 장비들이 훨씬 강력하니까.

결국 레어 메탈이랑 바위 목재들이나 왕창 사려고 하는데 새로운 문구가 추가된다.

—상점이 업데이트 됩니다.
—도구가 추가됩니다.

"이제 와서… 추가라고? 그것도 도구만?"

뭔가 싸한 느낌에 눈살을 찌푸리면서도 내용을 확인한다.

업데이트 내역은 단 하나다. 도구 슬롯에 영약.

만년불사단(萬年不死丹): 만년의 삶을 위한 단환. 복용 시 수명이 1년 늘어난다. 최대 만 회 복용 가능.

"…아니, 아니, 뭐라고?"

어처구니없는 내용에 순간 할 말을 잃고 버벅거린다. 지니 역시 상당히 놀란 듯 곁에서 거든다.

[수명이 늘어나는 단환이라니… 물론 그런 게 세상에 없는 건 아니지만 이건 말도 안 됩니다. 수명을 만 년까지 늘릴 수 있는 영단 따위 대우주 어디에서도 확인된 적 없습니다. 대우주의 법칙을 거스르는 일입니다!]

그러나 아레스는 진지하게 말한다.

[대우주 법칙 X까라는 게 바로 언네임드의 특징이잖아?]

[아니, 그런. 아무리 그래도 이런 걸 뿌리면 명계가 가만히

있지 않을 텐데.]

기막혀 하는 지니의 목소리.

나는 정신 차리고 설명을 좀 더 자세히 보았다. 다른 영약들이 다 그러하듯 거래 불가 아이템.

그리고 가격은.

"5,000억 포인트."

그야말로 미쳐 버린 가격이다. 철광석을 5,000억 킬로그램이나 구매할 수 있는 어마어마한 가격!

그러나 지금에 와서는… 노려볼 만한 가격대이기도 했다.

17레벨 몬스터인 최상급 마족을 한 마리 죽이면 1,525억 포인트를 얻을 수 있었고, 다음 레벨의 18레벨 최상급 마족을 죽이면 7,629억 포인트를 얻을 수 있기 때문이다.

고레벨 플레이어들이 늙어 죽어가는 것이 중대한 사회문제인 인류 입장에서는 그야말로 가뭄에 단비 같은 아이템!

하지만… 종말 프로젝트가 왜 이런 아이템을 추가해 준단 말인가?

나는 몰려오는 찜찜함에 인상을 찡그렸다.

"이 자식, 뭘 하려는 거지?"

*　　　　*　　　　*

18레벨 하급 난이도의 적은 역시나 최상급 마족이다.

대규모 전투에서 억 단위로 죽어나가니 우습게 보일지 몰라도… 그건 플레이어들이 기가스를 비롯한 미래 병기(염동포, 레일건, 양자탄, 역장 결계 등등)로 무장하고 유리한 환경에서 싸우기 때문이지 절대 최상급 마족이 약해서가 아니다.

최상급 마족이 얼마나 강하냐 하면 남은 인류 중에서 18레벨 하급을 스스로의 힘으로 클리어할 수 있는 인원은 10명도 채 되지 않을 정도이며.

콰득!

[건… 방… 진… 인간 놈. 키키킥!]

심지어 성급 기가스를 타고 있는 나마저도 까딱하면 죽을 수밖에 없다.

[타이틀. 마족의 절멸자(최상급)의 효과가 발동합니다!]

[부활합니다!]

마치 시간이 거꾸로 돌아가듯 날아갔던 머리가 원상복구된다.

그것은 [슬레이어], [사냥꾼], [학살자], [재앙]을 넘어선, 살해 계열 최상위 칭호의 힘이다.

[마족의 절멸자(최상급)]

—근력, 체력, 마법력, 마력 +200

—사망 시, 부활. 현재 남은 횟수 9회.

—적 처치 시 카르마 적립. 카르마가 일정량을 넘어설 때마다 부활 스택(stack) 저장 가능(최대 10회).

—당신은 너무나 많은 마족을 죽인 나머지 마족의 전체 개체수에도

영향을 줄 정도가 되었습니다. 당신과 같은 자가 여럿 있다면 마족은 보호종으로 등록되어 보살핌을 받아야 할 존재가 되어버릴지도 모르지요.

1억이 넘는 마족(최상급)을 학살한 당신은 마족들에게 마왕보다도 더한 영향력을 가진 존재일 것입니다.

스테이지에 등장하는 마족들을 죽여 얻은 절멸자 칭호의 효과는 부활. 어이없는 것은 데스나이트를 1억 넘게 죽여 얻은 데스나이트의 절멸자 칭호 역시 그 효과가 부활이라는 점이다.

'왜 고위 칭호는 효과가 다 부활이야?'

물론 부활 능력이 사기라는 건 인정하지만 타이틀 효과가 죄다 중복이니 바꿔 끼는 맛이 없다.

[함장님!]

[이런 제길. 대하, 괜찮아?]

"안 괜찮아. 아오, 머리야… 아 미친, 너무 방심했네. 설마 그 와중에 드래곤 본 장갑을 뚫어버릴 줄 몰랐어."

나는 조종석 앞쪽에 뚫린 구멍을 통해 박살 나 쓰러지는 최상급 마족의 모습을 보았다.

"크로스 카운터라니."

어이없게도 녀석은 궁니르를 막거나 피하는 대신 모든 힘을 반격에 쏟아부었다. 말하자면 동귀어진의 수.

물론 그렇다 해도 평소의 나였다면 충분히 피하거나 막아냈을 만한 공격에 불과하지만……. 아쉽게도 지금 나는 제 컨디션이라 볼 수 없는 상태다.

"지겹다… 몇 마리째지?"

[이걸로 5,411마리입니다.]

"하, 아직도 반이네."

집중력이 자꾸 떨어진다. 차라리 대규모 전투에서 잔뜩 모아놓고 일망타진하는 게 낫지, 이렇게 한 마리씩 잡는 건 너무나 많은 시간과 심력을 소모하는 일이다.

"아, 노인네들 진짜. 그냥 다 죽게 놔둘까 보다."

사실 요 근래에는 지금처럼 '추가 클리어'를 하는 일이 거의 없었다. 최상급 난이도가 처음 열리고 그래서 애매하게 끼어 있던 플레이어들이 전부 고유세계에 들어오게 되면서 스테이지 진행은 오직 [지원자]로만 유지되었기 때문이다.

바로 전 레벨인 17레벨 하급 스테이지만 해도 진행자가 고작천 명 단위에 불과했다는 걸 생각해 보면 나 혼자 5천 번을 돌고 있는 이 상황은 절대 정상이 아니다.

[어차피 죽을 거라면 도전해 본다는 사람들이 많은 상황입니다.]

"마음이야 이해하지만……."

모자란 능력으로 아무 변수도 없는 하급 난이도에 도전해봐야 승산이 있을 리 없지 않은가?

설마 이게 종말 프로젝트가 노리는 바인가? 포인트 욕심에 사람들이 마구 죽어나가는?

─사망 처리가 모두 취소되었습니다!

─축하합니다! 스테이지가 완벽하게 클리어되었습니다! 기여도에

따라 보상이 주어집니다.

—당신의 순위는 1위입니다.

그러나 도전자가 미친 듯 많지는 않아서 7천 정도에서 스테이지가 끝난다. 완벽 클리어로 사망자도 없다.

"…뭐야, 이게."

나는 언제나처럼 북적이는 광화문 광장에서 음료를 마시며 사람들을 구경했다. 인류의 절반이 죽고 남은 절반 중 1/3이 고유세계에 들어간 상황에도 광화문 광장은 여전히 사람들로 북적인다. 한국 전체로 보면 아파트 중 태반이 비고 사람 하나 없는 유령 마을도 상당한 상황이라지만, 오히려 그렇기에 남은 사람들은 한 장소로 모인다.

"결국 종말 프로젝트가 노리는 게 뭐지?"

좀 피곤하긴 했지만 그거야 내 개인의 문제일 뿐 하급 난이도에서 죽은 사람이 없다. 하급 난이도에 도전해 보고 어림없다는 걸 깨달은 사람들은 중급 난이도를 포기할 것이다.

지니는 포인트가 남아돌던 상위 플레이어들이 만년불사단을 구매했다는 것을 알려주었다. 특히나 경은이보다 먼저 죽을까 두려워하던 재석이는 벌써 10년도 넘는 수명을 구매했다고 한다. 혹시나 부작용이 있지 않을까 칭호들을 살펴보았지만 그런 것도 없다.

결국, 새로운 상품의 추가는 인류에 일방적으로 좋은 일이라는 말.

하지만 종말 프로젝트가 인류만 좋을 짓을 해줄 이유가 없지 않은가?

—스테이지(Stage)가 오픈됩니다!

—레벨 18. 중급(中級)이 설정되었습니다.

—100시간 안에 최상급 마족 5기를 제거하십시오.

—10초 후 스테이지가 시작됩니다.

—10. 9. 8. 7······.

그리고 시작된 중급 스테이지.

역시나 문제가 터진다.

—경고. 34억 8,111만 2,831명의 [플레이어]가 스테이지에 참여하
지 않고 있습니다.

—시스템이 일부 업데이트됩니다.

—스테이지에 참여하지 않는 행위를 포기로 간주합니다.

—스테이지가 끝나도록 참여하지 않는 인원을 [사망 처리]합니다.

"···뭐?"

잠시 공지사항을 이해하지 못하고 멍하니 바라보았지만 애
초에 어려운 내용이 아니다.

[함장님, 이건······.]

[작정했군. 이런 식이면 정의의 요람이든 고유세계든 상관없
다는 말이잖아?]

스테이지를 18레벨까지 진행하였지만 인류 전체의 역량이

18레벨인 건 당연히 아니다. 전 국민이 축구를 한다고 전 국민이 국가대표급 축구선수일 수는 없는 것처럼 개개인의 역량은 천지 차이이기 때문이다. 내가 아무리 첨단무기와 기가스를 만들어 뿌린다 해도 모든 플레이어를 초인으로 만들 수는 없다.

결국 스테이지를 클리어하고 있는 건 소수의 엘리트이며, 그것을 가능하게 하는 것은 플레이어를 [이탈]시키거나, 스테이지 참여 여부를 [선택]할 수 있게 하는 정의의 요람과 고유세계.

그런데 스테이지에 참여하지 않으면 사망 처리라니?

"말도 안 돼. 이런 걸 할 수 있으면 진작 했어야 하는 거 아닌가? 여태 안 하다가 이제 와서 할 수 있다고?"

정의의 요람이 처음 생겼을 때나 내가 스테이지로 사람들을 끌어들였을 때 반응이 없기에 손댈 수 없는 영역이라 생각했는데 아니었다는 말이다.

결국 떠오르는 건 새로 추가된 만년불사단이다.

'설마… 유저에게 편의를 제공하는 만큼 악의적인 패치도 가능해지는 건가?'

제멋대로 유저에게 불리한 조건을 붙인 다음 뒤늦게 자판기에 레어 메탈 등의 물품을 추가한 것처럼.

그 반대도 가능하다는 뜻.

'그러고 보면… 수명은 엄청난 가치를 가지면서도 전력 상승은 크지 않은 요소야.'

물론 고레벨 유저가 오래 살면 살수록 스테이지 진행에 도움이 되지만 이제 남은 스테이지가 얼마 안 될 것으로 짐작되는 시점에서 수명이 10년이 늘어나든 100년이 늘어나든 당장의 전투력은 크게 상승하지 않는다.

'거기다 포인트 회수에 중점이 있을 수 있다.'

자판기를 이용하는 건 결국 우리가 포인트를 지불하고 뭔가를 사는 것.

그 포인트가 종말 스테이지에게 뭔가를 할 수 있는 자원이 된다면…….

[크아아아!!!]

"닥쳐."

[켁!]

봉인을 풀자 괴성을 지르며 일어나던 최상급 마족의 머리통에 궁니르가 박힌다. 미사일을 맞아도 생체기 좀 나고 말 정도의 내구를 가진 최상급 마족이지만 넘버링 초월병기. 신이 자신의 힘을 덜어내 만들어냈을 것으로 추측되는 궁니르를 막아내기에는 역부족이다.

'뭐, 사실 이것도 궁니르를 제대로 쓰는 건 아니지.'

지금의 나는 궁니르를 말 그대로 그냥 쓰고 있을 뿐 궁니르에 담긴 힘을 제대로 끌어내지 못하고 있다. 내가 창술의 극의에 이른 것도 아니고, 그렇다고 오딘의 피를 이었다거나 한 것도 아니니 당연한 일이다.

'어빌리티 〈만병지왕〉이 있으면 상황이 좀 다르겠지만.'

그러나 워 로드로는 초월기를 하나 켜면 용량이 다 차버리기 때문에 궁니르를 들고 만병지왕을 발동시키는 건 불가능하다. 스테이지에 한정된 제약이지만, 내 주 전장이 스테이지니 소용없는 이야기다.

[함장님, 스테이지의 플레이어들이 혼란에 빠졌습니다. 아무래도 저 공지가 그들에게까지 닿은 것 같습니다.]

"야단났구먼……."

최상급 마족을 소환하고, 죽이고. 다시 최상급 마족을 소환하고 죽이기를 반복하면서 잠시 고민한다.

'그 방법'을 써야 하는가?

20렙도 19렙도 아닌 18레벨. 그것도 상급도 아닌 중급에?

"젠장."

나는 혀를 찼다. 어쩔 수 없다는 걸 깨달았기 때문이다.

농담이 아니라… 지금 이 구도로 스테이지가 진행되면 34억이 넘는 인간이 죽고 말 것이다. 내가 아무리 날고 기어봐야 '정상적'으로 플레이하는 내게 할당되는 반복 횟수는 고작 1만에 불과하니까.

그래, 고작 1만.

사실상 나를 제외한 플레이어들의 다회 차 클리어가 거의 없어진 18레벨 스테이지에서 내가 구할 수 있는 건 고작 한 줌에 불과하다.

"지니, 고유세계에 정의 무구 소지자가 몇이나 되지?"

[현재 8,413명입니다.]

그들은 최상급 스테이지에서 내 옆으로 등장, 이후 고유세계로 진입해 그냥 눌러앉은 이들이다. 정의 무구를 가지고 있기는 하지만 이미 스테이지의 진행을 놓쳐 싸우기를 포기한 사람들.

"전부 모은 다음 각자 정해진 사람을 시청하는 방식으로 스테이지 상황을 파악할 수 있도록 만들어줘. 필요하다면 그 내용을 방송해서 불안감을 죽이면 좋고. 지금 스테이지 진입 안 하면 다 죽는 분위기니 너무 겁먹지 말고 진입하라고 해. 죽어도 스테이지 안에서 죽으면 살려줄 수 있으니까.”

[살려줄 수 있다니…….]

내 말을 이해하지 못한 듯 어리둥절해하는 지니를 두고 뚜벅뚜벅 걷는다. 새롭게 최상급 마족의 봉인을 풀고, 머리통에 창을 꽂아준다. 그대로 반복.

　

—클리어!

—다음 전투를 시작하시겠습니까? 연속으로 적을 쓰러뜨릴 경우 클리어 숫자만큼 [사망 처리]가 취소됩니다. 스테이지 종료 시 취소되지 않은 [사망 처리]는 [확정]으로 변해 되돌릴 수 없습니다.

　

안내를 무시하고 걷는다. 다행히 요번 스테이지는 별로 크지 않다. 아니, 요번뿐이 아니라 공략이랄 게 없이 하급 난이도를 반복하는 방식으로 바뀐 이후 스테이지의 규모는 죽 운동장 이하. 30미터의 덩치를 가진 워 로드로는 몇 발짝만 걸어도 끝에 도착한다.

턱.

손을 뻗어 벽을 짚는다. 언뜻 보기에는 허공으로 보이지만 절대 지나갈 수 없는 차원의 벽.

‘아마 종말 프로젝트 녀석도 이걸 알고 있었겠지.’

망령룡 레플리는 특별한 몬스터였다.

그것이 19레벨이라 특별하다는 것이 아니다. 이미 스테이지가 18레벨까지 온 시점에서 19레벨은 까마득한 레벨이 아니니까. 다음 주면 수십억 단위로 나오는 게 바로 19레벨이 아니던가?

망령룡 레플리가 특별한 이유는 그 강함에 있는 게 아니라 여러모로 스테이지라는 틀을 [초월]한 요소들 때문이다. 해당 스테이지 레벨과 상관없는 고유 레벨. 그리고, 스테이지를 넘나드는 능력.

'그래. 종말 프로젝트가 어떻게든 망령룡을 지키고자 했던 것도 그 이유다. 그 후에는 내가 눈치 못 챈 줄 알고 그냥 놔둔 모양이지만.'

본래라면 알 수 없는 일이었겠지만 [시청]으로 여러 스테이지를 관측할 수 있었던 플레이어는 망령룡이 정기적으로 리젠되는 게 아니라 여러 개의 스테이지를 관통해 지나다닌다는 것을 알아냈다.

그리고 그 사실을 알았을 때.

나는 망령룡의 심장과 뼈로 만든 기가스에 탄 나 역시 그 능력을 이용할 수 있다는 것을 눈치챘다.

팟!

스테이지를 넘어선다.

그곳에는 한참 최상급 마족과 싸우고 있는 기가스의 모습이 보인다.

퍽!

"으악?! 뭐야?"

갑자기 날아든 창에 최상급 마족의 머리통이 터져 나가자 꽤 고생한 듯 잔뜩 우그러진 장갑의 〈이순신〉이 나를 돌아본다.

"안녕."

"뭐, 뭐야? 너, 왜 여기서 나타나?"

팟!

초월기 〈전신의 보물 창고〉를 해제하자 최상급 마족을 꿴 채 바닥에 박혀 있던 궁니르가 사라진다.

고오오오오────!

워 로드의 몸을 회색의 영력이 휘감았다가 이내 사방으로 뿜어지기 시작한다.

수십, 수백을 넘어 천 개가 넘는 회색의 빛은 하나하나가 독자적으로 움직이는 회색빛의 거인들.

"야, 내가 조종하는 수급 기가스 셋이 보조하면 최상급 쉽게 상대할 수 있지?"

"뭐 지금도 어떻게든 상대하고 있으니… 아니, 잠깐. 근데 무슨 소리야? 네가 조종하는 수급?"

"열심히 해. 가급적 만 번 깨라."

재석이에게 세 대의 수급 기가스를 남기고 다음 스테이지로 넘어간다. 이번에는 〈세종대왕〉에 탑승한 민경 선배다. 아는 사람 위주로 연결되는 걸 보니, 이 스테이지라는 것 역시 인연 레벨인가 뭔가를 중심으로 연결되어 있는 모양이다.

"대하 님?"

"그쪽도 셋이면 되겠지. 만 번 깨라. 알았지?"

경은이도 만났다.

"너~ 어~ 는……. 그래. 다섯은 필요하겠다. 그래도 만 번 깨라."

기가스들을 마구 뿌리며 스테이지를 이동하기 시작한다. 3대, 5대, 혹은 인급 기가스 1대.

원래 초월기, 〈전신의 군세〉는 성급 기가스 1기와 인급 기가스 10기, 그리고 수급 기가스 1,000기를 만들어내는 능력이었지만 안타깝게도 성급 기가스는 만들어지지 않았다. 아무래도 신급 기가스가 휘둘러야 할 능력을 성급이 휘둘러서 그런 모양이었다.

'뭐, 그 아래가 구현된 것만 해도 감지덕지지.'

"철가면님?!"

"헉! 철가면!! 당신이 왜 여기에?!"

반가워하거나, 당혹스러워하는 사람들을 만나 기가스를 뿌린다.

'언제 패치할지 몰라.'

약간의 초조함을 느끼며, 나는 계속 스테이지를 넘었다.

*   *   *

18레벨 중급 시험을 완벽 클리어 했다.

스테이지를 오가며 인급 기가스 10기와 수급 기가스 1,000기를 뿌렸고, 그들이 1만 회 클리어에 성공하거나, 혹은 죽어서 스테이지가 닫히면 다시 새롭게 〈전신의 군세〉로 불러들여 뿌리는 일을 반복하는 과정은, 상상 이상으로 효율적이고 빨랐다. 내가 소모하는 시간은 스테이지를 넘나들며 기가스를 뿌리는 것뿐이고, 클리어는 그 보조를 받은 플레이어들이 알아서 진행하는 것이기 때문이다.

다만 문제가 있었다.

"음?"

아니, 이걸 문제라고 할 수 있을까?

"뭐야."

18레벨 상급 시험을 완벽 클리어 했다.

"…왜 안 막지?"

인원수대로 몬스터 리젠이 되는 최상급 난이도를 걱정했지만 괜한 걱정이었다.

왜냐하면 최상급 난이도에서 몬스터가 끝도 없이 쏟아지던 것은.

—스테이지 종료까지 영역을 벗어나 있는 인원의 할당량이 단체 전투에 적으로 추가됩니다.

라는 특징 때문이었으니까.

애초에 하, 중, 상급 난이도에서 스테이지를 벗어난 인원이 하나도 없자 최상급 난이도에 등장하는 몬스터의 숫자 자체가 별로 안 되었다.

대규모 전투라는 특성상 사상자가 아예 없을 수는 없었지만 최상급 난이도를 벌써 수십 년이나 경험해 온 플레이어들은 고작 수만 명 정도의 사상자로 스테이지를 클리어했다.

심지어 거기서도 패치가 안 되어서 19레벨 하급 난이도에 입장, 90% 이상 진행했다.

거기까지 걸린 시간도 그리 길지도 않다. 고작 11년.

이쯤 되면 눈치챌 수밖에 없다.

"이것 봐라. 설마 안 막는 게 아니라 못 막는 건가?"

내 손에 레플리의 시체가 들어오는 걸 그렇게 필사적으로 방해한 주제에 스테이지의 벽을 넘어서는 걸 막는 패치를 하지 않는 녀석의 행태에 아무래도 이 빈틈을 내가 모른다고 생각해서가 아닐까? 라고만 예상했는데 아무래도 틀린 생각이었던 모양이다.

내 말을 듣고 있던 아레스가 말한다.

[아무래도 패치를 마음대로 할 수는 없는 모양인데? 패치를 위해서는 녀석도 뭔가 '소모' 해야 한다든가.]

즉, 녀석은 스테이지 벽을 가로막는 걸 깜빡한 게 아니라 우선적인 패치를 위해 잠시 외면한 것이다.

"아! 이럴 줄 알았으면 미리미리 쓸걸!"

후회가 밀려왔지만 잘 생각해 보니 내가 이 수를 아껴뒀기에 녀석이 거대한 힘을 '소모' 해서 고유세계와 정의의 요람에 있는 인원을 강제로 끌어오는 대규모 패치를 했다고 생각할 수 있다. 내가 진작 스테이지를 넘어 다녔으면 당연히 그것부터 막았을 것이 아닌가?

지니가 말했다.

[함장님과 아레스 님의 초월기가 있었기에 무난히 넘겼을

뿐, 사실 무시무시한 패치였지요. 어쩌면 그때 인류가 멸망했을지도 모를 정도니까요.]

[아마 이 패치에 소모된 힘도 장난이 아닐 거다.]

"하긴."

종말 프로젝트의 요번 패치는 그야말로 건곤일척의 승부를 걸었다고 해도 과언이 아니다. 아마 가진 대부분의 힘을 소모했겠지.

그리고 그 건곤일척의 승부는… 내가 〈전신의 군세〉를 통한 분신으로 타파함으로써 완전히 망해 버렸다. 내가 스테이지를 막 넘어 다니고 있음에도 막지 못하는 건 녀석의 소모가 그만큼 극심했다는 뜻이기도 하다.

―수명 사지 맙시다!!

―수명 구입. 업데이트가 되어 돌아온다!

―수명 사지 말고 영능을 더 수련해서 오래오래 삽시다! 전력을 상승시키면 자연스럽게 수명도 늘어납니다!

―수명 말고 레어 메탈! 수명 말고 마나석!

중앙 광장에 앉아 사람 구경을 하는 내 눈에 팻말을 들고 캠페인을 벌이는 사람들의 모습이 들어온다.

지니가 묻는다.

[좀 더 본격적으로 막지 않으십니까?]

예전에는 수명을 살 수 있을 정도의 포인트를 가진 플레이어가 극소수였기에 상관없었지만 내가 스테이지를 넘나드는 분신

뿌리기를 하게 되면서 포인트 거부(巨富)가 대거 늘어났다. 전투를 전신의 군세가 대부분 책임진다 하더라도 그것은 어디까지나 도움일 뿐, 해당 스테이지의 주체는 어디까지나 플레이어였기 때문이다.

"뭘 어떻게? 일일이 잡아서 수명을 확인해?"

물론 나도 사람들이 수명을 사는 행위가 크게 보면 인류에 해가 되는 일이라는 것을 알고 있다. 모든 인류가 약속이라도 한 것처럼 자판기를 이용하지 않으면 종말 프로젝트가 내 분신 플레이를 못 막는 이 상황을 마지막까지 끌고 갈 수 있을 테니까.

[굳이 그럴 필요까지는 없습니다. 그저 스테이지 클리어 횟수를 확인해 그 보상만큼 레어 메탈이나 마나석을 구매하도록 강제하면 되지요. 그러지 않은 이들을 처벌할 수도 있고.]

합당한 말이었지만 나는 고개를 흔들었다.

"됐어."

다른 것도 아니고 더 살고 싶다는 욕망을 억제하려면 얼마나 무시무시한 처벌과 압박이 필요할지 가늠이 되지 않는다. 그건 고유세계의 자원과 권한에 욕심을 부리는 정치인들을 처벌하는 것과는 전혀 다른 차원의 문제.

그리고 그게 아니더라도 그런 식의 정치와 억제를 하고 싶지 않다. 어차피 남은 스테이지도 얼마 되지 않을 거라고 예상되는 상황. 악의적인 패치와 업데이트가 생긴다면, 그것을 이겨낼 수 있도록 인류의 수준을 높이는 쪽이 정답이리라.

―당신은 챌린저(Master) 랭크(임시)입니다!

―현재 챌린저의 숫자는 총 1명입니다.

―정의의 요람에 접속합니다!

―10억 1,111만 8,841명이 당신을 시청 중입니다!

요람 인원의 절반 정도가 나를 보고 있다. 물론 그들이 보고 있는 건 고유세계의 내가 아닌 스테이지의 나였기에 신경 쓰지 않고 조각을 시작한다.

킹!

천천히 조각을 하다 보니 불현듯 빡침이 밀려온다.

"…그지 같은 놈. 거기에서 방해를 하는 게 말이 돼?"

[그만해라 그만 좀.]

아레스가 지겹다고 타박했지만 어쩔 수 없는 일이다. 엘리베이터로 99층까지 단번에 올라갔는데 누가 엘리베이터 줄을 끊어버려 1층부터 100층까지 다시 걸어 올라가는 상황이지 않은가?

기분이 너무나 상큼해 인상이 절로 찡그려질 수밖에 없다.

악성 플레이어인 나는 개발자이자 운영자인 녀석에게 어느 정도 부채감을 가져야 정상이지만 그때 녀석이 룰이고 나발이고 닥치는 대로 깽판 쳐 내 앞길을 막았던 일 때문에 미안한 마음이 1도 남지 않았다.

[함장님, 함장님, 아침입니다.]

"으아아~ 함!"

일상을 시작한다. 스테이지의 내가 해야 할 일이 전투가 아닝, 벽을 넘고 분신을 뿌리는 것으로 단순화되자 아레스표 매크로(?)를 굴리는 게 가능해졌기 때문이다.

나는 아침 8시쯤 느긋하게 일어나 간단히 아침을 먹고 점심까지 드래곤 하트를 조각했다. 그 후 점심을 먹고 2~3시간 동안 여러 금속으로 만들어진 괴들과 프레임 등에 특성을 부여함으로써 오오라를 수련하고 그 후 5시까지 경천칠색을 수련해 몸을 풀었다.

5시면 퇴근.

그 후에는 저녁을 먹고 그냥 놀았다. 소설이나 드라마, 영화 등도 보았지만 대체로 게임이다.

그렇게 1년이 지나고.

2년이 지난다.

―스테이지(Stage)가 오픈됩니다!

―레벨 19. 중급(中級)이 설정되었습니다.

―100시간 안에 불안정한 우주 괴수 5기를 제거하십시오.

―10초 후 스테이지가 시작됩니다.

―10. 9. 8. 7······.

스테이지가 다음 단계에 들어섰지만 여전히 패치는 없었고.

나는 계속해서 일상을 보냈다.

다시 1년, 2년, 3년, 4년··· 10년, 15년.

[늘 느끼는 거지만.]

자신의 일부를 매크로에 할당, 아주 성실하게 스테이지를 클리어하고 있는 아레스가 말한다.

[너, 시간관념이 무슨 노블레스 같구나? 보통 인간이면 이만한 시간을 예사로 버티지는 못할 텐데.]

"워낙 좋은 환경이니까."

게다가 수십 수백 년이 지나도 외양이 변하지 않는다. 만년불사단이 아니더라도 나에게 수명이라는 게 있기나 한지 의심되는 상황.

그러나 당연하게도, 그건 나에 한정된 이야기일 뿐이다.

"하아… 하아… 와주셨군요."

고급스러운 병실에 한 노인이 누워 있다. 많이 웃고 살아온 듯 부드러운 인상의 노인.

[대마법사 제논]

[0레벨]

[교장 율]

그는 내가 이능에 입문할 수 있게 도와주었던 선별사, 율(律)이다.

"수십 년을 아카데미 학생들을 선별하면서 보냈다는데 마지막 인사 정도는 해줄 만하지."

대마법사가 만들어낸 두 개의 율법 단체(律法團體) 중 선별사에 속해 있던 그는 궁극 마법의 부품으로서 인간의 재능을 읽어내는 술법을 사용할 수 있다.

나는 여태 그의 존재를 신경도 안 썼지만 민경과의 합의 끝에 그는 고유세계에 들어왔고, 어린 나이에 고유세계에 들어온 신입들과 고유세계에서 새로 태어나는 아이들의 재능을 읽어 알려주는 일을 해왔던 것이다. 그리고 끝내는 고유세계 최대의 아카데미를 대표하는 교장의 자리까지 올랐다.

"흐흐. 세상 일 정말 알 수가 없군요. 대마법사님께서 경고하던 종말을 항상 두려워하며 살았거늘… 오히려 그때에 이르러서야 삶의 기쁨이라는 걸 알게 될 줄이야."

힘없이 웃던 율은 나를 보며 물었다.

"제가 했던 말을 기억하십니까?"

"범인과 영웅 말인가."

"기억하시는군요."

이면세계에 첫발을 들인 내가 비범한 재능을 가지고 있다는 것을 알았을 때 율이 했던 이야기다. 범인(凡人: 평범한 사람)은 새로운 세상에 그저 적응해 나가지만, 영웅은 그 세상을 변혁시키고 이끌어 나간다는 말.

율은 웃었다.

"그러나 당신은… 그런 틀조차 벗어난 존재였지요. 세상에 적응할 필요가 없는 존재. 거꾸로 세상이 적응해야만 하는 존재……."

율이 자리에서 일어나더니 침대 아래로 내려온다.

그리고 나를 향해 정중하게 절했다.

"우리 어리석은 머저리 같은 인류를. 이 탐욕스러운 짐승들을 재앙에게서 지켜주셔서 감사합니다."

한계에 달한 육신을 바들바들 떨면서도 그가 웃는다.

"부디, 부디 변함없이 인류를 수호해 주소서……."

"……."

나는 엎드려 있는 율을 가만히 내려다보았다. 그를 살피던 지니가 말했다.

[죽었습니다.]

"…나 참."

나는 쓰게 웃으며 방을 나섰다. 그리고 잠시 후.

"아버지!"

"할아버지!"

"으앙!"

시끌시끌해지는 주택을 떠나 센터 시티의 1/10을 차지하는 빌딩으로 돌아온다. 오직 나 한 명을 위한, 온갖 무장과 설비로 가득한 거대 건축물.

시간을 확인한다. 오후 4시.

경천칠색을 수련한다. 5시에 퇴근하고. 다시 하루가 지난다.

하루가 지난다.

또 하루가 지난다.

나는 변함없는 삶을 살았다. 그러나 동시에, 점점 변해갔다.

"웃차."

가볍게 힘을 주자 수십 톤의 덤벨이 가볍게 들린다. 진동을 거대한 운동에너지로 변환하는 과정이 점점 매끄러워진다.

치이익!!!

주먹을 뻗자 천둥소리가 사방을 뒤흔든다. 손날을 휘두르자 두터운 복합장갑이 시뻘겋게 달아오르더니 녹아내린다.

열을 진동으로 변환할 수 있게 되었다. 또한 진동을 열로 만들 수 있었다.

전기에너지를 진동으로 변환할 수 있었다. 또한 전기로 진동을 만들어낼 수 있다.

그러나 거기까지였다.

'생체력으로 초월지경은… 어렵다.'

경천칠색이 점점 더 능숙해져 갔지만, 동시에 그 너머의 경지를 들여다볼 수 없다는 사실 역시 뚜렷하게 느껴진다. 금속이나고 내가 금속이나 다름없는 금속성의 자질을 가진 나로서는 세상 만물을 진동으로 봐야 한다는 경천칠색의 관점(觀點)에 깊이 공감하기 어렵기 때문일 것이다.

"아레스!"

촤르륵!!

부름과 동시에 녹아내렸던 복합장갑이 벌떡 일어나 내 몸을 뒤덮는다.

'정령술도 마찬가지야.'

나와 아레스는 깊이 싱크로 하고 있었고 그야말로 자유자재로 정령력을 휘두를 수 있었지만 구체적인 체계 자체가 존재하지 않는 정령술은 수련 자체가 어렵다. 최대한 많이 사용하고 또 성장도 하고 있었지만 완성자를 넘어선 이후로는 완전히 성장이 막혀 버렸다.

우우웅—!

온몸을 뒤덮는 금속 갑주를 느끼며 오오라를 터뜨린다.

〈죽지 않는 황제〉

〈전광석화〉

〈일섬〉

'그래. 그나마 가능성이 있다면 이것뿐이다.'

오오라를 다루는 기술은 거의 극에 이르러서 이제는 전설급이나 유일급 어빌리티도 즉시 특성으로 만들어 부여할 수 있다. 내가 인급 기가스를 양산(이라고 해도 전부 핸드메이드지만)할 수 있게 된 것도 오오라의 경지가 선을 넘어섰기 때문일 것이다.

"초월급 특성을 부여하는 데 성공하거나… 성급 기가스를 이 손으로 만들 수 있다면……."

나는 경천칠색도 정령술도 그만두고 오오라에 집중했다. [벽]을 느끼고 두들겼다. 그 벽만 넘어설 수 있다면 마침내 내 모든 걱정과 두려움을 초월할 수 있을 것이라 믿었기 때문.

—스테이지(Stage)가 오픈됩니다!

—레벨 19. 상급(上級)이 설정되었습니다.

—100시간 안에 불안정한 우주 괴수 20기를 제거하십시오.

—10초 후 스테이지가 시작됩니다.

—10. 9. 8. 7…….

그리고 그렇기에 나는 예상치 못했다.

―시스템이 일부 업데이트됩니다.

―스테이지 포기 행위를 삭제합니다. 스테이지에 참여하지 않아도 [사망 처리]되지 않습니다.

―스테이지가 외계(外界)와 통합됩니다!

―모든 타임라인을 통합합니다!

이를 악문 종말 프로젝트의 한 수 앞에서.

전혀 생각지도 못한 초월의 힘이 눈뜨게 될 것이라고는 말이다.

*　　　*　　　*

언제나 그러하듯 광화문 광장은 사람으로 가득했다.

물론 사람으로 가득하다, 라고 해도 몇 달 전의 광화문 광장과는 전혀 다른 모습이다. 현재 지구에 남아 있는 이들은 95% 이상이 정의 무구의 소지자.

그리고 인류 전부가 플레이어니까.

광화문 광장에는 수급, 혹은 인급 기가스가 잔뜩 늘어서 있다. 그뿐이 아니라 그들의 손에는 기간틱 레일건, 플라스마 해머, 레이저 소드 등 현 인류가 아직 그 원리조차 제대로 이해하지 못한 첨단 병기들이 가득하다.

물론 이 모든 것들은 [대여]받은 것으로, 스테이지가 끝나면 반납하겠다고 계약이 되어 있는 상태였다. 대여가 아닌 증여로 받으려면 그 병기의 수준에 걸맞은 레어 메탈과 마정석을 지불하면 되지만 최상위 플레이어 중에서도 그럴 수 있는 사람은 극히 드물었다.

"넌 무장 안 해?"

"무장은 무슨. 19레벨 상급에서 내가 뭘 할 수 있어? 공략파한테 부담이나 주겠지… 난 그냥 요람에서 시청이나 할 거야."

"그래도 아깝잖아. 너도 나름 소드 마스터인데."

"영약발로 검기 뿜는 나 같은 물마스터 따위 기가스를 타든 말든 19레벨한테는 한 방이야. 하… 나름 스테이지에서 10년이 넘게 싸웠는데 그래 봐야 한계라는 게 있다는 거지."

사람들은 광화문 광장에 위풍당당하게 서 있는 수많은 기가스들을 보았다. 보기만 해도 가슴이 벅차오를 정도로 압도적인 광경이지만… 저들 중 자력으로 19레벨 스테이지를 깰 수 있는 사람이 과연 존재하기나 할까?

그나마 철가면이라는 신화적인 영웅이 있어 그의 분신(놀랍게도 그의 조종술까지 재현한!)에 기대 스테이지를 클리어하고 있고, 사실 분신의 힘에 기대도 클리어할 수 있는 인원은 극히 한정적이다.

분신이 강하다 해도 그건 [기술]과 [기교]로서의 강함이기 때문에 한 방에 적을 물리쳐 주지는 못한다. 장기전은 필연인데 스테이지 주인이 최소한 버티기라도 할 수 있는 역량이 없으면 클리어는 불가능하다는 뜻.

몬스터가 분신을 무시하고 스테이지 주인을 죽여 버리면 분신이 아직 멀쩡하더라도 스테이지는 닫혀 버리고 만다.

"아, 시간이다."

사람들이 대화를 나누는 동안에도 어둠은 점점 깊어진다. 온도도 점점 떨어져 싸늘한 공기가 주위를 맴돈다.

어느새 오후 7시에 가까워진 시간.

이제는 인류 모두에게 너무나 큰 의미를 가지게 된 그 시간에 플레이어들이 기가스에 탑승하고 들고 있던 무기를 더욱 힘주어 잡는다.

6시 59분 50초, 51초, 52초⋯ 그리고 마침내 7시.

"⋯응?"

"어?"

"뭐지?"

일순간 완전한 침묵에 잠겼던 광화문 광장이 술렁이기 시작한다. 수많은 사람들의 생각과 다르게 사람들이 스테이지로 끌려가지 않았기 때문이다.

"⋯이게 무슨."

근정전 조정에서 지구 전체에 30대도 안 되는 인급 기가스. [세종대왕]에 탑승해 있던 민경의 눈썹이 꿈틀거린다.

그녀 주위를 포진해 있던 플레이어들 역시 당황하고 있다.

"여황님, 스테이지가."

"알고 있다."

민경은 세종대왕의 디바이스를 확인했다. 7시 00분 13초.

'시작 시간이 지났는데 스테이지가 시작되지 않는다고?'

지금까지 단 한 번도 없던 일. 그러나 당연히 스테이지가 이대로 끝난다거나 하는 꿈같은 일은 벌어지지 않는다.

그저 장소만 바뀌지 않은 채, 스테이지가 시작된다.

—스테이지(Stage)가 오픈됩니다!
—레벨 19. 상급(上級)이 설정되었습니다.
—100시간 안에 불안정한 우주 괴수 20기를 제거하십시오.
—10초 후 스테이지가 시작됩니다.
—10. 9. 8. 7……

플레이어들의 앞에 땅에 박혀 있는 성검이 생겨난다. 그 익숙한 광경에 플레이어들이 기겁한다.
"아니, 저게 왜 여기 생겨나?!"
팅! 팅! 팅! 팅!
성검이 제멋대로 뽑힌다.
"심지어 자기 맘대로 뽑힌다고?!"
"아니, 이게 무슨 양아치 같……!"

—시스템이 일부 업데이트됩니다.
—스테이지 포기 행위를 삭제합니다. 스테이지에 참여하지 않아도 [사망 처리]되지 않습니다.
—스테이지가 외계(外界)와 통합됩니다!
—모든 타임라인을 통합합니다!

구구구!!!
쿠구구구!!!!

"맙소사."

민경의 몸이. 그리고 그녀가 탑승한 세종대왕이 이글이글 타오르기 시작한다.

인급 기가스는 수급 기가스와 출력과 무장 자체가 다른 것은 물론이고 자체적으로 어빌리티를 1개씩 보유하고 있다는 강점이 있었다.

물론 아이언 하트를 장착한 기가스라면 기급부터 가지고 있을 기능이지만… 그 1개의 어빌리티가 해당 [인물]의 유니크 어빌리티라는 것은 엄청난 강점.

민경은 어빌리티, 〈훈민정음〉을 발동했다.

"[우리는 전투 불능 상태에 빠지지 않겠다!!]"

정언력과 어빌리티가 더해진 힘이 일행을 뒤덮는다. 그리고 어둑어둑한 하늘에 수천수만의 균열이 일렁인다.

[고오오오!]

[고옹!]

[고오옹!!]

갈라진 틈새에서 고래와 닮은 추악한 괴수들이 쏟아져 내리기 시작한다. 그 숫자가 가늠이 안 될 정도인데 하나하나의 덩치가 20미터가 넘으니 그야말로 하늘이 괴수로 가득 찬 것만 같다.

심지어.

[고오옹—————!]

[고오오————!!]

그 수많은 괴물들의 입에 질척질척하게 느껴지는 회색의 빛이 어리기 시작한다. 민경은 그들이 19레벨 스테이지의 적이라는 사실을 떠올렸다.

그리고 그 말은, 그들 하나하나가 그 강력하던 망령룡 레플리와 동급이라는 뜻이었다.

"…안 돼."

신음하는 순간.

수백수천, 아니, 수백만 수천만 이상의 괴물들이 파멸의 숨결을 뿜었다.

*   *   *

숨결이 떨어져 내리는 순간 땅이 열리며 수천 개의 거대한 철벽들이 솟구쳐 올라 방패처럼 온 도시를 뒤덮는다.

지구에서는 흉내조차 낼 수 없는 규모다. 사철로만 이루어진 고유세계에서만 가능한 금속 낭비!

쏟아져 내린 회색의 빛이 그 위를 후려친 것은 바로 그 직후였다.

콰드드드득!!!

"으악?! 이게 뭐야? 피해!!"

"지, 지하! 지하 쉘터가 있어요! 그리로!!"

"지, 지하 쉘터요? 그런 게 어디 박혀 있… 으아악!!!"

핵폭탄이 소나기처럼 쏟아져 내려도 견딜 수 있는 방호력을 가진 철벽들이 고작 1분도 버티지 못하고 찢어지기 시작한다.

물론 그 1분의 시간 동안 안전한 장소로 피한 사람들도 꽤 있었다. 지니는 종종 비상시 이용할 수 있는 쉘터의 위치를 안내했었기 때문이다.

그러나… 그것은 대하가 항거할 수 없는 적을 만났을 때 상대를 고유세계로 끌어와 상대하기 위한, 그야말로 만약의 만약을 대비한 것이라 고유세계 전체에 제대로 안내된 사항이 아니었다.

때문에 태반의 인원들은 그저 익숙한 장소. 그러니까 쇼핑센터나 식당. 혹은 자신의 집으로 도망쳤고 상당수는 그저 어쩔 줄 모르고 부서져 가는 천장의 벽을 멍하니 바라보기만 했다.

그 결과는 파멸적이었다.

콰드드드득!!!

철벽을 뚫고 들어온 회색의 빛이 사람들을 후려친다. 회색의 빛은 마치 질척이는 액체처럼 사람들의 몸에 달라붙어 온몸을 불태워 버렸다.

사람들이 죽어나간다.

당장 대우주에 나가더라도 충분히 제 역할을 할 수 있을 인재들이 허망하게 죽는다. 고위 기가스를 타고 있었거나, 스스로의 역량이 어떤 선을 넘어섰거나, 상황 파악이 빠르고 행운이 따랐던 이들을 제외한 모두가 죽어나가고 있다.

[궤엑!!]

하늘을 가득히 메운 우주 괴수들이 그 좋아하는 지성체를 잡아먹으려 덤비지도 않고 작정한 듯 하늘에서 브레스만을 뿜어낸다. 생명체가 아니라 잘 훈련된 군인이나 생체 병기 같은 태도!

만약 이대로 상황이 이어진다면 5분 안에 인류의 90%가 죽고, 10분 안에 35억 인류가 멸종할 상황!

그러나 종말 프로젝트 입장에서는 아쉽게도.

34지구에는 다른 문명들과 다른 세 가지 변수가 있었다.

"아, 진~! 짜! 죽여 버리고 싶다! 선이라는 걸 몰라 애송이 새끼가!!!"

먼저, 34지구에는 이면세계라는 성계신이 간섭할 수 있을 법한 [환경]이 있었고.

"감히!! 감히 인류를!!"

원전이 남긴 [사명]에 반쯤 미쳐 있는 언터쳐블급 언네임드가 있었고.

그리고 무엇보다.

"와라!!!!!!"

스테이지에서보다 현실에서 수십 수백 배 강해지는 초월적인 영웅이 존재했다.

"와라, 아레스!!!!"

*　　　*　　　*

잠시 정신이 없었다.

왜냐하면 동시에 두 장소 모두에 공격이 가해졌기 때문이다. 성급 기가스, 워 로드를 타고 있던 현실의 몸 위로도. 그리고 고유세계에서 노닥거리던 육신에도 공평하게 브레스가 쏟아졌기 때문이다.

'어디부터?'

아주 잠깐 망설일 수밖에 없었다. 세상 누가 안 그럴 수 있겠는가? 내 고향이라 할 수 있는 34지구와, 내 소유나 다름없는 고유세계 둘 다 가볍게 내다 버리기에는 너무도 중요한 장소였다.

그러나 망설임은 잠깐. 나는 할 수 있는 선에서 최선을 다하기로 했다.

"지니!! 워 로드를 조종해서 저 고래 놈들을 공격해!"

[하지만 제 능력으로는 저놈들 중 하나도 이겨내기 어렵습니다.]

"여기 있는 포대 전부 현실로 꺼낼 테니까 모든 출력을 써서 최대한 견제만 해!"

그렇게 말한 후 작업실에 있던 포대를 터치, 전부 현실로 보내 버리고 센터 시티에서 가장 거대하고 가장 튼튼한 빌딩, 강철의 성을 뛰쳐나간다.

철컥!

빌딩에서 추락하며 쉐도우 스토커를 권총 형태로 변경, 하늘을 겨누며 외쳤다.

"제일 센 걸로 6발!!"

─극대소멸탄(極大掃滅彈) 장전… 완료.

쾅! 쾅! 쾅! 쾅! 쾅! 쾅!

망설일 것 없이 방아쇠를 당기자 쏘아진 광구의 궤적 안에 있던 공기가 소멸하면서 바람 터지는 소리가 난다.

그리고 그렇게 날아간 적색의 광구가 목표에 명중!

쿠아아!!!!

적색의 광구에 얻어맞은 괴물 고래가 구겨진 종이처럼 한 점으로 말려든다. 녀석뿐이 아니다. 빽빽하게 모여 있던 탓에 녀석의 주변에 있던 십여 마리의 고래들 역시 일그러지는 공간 안으로 말려 들어갔다.

빵!

그리고 공기가 터지는 소리가 난다. 극대소멸탄이 주변의 모든 물질을 빨아들여 그대로 소멸시켜 버린 것!

같은 광경이 여섯 장소에서 동시에 일어난다.

―쿨다운 시작. 37분 44초… 극대소멸탄 생산 시작. 한 발 제작에 31일 22시간 30분… 잔탄 12발…….

약 40분 간격으로 극대소멸탄을 6발씩 2번 더 쏠 수 있다는 걸 기억한 뒤 시계 형태로 되돌린다.

그리고 소리친다.

"와라! 아레스!!"

중앙 광장에서 하늘을 향해 포격을 쏘아내고 있던 아레스가 한달음에 날아온다. 녀석은 빌딩 꼭대기에서 추락하고 있던 나를 덥석 잡은 뒤 머리를 열어 마치 잡아먹듯 조종석으로 날던져 넣었다.

녀석이 기가 막힌다는 듯 탄식한다.

[와! 내가 종말 프로젝트를 잘 아는 건 아니지만 이렇게 막나갈 줄은 몰랐다. 이쯤이면 그냥 설정 꺼지라 하고 제멋대로 움직이는 수준 아니냐?]

녀석의 말을 들으며 센터 시티를 내려다보았다.

사람들이 죽고 있다.

평화로운 세상에서 살다가 뭔지도 모를 존재에게 지옥 같은 장소로 끌려갔어도 필사적으로 살아남았던 사람들이 벌레처럼 죽어나가고 있다.

내가 만든 기가스에 인챈트를 부여하던 사람들도. 귀찮을 정도로 모여들어 나를 찬양하던 사람들도. 기가스 조종사를 꿈꾸며 매일 조종술을 연마하던 사람들도 죽어나가고 있다.

고유세계 안의 온라인 게임에서 만나 같이 놀았던 사람들도, 랭킹의 내 점수를 보고 버그 플레이어 아니냐고 신고를 넣던 사람들도, 스테이지 안에서 어떻게든 권력을 잡아보겠다고 아득바득 이를 갈던 사람들도 공평하게 죽어나간다.

"아."

가슴 깊은 곳에서부터 뭔가 부글부글 끓어오르는 것이 느껴진다.

화가 난다.

인간의 생명을 존엄하다고, 소중하다고 생각한 적은 없었다. 내가 그런 인식을 가지고 있었다면 천만 명 이상 사람을 죽였던 과거를 이기지 못하고 진작 미쳐 버렸으리라.

그러나 그럼에도.

도저히 참을 수 없을 정도로 화가 났다.

기이이잉————!!!

아레스의 아이언 하트가 미친 듯 돌아가는 게 느껴진다. 너무도 짙어 마치 액체처럼 질척거리는 영기가 아레스 전체를 뒤덮는다.

"다."

나는 모든 어빌리티와 초월기를 작동시켰다.

"죽여."

거대한 덩치의 아레스가 고래 떼 사이로 날아들었다.

콰득!

지나가며 휘두른 궁니르의 창날에 괴물 고래의 머리가 세로로 쪼개진다. 사방을 가득히 채운 괴물 고래들이 악을 쓰며 머리를 들이밀었지만, 나는 거침없이 궁니르를 휘두르며 개중 한 녀석의 머리를 밟고 뛰어올랐다.

쿵!

밟힌 고래의 머리가 움푹 찌그러지며 내 몸이 한층 더 높이 날아오르자 나는 이제 완전히 고래 떼 사이로 들어오고 말았다. 위아래 전후좌우 어디를 봐도 괴물 고래로 가득한 공간.

마치 괴수로 이루어진 바다를 보는 것 같다.

녀석들은 마치 물방울처럼 많았다.

쿠아아!

나에게 접근하는 족족 죽어나가자 작전을 바꾼 듯 고래들이 입을 열어 브레스를 내뱉기 시작한다. 1만이 넘는 고래가 동시에 뿜어내는, '물리적으로' 피할 길이 없는 공격!

이것이 만약 스테이지였다면 나는 어빌리티, 〈죽지 않는 황제〉를 사용해 막아냈을 것이다. 한 마리도 아니고 1만 마리의 브레스는 휩쓸리기만 해도 내 목숨을 앗아갈 테니까.

그러나 아레스에 탄 지금은 상황이 다르다.

촤악!

브레스 안으로 뛰어든다. 당연히 밀려나고 박살 나야 하지만 마치 물 안에 뛰어들기라도 한 것처럼 흐름을 타고 위로 솟구쳤다.

닿는 모든 것을 태우고 녹이는 파괴적인 브레스가 부글부글 들끓으며 덤벼들었지만 아레스를 휘감고 있는 반투명한 막을 넘어서지 못한다.

그렇다.

이까짓 공격으로는 아레스의 '기본 배리어'도 넘어설 수 없다!

위이잉!!!

신급 아이언 하트가 미친 듯이 영자력을 뿜어댄다. 아이언 하트의 특이하고도 절대적인 성질, [상성 우위]가 사방에서 휘몰아치는 온갖 악의와 저주를 모조리 떨쳐내 버린다.

꾸드득!

브레스를 가로지르며 온몸을 비틀어 궁니르를 든 손을 뒤로 당긴다.

그리고 그대로, 쏘았다.

푸확!

일순간 사방을 뒤덮고 있던 브레스가 모조리 증발하고 나를 기준으로 일직선상에 있는 모든 고래가 횡액을 당했다. 궁니르가 뚫고 지나간 녀석들의 몸에는 직경 5미터짜리 구멍이 뚫려 있다.

쩌저적! 쩡!!

저 멀리에서 굉음과 함께 머리에 궁니르를 박은 고래가 주변 녀석들과 충돌하는 모습이 보인다.

[손맛 좋고!!]

[비행 거리 11.5킬로미터! 관통된 적은 314개체입니다!]

두 관제 인격의 목소리를 들으며 오른손을 든다. 저 멀리서 허물어지는 고래 머리 위에 박혀 있던 궁니르가 사라지더니 내 손에 잡힌다. 주변에 있던 고래 녀석들이 발작하듯 덤벼들어 날 물어뜯으려 했지만 그보다 더 빨리 창이 발사된다.

콰과광!!!!

고래 녀석들이 뭔가 한 듯 내가 있던 자리에서 폭음이 일었지만 나는 창을 던진 반작용을 이용해 1킬로미터도 넘게 이동한 상태다.

"다시!"

푸확!

손에 잡히는 궁니르를 잡아 투척한다. 그것으로 또다시 수백의 고래가 죽는다.

후오오오———!!!

궁니르 전체에 강대한 신력이 휘몰아친다. 사실 궁니르를 가졌다 해도 이 정도까지 활용하기는 쉽지 않다. 아레스가 [위대한 명장]이면서 [초월자]가 아닌 조종사를 태우지 않는 것처럼 (물론 나는 그냥 태워줬지만) 궁니르에도 엄격한 사용 조건이 있기 때문이다.

궁니르를 사용하기 위해서는 창술로 초월지경에 이르러야 한다. 특히나 투창에 대단한 업적과 역량을 가지고 있어야 한다.

그리고 무엇보다… [오딘]의 신혈을 이어야 했다.

혈통이 얼마나 짙은지도 따지기 때문에 대우주 전체를 뒤져도 궁니르를 마음껏 사용할 수 있는 이가 흔치 않은 상황이지만 아레스의 만병지왕(萬兵之王)을 활용할 수 있는 나에게는 상관없는 일이다.

'아. 그때 뺏은 게 궁니르가 아니라 대규모 전투에 적합한 무기였으면 더 좋았을 텐데.'

사실 궁니르는 대규모 전투에 어울리는 무기가 아니다. 궁니르의 가장 강력한 특성은 바로 [빗나가지 않는다]인데 지금처럼 대량 살상이 필요한 상황에서 별 의미 없는 능력이었기 때문.

그러나 그렇다 해도 궁니르는 초월병기이며.

넘버링(Numbering), 그러니까 우주에 존재하는 무수한 초월병기 중에서도 1,000위 안에 들어간다는 신화적인 무구다.

〈전신의 위세〉.

〈전쟁의 신〉.

패시브 형태의 어빌리티와 초월기가 아레스의 전신을 화려하게 감싼다. 특히나 전신의 위세의 효과가 엄청났다. 어디까지나 어빌리티에 불과한 녀석이었지만, 주변에 깔린 [적]과 [아군]의 수와 힘에 따라 버프를 받는(본래 아이언 하트쯤 되어야 판정이 되지만 19레벨의 우주 괴수들은 거의 성급에 맞먹는 출력을 가지고 있다) 기능이 그야말로 미쳐 돌아가고 있었다. 농담이 아니라 초월기인 전쟁의 신과도 비빌 수 있을 정도의 버프가 아레스의 내구와 아이언 하트의 출력을 높이고 있다.

[으————— 아아아!!! 힘이!! 넘친다!!!!]

흥분한 듯 소리치는 아레스의 고함을 들으며 달려드는 괴물 고래의 입을 찢어버린다. 그리고 녀석을 박차고 날아오른다.

파앙!

창을 던질 때마다, 주먹을 휘두르고 포격을 가하고 들이받을 때마다 무더기의 적이 죽어나간다.

그러나 그럼에도.

"제길."

많다.

억 단위의 적.

[하하하! 이만한 단계의 원시 우주 괴수가 이렇게 많다니! 그로테스크 녀석들이 봤으면 아주 좋아 죽겠군!]

그야말로 개미처럼 많고 하찮아 보이는 녀석들이지만 하나하나가 결코 약하지 않은 존재다.

'만일 그랬다면 그 숫자가 아무리 억 단위라 해도 광역 포격으로 녹여 버렸을 텐데.'

그러나 그들은 19레벨.

핵폭탄을 맞아도 버틸 정도의 내구. 웬만한 도시 하나쯤 한 방에 날려 버릴 파괴적인 숨결. 머리가 터져 나가도 움직여 덤벼들 정도의 전투 지속력. 마치 우주선처럼 상하좌우 상관없이 시속 수천 킬로미터의 속도로 움직이는 기동력까지.

아무리 아레스에 탄 나라 해도 일격 일격에 최선을 다하지 않으면 죽일 수 없는 괴물이 바로 녀석들이다.

'몇 달 전에 이런 괴물이 지구에 나타났다면 단 한 마리가 지구 전체에 대공황이 올 법한 피해를 입혔을 텐데.'

농담이 아니라 웬만한 나라 수십 개는 밀어버리고 수많은 군인과 능력자들이 죽어나가고 나서야 간신히 잡을 수 있었을 것이다.

나는 계속해서 녀석들을 죽였다. 다행히 내가 난장을 치자 괴물 고래 녀석들 역시 도시에 브레스를 뿜던 것을 멈추고 나에게 덤벼들고 있는 상태다.

"지니! 대피 상황은?"

[현재 생존자 3억 3,744만 8,871명 대피 진행 98%. 대피가 완료된 쉘터부터 폐쇄에 들어가고 있으며 전투 가능한 980만의 파일럿이 산개 후 재집결 중입니다.]

"제길 3억이라니."

그 짧은 사이에 고유세계 인원의 70%가 죽었다는 사실에 기가 막혔으나 대피가 거의 완료되었다는 것은 희소식.

"지니, 대피 완료까지 얼마나 걸려?"

[3분이면 충분합니다.]

"좋아. 그럼… 터뜨려."

[라의 분노. 가동합니다.]

원래 고유세계에는 광원이 없다. 마치 우주 공간처럼 보이는, 고유세계의 천장이라 할 수 있는 장소에서 보이는 미약한 빛이 있긴 하지만 그래 봐야 별빛에 불과한 수준.

때문에 나는 고유세계의 고도가 충분하다고 생각되었을 때 꽤 많은 자원을 할애하여 인공 태양, 라(RA)를 발사했다.

그리고 지금 이 순간.

태양이 점점 밝아진다.

고고고고고——————!!!

하늘을 가득히 메운 고래들 때문에 어두컴컴했던 하늘이 점점 밝아지는 것을 느끼며 땅을 박찬다.

번쩍!!!

인공 태양, 라가 폭발하자 어마어마한 열풍이 하늘을 태워버린다.

[구웨에에에!!]

[고오오옹——!!]

하늘 가득히 떠 있던 괴물 고래들이 휘청거리기 시작한다. 보통 사람이라면 바라만 보는 것으로 실명할 정도로 어마어마한 광량과 열기!

그러나 한 마리도 안 죽는다.

"아, 진짜 튼튼하네!"

하기야 핵폭탄에 직격해도 안 죽을 녀석들이 이런 광범위 공격에 죽어나가길 바라는 것도 욕심이겠지.

그러나 그렇다고 타격이 전혀 없는 건 아니어서 녀석들의 [기능]에는 문제가 생겼다.

정확히는 비행 능력에.

"하압!!"

마치 술에 취한 듯 휘청거리면서도 나를 향해 덤벼드는 녀석들을 그대로 찢어버린다.

베고, 찌르고, 밟고 뛴다.

던지고, 쏘아내고, 뿜어냈다.

그리고 그 속도가.

점점 빨라진다.

"…음?"

뭐라 표현할 수 없는 기묘함에 의아해하면서도 미친 듯이 싸웠다.

창을 던진다. 300의 적이 죽었다. 창을 던진다. 350의, 400의, 500의 적이 죽었다.

주먹을 휘두른다. 하나의 적이 죽는다. 둘의, 셋의 적이 찢어져 나간다.

뛰어오른다. 2킬로미터를 이동했다. 3킬로미터를, 4킬로미터를 이동했다.

"뭐야?"

점점 감각이 날카로워진다. 감정이 고조되고 심장이 미친 듯이 뛰었다. 아레스의 출력이 점점 더 강해진다. 어빌리티의 위력이, 내가 가진 이능의 위력이 점진적으로 증폭되었다.

우우웅!!

들어 올린 궁니르가 새파랗게 빛난다.

경천칠색(驚天七色).

청(青).

꿍!

허공에 창날이 걸린다.

[뭐야, 방어 능력이야?]

"아니."

다시 경천칠색. 나는 이번엔 주먹으로 창날이 막혔던 자리를 후려쳤다.

꾸우웅————!!!

허공이 일렁인다. 나는 그 순간 경천칠색의 경지가 한 단계 올랐다는 것을 알았다.

공간 그 자체를 뒤흔드는 흔들림.

[차원 진동]이다.

우르릉—!!!!

거대한 몸을 마구 뒤틀며 내게 달려들던 괴물 고래들이 갈가리 찢겨 사방으로 흩어진다.

나는 소리쳤다. 경천칠색의 성장이 원인이 아니라 결과일 뿐이라는 걸 눈치챘기 때문이다.

"야, 아레스!! 이거 그거지?!"

[하하하!!! 이렇게 잘하고 있으면서! 그래! 전신위광(戰神威光)이다! 내가 말했지? 초월지경으로 가는 가장 완벽한 길이라고!]

나는 마구 끓어오르는 힘을 느끼며 황당해했다.

"아니, 따로 수련도 안 했는데 이렇게까지 성장했다고?"

[따로 수련할 필요가 없지! 왜 전신위광이 수련법이면서도 공이라든가 법이라든가 술 같은 명칭이 없는지 생각해라! 전신위광은 전장에서 빛나면 빛날수록 성장하는 힘이다!]

위광(威光).

나는 전신위광이 힘을 발휘할 때마다 마치 부작용처럼 따라

오는 펄펄 끓는 듯한 흥분이 어디에서 오는 것인지 깨달았다.

그것은 나를 보는 자들, 그러니까 신도들의 흥분과 경이였다.

"신도라니."

싸우고 있는 날 바라보는 수많은 시선이 느껴진다. 그리고 그것을 의식하자, 내 주위에 늘어져 있는 수백 수천만의 선이 [보였다].

나는 그것을 잡았다.

—으… 으으 철가면님…….

—이기세요! 철가면님!

—당장, 지금 당장 가서 그분을 도와드려야 해!

—무서워… 구해주세요…….

—살려줘!

수많은 목소리가 머리가 윙윙 울리도록 몰아친다.

그러나 나는 그것에 휩쓸리는 대신, 숨 쉬듯 자연스레 그것을 컨트롤했다.

'내가 줄 수 있는 게 뭐가 있지?'

힘은 무리다. 아레스에 탑승한 내 영자력이 무지막지하다 해도 진짜 무한은 아니었기 때문이다.

[음? 대하, 지금 너 뭐 하려는 거야?]

[함장님! 영자력이 주변으로 방출되고 있습니다!]

두 관제 인격이 느닷없는 내 상태에 당황해 말을 걸었지만 나는 신경 쓰지 않고 정신을 집중했다.

다행히 내 주위를 뒤흔든 차원 진동의 여파로 일순간이나마 고래들이 내 위치를 놓친 상태.

나는 어빌리티를 발동했다.

〈전신의 군세〉

구름처럼 일어난 영자력이 나와 연결된 무수히 많은 선으로 흡수되었다.

나는 받아들이는 이들이 혼란에 빠지지 않도록 친절하게 [가호]의 내용을 적어주었다.

[철가면의 가호.]

철가면의 군세에 편입된다. 승낙과 동시에 2개의 어드밴티지가 주어진다. 대상이 원할 시 언제든 중단 가능.

1. 조종술의 가호 — 철가면의 조종술이 깃든다.

2. 오늘의 어빌리티 — 랜덤 어빌리티 1개가 주어진다.

거기까지만 적고 나는 다시 전투를 이어나갔다.

나는 할 수 있는 데까지 했으니 이제 그들이 선택할 일이다.

나의 [신도]이며, 고유세계에 있으며, 그리고 기가스를 탄.

1,700만 명이.

*　　　　*　　　　*

성계신이 자신의 문명에 개입할 수 있는 영역은 매우 한정적이라고 알려져 있지만. 이는 사실 잘못 알려진 사실이다. 정말 성계신이 아무것도 할 수 없다면 외계의 온갖 꼼수에서 해당 문명을 어떻게 지킬 수 있겠는가?

정확한 사실은, 성계신 스스로가 개입하기 싫어한다는 것이다. 그들은 자신이 보호하는 문명에 별다른 애정도, 소유욕도 없기 때문이다.

하나의 문명이 탄생하면.

하나의 성계신이 태어난다.

창조신의 위계를 타고나 신으로 갖춰야 할 모든 것(전지全知를 비롯하여)을 갖추고 태어나는 성계신은 스스로의 의지와 상관없이 자신이 담당한 문명을 기나긴 세월 동안 지켜야 한다.

그것은 의무(義務)이자 사명(使命)이지, 애정의 결과가 아니며.

그렇기에 성계신들의 기본 스탠스는 의욕 없는 공무원의 그것에 가깝다. 그저 그게 자신의 역할이라 한다는 느낌.

그러나… 34지구의 성계신은 달랐다.

대전쟁 시절 34지구는 가장 격렬한 전선(戰線) 부근에 끼어 있었다.

수많은 노블레스와 엘로힘, 언터쳐블과 언네임드들이 죽어나가는 치열한 전장.

그때 그녀는 34지구를, 그리고 그 안의 인류를 지키기 위해 전력을 다했다. 외계의 물리적인 침입을 막아내는 것은 성계신의 가장 중대한 사명이었기 때문이다.

그녀는 스스로의 힘을 소모하면서까지 인류 전체에 가호를 걸어 다수의 초월자를 확보했고 스스로도 전장에 나가 고대의 신들을, 언네임드를, 마룡과 마왕들을 상대하는 적극성을 보였다.

그러나 불가항력.

온갖 수고에도 불구하고 그녀는 수십 수백 번 이상 죽었다.

불멸(不滅)의 존재인 그녀에게도 죽음은 고통이었으니 인류를 지켜야 한다는 사실에 진절머리를 내도 할 말 없는 상황.

그러나 얄궂게도… 오랜 시간 인류를 지키기 위해 싸우면서.

그녀는 인류를 아끼게 되었다.

길 가다 개미를 밟았다고 슬퍼하는 사람은 흔치 않지만, 개미에게 이름을 붙이고, 개미가 살아갈 환경을 만들고 오랜 시간 관찰하다 그 개미를 실수로 죽이게 된다면 누구라도 슬퍼할 것이다.

시장에서 우연히 발견한 병아리는 고작 500원에 불과하겠지만 그 병아리에 이름을 붙이고 애정을 주고 자라나는 모습을 지켜본다면 그것은 더 이상 500원짜리가 아니다. 녀석이 아파 병원비가 수십만 원이 나왔을 때 그냥 죽이고 새로 사는 대신 기꺼이 병원비를 지불하게 되는 것이다.

인류를 그저 귀찮은 짐 덩어리로 보던 그녀는 그 인류를 위해 수없이 싸우고 수십 수백 번 이상 죽게 되며 오히려 인류에 큰 애착을 가지게 되었다.

이는 종말 프로젝트가 알지도 못했고, 알 수도 없을 감정이리라.

[나는!]

그녀가 종말 프로젝트를 직접 공격할 수는 없다. 폐기된 구상이라 해도 종말 프로젝트는 창조신이 직접 [역할]을 부여했던 설정. 창조신의 위계를 잇고 있는 그녀가 건들 물건이 아니었으니까.

그러나 34지구에는 [이면세계]라는 특수한 환경이 존재했고.

종말 프로젝트의 폭거에 분노한 그녀는 꽤 큰 수고를 감수하고 권능을 발현했다.

[너희를 추방(追放)한다!]

신언과 함께 지구 곳곳에서 브레스를 뿜어대고 있던 우주 괴수들이 이면세계로 쫓겨난다.

심지어 그 배치가 매우 악의적이다.

'맘 같아서는 죄다 동일 좌표로 쫓아내 터뜨려 버리고 싶지만… 이 정도가 한계겠지.'

그녀는 20억이 넘는 우주 괴수들을 1밀리미터의 여유도 없이 다닥다닥 붙여 태평양 한가운데로 몰아넣었다.

대단한 일이었지만 이걸로 끝이라면 그저 괴수들을 번거롭게 하고 끝이었을 것이다. 우주를 날아다니는 괴수들은 대기권 안에서도 시속 수천 킬로미터의 속도로 움직일 수 있으니까.

그러나 화가 난 것은 성계신뿐이 아니며.

[너무 많은 인간이 죽었어.]

그들의 위로 세 명의 신이 나타났다.

[너무.]

[많이.]

[죽었다고.]

번쩍!

삼신의 몸이 빛난다. 그 모습은 정의 무구를 가진 모든 이들에게 시청되고 있다.

우웅!

그들의 주위로 억 단위의 정의 무구가 떠오른다. 억 단위의 빛 덩어리가, 억 단위의 보좌가 나타났다.

모두 괴물 고래에게 살해당한 이들의 것. 그중 정의 무구들이 [정의]가 가진 황금빛 저울에 빨려 들어간다.

그녀는 잠시 서 미래를 [보았]다.

[적합하지 않군.]

그와 함께 그녀의 모습이 사라지고 금빛 기운만이 남는다.

보좌들이 [명예]의 칠흑빛 석판에 빨려 들어간다. 그 역시 말했다.

[적합하지 않다.]

그가 사라지고 금빛 기운이 남는다.

그리고 남은 모든 것들이 은빛 검을 든 [진실]에게 빨려 들어간다.

그리고 홀로 남은 진실이 선언한다.

[이 시간부로 비행을 금하노라.]

이어서 말했다.

[그리고 사악한 숨결은 스스로 불타 뿜을 수 없으리라.]

두 개의 [신언]이 힘을 발하자 태평양에 고래 떼가 소나기처럼 쏟아진다.

푸화하학!!!

그 엄청난 질량의 낙하에 온 바다가 들썩인다.

심지어 고래들의 재난은 거기에서 끝이 아니었다.

[꺄아악!! 괴물이다!]

[아니, 이것들은 뭐야? 감히 내 앞마당에 쳐들어오다니!!!]

이면세계에서 가장 위험천만한 곳, 최상급 마족이 똬리를 틀고 있던 마경(魔境)에 고래 떼가 쏟아진다.

당연히 그들은 충돌할 수밖에 없다.

[자, 잠깐만 이것들 엄청 센데?? 게다가 뭐가 이렇게 많아?!]

고래들이 미쳐 날뛰기 시작한다. 원래대로라면 최상급 마족이라 해도 그중 한 마리조차 감당하지 못해야 하지만, 삼신의 제약으로 인해 약화되었기에 상황은 혼란으로 치달았다.

쏟아지는 핏물과 비명은 마족 최고의 성찬(盛饌).

하늘에서, 바다 너머에서 수없이 많은 마족들이 스멀스멀 몸을 일으키고 있었다.

*   *   *

이제는 달에 맞먹는 사이즈로 확장되었지만.

고유세계의 구조는 달과 다르다. 지각, 맨틀, 핵의 구분 없이 그저 거대한 사철로 이루어진 거대한 금속 덩어리에 가까운 것.

그리고 스테이지의 반복 진행으로 지니에게는 끝도 없는 시간이 주어졌다.

무지막지한 자재+끝도 없는 시간의 결과는?

기이이잉!!! 푸확!!

쾅!! 기기긱!!!

바닥을 뒤덮은 철판이 열리고 묵직한 소리와 함께 모습을 드러낸 거대한 포신이 끝도 없이 포격을 쏟아낸다.

물론 그것들은 괴물 고래가 뿜어낸 브레스 한 방에 파괴되었다. 꼼꼼한 지니의 작품이었던 만큼 튼튼했지만 괴물 고래의 브레스는 어지간한 방어로는 견딜 수가 없는 위력이었기 때문이다.

하지만 포대 한 대가 파괴되자 다른 쪽 바닥이 열리고 새로운 포대가 모습을 드러낸다.

퍼억!!!

길이만 300미터를 넘어서는 거대한 레일건이 쏘아낸 수백 킬로그램짜리 금속 탄자가 적을 후려친다.

물론 그 정도로 19레벨의 튼튼한 괴수를 잡아 죽일 수는 없었지만, 타격을 주고 땅에 추락시키기에는 충분한 위력이다.

"떨어졌다!!"

"공격해!!"

그리고 그렇게 추락한 괴물 고래에게 수백의 기가스가 돌진한다. 바닥에 추락했던 괴물 고래는 기습적으로 몸을 펄떡여 뛰어오른 뒤 브레스를 뿜었지만.

"브레스!! 피해욧!! 구석으로!!"

"사망 플래그 세우지 마, 멍청아!!"

기가스들이 제각기 땅을 박찬다.

실드를 만들어 브레스 위로 타고 오르고—

개중 몇은 공간을 뛰어넘는다.

[궤엑?]

브레스를 뿜던 괴물 고래가 순간 멈칫했다. 짐승이나 다름없는 지능을 가지고 있음에도 당황을 금치 못한다.

단 한 명도 맞지 않았다!

"〈관통〉!"

"어빌리티 외치지 말고!"

안타깝게도 고유세계에서도 인정받는 진짜 강자, 그러니까 [이순신]의 배재석이라든가, [세종대왕]의 이민경, [알렉산더]의 김소향, [링컨]의 알렉스 등은 없다. 그들은 스테이지를 진행하기 위해 지구로 가 있는 상태이기 때문이다.

그러나 그럼에도 기가스들은 매섭게 괴물 고래를 몰아쳤다.

콰과광!! 퍼억!!

포격이 쏟아진다. 괴물 고래는 어떻게든 날아오르려 했지만 절묘한 방해들이 몸 여기저기를 후려치자 괴물 고래는 자신의 힘으로 하늘로 날아오르는 대신 가로로 팽그르르 돌아야 했다. 고속으로 날아오르려고 했던 만큼 고속의 회전!

보고도 눈을 의심할 정도의 호흡과 컨트롤이다. 당하는 괴물 고래조차 왜 비행에 실패했는지 이해하지 못할 정도였다.

쿠콰과쾅!!!

바닥을 구르는 거대한 몸체.

당연히 그들이 싸우던 장소, 그러니까 사철의 바다가 물결치며 요동쳤지만 그 누구도 거기에 휩쓸리지 않는다.

아니, 되레 서핑이라도 하듯 그 물결을 타고 올라 괴물 고래의 몸에 접근했다.

"밖에서는 백날 때려봐야 한계가 있어요! 몸 안으로 들어가세요!!"

"알아요! 폭탄 설치하고 올 테니까 시간이나 끌어요!"

몇몇 기가스들이 마치 클라이밍을 하듯 능숙하게 괴수의 몸에 올라타 숨구멍을 찢어 틈을 넓힌 후 그 안으로 몸을 던진다.

그리고 잠시 후 그들이 고래의 몸 밖으로 뛰어나오고.

쿠구궁!!

무지막지한 폭음과 함께 괴물 고래의 움직임이 멎는다.

그리고 그것은 고유세계 이곳저곳에서 동시에 벌어지고 있는 광경이었다.

"좋아! 잘한다!"

그리고 하늘을 날아다니며 고래들을 쳐 죽이던 난 그 모습에 박수를 쳤다.

아레스가 기막혀한다.

[아니, 아무리 수백 대 모였다고 해도 죄다 수급인데 19레벨 우주 괴수를 잡아 죽인다고? 게다가 사망자가 한 명도 없잖아?]

지니 역시 놀랐다.

[저 조종술은…….]

"그래. 내 거지. 내가 전해줄 수 있는 건 기교뿐이고, 판단들은 스스로 해야 하는 거라 걱정했는데 생각보다 잘하네. 어빌리티도 적시적재에 잘 쓰고."

나는 인공 태양을 터뜨린 덕에 어두컴컴한 하늘을 날았다.

세상 전체가 꿈틀꿈틀거리는 착각이 들 정도로 바글바글 모인 괴물 고래들이 괴성을 지르며 이빨을 디밀고 숨결을 내뿜는다.

물론.

어림도 없다.

"하압!!"

때려 부순다. 던져 꿰뚫는다. 휘둘러 잘라내고 찍어 끊는다!

콰드득!! 쩌엉! 팡!!!

내게 접근하던 모든 적들이 갈가리 분쇄되어 바닥에 떨어진다. 발아래로 넓게 펼쳐져 있는 사철의 바다에 피와 살점들이 비처럼 쏟아지는 모습이 보인다.

꾸드득!!!

그다음 온몸을 비틀었다. 온몸의 무게, 기가스의 출력, 솟구치는 영력 모두를 궁니르에 담는다.

그뿐이 아니다.

우우우우웅————!!!

궁니르가 새파랗게 빛난다. 나, 정확히는 생체력 수련자로서의 모든 힘이 [차원 진동]으로 변해 창에 담긴다.

"그리고!!"

궁니르에 특성을 담는다. 오직 하나. [충격 증폭].

오오오오———!

창을 당기는 것만으로 세상이 비명을 지른다. 미친 듯 달려들던 괴물 고래들까지 놀라 움직임을 멈췄지만 어차피 투창은 근접기가 아니라서 접근하든 도망치든 소용없는 짓이었다.

뻐엉———!!!!

창이 쏟아지자 공기가 터져 나가며 무지막지한 굉음이 울려 퍼진다.

그리고 그와 함께.

정면의 모든 것이 지워진다.

[……!!!]

[……?!?!]

괴물들의 비명이 굉음에 묻혀 흩어진다. 지니가 대신 소리쳐 주었다.

[비, 비행 거리 240.7킬로미터! 관통된 적은 5,911개체입니다!]

[아니, 이게 뭐야… 아무리 나를 탔다지만 한 방에 19레벨 6천 마리???]

계속 신나 하던 아레스조차도 어이없어하는 순간.

내 손에 궁니르가 잡힌다.

꾸드득!!!

다시 몸을 뒤틀었다.

끼기긱———! 기긱———!!

[야야야야!!! 아퍼! 슬슬 아프다! 살살 좀 해 살살!!! 아이언 하트도 텅텅 빈다!]

"전쟁의 신이라는 녀석이 징징대기는!"

파라락!!!

정신을 집중해 책을 펼친다. 나폴레옹의 아이언 하트가 가세하면서 조금 여유가 생겼지만 고작 인급에 불과한 아이언 하트의 영자력으로는 간신히 숨통만 트인 정도.

대신 나는 책의 내용을 보았다.

*오늘의 어빌리티!
[점멸]
[점멸]
[중압]
[저격]

별로 필요 없는 어빌리티들이 보인다. 상황과도 맞지 않는다.
나는 손을 들어 페이지를 흩어버렸다.
그리고 정의의 조각칼을 들었다.
[뭐 하는 거야?]
"별건 아니고."
그리고 책을 [조각]한다.
"필요한 게 있어서."
책의 내용이 바뀐다. [점멸]. [점멸]. [중압]. [저격]의 텍스트
가 사라진 자리에 새로운 텍스트가 새겨진다.

*오늘의 어빌리티!
[포식의 마수]

신급 기가스, 리바이어던의 어빌리티가 작동한다.
[캬아아!!]
아주 작은, 거의 어린애 한 명 정도 사이즈를 가진 괴물 한

마리가 땅으로 뚝 떨어져 내리더니 그대로 땅을 뒹굴던 괴물 고래들의 피와 살점을 빨아들이듯 먹어 치우기 시작한다.

죽고 나면 대략 10분 만에 흩어져 먼지가 되어버리는 시체 들이었지만 포식의 마수가 그것들을 먹어 치우는 속도는 그보 다 훨씬 빠르다.

포식의 마수는 삽시간에 그 덩치를 키웠고.

녀석이 시체를 씹어 먹는 만큼 아레스의 힘이 회복된다.

[와, 이게 뭐냐. 개사기 아닌가.]

차오르는 영자력에 황당해하는 아레스의 말을 뒤로한 채.

나는 다시 궁니르를 내던졌다.

＊　　　＊　　　＊

12월 중순쯤 고유세계에 쳐들어온 모든 괴수가 죽었다.

최초의 11억 마리를 죄다 잡아 죽인 이후, 3억 3천만에서 최종적으로는 2억 8천만까지(쉘터가 브레스에 파괴되어 추가 사 망자들이 나왔다) 19번 반복 리젠되어 대략 70억 마리의 우주 괴수가 죽은 셈이다.

그리고 그중 80% 이상이 내 손에 죽었다.

"나 참 70억이라니… 요새 숫자 개념이 이상해지는 것 같 은데."

우주전에서도 쉽게 나오지 않는 규모의 사상자다.

물론 거주 콜로니에 극대소멸탄이 우르르 쏟아진다든지, 행 성에 핵폭탄을 우르르 떨어뜨린다면 얼마든지 가능한 숫자지만 서로 간의 전력이 그 정도로 차이 난다면 보통 한쪽이 항복을 하거나 도망치게 마련이다. 이런 미친 수준의 킬 로그(Kill log)를 가진 존재는 세상 어디에도 흔치 않으리라.

기이잉———! 철컹!

"거기! 철근 좀 들어서 옥상 위에 올려주세요!"

"제 푸른 매 출력 다 떨어졌어요!"

"지니 양! 다음은 어디로 가야 하나요?"

어린아이를 제외한 고유세계의 모든 인원이 힘을 모아 센터 시티를 재건하고 있다.

최근에는 위성도시의 숫자가 10개가 넘어간 상황이었지만, 고유세계 인구가 너무 줄어 물자를 정리하고 남은 모든 인원을 센터 시티 한곳으로 집중시킨 상황이다.

"차단벽에 주문 확실하게 걸어주세요! 20레벨 스테이지에서 한 방에 뚫리는 꼴 보기 싫으면!"

재건축에 들어간 센터 시티는 그야말로 요새 도시라는 말로밖에 표현할 수 없는 형태로 변해가고 있다.

직경이 20킬로미터가 넘는 도시 전체에 꽃잎처럼 생긴 철판이 둘러져 있는데 비상시가 된다면 그 철판들이 모조리 도시를 감싸 수십 겹의 외벽을 가지게 된다.

마법사들은 철판 하나하나에 인챈트를 걸고 있고 기술자들은 지니의 안내와 설계도에 따라 온갖 첨단무기들을 설치하고 상태를 확인하고 있다.

전투용 기가스뿐이 아니라 작업용 기급 기가스 수만 기가 부지런히 움직이며 도시를 건설하자 무슨 빨리 감기 영상처럼 빠르게 도시가 건설된다.

인챈트를 걸고 있던 마법사 한 명이 말한다.

"하지만 이 모든 게 헛수고일 수 있지."

옆에서 용접을 하고 있던 금속성의 차크라 사용자가 말한다.

"그러면… 정말 좋겠군. 이 모든 게 헛수고일 수 있다면."

본래 상급 난이도에서는 해당 레벨의 몬스터 10마리와 1레벨 높은 보스 몬스터가 등장한다.

그러나… 19레벨 상급 난이도에서 1레벨 높은 보스 몬스터, 그러니까 20레벨 몬스터가 나오는 일은 없었다. 그냥 19레벨 몬스터가 20번 역속으로 나오고 끝난 것이다.

결국 플레이어들로서는 이런 생각을 할 수밖에 없다.

"아무리 종말 프로젝트라도 20레벨은 구현하지 못하는 게 아닐까?"

"그래. 20레벨은 초월지경이라잖아. 도달하는 순간 신의 경지에 오르는 거라고 했어. 지구에서도 오직 철가면님이 그 경지에 올랐을 뿐인데 어떻게 신을 몬스터로 소환하겠어?"

안타깝게도 그들의 말에는 오류가 있다. 나는 여전히 초월지경의 문턱에 걸려 있을 뿐 초월지경은 아니었기 때문이다.

물론… 내 특수한 혈통과 아레스, 궁니르라는 사기급 병기들의 힘으로 인해 거의 황제 클래스에 가까운 힘을 가지고 있다는 게 함정이긴 하지만.

[함장님, 수리가 완료되었습니다.]

"…그래."

캡슐 안에서 체력과 영력을 회복시키고 있던(좌는 이미 언랭크가 되어 한동안 쓸 수 없다) 나는 디스플레이로 도시를 살피던 것을 멈추고 의식을 전환했다.

팟!

지구에 있는 몸으로 의식을 던진다. 어느새 나는 회색으로 가득 찬 세상, 이면세계에 서 있었다.

푸확!

쿠과과광!!!

덩치 큰 고래들이 한강을 타고 올라와 미사일처럼 땅으로 쏘아진다. 심지어 땅 위에 올라와서도 펄떡이다 죽는 것이 아니라, 대지에 거대한 고랑을 만들며 질주하는 것이 아닌가?

그 숫자가 수십 수백이니 마주하는 것만으로 압박감이 느껴질 정도다.

"장전!!"

그리고 그렇게 몰려드는 고래들 맞은편에는 수만 기의 기가스가 포진하고 있다.

"발사!!"

외침과 함께 무지막지한 포격이 고래들을 후려친다. 수만 기의 기가스가 쏘아대는 포격의 위력은 상상 이상이라 표적지나 다름없는 고래 녀석들의 가죽이 찢어지고 살이 터져 나간다.

스테이지 최상급 난이도에서 매일 하던 게 포격 지원이었던 만큼 플레이어들의 공격은 결코 무시할 수준이 아니다.

만일 고래 녀석들이 멀쩡한 상태였으면 날아서 회피하거나 브레스를 뿜어 다 죽여 버렸겠지만 두 개 모두 금지된 상태이니 그야말로 샌드백 신세.

물론 그런 공격에도 고래들은 쉽게 죽지 않았지만… 상당한 타격을 입고 돌진을 멈추는 것은 어쩔 수 없는 일이다.

"길어지겠군……."

[스테이지 목표는 분명 '100시간 안에 불안정한 우주 괴수 20기를 제거하십시오'였는데 말이지요.]

"그 100시간 안에 할당량을 다 채우지 않으면 불합격이라는 말이지. 대신 요번에는 [사망 처리]가 없는 거고……."

사실 상황으로 보면 요번 불합격 인원이 스테이지에서 제외되어 다음 레벨에 참가 못 한다거나 하는 제약이 있는 게 맞지만 종말 프로젝트가 그럴 리는 없겠지.

시간이 지난다. 지금까지와는 다른 현실의 시간이.

"눈이다!"

"와… 이게 눈이구나. 교과서에서나 봤는데."

"메리 크리스마스!"

고유세계가 어느 정도 안정된 뒤 전투조를 현실로 파견했다. 고래 녀석들이 마족과 충돌하며 사방으로 흩어져 제거에 시간이 걸렸기 때문이다.

"봄이다!"

시간은 계속 지난다.

"으아 더워!"

고래의 숫자는 계속 줄어갔고, 그 시간 동안 사람들은 파괴된 지구를 복구해 나갔다. 가끔 관측되지 않은 고래의 습격으로 사상자가 나기도 했지만, 이미 사람들에게 그건 항상 봐오던 일상에 불과하다.

그래도 처리 속도는 생각보다 빨랐다. 괴물 고래 녀석들이 인간뿐 아니라 마족들과도 충돌했기 때문이다.

그리고 그 과정에서 이면세계의 마족이 거의 괴멸되었다.

[뜻밖의 낭보로군요.]

"낭보라고 할 것도 없지. 이 미쳐 버린 파워 인플레의 피해자일 뿐이니까."

[마족이 피해자라니…….]

과거의 이면세계는 사실 마족이 지배하는 땅이라고 해도 과언이 아니었다. 대마법사의 지원을 받은 인간들이 은신처나 요새 등을 만들어 영역으로 삼았지만 그래 봐야 이면세계 전체의 넓이에 비하면 한 줌에 불과했으니까.

이면세계를 가득 채우고 있던 수십억의 마족!!

심지어 가장 깊은 곳에는 괴물 중의 괴물, 마족들의 귀족인 최상급 마족까지 존재한다는 소문이―――!

'다 소용없는 소리지.'

이제는 그냥 스테이지 한 번에 십억 단위의 적이 쏟아지는 상황.

심지어 그놈들 하나하나가 최상급 마족보다 더 강하다.

[고위 마족이 거의 다 죽긴 했습니다. 죽지 않은 이들도 다 마계로 도망가 버리고…….]

"탈출 안 했으면 내 손에 다 죽었지."

물론 그렇다 해도 이면세계에는 여전히 마족이 많다. 이성도 뭣도 없는 하급 마족들이 여전히 쏟아져 들어오고 있었기 때문이다.

고위 마족들은 이면세계에 들어오려면 이런저런 수고가 드는 모양이지만 마계에서 거의 무한히 발생하는 하급, 최하급 마족들은 그야말로 높은 곳에서 낮은 곳으로 흐르는 물처럼 콸콸 쏟아져 들어오고 있다.

물론 그렇게 들어와 봐야 길 가던 애들한테도 맞아죽는다.

─축하합니다! 스테이지가 클리어되었습니다! 기여도에 따라 보상이 주어집니다.

─당신의 순위는 1위입니다.

최종적으로 지구에 남은 인원은 7억 3천. 고유세계의 인원은 2억 8천만까지 더하면 대략 10억의 사람들이 살아남았다.

이번 습격을 받으면서 노약자와 재능이 모자라던 저레벨들이 떼죽음을 당했다.

농담이 아니라 무장을 했다고 가정할 시, 지구 평균 레벨이 15가 넘을 거라 예상될 정도.

[진짜 마경은 여기였군요.]

이게 얼마나 미친 상황이냐면 기나긴 시간 동안 이가의 수호신으로 광화문 광장을 지켜온 영혼거병 세종과 순신이… 이제는 그냥 길 가던 아무나, 그러니까 식당 아줌마나 고등학생하고 싸워도 비등비등할 정도다.

그야말로 드래곤볼이 울고 갈 파워 인플레이션!

스테이지에서 거의 무한대로 팔고 있는 영약. 그리고 그 영약을 살 수 있는 포인트를 벌어주었던 내 공략. 비전이라는 게 없을 정도로 완전히 공개되어 있는 이능들. 그리고 그렇게 강화된 이들에게 주어지는 강대한 출력의 기가스까지……

온갖 특이 사항과 돌발 변수로 인한 34지구의 전투력은 지금 당장 대우주로 나간다 해도 문제가 없을 정도다.

'물론 그것도 최종적으로 살아남았을 때의 이야기겠지만.'

—축하합니다! 스테이지가 클리어되었습니다! 기여도에 따라 보상이 주어집니다.

—당신의 순위는 1위입니다.

역시나 19레벨 최상급 난이도 역시 쉽게 넘어갔다. 최상 난이도는 원래 없던 난이도가 아니던가? 하, 중, 상 난이도에서 정의의 요람, 고유세계 등으로 전투를 피한 이들을 빌미로 진행되었던 업데이트였던 만큼 지금처럼 제외 인원이 없는 상황에서는 무용지물이다.

그리고 마침내.

그날이 왔다.

"후."

나는 아레스에 탄 채 호흡을 골랐다.

고오오————

눈을 감자 육체를 강화하는 생체력이 느껴진다.

온몸을 휘감고 변형시킬 수 있는 오오라도.

관제 인격 아레스와 연결되어 경지 그 이상의 힘을 발휘하는 정령력까지.

그리고 그 모든 것을 하나로 묶는 거대한 [바탕]까지.

"나 참."

생체력을 수련할 때에는 매 순간 벽을 느꼈다. 정령력은 그냥 막막하기만 하다. 가장 나에게 걸맞은 이능이라 할 수 있는 오오라 역시 초월경을 넘보기에는 한참 모자라다.

그러나 다르다. 전신위광은 달랐다.

"아레스."

[응, 대하야.]

"전신위광이 원래 이런 힘이야?"

[물론 아니지. 전신위광은 물론 대단한 영능이지만… 굳이 말하면 보조 계열이니까. 자가 버프라고 해야 하나? 보통 어떤 이능을 중심으로 두고 돕는 역할이 정상인데.]

그러나 보조해야 할 전신위광이 모든 영능을 집어삼켜 자신의 안에 두는 것이 느껴진다. 그리고 전신위광 안에서 나머지 세 영능이 부족하면 부족한 만큼, 넘치면 넘치는 만큼 보정되어 거대한 하나로 융합되고 있다.

[고위 신혈을 이어서 그런가? 나도 꽤 많은 녀석들한테 전신위광을 익히게 했지만 이런 현상은 처음 본다.]

녀석의 말을 들으며 호흡을 고른다.

후우욱—!

숨결이 영기(靈氣)로 변해 조종석 안을 휘감다 사라진다. 온몸이 펄펄 끓어오르는 것이 느껴진다.

잔뜩 긴장한 신도들의 기도가 들려온다.

나는 내 안의 무언가가 임계점에 도달했다는 사실을 알았다.

'걱정할 것 하나 없다.'

20레벨 초월자 나타난다 해도 감히 내 상대는 아니다. 아레스에 타 궁니르를 든, 거기에 새로운 신성(神聖)을 만들기 시작한 나는 황제 클래스에 근접한 존재니까.

그리고 내가 초월지경에 오르는 순간.

나는 황제 클래스조차 넘어서는 존재가 될 것이다.

—스테이지(Stage)가 오픈됩니다!

—레벨 20. 하급(下級)이 설정되었습니다.

—???를 제거하십시오.

—10초 후 스테이지가 시작됩니다.

—10. 9. 8. 7······.

[시작되었습니다.]

"모두 바짝 긴장하라고 해."

그렇게 말한 나는 센터 시티 상공에서 적을 기다렸다. 이미 센터 시티는 보호벽을 탄탄히 세우고 1킬로미터 이상 땅으로 파고들어 간 상태다.

그리고 고유세계 곳곳에 준비되어 있는 벙커들에 전투조들이 대기하고 있다.

대기했다.

1시간이 지났다.

"음?"

그러나 적이 나오지 않는다.

[함장님, 플레이어들이 술렁이고 있습니다.]

"하지만 공지가 떴잖아? 대기하라고 해."

[명대로.]

그녀에게 말한 뒤 제자리에서 기다린다. 영력은 이미 최고조다. 초월자급의 적과 몇 번 싸워본다면 어떤 선을 넘어설 수 있을 거라는 직감이 들 정도.

그러나 하루가 지나고.

일주일이 지나고, 한 달이 지나도…….

적이 나오지 않는다.

"아니… 이번에는 또 무슨 수작이야? 심지어 패치 내역을 공지도 안 한다고?"

무려 한 달 동안이나 아레스 안에 탄 채 대기하고 있던 나는 불현듯 몰려오는 허탈감에 혀를 차고 말았다.

지니가 말했다.

[플레이어들 사이에서는 20레벨 몬스터를 구현하지 못해서 스테이지가 끝난 게 아니냐는 말들이…….]

"말도 안 돼. 스테이지 시작이 정식으로 알람이 왔는데?"

[처치해야 할 몬스터 이름이 물음표인 것도 문제인 듯합니다.]

"뭐 하자는 거지."

최고조에 이른 영력이 허망하게 타오르며 오히려 상태가 점점 안 좋아지는 상황.

나는 지니에게 말했다.

"나도 센터 시티에 들어가 있을게. 문제가 생기면 알려줘."

[네, 함장님.]

지니의 말을 들은 뒤 사철의 바다를 뒤덮은 거대한 철판 위에 선다.

그러자 바닥이 열리며 땅속 깊은 곳으로 이동한다.

철컹!

아레스가 멈춘다.

"내려줘."

[나 참. 허탕이라니.]

아레스의 머리가 열리고 땅으로 내려선다. 아발론 시스템으로 인해 씻을 필요도, 생리현상을 걱정할 필요도 없지만 긴장 상태에서 한 달이나 허탕을 치니 심력 소모가 이만저만이 아니다.

"음?"

그런데 아레스의 손에 잡혀 바닥에 내려선 내 앞에 웬 꼬마가 있었다.

"넌 뭐야? 꼬마야? 여기에는 어떻게 들어왔어?"

[함장님?]

[꼬마라니 무슨 소리야?]

난데없는 내 말에 당황하는 두 관제 인격.

나는 온몸의 털이 일어서는 것을 느꼈다. 그리고 그 순간!

푸욱!!!

새까만 무언가가 심장을 뚫고 지나간다.

"내가 엄청엄청엄청엄청엄청엄청엄청 고민해 봤는데 말이야."

꼬마가 말했다. 녀석의 입꼬리가 귀밑까지 주욱 찢어진다.

"너만 없으면 되는 거 같아."

"끄… 윽? 이, 미친. 은신형 초월자라고……?"

─신살검 효과 발동! 부활 불가! 영멸 효과가 작동합니다!

─영겁의 저주가 발동합니다! 모든 축복과 가호를 무시합니다!

그리고 그와 동시에, 성급 기가스, 워 로드의 외장갑을 뚫고 빛나는 검이 현실의 육체에 틀어박힌다.

내 가슴에 검을 박은 사내가 꾸벅 고개를 숙인다.

"미안하다. 그리고 지금까지 인류를 수호해 줘서 고마웠다."

"너, 너, 너… 후안."

숨이 턱 막힌다. 최고조로 타올랐던 영력이 거짓말처럼 꺼져가는 것이 느껴진다.

'이게 뭐야. 동시에… 현실과 고유세계에서 동시에 죽인다고?'

신음하는 순간, 세상이 어두워진다.

*　　　　*　　　　*

"뭐지? 왜지?"

달 표면에 앉아 지구를 향해 총구를 겨누고 있던 하와는 방아쇠에서 손가락을 떼버렸다. 어째서인지 아담이 수면기에 들어가면서 그녀의 권능과 힘이 많이 복구된 상태인데도 스스로의 상태를 파악할 수가 없다.

"왜 못 막았지?"

그녀는 대하에게 약속했다. [아버지]의 유품인 열쇠를 사용하지 않는다면, 그 어떤 상황에서건 적어도 목숨만은 지켜주겠다고.

언네임드 언터쳐블 놈이 함부로 칼질을 하려 했을 때, 그녀가 녀석의 머리통에 회피도, 방어도, 부활도 불가능한 [설정파괴탄]을 갈겨주는 것은 절대 사심이 섞인 돌발 행동이 아니라 합당하고도 정당한 절차라는 것!

그러나 그럼에도 그녀는 그러지 않았다.

아니, 그러지 못했다.

"이거 이대로 가면… 큰일 나는데."

현재 대하의 신성은 넘버링 기가스에 봉인되어 있다. 물론 스스로의 의지로 분리해 둔 것이기 때문에 안정되어 있는 상태지만… 만일 그가 죽게 된다면 연결이 끊어지며 신성이 폭주하게 되겠지.

그리고 그렇게 되면… 신성 그 자체를 품고 있는 [기계]인 신급 기가스 따위 당장 신성에 먹혀 기계신에 한없이 가까운, 그러나 이성을 잃어버린 괴물이 되어 최상급 신들이 대부분 떠나버린 대우주를 엉망으로 헤집고 다닐 것이다.

하지만 그렇게 될 것이라면.

왜 그녀는 방아쇠를 당기지 못했을까?

"죽지… 않았기 때문에?"

그러나 말이 되지 않는다. 상급 신위, 신성, 신격 모두를 가진 하와는 대하의 상태를 정확하게 파악할 수 있었다.

그는 죽었다.

그의 육신은 파괴되고 영혼 역시 소멸되었다. 육체 복원 따위의 껍데기 같은 부활 능력은 여러모로 빈틈이 많았고, 대하의 적들은 그것을 정확하게 찔렀다. 애송이라 하더라도 후안은 타고난 언터쳐블이며 종말 프로젝트는 온갖 노블레스와 엘로힘, 심지어 언터쳐블들조차 잡아 죽인 종말 병기였으니 간단한 일이었으리라.

하지만 그럼에도.

"안 죽었어… 아니, 말이 안 되는데. 현실에서도 죽고 그 강철계인가 뭔가 하는 곳에 있는 육체도 틀림없이 죽었는데."

그녀의 표정이 복잡해진다.

"그러고 보면… 종말 프로젝트가 파괴된 것도 아버지 때문이었지"

400년 전 창조신의 이면 아수라가 소멸하며 디카르마는 기계신이라는 형태로 물질계에 강림했다.

그는 리전을 우주의 주인이자 정명한 존재로 만들고자 했다. 자신의 모든 것이었던 권능, [관리자의 작업실]을 구현하여 우주의 근원에 새로운 [설정]을 써 넣으려 한 것이다. 천문학적인 수준의 자원과 제물이 필요했지만 영락하였음에도 절대신에 가까운 힘을 가지고 있던 디카르마로서는 충분히 감당 가능한 수준.

그것은 거의 성공할 것처럼 보였다. 그렇다. 그가 나타나기전까지는 그랬다.

종족신에 불과한 12지신 중 하나였지만 스스로의 힘으로 무신(武神)의 좌에 올라 절대신으로 다시 태어난, 풍호(風虎),

다크가 등장하기 전까지는.

"망할 놈."

170년의 싸움 끝에 리전의 간절한 꿈은 무산되고 기계신 디
카르마는 무신의 손에 죽고 말았다. 무신 또한 다카르마에 의
해 한쪽 팔이 잘리는 치명상을 입었지만 그런 상처쯤, 시간만
넉넉하면 결국 회복할 수 있는 손실에 불과하다.

그리고 기계신과 무신의 전투에, 종말 프로젝트가 휘말렸다.

굳이 말하면 교통사고나 다름없는 일이었다. 무신도, 기계신
도 종말 프로젝트가 있는지도 몰랐는데(정확히는 신경을 안 쓴 것
이겠지만) 그저 싸움의 여파에 휩쓸렸다는 점에서 더욱 그렇다.

종말 프로젝트 입장에서는 기가 막힌 일이겠지만 어디 그
싸움에 휘말린 것이 녀석뿐이던가?

절대신급 둘의 충돌은 그야말로 우주적인 재앙이라 해도 과
언이 아닌 상황. 종말 프로젝트는 축적한 모든 힘으로 [종말의
마수]로 변형, 풍호에게서 달아났지만 상황은 더욱 최악으로
변했다.

전력을 다한 [종말의 마수]를 위험 인자로 인식한 마법의 신,
염룡(炎龍) 카인이 강림해 버렸으니까.

고오오오오———!!

쓰러진 대하의 몸에서부터 신성이 빨려 나오더니 후안의 몸
으로 흡수된다.

"원시적이네."

하와의 눈살이 찌푸려졌다. 상대를 죽여서 신성을 흡수하다
니, 고대의 야만신들이나 할 법한 짓이다. 언터쳐블로 태어나

온갖 권능을 마음대로 휘두를 수 있는 녀석이 이러나저러나 아직 인간에 불과한 대하를 상대로 신앙에서 밀려 저딴 짓을 하고 있다니 너무나 못났다.

설사 저렇게 신성을 흡수한다 해도 그 신앙의 대상은 결코 그가 아니다. 나중에 반드시 문제가 터질 텐데 저러고 있다니. 역시나 똥오줌 못 가리는 애송이라 해야 할까.

"⋯⋯."

하와는 지금이라도 그의 머리를 터뜨리고 대하의 시체를 회수하고 싶은 욕망을 느꼈다.

그러나 그럼에도 누군가 그녀를 꽉 붙잡기라도 한 듯 움직일 수 없었는데, 어이없게도 그런 강제력에도 조금의 반발심이 들지 않는다.

믿을 수 없을 정도로 높은 수준의 강제력.

"⋯이건."

불현듯 그녀의 눈이 흔들린다.

─죽을까 걱정되어서.

정령신이 했던 말이 떠올랐다. 그때에는 그저 넘버링에 담긴 기계신의 신성이 폭주하는 것을 걱정한다고 생각했다.

그러나 잘 생각해 보면 말이 안 되는 소리다.

기계신의 신성이 폭주한다면, 그건 결국 [아버지]의 신성이 두 번 영락한 결과에 불과하다. 마찬가지로 절대신의 영역에서 있으며, 한 차원의 주인인 정령신이 마음만 먹는다면 얼마든지 제거할 수 있겠지.

아니, 사실 그게 아니더라도 정령신은 물질계의 문제에 무관심한 것으로 유명한 존재가 아니던가?

—너, 모르는군.

"설마."

하지만 그렇다면 그가 대하의 죽음을 막아야 할 다른 어떤 이유가 있었던 걸까?

그리고 그것을 굳이 마주한 그녀에게 말해주지 않을 이유는?

—모른다면 됐다.

"설마⋯⋯."

신과 영웅 ☽ ✦ ✦

나는 문 앞에 있었다.

그 모습이 뭘 뜻하는지 이해 못 하고 잠시 멍하니 바라보았지만, 이내 그 문의 형태를 기억 속에서 떠올릴 수 있었다.

"진짜 오랜만이네… 내가 죽는 바람에 나타난 건가?"

요새는 죽어도 그냥 부활하면 부활했지 문을 보는 건 거의 수백 년(체감 시간) 만이다.

"저기요! 거기 누구 없어요?"

"……!!"

문 너머에서 들려오는 소리에 숨을 멈춘다. 익숙한 목소리.

그것은 [나]였다.

'무슨 상황이지?'

소리 내 한번 불러볼까 하는 생각이 들었지만 지금껏 [나]는 내 존재를 인식조차 못 했다는 사실이 떠오른다. 아니, 사실 이 상황에서는 인식해도 문제다.

'일단 모습을 보자.'

나는 정신을 집중해 문의 형태를 바꿨다.

어차피 이 문이라는 건 내 심상이 그려내는 형상.

'여는 건 위험하다. 그렇다고 완전히 비치는 것도 위험해.'

때문에 나는 문을 없애거나 투명하게 하는 대신 그 형태를 아파트에서 흔히 볼 법한 철문으로 바꿨다.

그렇다. 안에서 밖을 볼 수 있는 외시경이 달린 형태.

나는 문에 바짝 붙어 외시경으로 밖의 모습을 보았다.

"저기요!!"

책장들 사이에서 나를 닮은 아이가 뛰어다니고 있다. 그러나 아무리 뛰어도 책장의 끝에 닿을 일은 없다.

거대한, 마치 산맥을 보는 듯 압도적인 규모의 책장.

빼곡히 들어차 있는 책들의 수는 감히 헤아리는 것조차 불가능하다.

"그렇게 소리칠 필요 없다."

"헉?!"

깜짝 놀라는 [내] 앞에 한 사내가 서 있다.

전체적으로 호리호리한 체격의 그는 전형적인 학자풍의 인상을 가지고 있다. 그의 한 손에는 고급스러워 보이는 표지의 책 한 권이 들려 있었는데 그는 그것을 덮고 책장에 다시 꽂았다.

그리고 한숨 쉬었다.

"다시 만났을 때에는 좀 더 자라서 오길 바랐는데……."

그러나 그와 마주하고 있는 [나]의 모습은 그야말로 어린애다.

외향이 바뀌었다는 것이 아니다. 녀석이 짓고 있는 표정, 말투, 그리고 품고 있는 격 자체가 녀석이 어리다는 것을 알려주고 있다.

"…아버지?"

"그래."

"아버지!!!"

[나]는 얼굴을 일그러뜨리며 뛰어나가 와락 사내의 몸에 안겼다. 이내 들려오는 훌쩍거리는 소리.

사내는 고요한 눈으로 그런 [나]를 내려다보았다.

"적에게 당했구나. 어마어마한 손실을 입었어. 이런… 목적에 거의 가까워져 있었군. 안타까운 일이야……."

사내가 [내] 머리칼을 부드럽게 쓰다듬는다. [나]는 울먹이며 말했다.

"그놈들이 나를 칼로 찔렀어요! 후안! 후안 그 녀석, 내가 좋게 봤는데 나를 배신했어요! 친구라고 생각했는데!"

"실패작 놈들… 고생이 많았구나. 그때 다 밟아 없앴어야 하는데."

사내는 자애롭게 [내] 머리칼을 쓰다듬으며 등을 두들겨 주었다. 그리고 그런 위로에 [나]는 더욱 서럽게 울었다.

"으아아앙!"

"그래그래……."

등을 토닥이는 그의 표정은 차분하다. 뭔가를 깊이 생각하는 듯 허공을 보는 눈동자.

그는 [나]를 꼭 안은 채로 말했다.

"내가 도와줄까?"

"그럴 수 있어요? 난 죽었는데?"

"우리는 죽을 수 없는 존재다. 육신은 우리를 가두던 감옥에 불과하지. 하지만 안타깝구나."

그렇게 말하며 사내는 [나]를 바라보았다.

그리고 말했다.

"뭐가요?"

"거의 다 되었다고 생각했는데⋯ 아직 한참 더 걸릴 거라는 사실이 말이다."

"저기, 아버지. 지금 무슨 말을 하⋯⋯."

푸욱!!

"컥⋯ 으억⋯ 아, 아버지?"

"정말."

사내의 손이 [나]의 가슴을 뚫고 나온다.

거기에는 박동하는 심장이 들려 있다.

두근! 두근⋯⋯.

심장의 그 형태가 변하더니 한 권의 책으로 화한다. 그리고 그러자⋯ 신음하던 [나]의 몸이 가루로 변해 그 책으로 빨려 들어간다.

"정말 안타까워."

볼품없이 얇은 책자를 대충 훑어보던 사내가 한숨과 함께 책을 책장에 꽂았다.

그리고 그와 동시에.

세상이 변한다.

＊　　　　＊　　　　＊

[네놈————————!!! 감히!!!]

[긴급 프로세스 가동!! 시설 폐쇄를 시작합니다!]

지니와 아레스는 대하가 칼에 찔리고서야 적의 모습을 확인할 수 있었지만 당황하거나 머뭇거리는 대신 즉시 행동에 들어갔다.

거대한 아레스의 주먹이 느닷없이 나타난 꼬마의 몸통을 후려친다.

이미 준비되어 있던 센트리 건이 정확한 조준으로 탄환을 뿜는다.

쩌엉!!!

그러나 꼬마가 손을 가볍게 휘젓는 것만으로 모든 탄환이 바닥에 떨어지고 거대한 아레스의 몸이 날아가 벽을 우그러뜨리며 박힌다.

[뭣?!]

[이게 무슨……!]

벽이 열리면서 10기의 황금기사단(人)에, 50기의 황금사자(獸) 부대가 쏟아져 들어온다. 그러나 소용없는 일이었다.

콰과광!!!

모조리 파괴되어 벽에 처박힌다!

[아니, 이게 무슨?! 20레벨 적이라면서!]

신급 기가스인 아레스는 조종사가 없어도 어지간한 초월자만큼 강하다. 그런데 20레벨 스테이지 하급에서 등장한 적을, 그것도 이렇게 유리한 환경에서 몰아붙이는데도 일방적으로 밀리다니?

그러나 아레스가 어찌 알 수 있을까.

20레벨 하급 스테이지에서 나타난 [적]은 오직 하나이며.

그 하나가 10억의 20레벨이 가지고 있어야 할 힘을 다 가지는 폭거를 저지르고 있다는 사실을.

"히히히! 그래! 이래야지! 이래야 해! 종말은 종말이야! 종말은 절망과 무력감이어야 해! 클리어해야 할 대상이 아니라!"

신나서 소리치는 소년의 몸에서 어마어마한 기운이 뿜어져 나온다.

"지금! 너무 많아! 너무 많다고! 스테이지가 다 끝나 가는데 10억은 말도 안 돼! 원래 흘러갈 합당한 흐름으로 고쳐야 해!"

[이, 쓰레기 같은. 그따위로 할 거면 이딴 게임을 왜 만들었냐?]

"닥쳐! 네가 뭘 알아? 그래! 10명! 10명이 좋겠어! 일단 생존자를 10명까지 줄이고."

"후."

"후. 어?"

신나서 소리치던 소년의 몸이 굳어버린다.

그의 뒤에 쓰러져 있던 대하가 몸을 일으키고 있다.

그뿐이 아니다.

"그렇구나. 이제 알겠다. 너, [투쟁]의 아이로구나."

"이게… 무슨?"

후안의 앞에 쓰러져 있던, 신성까지 모조리 빨린 대하가 자리에서 일어난다.

아니, 사실은 다르다.

고유세계에서도, 현실에서도 사실 대하의 몸은 여전히 죽은 채로 널브러져 있다.

그리고 그런 그의 시체 앞에.

새로운 대하가 서 있었다.

고유세계의 대하는 소년을 내려다보았다. 그 시선에 소년이 대하의 가슴을 찔렀던 흑색의 검을 가지고 다시 한번 몸을 날렸지만.

"어차피 파편이군. 신경 쓸 가치가 없어."

그 전에 대하가 먼저 말했다. 소년이 검을 찌르는 속도는 빛살과도 같았지만 그럼에도 그의 말이 먼저 닿는다.

인과(因果)를 초월하는 말(言)이었다.

"죽어라."

털썩. 지이익…….

달려들던 소년이 몸이 그대로 쓰러져 바닥에 죽 미끄러진다.

―축하합니다! 스테이지가 완벽하게 클리어되었습니다! 기여도에 따라 보상이 주어집니다.

―당신의 순위는 1위입니다.

[대하야?]

아레스는 정신을 차릴 수가 없었다. 그의 심장 깊은 곳에서부터 무조건적인 호의와 애정이 솟구치고 있었기 때문이다.

"걱정할 것 없다."

[하, 하지만.]

"스테이지가 클리어되었으니 비상을 풀고 준비한 대로 움직여라."

[네, 함장님. 명령대로.]

[지니?!]

아레스가 당황해 불렀지만 지니는 신경 쓰지 않고 대하의 명령대로 움직이기 시작한다.

기이잉————!!

아레스의 아이언 하트가 맹렬하게 돌아가며 강대한 영자력을 뿜어낸다.

아레스는 생각했다.

'지금의 대하는 뭔가 달라! 확인해야 한다!!'

30미터의 거대한 덩치를 가진 아레스의 몸에서 강대한 영자력이 터져 나오자 그것만으로도 주변 공간이 짓눌릴 정도의 투기가 뿜어진다.

그러나 대하는 놀라거나 겁먹는 대신 웃었다.

"너, 제법 의리가 있구나. 착해."

[무슨, 헛, 소리를……!!]

아레스가 으르렁거렸다. 그럴 수밖에 없었다.

착해.

그 간단하고 웃기기까지 한 칭찬에 머릿속에 기쁨이 가득하다. 가슴이 벅차오르고, 어이없게도 감격에 눈물이 나올 것만 같다.

그 강렬한 감정을 추스르기 위해서 아레스는 더욱 이를 악물고 억지로 적의를 일으켰다.

한편 지구.

"당신……."

후안은 멍한 표정으로 대하를 바라보았다.

"기억이 나."

그리고 대하 역시 그를 보며 말했다.

"그래. 이 행성에 떨어진 게 나뿐이 아니었지. 어떻게든 종말 프로젝트를 살려보려던 투쟁이라는 녀석도 있었어. 스스로 설정과 상관없는 자신의 이름을 지었던 별종… 소멸 직전으로 보였는데 어떻게 뭔가 남기긴 했군."

"당신… 대체……."

후안은 [흐름]을 볼 수 있는 능력이 있었다. 인과의 흐름, 신앙의 흐름, 업과 운명의 흐름까지.

세계의 가장 근원적인 흐름을 보는 능력이었기에 어떤 면에서는 전지나 예지보다도 상위의 능력이다. 흐름은 초월자들조차 벗어날 수 없는 종류의 것이기에 더욱 그러하다.

이 능력이 있었기에 그는 대하의 또 다른 인격이 지구에 핵폭탄을 떨구겠다고 결심하는 순간 그것을 알 수 있었고, 사람들의 선업과 악업을 활용할 수 있었으며, 진실과 명예를 하나로 그러모아 힘으로 바꿀 수도 있었다.

그리고 그런 그의 눈에.

대하는 마치 거대한 태풍처럼 보였다.

"이건, 말도 안 돼."

수십억 인류의 모든 흐름을 모아도 고작 먼지 한 톨로밖에 안 보일 정도로 거대한 흐름이다. 그 흐름이 얼마나 거센지, 조금만 방향을 잘 잡아도 온 우주를 휩쓸어 버릴 수 있을 거라는 생각이 들 정도.

"너를 어찌해야 할까."

대하가 후안을 바라보며 생각에 잠긴다.

녀석들이 모든 것을 망쳤다.

전에 자신을 찾아온 자식을 만났을 때, 그는 자신의 목적이 거의 완성되었다는 것을 알았다. 조금의 시간, 조금의 계기만 있어도 자신이 심은 씨앗이 싹을 틔워 화려한 꽃을 피울 것이라 믿었다.

그런데 이게 뭔가?

계의 주인도, 외신도 아닌, 이런 머저리들이 일을 그르쳐 버리다니.

"이렇게 깨어나면 안 되는데……."

한탄한다. 자유롭게 활동할 수 있는 최상급 신들이 대부분 세상 밖으로 나가 무주공산이나 다름없는 대우주였지만, 지금의 그는 노블레스와 엘로힘만 몰려와도 위험할 정도로 약화된 상태다. 무신에게 살해당했을 때의 타격을 아직도 다 회복하지 못한 상황이니 당연한 일.

일단 어느 정도 전력을 갖춰 현재 상황에 대처한 뒤 다음 계획을 준비해야 한다.

"업을 거스른 자의 이름으로 말한다. 빛의 신의 이름을 이은 아이야, 나의 신성을 가지고 이곳에 나타나라."

우우웅————!!!

단지 말한 것만으로 세상이 요동친다. 마주보고 있던 후안이 깜짝 놀라 몸을 움츠렸다.

그러나 아무 일도 일어나지 않는다.

"……?"

대하는, 아니, 그의 모습을 빌어 나타난 대하의 친부, 디카르마의 표정에 의혹이 깃든다.

신언이 멀쩡히 작동하는 걸 확인했는데 절대명령권은 발동이 안 되다니?

그러나 이내 상황을 파악한 그의 얼굴이 환해진다.

"관대하! 아직 살아 있었구나! 그래, 아무리 죽었다 해도 너무 형편없이 쪼그라들었다 했지!"

"잠깐! 당신, 지금 무슨 소리를……."

"아, 아직도 거기 있었나? 너."

디카르마가 후안을 가리켰다.

"모든 신성과 분리되어라."

"그게 무… 끅! 끄아아아악!!!"

후안의 몸 위로 거대한 세 가닥의 선이 그어진다.

정의의 선이 잘려 나간다.

진실의 선이 잘려 나간다.

명예의 선이 잘려 나간다.

후안이 중급신에 맞먹는 힘을 가진 삼신을 만들었지만 그건 진실로 중급 초월자 셋을 만든 것이 아니다. 독립된 존재로 보인다 해도 그들은 후안의 일부. 인간으로 치면 팔다리 같은 존재였다.

그리고 지금 그 연결이 끊어졌다. 산 채로 팔다리가 잘려 나가는 셈이니 고통스럽지 않을 리 없다.

그리고 이 시간부로 삼신은 독립적인 존재가 되리라.

우웅!!

그리고 그가 대하에게서 빼앗았던 신성 또한 잘려 나가 원래의 주인에게 돌아갔다. 창백한 시체였던 대하의 몸에 혈색이 돌기 시작한다.

그리고 그런 대하의 머리 위에 디카르마의 손이 닿는다.

"어디 보자……."

그의 눈이 감겼다.

그리고 다시 떠진다.

"찾았다."

*   *   *

찾

았

다

"이런……!"

외시경 너머에 거대한 [눈]이 나타난다. 그 크기와 위압감이

어찌나 큰지 마주한 것만으로 다리에 힘이 풀릴 정도다.

대하, 문을 열어다오.

"시, 싫어요."
얼간이 같게도 그렇게밖에 말할 수 없었다. 아니, 얼간이 같지 않다. 그 위엄 있는 말에 거부의 말을 할 수 있었다는 사실에 스스로가 대견스러울 지경이다.

흠. 그런가.

세상을 울리는 목소리가 사라진 후 다시 사방이 조용해진다.
잠시 한 발짝 물러섰던 난 다시 외시경으로 밖을 보았다. 어느새 거대한 눈이 사라지고 아까 보았던 학자풍의 사내가 서 있다.
'저자가 디카르마⋯⋯!'
한때 절대신 그 이상의 존재였던 사내가 외시경 너머에서 나를 바라보고 있다.
외시경의 구조대로라면 나를 볼 수 없어야 하는데도 그는 나의 모습을 명확히 인식하고 있다는 느낌이 든다.
"예전에는 이렇게까지 경계하지 않았는데⋯ 그렇구나. 내가 그 실패작을 처리하는 모습을 봤어."
"아빠를 부르며 울먹이던 꼬맹이 심장을 뽑아버리는 모습 말이지요."

날카롭게 대답하자 그가 웃는다.

"하하하. 걱정할 것 없다. 그 실패작과 넌 달라. 넌 내 자식이다. 나의 모든 것을 물려받아 우주의 법칙을 바꾸는 존재가될 것이다."

자상한 말투와 마음을 편안하게 만드는 목소리.

그러나 고개를 흔들었다.

'개소리.'

저 사람은 [나]를 나와 헷갈렸다. 그런데 이제 와서 그건 실패작이고 나는 성공작이라 상황이 다를 거라고?

설사 그 말이 진짜라 해도 위험한 소리다.

"돌아가 주세요. 그 책 많은 곳으로 가면 되잖아요."

"그럴 수는 없다. 이미 나와 버렸으니."

그는 그렇게 말하고서 다가와 문을 잡았다.

덜컹!

당연하지만 열리지 않는다. 그러나 그는 당황하지 않고 손가락을 들었다.

삑! 삑! 삑! 삑!

그러고 보니 외시경을 만들기 위해 아파트 문을 연상했기에문에 도어록이 설치되어 있다. 물론 비밀번호는 아무렇게나 정했다.

띠리릭~♪

"미친⋯⋯?!"

아니, 저 사람이 비밀번호를 어떻게 안단 말인가? 문이 막열리려는 모습에 기겁해 문의 형태를 바꿔 버린다.

덜컹!!

"헉… 헉……."

너무 놀라 심장이 쿵쾅거린다.

철컥!

"뭐?!"

디카르마가 대충 문을 만지자 어이없게도 잠금장치가 풀린다. 나는 기겁해 다시 문의 형태를 바꿔 버렸다.

거대한 철문. 자물쇠가 수십 개나 달려 있다.

철컥! 철컥! 철컥! 철컥!

"아니, 뭐야?!"

다시 문의 형태를 바꾼다. 하지만 디카르마는 또 간단히 열어버렸다. 또 바꾸고 또 바꿨다. 또다시 디카르마가 그것을 풀어버렸다.

그리고 그런 과정이 몇 번 반복되자.

온화하던 사내의 표정이 엄해진다. 그의 오른손이 들린다.

쾅!!!

"으헉!"

깜짝 놀라 펄쩍 뛰었지만 문에서 떨어지지 않는다. 잠시라도 집중이 풀렸다가는 그가 문을 열고 들어올 것이라는 사실을 알았기 때문이다.

"후, 어쩔 수 없군."

외시경으로 밖을 보자 한숨 쉰 디카르마가 자신의 목을 더듬는 모습이 보인다.

"음?"

그러다 그의 표정이 변한다. 그가 뭘 찾는지 눈치 챈 나는 손을 뻗어 내 목에 걸려 있는 열쇠를 잡았다.

'다행히 이건 내 손에 있다. 하지만… 이래 봐야 시간 끌기밖에 못 해.'

모든 제약을 풀어버리는 열쇠가 그의 손에 있었다면 내 심상으로 만들어낸 문 따위는 단번에 열려 다시는 닫을 수 없게 되었을 것이다.

그러나 이 초월병기는 [자물쇠]가 아닌 [열쇠].

그의 손에 들려 있지 않은 것은 다행이지만 지금 이걸 내가 활용할 방법이 없다.

"아."

계속 문의 형태를 바꾸고 있던 나는 이내 내가 가진 것이 열쇠뿐이 아니라는 것을 알았다. 품속을 뒤져보자 하얀색의 구슬이 모습을 드러냈던 것이다.

"아니… 어떻게 물건이 내면세계에도 들어올 수 있는 거야?"

열쇠도 그렇고 이 구슬도 그렇고 대체 어떤 과정을 거쳐 만들어진 물건인지 짐작조차 가지 않는다.

철컥!

쾅!

다시 한번 문의 형태를 바꾸자 신경질이 난 듯 디카르마가 문을 한 번 걷어찼다.

문이 차였을 뿐인데도 숨이 턱 막히는 게, 이런 식으로는 오래 버틸 수 없을 것 같다.

"하와, 내가 죽는데 안 도와줬단 말이지."

푹!

구슬의 매끈한 표면에 열쇠를 끼워 넣는다.

"그러니 이건 약속을 어긴 게 아냐!"

그리고 구슬을 [열었다.]

철컥!

푸확!!!

구슬이 터져 나가며 무지막지한 양의 [정보]가 터져 나와 사방을 뒤덮는다. 어찌나 압축되어 있는지 슬쩍 보는 것만으로 눈이 빠개질 것처럼 아프다.

팟!

문을 열고자 시도하고 있던 디카르마의 모습이 사라진다.

그리고 현실의 모습이 보인다.

우우우――!

터져 나왔던 정보가 하나로 뭉쳐지더니 이내 인간의 모습으로 변한다. 170이 넘는 키에 육감적인 몸매. 허리까지 늘어진 흑발을 가진 화려한 인상의 미녀.

그 모습을 본 디카르마의 얼굴이 험악하게 일그러진다.

"마도황녀! 감히 염룡의 끄나풀이 여기에 와?"

우우웅―――!!

영력이 부풀어 오른다.

"업을 거스른 자의 이름으로 말한다. 너!"

디카르마가 명령했다.

"죽어라!"

콰르릉!!!

순간 천둥이 치는 듯한 소리가 들렸다.

아니, 듯한이 아니다. 지금 이 순간… 정말로 천둥이 쳤다!

팟!

멍하니 서 있던 여인을 안아 든 사내가 확 하고 디카르마와 거리를 벌렸다.

그가 한숨 쉰다.

"아, 좀 더 지켜봐야 하는데 한석구 이놈은 왜 여기서 튀어나와? 덕택에 언터쳐블하고 싸우게 생겼네."

마치 바람을 맞고 있는 것처럼 연두색 장발이 찰랑인다. 몸을 꽉 조여 탄탄한 몸매가 드러나는 가죽 갑옷. 그리고 그 위에 걸쳐져 있는 가죽 코트와 등 뒤에 메고 있는 클레이모어.

"어?"

나는 그 모습에 생각이 정지하는 것을 느꼈다.

위잉!

허공에서 거대한 검이 모습을 드러내더니 이내 4개의 검으로 분리되어 그를 중심으로 빙글빙글 돌기 시작한다.

그의 등 뒤로 정체를 알 수 없는 인영(人影)들이 일렁이기 시작하고 그의 그림자 속에서 섬뜩해 보이는 눈동자가 눈을 뜬다.

지직!

그의 등 뒤 공간이 갈라지더니 백색의 용(龍)이 모습을 드러낸다. 용의 전신에서 엄청난 양의 스파크가 튀고 있다.

사내가 말했다.

"빨리 일어나, 이 멍청아. 디카르마야, 디카르마!"

"우웅… 히히, 밀레이온. 나를 구하러 온 거야?"

"일어나라고!"

미녀의 달콤한 숨결에도 와락 짜증을 내는 사내.

그 모습을 보며 나는 신음했다.

"아빠……?"

머리가 연두색이 되었다고 해서 못 알아볼 리가 없다. 지구에서도, 이면세계에서도 심지어 스테이지에서도 볼 수 없었던 아빠가 제니카를 안은 채 등에 메고 있던 검을 잡아간다.

그리고 다음 순간.

클레이모어가 디카르마의 머리 위에 도달해 있다.

끼긱……!!!

디카르마가 검지를 들어 참격을 막아낸다. 마치 깃털을 받아내는 듯 가벼운 움직임이었지만 무섭게 굳어 있는 그의 얼굴은 지금 공격이 결코 가볍지 않다는 것을 알려주고 있다.

"업을 거스른 자의 이름으로 말한다. 밀레이온!"

아직 허공에 떠 있는 아빠와 얼굴을 마주한 채로 디카르마가 반격했다.

"죽어라!"

"싫다!"

"뭐, 뭐라고?"

디카르마의 얼굴이 일그러지는 순간 아빠의 몸이 빙글 돌았다.

빠악!!!

강기를 휘감은 발차기가 디카르마의 얼굴을 후려친다.

그리고 땅에 내동댕이쳐 있던 제니카가 자리에서 일어나며 소리친다.

"무너지는 자들의 14월!"

꾸우웅……!

아빠한테 얻어맞고 날아가고 있던 디카르마아의 주위에 검은 구멍이 열린다.

아니, 사실 구멍이 아니다.

한 점의 중력이 붕괴하며 일순간 빛을 포함한 모든 것을 빨아들이기 시작한 것이다!

"블랙홀?!"

외시경으로 그 모습을 보고 있던 내가 기겁하는 순간.

디카르마가 말했다.

"공간의 변형을 금한다!"

말이 새로운 법칙이 되어 세계를 강제한다. 검은 구멍 안으로 빨려 들어가던 디카르마가 멀쩡한 모습으로 걸어 나와 손을 뻗는다.

쿠구구궁!!

대지가 갈라지며 수십 수백 개의 금속 기둥이 솟구쳐 올라온다.

단순히 금속 기둥이라고 불렀지만, 하나하나가 웬만한 빌딩만 한 크기!

심지어 그것들은 단순한 쇠기둥도 아니다.

키리릭! 철컥! 철컥!

기이이잉————!

금속 기둥들의 표면이 열리거나 변형되면서 정체를 알 수 없는 장치들이 작동하기 시작한다.

그러나 동시에.

"부스러져라! 침묵하는 자들의 14월!"

제니카의 손짓과 함께 빛이 뿜어진다.

그것은 일종의 입자선(粒子線)으로 보였다. 금속 기둥들의 주변이 땅이 솟구치거나 두터운 장갑들이 솟구치며 막아섰음에도 그냥 관통하고 지나가 버린다.

당연히 회피도 방어도 불가능.

끼기긱————! 쿵!

푸스스스…….

바닥을 뚫고 모습을 드러냈던 매끈하던 금속 기둥들이 삽시간에 녹이 슬더니 스스로의 하중을 버티지 못하고 붕괴한다.

"제법이구나!"

정체 모를 기계들이 허무하게 사라지는 모습에 짜증스러운 표정을 지은 디카르마가 다시 손을 든다.

콰릉!!!

그러나 그 전에 뇌전의 숨결이 그를 후려친다.

[야 이 미친 연놈들아! 왜 또 둘이서 언터쳐블하고 싸우냐?! 이제 안 한다고 했잖아!]

뇌룡의 항의에 칼을 휘두르던 아빠가 변명한다.

"어쩔 수가 없었어. 어쩔 수가!"

[맨날 어쩔 수 없대! 세상에 언터쳐블이 몇이나 된다고!]

그 와중에 제니카는 천진하게 손을 흔든다.

"글레이드론! 오랜만이야, 안녕! 스타일 많이 바뀌었구나!"

[그래, 안녕하냐. 돌아이 년아.]

"글레이드론, 왜 이렇게 욕쟁이가 되었어……."

[나도 이제 한 영역의 왕인데 자꾸 이런 데 부르니 욕이 나와, 안 나와?! 나이 웬만큼 먹었으면 정착 좀 해!]

동양의 용 형태를 하고 있던 소환수의 등에서 날개가 솟구쳐 오르더니 삽시간에 비룡(飛龍)의 모습으로 변한다.

이어서 두 날개가 번뜩이더니 급선회!

촤악!

[악! 피했는데! 날개 끝이 잘렸어!]

녀석이 호들갑을 떠는 와중에도 전투는 멈추지 않는다.

쩡! 쩡! 쩡!

휘둘러지는 클레이모어와 손가락이 충돌하며 거센 굉음이 울려 퍼진다.

공격은 그뿐만이 아니다.

[크르륵!!]

아빠의 그림자 아래에서 몸을 일으킨 흑색의 늑대가 흉성을 드러내며 디카르마를 물어뜯으려 들었다.

"짐승신!! 신의 사체로 용케 이런 흉악한 걸 만들었군."

늑대를 걷어찬 디카르마의 말에 아빠가 넉살 좋게 웃는다.

"네크로맨서라는 게 원래 그런 직업이지 않겠습니까."

폭풍처럼 공세가 이어진다. 웬 정체 모를 카드들이 날아다니며 온갖 효과를 발휘하고 하늘을 날아다니는 검이 물고기처럼 유려한 움직임으로 빈틈을 노린다. 검과 손가락이 부딪히는 소리가 마치 타악기처럼 음률을 만들어내고 그 박자에 맞춰 더욱 많은 것들이 모습을 드러내 숫자를 불려 나간다.

"와, 이게 뭐야."

무수한 정령들이 모습을 드러낸다. 개중에는 정령왕들도 보였다. 칠흑의 강기를 두른 데스나이트들이 바닥에서 일어나고 강기로 이루어진 벼락의 구슬이 빛살처럼 날아들어 디카르마를 휘감고 있는 보호막을 후려친다. 거기에 궁극 마법을 쉴 새 없이 난사하는 제니카까지.

그러나.

"너희를!"

말이 세상의 법칙을 바꾼다.

"추방한다!"

벼락을 쏟아내던 비룡, 사방에서 몰아치던 정령들, 시체를 엮어 만든 늑대 등등 소환된 모든 존재가 모조리 현실에서 추방된다.

그사이로 검을 든 아빠가 돌진했지만 그는 신경 쓰지 않고 다시 외쳤다.

"지금 시간부로 마법의 사용을 금한다!"

"거절한다!"

킹!

디카르마의 말이 상쇄된다. 나와 똑같은 형태의 얼굴이 험악하게 일그러진다.

"이게 무슨! 어떻게 이런 게 가능하지?"

그가 경악하는 순간.

길고 긴 주문을 외우고 있던 제니카가 외친다.

"영원을 넘어 꿰뚫어라! 반복하는 허수아비들의 16월!"

시간과 공간이 스스로의 몸을 엮어 그림자로 변하더니 마치 거미줄처럼 디카르마의 전신을 얽매고 든다.

"공간 변형을 금했는데?!"

"너만 법칙을 맘대로 건드는 게 아니라는 걸 알아야지!"

그렇게 제니카의 주문에 디카르마가 저항하지 못하는 사이 아빠가 내려치기 자세를 취한다.

그리고.

킹.

베어진다. 엉망으로 헤집어져 있던 땅이, 산이, 하늘이, 그리고 그 너머에 있던 바다까지.

마치 유리에 금이 가듯 균열이 생기더니, 이면세계 특유의 회색 세상이 둘로 잘려 나간다. 그 규모가 어찌나 큰지 지평선 너머, 아니, 그 이상으로 세상이 잘려 나갔다.

쿨럭!

디카르마가 입에서 피를 토한다.

"......!"

"!@#!$!!!"

"%%!!!!"

"응?"

그 모습을 홀린 듯 보고 있던 나는 어디에선가 들려오는 비명 소리에 귀를 기울였다.

"안 돼! 철가면님이 죽겠어!"

"저것들은 뭐야? 스테이지 끝난 거 아니었어?"

"저기 어디야? 우리가 가야 하는 거 아니야?"

"그런데… 저런 싸움에 우리가 낄 수나 있나? 지금 봐. 저기 아무리 봐도 뉴멕시코주 같은데 검격 한 방에 바다까지 잘려 나갔어! 거의 2,000킬로미터라고! 저기가 표면세계였으면 세계적인 대재앙이 일어났을 거야!"

사람들의 목소리가 들려온다. 나는 영문을 몰라 주위를 둘러보았지만 당연히 아무도 없다. 애초에 내 내면세계에 다른 사람들의 목소리가 왜 들려온단 말인가?

그러나 나는 이내 그 이유를 알 수 있었다.

"아."

내 손에 정의의 조각칼이 들려 있다.

조각칼을 드니 언제나 그랬듯 창이 열린다.

―당신은 챌린저(Master) 랭크(임시)입니다!

―현재 챌린저의 숫자는 총 1명입니다.

―정의의 요람에 접속합니다!

―7억 8,851만 1,241명이 당신을 시청 중입니다!

"스테이지가 끝났는데도 시청이 가능하다고?"

아무래도 후안의 신성이 끊어지면서 문제가 생긴 모양.

나는 게시판에 접속했다.

―20레벨 하급 스테이지 왜 이렇게 빨리 끝난 건가요? +7,144(티파니)

―스테이지가 끝났는데도 요람이 정상 작동 해요! +8,811(나은)

―철가면님이 싸우고 있는 모습 다들 보고 계신가요?! +2,522(하니)

게시판 내용을 대충 훑어본다. 사람들의 당황이 느껴진다.

문제는 그뿐이 아니다.

"이면세계로 가야 하는 거 아닙니까?"

"일단 전투조를 집결시키죠!"

"장거리 비행이 가능한 기가스들이 먼저 가야 합니다!"

"지니한테 통신 걸어봐요! 그녀라면 뭔가 알고 있을 겁니다!"

[시청]을 하고 있지 않음에도 수많은 사람들의 목소리가 들리고 심지어 집중하면 그 모습도 보인다.

그리고 상황을 파악한 나는 소름이 돋는 걸 느꼈다.

'사람들이 지금 이 전투에 끼려고 한다!'

절대 안 될 말이다. 해일에 쓸려 나가는 개미 떼처럼 몰살당하고 말 것이다.

나는 황급히 게시물을 만들었다.

―싸움에 끼지 마세요! (철가면)

내용도 작성했다.

—그 정도가 아니라 근처에도 오지 마세요. 가능하면 이면 세계 자체에서 나가주세요.

거기까지 썼다가 잠시 고민한다. 지금 상황을 솔직하게 쓰기가 애매했기 때문. 그래서 나는 상황을 대충 뭉개서 설명했다.

—지금 제 신성이 폭주해서 제정신이 아닙니다. 저들도 적이 아니고요. 다시 말합니다. 접근하면 휩쓸릴 테니 절대 접근하지 마세요. 다만 제 육신이 근처에 누워 있으니 회수해 주십시오. 위치는……

그렇게 게시물을 올리자 바로 수만 개 이상의 코멘트가 달린다.

—뭐야? 이 게시물 진짜야? 철가면님 지금 전투 중인데…….
—철가면님 육체, 현실하고 강철계하고 두 개예요!
—계정은 철가면님 게 맞는 거 같아요!
—아니, 그나저나 신성의 폭주가 무슨 말이에요… 진짜 신이 되시는 건가요?
—이건 거짓입니다! 그는 사악한 선지자요. 사람들을 미혹시키고 있습니다!
—와, 인류가 6분의 1로 줄어도 이런 사람이 안 사라지네.
—철가면님 도대체 어디까지 가시는 거예요? 지금 싸우는 모습

이… 진짜 사람이 아닌데요. 영화라고 해도 지나친데 이건…….

—그나저나 저 남녀는 대체 누구입니까? 너무 말도 안 되게 강한데…….

코멘트를 대충 훑어보다 꺼버린다. 그나마 게시물을 의심하거나 하는 내용은 별로 안 보여서 다행이다.

쾅!

그 와중에도 전투는 치열하게 이어지고 있었다.

아니, 거의 끝나가는 분위기다.

"크, 억……!"

미사일처럼 날아든 어검에 얻어맞은 디카르마가 물수제비처럼 바닥에 몇 번 튕겼다가 도시 하나를 박살 내고 멈춘다.

도시를 가득히 채우고 있던 마족들은 그 후폭풍만으로도 몰살당했다.

"하, 하하하. 이거 꼴이 참."

힘겹게 몸을 일으킨 디카르마의 표정이 차분하게 가라앉는다. 그리고 그런 그의 위로 벼락의 창이 쏟아진다.

쿠콰콰콰쾅!!!

도시 전체가 박살나고 대지가 무너져 내린다. 단순한 벼락의 창처럼 보였지만 거기에 담긴 힘은 그저 그 정도가 아니다. 아무래도 하나하나가 강기로 만들어진 데다 그 외에도 몇 개 이상의 힘이 담겨 있는 것으로 보인다.

그러나 그 순간.

파앙!

자욱하던 흙먼지는 물론, 날아들던 모든 공격이 소멸한다. 덤벼들던 아빠와 제니카가 놀라서 물러서는 모습이 보인다.

디카르마의 옆에 한 여인이 서 있다.

"왔구나, 하와."

"당신… 정말… 아버지?"

"그래. 네가 날 도와야겠다."

"……."

하와가 복잡한 표정으로 디카르마를 내려다본다.

그러나 디카르마는 신경 쓰지 않고 자리에서 일어나 말한다.

"하와! 전투 태세!"

"네……."

복잡한 표정이었지만 그럼에도 명령에 반응하며 몸을 수그린다.

그리고 답한다.

[아버지.]

구우우우웅————!

하와의 모습이 흐릿해지더니 삽시간에 확장된다.

그야말로 눈 깜빡할 사이에. 디카르마와 하와의 모습이 사라지고 300미터는 넘어 보이는 무지막지한 크기의 거인만이 서 있었다.

나는 그것을, 아니, 그녀를 보았다.

[디카르마]

[***************]

[노 넘버링 하와]

"이런 미친⋯⋯."

은빛으로 빛나는 하와는 전체적으로 늘씬한 여성의 형태를 하고 있다. 무장도 보이지 않고 특별한 기세를 피우지도 않았지만⋯ 보는 것만으로 가슴이 떨려온다.

"신급 기가스⋯ 하와라고?"

기가 막혀서 헛웃음만 나온다. 기가스가 되었지만 그녀에게 넘버링은 없다. 왜냐하면 그녀는 원래 기가스가 아니라 언터쳐블이기 때문이다. 잠시 기가스의 형태가 되었을 뿐이다.

그러나 마주하는 상대도 절대 보통의 존재가 아니다.

화악!

아빠가 차고 있던 시계가 눈부시게 빛나기 시작한다. 질려 있던 그의 얼굴이 밝아진다.

"승인됐다! 기간테스!!!"

후우우웅————!!!

300미터의 하와보다도 더욱 거대한 600미터의 거인이 몸을 일으킨다. 그뿐이 아니다.

"발동 마신갑(魔神甲)! 내려와라 천신검(天神劍)!"

거대한 기가스의 몸에 새까만 갑주가 걸쳐진다. 손에는 빛나는 검이 들린다.

하와, 아니, 그 안에 타고 있는 디카르마에게서 기막히다는 목소리가 들린다.

"천신과 마신이 미쳤구나! 자기 병기를 고작 인간에게 내려준다고? 넘버링 8번과 9번을?"

나는 정신을 차리지 못했다. 새롭게 등장한 기가스와 초월 병기 때문이 아니다. 디카르마와 아버지의 대화 소리뿐이 아니라 수많은 사람들이 기겁하는 목소리가 같이 들려왔기 때문이다.

"뭐야? 저게 뭐야?? 너무 크잖아??"

"으아! 뭐야 저거, 근처에 있는 거였어?! 도망쳐!!"

"말도 안 돼. 무슨 저런 싸움이……!"

아무래도 미국에 있는 신자들의 한탄이었던 모양.

그리고 그 순간 기간테스의 천신검과 하와의 주먹이 충돌했다.

팟!

충격파가 없다. 굉음도 없었다.

"뭐야? 저게 뭐야?? 너무 크잖아??"

"으아! 뭐야 저거, 근처에 있는 거였어!? 도망쳐!!"

"말도 안 돼. 무슨 저런 싸움이……!"

"엥?"

방금 들었던 말에 뭔가 이상한데? 라고 생각하는 순간 자세를 고친 기간테스와 하와가 다시 충돌했다.

팟!

"뭐야? 저게 뭐야?? 너무 크잖아??"

"으아! 뭐야 저거, 근처에 있는 거였어!? 도망쳐!!"

"말도 안 돼. 무슨 저런 싸움이……!"

"어어어??"

내면세계에서 밖을 보고 있던 나는 반복되는 사람들의 모습. 그러나 반복되지 않는 두 기가스의 전투를 보았다.

검과 주먹이 부딪히고 광선이 쏘아져 새까만 갑주를 후려친다.

나는 이제야 상황을 깨닫고 기겁했다.

"이런 미친! 말도 안 돼!"

그들이 충돌할 때마다.

우주의 시간축(時間軸)이 뒤로 밀리고 있었다……!!

쩌엉!

하와가 오른손을 휘둘러 천신검을 후려친다. 그리고 곧장 벼락처럼 기간테스의 품 안으로 파고들어 복부를 후려쳐 버렸다.

"뭐, 뭐야? 갑자기 웬 로봇들이야?"

"모두 피해!!"

시간축이 점점 뒤로 간다. 기간테스와 하와의 움직임은 그야말로 빛살과도 같아 한 합에 0.1초도 안 걸리는데 그들이 충돌할 때마다 밀리는 시간은 거의 1초에 가까웠기 때문이다.

시간이 뒤로 당겨지니 다른 사람들에게는 느닷없이 나타난 기가스들이 싸우는 모습으로 보이는 상황이다. 내가 하와에 타고 있다는 생각을 안 하게 된다는 점은 좋지만 조금 더 밀리면 내가 그들에게 경고한 게시물마저 사라질 것이다.

"이게 무슨… 이러다 아예 과거로 가버리는 거 아냐?"

기가 찬다. 이게 가능한 일이란 말인가. 농담이 아니라 그들이 이렇게 계속 싸워준다면 온 우주의 시간을 다 돌려서 죽은 지구인들을 다 살리는 것조차 가능할 정도!

'하지만 그렇게 오래 싸우지는 않겠지.'

그들 한 명 한 명이 일격에 지구를 파괴하는 게 가능한 우주적인 존재들이다. 하와만 해도 태양계 전체를 뭉개 버릴 만한 힘과 권능을 지닌 존재였는데 그녀가 기가스가 되고, 또 그 기가스에 기계신 디카르마가 타버렸으니 그 힘이 어떠하겠는가?

만일 그들이 물리적인 힘으로 싸웠다면 검과 주먹이 충돌하는 순간 그 충격파만으로 지구는 먼지로 변해 버렸겠지.

그러나 지금. 그들의 파괴 행위는 고작(?) 대륙 수준으로 제한되고 있다.

그들의 힘이 만들어내는 후폭풍이 물리력 따위가 아니라 더 높은 영역에서 몰아치고 있었기 때문이다.

우주의 시간축이 뒤로 밀리고 있는 이 미쳐 버린 현상이 바로 그 증거였다.

"아니, 가만."

그런데 그러다 보니 불현듯 의문이 들었다.

"시간이 이렇게 뒤로 가다가… 내가 후안에게 당해서 쓰러지기 전까지 밀리면 어떻게 되는 거지?"

만일 그렇게 된다면 모순이 생긴다. 내가 녀석에게 찔려 죽지 않았다면 디카르마는 깨어나지 않았을 것이기 때문이다.

그러나 그렇게 생각하는 순간.

천신검과 하와의 주먹이 다시 충돌하려는 순간.

─그만.

한 인영(人影)이 그 사이에 껴들었다.

뚝.

마치 마술처럼 휘둘러지던 검과 주먹이 멈춘다. 수백 미터
나 되는 덩치 사이에 끼어있음에도 그 모습은 전혀 위태롭지
않다.

그는 노인이다.

새하얀 머리칼과 수염을 가진 훤칠한 신장의 그는 몸에 착
달라붙는 턱시도를 입고 있다. 패션쇼나 잡지에서나 볼 법한
외향.

그의 손에는 근사한 디자인의 회중시계가 들려 있는데, 그
시계의 시침과 분침이 비정상적일 정도로 빠르게 돌고 있다.

뻗고 있던 주먹을 당긴 하와의 안에서 디카르마의 목소리가
들린다.

"이런, 이런. 목줄 묶인 개가 왔구나."

그러자 양복을 입은 노인이 싸늘하게 웃는다.

"그래, 집 나간 개야. 이제 보니 고생을 많이 하고 있는 모양
이야."

둘의 대화를 들으며 나는 그의 칭호를 확인했다.

[올림포스]

[53레벨]

[시간의 신 크로노스]

"…뭐? 53레벨?"

어이없는 레벨에 헛웃음마저 나온다. 10레벨의 마스터 클래스. 20레벨의 초월자 클래스. 30레벨의 황제 클래스. 40레벨의 언터쳐블 클래스마저 넘어서는… 최상급 신들에게서나 볼 법한 레벨.

흔히 말하는 절대신에 근접한 존재.

그런데 그 모습을 본 제니카가 말한다.

"크로노스 개새끼."

그 말에 크로노스보다 아빠가 기겁하는 게 느껴진다.

"야! 왜 자극하고 그래? 너 죽고 싶어?"

"죽고 싶은 게 아니라 이미 한 번 죽었어! 크로노스가 날 죽였다고!"

버럭 하는 제니카의 목소리에 턱시도를 입은 노인, 크로노스의 고개가 돌아간다.

"검마왕에게 당한 모양이군."

"부캐 관리 좀 해요!"

"녀석은 부캐 같은 게 아니다. 떨궈 버린 찌꺼기일 뿐이지."

둘의 대화에 디카르마가 웃는다.

"아아, 그래. 크로노스, 그러고 보니 그런 일이 있었지."

"…닥쳐라."

크로노스가 차갑게 경고했지만 디카르마는 멈추지 않았다.

"그래. 올림포스 신족의 전횡이 도를 넘어서 아버지께서 올림포스 전체를 멸망시키실 때… 오직 너만이 그것이 그분의 [시나리오]라는 걸 눈치 챘지. 큭큭큭. 자신의 아내, 자식, 혈육

전부들 모두를 버리고 혼자서 살아남겠다고 와서 빌던 모습이
아직도 눈에 선해."

"닥치라는 말이 안 들리나?"

후웅!

그의 손에 들려 있던 시계가 사라지고 거대한 낫이 모습을
드러낸다.

그리고 그렇게 낫을 들고 서자.

온 우주의 시간이 멈춰 선다.

키이잉———.

우우웅———.

그의 노여움에 [시간]이 비명을 지르고 바짝 엎드리는 것이
느껴진다. 그의 존재가 너무나 두려운 나머지, 시간은 지금까
지의 섭리대로 움직이지 못한다.

그러나 그럼에도.

디카르마는 말을 멈추지 않았다.

"살려달라고 빌었지. 살 수만 있다면 뭐든 하겠다고. 내가
말해줬지. 넌 너무나 오만하고 많은 죄악을 저질렀기에 용서받
을 수가 없다고. 하하하! 찌꺼기라. 그래! 확실히 찌꺼기긴 해.
그때 넌 자신의 오만과 죄악을 그대로 절단해 내던져 버렸으니
까! 꽤 대단하고 참신한 결단이었어. 아스가르드 놈들은 아무
도 살아남지 못했는데 올림포스 신족 중에서는 너 하나가 남았
으니까."

"……!"

놀라운 사실에 입이 절로 벌어진다. 디카르마는 말을 멈추지

않았다.

"그렇게 떨어져 나간 찌꺼기가 스스로 검을 연마해서 마왕의 자리까지 오른 것도 대단한 일이지. 심지어 이름도 고치지 않아 검마왕 크로노스가 되었지. 그 사실을 알았을 때 나도 놀랐다. 제법 난놈이구나 하는 생각도 했고."

"……."

크로노스의 얼굴이 차가워지다 못해 차분해지기 시작한다.

그가 말했다.

"날 자극하고 있군. 디카르마."

"그래. 하지만 글러 버린 것 같군. 하긴 애원해 맨 목줄인데 이렇게 끊어버릴 수는 없겠지."

"……."

크로노스가 디카르마를 가만히 바라보았다.

한창 흥분한 듯 그의 과거를 누설하던 디카르마는 단숨에 차분해진 목소리로 말했다.

"흥. 저지를 생각이 없으면 꺼져라. 지금 이 상황은 그저 결과적인 현상일 뿐, 우리는 그 어떤 흐름에도 간섭한 적 없다. 설마 나한테 규칙을 설명할 생각은 아니겠지?"

디카르마의 말에 크로노스는 잠시 침묵을 지키다 기간테스를 돌아보았다.

[너희가 질 것이다. 알고 있겠지?]

[100%입니까?]

[그래. 녀석은 권능을 숨기고 있다.]

[…조언에 감사드립니다.]

그렇게 대화한 후 크로노스의 모습이 사라져 버린다.

그리고 다시 시작되는 충돌.

나는 그 와중에도 영문을 알 수 없어 멍하니 있었다.

"뭐지? 왜 나한테 들리지?"

방금 대화는 디카르마조차 듣지 못한 이야기 같은데도 들을 수 있었다. 그뿐이 아니다.

기간테스와 그 머리 위에 올라가 궁극 마법을 쏟아내고 있는 제니카 사이의 [귓속말] 역시 인식된다.

[야, 못 이기는 모양인데?]

[하다못해 하와만 없었어도 가능성이 있었겠지만… 부자는 죽어도 3대는 간다는 거겠지. 틈을 봐서 빠지자. 놈은 리전의 수장이나 다름없는 존재이니 연합에 보고하면 수가 있을 거야.]

[하지만 보내줄까? 외부로 통신연결도 안 되는 걸 보니 완전히 차단한 모양인데.]

[최선을 다해볼 수밖에.]

강기로 만들어진 번개의 창들이 허공을 가로지른다. 강철로 만들어진 온갖 병기들이 모습을 드러내 그것을 맞받아친다.

그러나 나는 느낄 수 있었다.

"밀린다."

모두의 이야기대로 전세가 점점 기울어지기 시작하는 것이 느껴진다.

그리고 이대로 디카르마가 승리하거나 혹은 둘이 도망쳐 싸움이 끝나 버린다면… 디카르마는 다시 이곳으로 돌아와 나에게 손을 쓰겠지.

"막상 손을 어떻게 쓸지는 나도 잘 모르겠지만… 느낌이 좋지 않아. [나]처럼 심장이 뜯길 수도 있고."

철컥!

열쇠를 이용해 문을 잠가보았다. 열쇠의 기능 중 하나지만 별 효과는 없어 보인다. '잠그는' 능력은 꽤 대단한 권능이지만 이 문은 이미 잠겨 있기 때문. 더 '세게' 잠근다, 같은 말장난이 먹힐 상황이 아니다.

똑똑!

"……?"

순간 디카르마가 돌아온 줄 알고 기겁했지만 여전히 그는 전투를 이어나가고 있다.

"계시오?"

문 너머에서 들려오는 목소리에 외시경에 눈을 댄다.

그리고 밖에 서 있는 존재를 보고 눈을 깜빡였다.

"명월 스님?"

내 말에 문 앞에 서 있던 노인. 명월이 오히려 깜짝 놀란다.

"아니… 철가면께서 나를 알고 계셨단 말이오?"

어린아이의 손에 은행 강도가 죽는 모습을 보고 펑펑 우는 장면을 보았다고 굳이 말할 필요는 없을 듯했다.

"뭐, 어떻게 알고 있지요."

"영광이구려. 당신 같은 거인(巨人)이 저 같이 흔한 땡중을 알고 계셨다니."

그렇게 말하며 명월이 웃었다.

"혹시 들어가도 되겠소?"

그의 말에 나는 잠시 그의 모습을 보았다.

디카르마가 나를 속이기 위해 만든 존재로는 보이지 않는다. 지금 그가 전투 중이어서가 아니다. 어차피 전투가 끝나면 얼마든지 문을 부수고 들어올 수 있는 그가 나를 속일 필요가 없기 때문이다.

철컥.

문을 열자 그가 꾸벅 고개를 숙여 인사하고는 안으로 들어온다.

"신기하구려. 누구나 조금씩 마음의 벽을 치고 있기는 하지만… 이렇게나 명확한 문의 형상은 처음 보오."

"저도 여길 찾아온 사람은 처음 봅니다. 대체 어떻게 오신 겁니까?"

"업의 흐름을 타고 왔다오."

"업?"

내가 의문을 표하자 그가 내 오른손을 가리킨다.

내 손에는 정의의 조각칼이 들려 있다.

쿠우웅!!!

그때 폭음이 울린다. 내면세계의 일은 아니었고, 내가 띄워놓은 [시청] 창에서 난 소리다.

창을 보니 전투가 점점 격해지는 모습이 보인다.

"장관이구려. 그야말로 신화적인 싸움……."

그는 잠시 그 모습을 보다 나를 보며 웃었다.

"아는 존재들이오?"

"굳이 소개하자면… 친부와 양부 정도 되겠네요."

"허? 하하하! 철가면님께서도 참 복잡한 상황이시구려."

그는 호탕하게 웃고는 가볍게 손을 흔들었다. 그리고 그러자 아무것도 없던 바닥에서 두 그루의 나무가 나타나 의자의 형상으로 자라난다.

'아, 그러고 보니 드루이드라고 했던가.'

그를 따라 의자에 앉자 그가 말했다.

"이렇게 갑작스럽게 찾아온 점 죄송스럽게 생각하오. 내 수명이 얼마 남지 않아서 어쩔 수 없었지. 해줘야 할 말도 있었고."

"수명?"

"살 만큼 살았으니 때가 온 것이지요."

"하지만 만년불사단(萬年不死丹)이 있잖습니까?"

"하하. 안타깝지만 전투에 그렇게 재능이 있는 편은 아니었소. 그렇게까지 해서 오래 살 필요도 없었고."

그렇게 말하고는 잠시 허공을 본다. 뭔가 해야 할 말을 고르는 느낌.

그리고 그런 그의 모습에서 어떤 장면이 떠오른다.

—옷을 다 벗으세요.

정중하기까지 한 사내의 목소리가 들린다. 그의 팔다리를 교차하듯 묶어 막대기를 끼워서는 책상 사이에 걸어놓던 사내들의 모습도. 마치 통닭구이처럼 거꾸로 매달려 있는 얼굴에 씌워지던 수건도, 부어지던 물도, 질식 상태나 다름없던 자신에게 가해지던 각목 구타까지.

타인의 심상이 자연스럽게 나에게 전해지는 모습이 신기하기까지 하다. 아마도 이곳이 심상세계이기 때문에 벌어지는 현상인 것 같다.

잠시 후 그가 말한다.

"나를 안다면. 혹시 내가 옥살이를 했다는 것도 알고 있소?"

"누명을 썼다던가 하는 걸로 기억합니다."

"그렇소. 나중에 들은 이야기지만 나에게 누명을 씌운 주체는 공안검사였고… 나중에는 총리직까지 역임했소. 그리고 최후에는 강철계로 넘어가 천수를 누리고 평안히 눈을 감았지요."

"……."

충분히 있을 법한 일이다.

내가 최초 고유세계에 받았던 이들이 어떤 이들이던가?

악인(惡人)이다.

악인이면서도 어느 정도 머리가 돌아가던 자들. 권세와 재력을 가지고 있지만 정의의 요람에 들어갈 수 없어 스테이지가 시작되면 죽을 게 뻔했던 사람들.

그런 이들을 받아들였기에 초창기의 고유세계를 수월하게 끌어갈 수 있었다. 그중 태반이 충분한 교육을 받은 이들이었고, 쫓겨나면 죽을 상황이었기에 명령에 충실하게 따랐다. 어차피 악인들이라는 생각에 다루기도 편했고.

그러나 바꿔 생각하면.

그것은 내가 그들의 죄악을 묵인한 것이나 다름없다.

명월은 웃었다.

"원망한다는 말이 아니니 그런 표정 지을 것 없소. 물론 그런 적도 있지만… 그 덕에 이런 게 가능하게 되었기도 하고."

명월의 등 뒤로 한 그루 나무의 형상이 그려진다.

후우웅!

어떠한 흐름이 느껴진다. 그것은 보이지 않는 무엇이었지만, 나무에서 떨어져 내린 나뭇잎들이 그 흐름에 내려앉자 전체적인 흐름의 형상이 눈에 보이기 시작한다.

"…이건?"

"업(業)이오. 삼신이 다루던 힘이기도 하지. 이것을 볼 수 있게 되면서… 나는 전생(前生)을 알 수 있었고 현생(現生)을 이해했으며 후생(後生)을 짐작할 수 있게 되었소."

그의 말에 나는 나를 보았다.

"…이건?"

어떠한 흐름이 느껴진다. 그런데 그건 명월이 전생이라고 말하는 무언가와 상당히 달라 보였다.

지금도 실시간으로 이어지고 있는 흐름.

나는 깨달았다.

"아."

그 거대한 흐름이.

내면세계 밖의 디카르마와 연결되어 있었다.

"저게 내 전생이란 말입니까?"

내 물음에 명월이 흐름을 살펴더니 말했다.

"동시대에 살아 있는데 그럴 리가 있겠소? 이런 건 나도 처음 봐서 확신할 수 없지만… 하나는 알겠구려."

"뭘 말입니까?"

"당신에게도, 그리고 당신의 모습을 하고 있는 저 신적인 존재에게도 전생이 없다는 것. 그야말로 오롯한 존재라 할 수 있겠지요."

그는 경이로운 뭔가를 보는 듯한 표정으로 흐름을 살펴보다 말했다.

"그가 친부라고 했지요?"

"네."

"제가 보기에는 조금 달라 보이지만, 신들에 대해 잘 아는 것도 아니니 넘어가겠소. 중요한 건 친부와 양부 쪽에서 어느 쪽이 아군이냐는 것이겠지요."

"굳이 말하자면 양부 쪽입니다."

"잘됐구려."

"잘됐다고요?"

콰과광!!

시청 창을 본다. 아메리카 대륙을 쑥대밭으로 만들며 천천히 북상하고 있는 기간테스와 하와가 보인다.

비교적 멀쩡한 하와와 다르게 기간테스의 전신이 너덜너덜하다. 그나마 몸에 걸치고 있는 마신갑인가 하는 외부 장갑 덕에 무사한 것으로 보인다.

"거듭되는 혼돈! 아무 제약 없이 너를 부른다! 미쳐 날뛰는 포식자들의 15월!"

어디에 숨었는지 모습조차 확인할 수 없는 제니카의 외침과 함께 하늘에 거의 3킬로미터짜리 균열이 생기더니 산만 한 두 께의 촉수가 불쑥 모습을 드러낸다. 심지어 그 촉수들에게서 뭐라 표현하기 어려운 괴상한 음색의 목소리가 들렸다.

[뭐?! 아무 제약 없이 부른다고?!]

헐레벌떡 나타난 괴물의 형상은 그야말로 기괴하다. 녀석 은 새의 머리에 문어의 몸통을 가지고 있었는데 8개의 다리에 토템, 지팡이, 의자, 칼, 자, 몽둥이 등등 온갖 물건들을 들고 있다.

그러나 녀석이 막 현실에 내려서는 순간.

"디카르마의 이름으로 명한다! 널! 추방한다!"

번쩍!

눈부신 빛이 뿜어지더니 거의 현실로 내려섰던 괴물이 다시 혼돈으로 빨려 들어간다.

[이런! 이런!! 다 나왔는데!!! 에라이!!]

촤악!

문어 모양의 괴물이 버둥거리며 저항하다가 기어코 혼돈으 로 빨려 들어가기 직전 와락, 먹물 비슷한 무언가를 뿜어내고 추방된다.

[꺄아아악!!]

"큭! 이 빌어먹을 짐승이!"

하와의 비명 소리와 디카르마의 신음, 그리고 제니카의 웃음 소리가 들린다.

"하하하하!!! 쓰레기야, 네 성질머리를 믿었어! 그럼! 곱게 쫓겨날 리가 없지!"

하와를 뒤덮은 먹물이 보통 물질이 아닌지 강대한 힘을 뿜어대던 하와가 비틀대며 물러선다.

그러나 그 순간.

번쩍!

엄청난 빛과 함께 하와의 몸에 달라붙어 질척이던 먹물이 모조리 증발한다.

하와의 머리에 거대한 빛의 룬이 떠올랐다.

후광(後光).

그녀가 신성을 비롯한 모든 힘을 휘두르기 시작했다는 증거.

아빠와 제니카 사이의 귓속말이 전해진다.

[돌겠군. 언터쳐블에 언터쳐블이 타니 시너지가 보통이 아냐. 제니카, 아직도 안 돼?]

[제길, 이 와중에도 퇴로를 다 차단하고 있어! 아니, 디카르마 저놈. 왜 이렇게 독을 품은 거지? 너, 뭐 했어?]

낭패감이 느껴지는 그들의 대화에 깨닫는다.

팽팽하게 싸우는 것으로 보이지만 그것은 디카르마 쪽이 상대방의 도주로까지 전부 차단하면서 싸우고 있기에 유지되는 결과.

이대로 가면 누가 승리할지는 불을 보듯 뻔한 일이다.

"친부 쪽이 유리해 보이는데 어떻게 잘되었다는 거죠?"

"그러니 다행이지요. 우리가 간섭할 수 있는 게 그쪽이니."

그렇게 말하며 자리에서 일어나더니 가볍게 땅을 발로 찬다.

드드득!

바닥이 갈라지고 그곳에서 물푸레나무들이 자라난다. 남의 심상세계에서 저런 걸 할 수 있다니 신기하다.

"일단 연결을 통한 간섭부터 해봅시다."

"간섭이라……."

나는 손을 뻗어 나와 디카르마를 연결한 흐름을 만지려 했지만 손에 닿는 건 아무것도 없다.

"업의 흐름에 그런 식으로 간섭할 수는 없소. 업으로 만들어진 정의 무구를 사용해야 하지요."

그의 말에 나는 내 손에 들려 있던 정의의 조각칼을 바라보았다.

그제야 조각칼을 발견한 명월이 난감한 표정을 지었다.

"흠. 이왕이면 병기의 형태가 좋았을 텐데. 뭐 어쨌든 흐름을 크게 흩뜨리는 것부터 해보시구려."

"……."

나는 그의 말에 대답하지 않고 흐름을 가만히 내려다보았다.

연결, 이라고 하지만 결국은 흐름이다. 평소에 인식하지 못하던 업의 흐름이 실시간으로 그와 나 사이에 흐르고 있는 상태.

굳이 말하자면 액체나 기체에 가까운 무언가지만. 정의의 조각칼을 쥐자 좀 다르게 인식된다.

"철가면님?"

가만히 있는 내 모습에 의문을 표하는 명월. 그리고 그 상태에서.

푸욱!

나는 조각칼을 내려찍었다.

＊　　　　＊　　　　＊

나는 어릴 적부터 하나의 기나긴 꿈을 꾸었다.

덕택에 어릴 적의 나는 정신병자나 다름없는 삶을 살았다. 아직 어려 자아가 확립되지 못한 아이가 수백 년 치의 꿈을 꾸는데 어떻게 제정신일 수가 있겠나?

그리고 그 꿈은.

초월적이었던 존재가 하계로 떨어지며 시작되었다.

"아버지! 이것 봐요! 움직일 수가 있어요! 완전 신기해!"

"이건… 이건 몸이군요. 어찌 저희에게 이런 은혜를……."

"시끄러워. 다 조용히 해. 아, 맙소사……. 내가 무슨 짓을 한 거지? 아니, 그것보다 나까지 함께 [떨어]지다니……. 아버지의 뜻인가? 내가 그렇게까지 잘못한 거야?"

나는, 아니, [그]는 당황하고 있었다.

그리고 크게 슬퍼하고 있었다.

그는 단지 약간의 호기심을 보였을 뿐이다. 그리고 약간의, 아주 조금의 간섭을 했을 뿐이었다.

그러나 단지 그것만으로도, 그는 [아래]로 떨어지고 말았다.

"어째서… 어째서입니까, 아버지……. 잠깐의 자비가, 잠깐의 망설임이 그렇게나 큰 죄였습니까."

이해할 수 없는 상황에 토해내듯 중얼거린다.

그는 자신을 이루고 있던 무한하고 영원한 지식들이 처참할 정도로 가로막히고 흐려진 상태라는 걸 알았다. 그는 이제 전지(全知)하지 못했으며 인간의 육신은 숨이 막힐 정도로 철저하게 그를 억죄고 있다.

최초의 인간이었던 이들의 이름을 따 [아담]과 [이브]라고 이름 붙인 아이들은 놀랍고도 기쁘다는 얼굴로 주변을 둘러보고 있었지만 그는 그러지 못했다. 아니, 오히려 그는 마치 지옥에 떨어지기라도 한 것처럼 절망하고 있었다.

"아니, 이 꿈을 여기서 다시 본다고?"

나는 눈앞의 광경에 황당해했다. 잠들기 싫어 매일 밤 버티다 못해 기절해 꾸던 꿈이 눈앞에 펼쳐지고 있었다.

예전에야 그저 개꿈으로 생각해 대충 넘겼지만 지금은 이것이 아주 과거에 실제로 벌어진 일이라는 사실을 알고 있다. 몇년 전의 일인지 짐작조차 할 수 없는 고대의 사건.

아직 창조신이 세상에 깊은 관심과 애정을 가지고 대우주를 운영하고 있던.

대우주의 대부분이 [시나리오]에 의해 굴러가던 시절의 일.

본래 그는 온 우주의 정보를 통괄하는 자이자 모든 문명의 관리자였다.

모든 성계신의 원형, 혹은 상급자라 할 수 있는 존재. 그는 창조신의 최측근으로 유명한 그 [아수라]와도 동격의 존재였다.

그리고 그런 그가.

인간이 되어버린 것이다.

"다 알고 있는 내용……."

다행히도 꿈은 빠르게 전개되고 있었다. 이미 알고 있던 내용들이 스킵되듯 넘어가니 순식간에 100년이 넘는 세월이 흘렀다.

그리고 틈틈이 보이는 장면들에서 그는 점점 변해간다.

"왜 저런 괴물들 편을 드는 거야! 너도 인간이잖아!"

"살려내. 살려내!! 내 동생을 살려내란 말이야!!!"

"우리들은 정의의 이름으로 네놈을 처단하겠노라."

"왜, 어째서 이런 짓을……!"

"살려줘. 내, 내가 이렇게 용서를 빌 테니……."

"지옥에서… 기다… 리……."

수많은 사람의 모습이 무시무시한 속도로 스쳐 지나간다. 피눈물을 흘리며 오열하는 사내, 증오를 불태우며 검을 휘두르는 여인, 해일처럼 몰아치는 군대와 새하얀 머리칼의 노인들.

"죽어."

"죽어라."

"죽여 버리겠어어어어어!!!!!"

"반가워."

"사랑해요."

"망할… 자식."

"당신을 만나지 말았어야 하는데……."

피가 튀고 시체가 쓰러진다. 수많은 사람이 죽었다. 탐욕과 욕망, 오해와 원망이 어우러져 구르기 시작한 피의 수레바퀴는 멈출 줄을 모르고 하염없이 돌아갔다.

관리자였던 시절, 그에게 인간의 삶이란 그저 현상이었다.

숫자였고 그저 거대한 흐름일 뿐이었다.

그러나 시점(視點)이 달라지면.

그것만으로 모든 것이 달라진다.

그에게 친구가 생겼다. 사랑하는 사람도, 소속된 단체도 생겼다.

그에게 적이 생겼다. 같은 하늘 아래 살 수 없는 철천지원수도, 그의 힘에 탐욕을 부리는 거대한 단체들이 생겼다.

그는 싸워야 했다. 허무하게 죽어줄 수도, 누군가의 실험체도, 소유물도 될 수 없었으니까.

그리고 그 모든 것을 겪은 그에게… 인간의 삶은 더 이상 현상이 아니다.

그 모든 것은 그가 지금껏 상상조차 못 했던 배움.

문제는, 그 모든 것을 배워가는 과정이 그에게 고통이었다는 점과.

"이게……."

그가 [아버지]를 원망하게 되었다는 점이다.

"이게 당신이 원하는 것입니까?"

"…결국 똑같은 이야기잖아."

그 모든 장면을 보고 있던 난 몰려오는 따분함에 길게 하품했다.

처절하기까지 한 장면이었지만 이미 질리도록 곱씹은 광경들이다. 이제 와서 이런 꿈에 휘둘릴 이유가 없는 것.

"다행히 300년짜리는 아니네. 축약해도 일주일은 본 거 같긴 하지만… 그나저나 이제 끝났으면 다시 돌아가는 건가?"

그렇게 생각했지만 장면이 멈추지 않는다. 분명 여기가 내가 알고 있는 꿈의 마지막이었음에도 꿈이 끝나지 않는 것이다.

"…음?"

그의 생각이 인식된다.

그는 안 된다, 라고 생각했다.

그는 위기감을 느꼈다. 공포감도 느꼈다. 자신이 가진 이 감정이 아버지에 대한 명백한 반감(反感)이라는 것을 깨달았기 때문이다.

아마도 아버지는 자신을 인간으로 만듦으로써 자신이 인간이라는 존재를 소중히 여기길 바랐을 것이다.

그는 '아주 조금의 간섭'이라고 생각했지만 그저 특이한 인공지능으로 끝났을 존재들을 최초의 리전으로 만들어낸 것은 절대로 조금의 간섭이 아니다.

리전은 우주의 모든 문명을 파괴하거나 뒤틀어 버릴 가능성을 지닌 존재.

상위 문명으로 가면 과학기술의 발전은 피할 수 없다. 마법의 종족이라는 드래곤조차도 우주선을 만들어 타고 다니지 않던가?

그러니 리전이 탄생해 제한 없이 부흥한다면… 대우주의 문명은 멸망하거나, 아니면 기계문명을 포기해야만 한다.

그가 벌인 짓은 그만큼이나 위험한 행위였던 것이다.

그러나 아버지 역시 완전하지 않았다.

아버지의 의도와는 달리 그는 인간을 소중히 여기는 대신.

혐오(嫌惡)하게 된 것이다.

"안 돼."

아버지에 대한 반감을 떨쳐낼 수가 없다. 인간에 대한 혐오감을 떨칠 수가 없었다.

그러나 동시에, 이런 감정을 품고 있어서는 절대 원래의 자리로 돌아갈 수 없다는 것을 알았다.

온 우주의 정보와 문명을 관리하던 그 찬란한 시절.

지금의 그에게는 두 번 다시 돌아오지 않을 영광.

그것을 깨달은 그는.

"안… 돼!!"

뿌득!

왼팔로 오른팔을 잡아당긴다. 그의 어깨 부분부터 살점이 뜯겨 나가기 시작한다.

뿌드드득!!

"크… 으윽! 크윽!"

고통에 신음하면서도 그는 자신의 행동을 멈추지 않았다.

영혼이 뜯기는 고통.

존재가 찢어지는 절망.

그러나 어쩔 수 없는 일이었다.

"끄… 아아아악!!!!"

눈물을 쏟아내며 그는 자신의 오른팔을 뜯어 바닥에 던져버렸다. 그의 오른팔만이 아니라 그의 내장 대부분과 골반까지도 뜯겨져 바닥에 쏟아진다.

"허엉… 으흑……!"

바닥에 주저앉은 그의 몸이 파르르 떨린다. 뜯겨서 바닥에 버려진 피와 살점이 하나로 뭉쳐 새로운 [무언가]가 되기 시작한다.

"너는 내 운명이 아니다!"

눈물을, 아니, 피눈물을 쏟으며 그가 소리쳤다.

"너는 한순간의 실수로 나타난 잘못된 업(Karma)일 뿐이야!"

그의 모습이 점점 흐릿해진다. 흐릿해지는 그의 몸이 그의 목에 걸려 있던 열쇠로 빨려 들어간다.

대신 바닥에 뭉쳐 있던 [무언가]가 점점 그 형태를 바꿔 그의 모습을 모방한 존재로 변하기 시작한다.

"그러니 너의 이름은."

점점 사라져 가며 그가 말했다.

"디카르마(De karma)다."

"……."

어두워지는 세상 속에서 잠시 멍하니 있었다. 머릿속이 복잡하다.

'이게… 무슨 뜻이지?'

나는 지금껏 [관리자]가 영락해 기계신이 되었고, 그 기계신이 무신 다크에게 치명상을 입어 지구에 떨어진 뒤 어머니와 만나 내가 태어났다고 생각해 왔다.

그러나 지금 이 광경이 뜻하는 바는 다르다.

나는 디카르마가 했던 말을 떠올렸다.

—하하하! 찌꺼기라. 그래! 확실히 찌꺼기긴 해. 그때 넌 자신의 오만과 죄악을 그대로 절단해 내던져 버렸으니까!

조롱을 위한 그 말이 스스로에게 적용되는 상황이다.

크로노스가 스스로의 죄와 오만을 분리해 냈듯, [관리자] 역시 창조신에 대한 반감과 혐오를 분리해 낸 것이다.

어둠 속에서 새로운 배경이 떠오른다.

사람으로 가득한 명동 한가운데 사내 한 명이 쓰러져 있다. 하체는 어디로 갔는지 보이지도 않고 가슴에는 머리통만 한 크기의 주먹 자국이 새겨져 있는 상황.

그는 울고 있다.

고통 때문은 당연히 아니다. 모든 일을 망친 무신에 대한 분노 때문도 아니다.

아버지에게 돌아가기 위해 스스로의 영혼을 잘라냈다. 긴 시간 그의 신기 속에서 잠들었고, 그리하여 그의 [찌꺼기]가 살해당하는 순간 정신을 차린 것이니 그 찌꺼기의 목표 따위 뭐가 중요하겠는가?

이제 그는 완전히 순수한 존재.

그러나… 깨어난 그는 그 모든 게 소용없는 일이라는 것을 깨달았다.

왜냐하면.

버림받았기 때문이다.

"큭큭큭… 하하하하하!"

인간이나 다름없는 육신에서 눈물이 쏟아진다.

그는 더 이상 [관리자]라는 자리가 없다는 것을 알았다. [정보와 문명의 신]이라는 위대한 신위는 산산이 흩어졌다.

그리고 무엇보다… 그의 형제나 다름없던 아수라가 죽었다. 아버지는 그것을 방치, 아니, 사실상 승인했다.

"하하하……."

여전히 위대한 신성을 품고 있다 하더라도.

그는 버림받은 자이다.

그는 아버지에게 돌아가기 위해 뭐든 했지만 아버지는 그의 존재를 잊었다. 세계 그 자체인 그가 정말로 잊을 리는 없으니 더 이상 신경 쓰지 않게 되었다는 말이 정확하리라.

"저기… 괜찮아요?"

쓰러져 있는 그에게 한 소녀가 다가온다.

수많은 사람들 중 유일하게 그를 인식할 수 있는 존재. 세계 멸망을 대비해 인간들 사이에 심어져 있는 한 송이의 꽃.

그들은 그렇게 만났다.

"아니야!!"

파앙!!

배경이 산산이 부서져 나간다. 나는 어느새 내가 내면세계로 돌아왔다는 사실을 알았다.

그리고 그 앞에.

잔뜩 일그러진 얼굴의 디카르마가 서 있다.

"내가 가짜라고? 내가… 내가 고작 버려진 찌꺼기라고?"

오오오!

오오오오오!!!

태풍이 몰아치는 것처럼 내면세계 전체에 거센 기류가 휘몰아친다.

디카르마가 소리쳤다.

"웃기는 소리! 거짓말이야!"

나는 그를 마주보며 말했다.

"그럼 왜 디카르마지?"

디 카르마(De karma).

불교용어다. 해석하자면 업고(業苦). 어떤 고난을 받게 될 원인인 업, 혹은 그 업으로 말미암아 받는 괴로움…….

사실 기계신의 이름으로는 조금 특이한 종류이기는 했다.

"나는, 나는 운명을 거스르는 자이기 때문이다!"

"가져다 붙이지 말고. 그런 이유의 이름이면 적어도 그 이름을 붙였을 때의 기억이 있을 거 아냐?"

내 말에 디카르마의 얼굴이 창백해졌다. 여태껏 어른처럼 나를 내려다보았던 표정에 감정이 실린다.

"네… 놈!!"

디카르마가 이를 갈며 달려든다.

좌악!

그러나 가까워졌던 그와 나의 거리가 순식간에 멀찍이 떨어진다. 어느새 내 옆에는 지팡이를 들고 있는 명월이 서 있다.

"엄청난 존재감이구려. 이곳은 내게 앞마당이나 다름없는 곳인데도… 그저 시선을 마주친 것만으로 어지러울 정도요."

좌악!!

다시 달려들던 디카르마가 멀찍이 밀려난다.

명월이 말했다.

"알고 있겠지만 나는 시간을 끌 수 있을 뿐이오."

"아까는 저 녀석이 나랑 연결되어 있어서 잘되었다고 했잖아요?"

내 말에 명월이 슬쩍 고갯짓했다.

시청 창에 밖의 상황이 보인다.

[아버지? 괜찮으세요? 정신 차리세요. 아버지!]

"뭔지 모르겠지만 약해졌다! 지금이야! 이렇게 된 이상 끝내자!"

"통합 스킬 가동……."

한 걸음 물러선 기간테스가 몸을 웅크린다.

"올 마스터."

우우웅!!!

기간테스의 숫자가 단숨에 7기로 변한다. 어떤 기체는 천신검을, 어떤 기체는 활을, 어떤 기체는 지팡이를 들고 있다. 또 어떤 기체는 마신갑으로 주먹을 뒤덮고 맨손으로 돌진한다.

그뿐이 아니다.

"모든 것을 거듭하는 거울이여! 한계를 뛰어넘어 비춰라! 거듭되는 세계의 17월!!"

웅——!

7기의 기간테스가 마치 복사되듯 반대편에도 나타난다.

환상이 아니었다. 명확한 실체를 가지고 심지어 원본과 동일한 힘을 가진 존재들!

총 14기의 기간테스가 하와를 덮친다.

지금껏 내내 유리한 싸움을 이어나가던 하와였지만… 한순간에 전력이 14배로 뛰어버리니 버틸 재간이 없다.

"보셨소? 이게 내가 원래 하려 했던 거요. 잠시 시간을 버는 정도! 저렇게 미친 듯이 쳐들어와서 덤비는 건 해결하기가… 큭!"

촤악!!

지팡이가 휘둘러지고 달려들던 디카르마가 다시 멀어진다.

"후… 하…….."

명월의 호흡이 거칠어진다. 그의 몸이 점점 흐릿해지고 있다.

그리고 그 너머로.

"어?"

가부좌를 틀고 있는 노승의 모습이 보인다.

뼈와 가죽만 남은.

시체.

"…명월, 지금 저건."

"고작 인간이 업의 흐름을 보고, 또 간섭하기 위해서는 어쩔 수 없는 일이오."

촤악!

그가 다시 한번 디카르마를 밀어낸다. 명월의 모습이 더욱 크게 일렁인다.

'이대로는 오래 못 가.'

원래대로라면 내가 압도적으로 유리해야 한다. 왜냐하면 이곳은 내 내면세계이기 때문이다.

그러나… 디카르마가 품고 있는 신성은 그 모든 걸 의미 없게 만든다.

똥개가 제집에서는 먹고 들어간다지만 그래 봐야 호랑이를 이길 수는 없는 법.

물론 방법은 있다.

디카르마와의 주도권 싸움에서 이겨 신성을 차지하면 된다.

'제길. 하지만.'

나는 제국의 황제가 된 뒤 신성을 신급 기가스 라에 봉인하고 지구로 돌아왔다. 신성에 취했을 때 나의 자아가 오염된다고 느꼈기 때문이다.

전혀 다른 존재가 되는 두려움.

그것은 어쩌면 죽음이나 다름없는 일일지도 모른다.

"나는 건달 양아치였소."

"…네?"

느닷없는 말에 고개를 들자 다시 한번 디카르마를 밀어낸 명월이 말했다.

"세상에 불만이 많은 망종이었지. 고아였고, 잘생기지도 못했고, 머리도 똑똑하지 못했소. 그저 성질이 더럽고 덩치만 커서 사람 때리고 다니는 게 일이었지요."

지금 그의 모습을 봐서는 상상하기 힘든 과거다. 벌레 한 마리도 못 죽일 것 같은, 언제나 자비를 행하며 살았을 것 같은 푸근한 인상의 그였다.

"공안검사 녀석이 괜히 나를 선택한 게 아니오. 뒷배도 없고 매일 사고나 치던 사고뭉치였으니 희생양으로 삼기 좋았겠지."

그리고 그 뒤의 일은 나도 언뜻 엿봤다. 비인간적인 고문과 억지로 씌워진 누명. 그리고 40년간의 감옥 생활.

"나는 상상도 못 했소. 나는 내가 죽으면 죽었지 고분고분

살 수 없는 인간인 줄 알았으니. 하지만… 40년 동안 나는 완전히 다른 인간이 되어버렸소. 어디 그뿐이겠소? 감방 생활을 하면서도 종교에 코웃음을 치고 살았는데도 교도소를 나와서는 이렇게 스님이 되었지. 심지어 수많은 사람들이 나를 존경하기까지 한다오. 내가 어머니 배 속부터 스님이었을거라고 말하는 사람마저 있지."

그가 나를 돌아본다. 푸근한 인상의 노승 뒤에 바짝 마른 시체의 모습이 비친다.

그가 말했다.

"사람은 누구나 변하게 마련이오."

"……."

나는 앞을 보았다. 디카르마가 다가오고 있다.

디카르마를 계속 밀어내던 명월의 정의 무구가 마침내 힘을 다하고 사라진다. 명월의 몸은 이제 숫제 깜빡거리기 시작한다.

명월이 말했다.

"자신을 있는 그대로 받아들이시오."

팟!

달려온 디카르마가 거칠게 내 어깨를 잡아챘다.

*   *   *

마치 세탁기 안에 들어간 것 같다.

온 세상이 팽팽 돌았다. 어디가 위인지 어디가 아래인지도 알 수 없을 정도의 혼란.

'아까 녀석이 문을 두들길 때 이렇게 섞여 버렸다면 얼마 버티지도 못하고 잡아먹혔겠지.'

그러나 디카르마가 스스로에 대한 확신을 잃어버리고, 그 사실을 나 역시 알고 있는 지금이라면 상황이 다르다.

그리고 무엇보다… 종말 프로젝트가 진행하는 스테이지를 진행하면서 나는 나 스스로의 신성과 신앙을 쌓았다.

'그리고 그 신성은 아직 명확하지 않다.'

[선택지]가 존재한다.

먼저 전쟁의 신에 도전할 수 있다. 수많은 사람들을 이끌고 싸워오며, 또한 전쟁성좌 워로드와 전쟁의 신 아레스를 타고 싸우면서 나는 충분할 정도의 전쟁 속성을 손에 넣었다.

무엇보다 전쟁의 신은 강력한 신성이다.

만약 전쟁의 신성을 얻을 수만 있다면 디카르마와 정면 대결도 해봄직 하다. 전쟁은 문명의 발생과 동시에 기나긴 시간 동안 존재해 왔고, 그 속성의 특성상 전신은 투신에 가깝기 때문이다.

'하지만 안 돼.'

그러나 모자라다. 전쟁 속성은 충분히 쌓았지만 전쟁의 신이 되기에 신성의 양이 턱없이 모자라다. 무엇보다 [경쟁자]가 느껴진다.

'전쟁의 신이 되길 원하는 후보가… 셋인가.'

대우주 전체가 범위라 해도 상당한 숫자다. 내가 전쟁의 신이 되길 원한다면 그들 모두를 압도하지 않으면 안 되겠지.

말이 좋아 전쟁이지 개인 기량과 장비발로 싸움을 이끌어 온 내가 이기기는 힘든 상대들이다.

'다음은 강철의 신인가.'

그러나 대부분의 속성력이 정령계에 묶여 있는 상황이라 어려웠다.

'그리고 제작의 신.'

역시나 어렵다. 이쪽은 경쟁자가 훨씬 많다. 눈을 감으면 어둠 속에서 우글거리는 10명도 넘는 존재들이 느껴진다.

내 제작 능력은 제법 자신을 가질 수준에 이르렀지만 감히 신의 경지를 논할 정도는 아니다.

'하지만… 헛된 것은 아니다.'

제작자로서의 역량이, 생체력 수련자로서의 역량이, 정령사로서의 역량이 초월의 벽을 두드린다.

전신위광.

아레스, 그 사고뭉치 녀석이 멋대로 건드린 그 기예가 초월의 힘이 되어 나를 밀어주고 있었다.

그리고 그렇게, 나는 선택했다.

쿵!

아무것도 없는 어둠 속에서 디카르마와 마주 선다.

녀석이 멍한 표정을 짓는다.

"이게 무슨……."

그리고 말한다.

"게임의 신?"

누군가 내 칭호를 볼 수 있다면 이렇게 쓰여 있을 것이다.

[없음]

[20레벨]

[게임의 신 관대하]

"하."

디카르마가 짧게 숨을 내뱉는다. 그리고 이내.

"하하! 하하하하!! 하하하하하!!!!!!!"

미친 듯이 폭소하기 시작했다.

"하하하!!! 이 머저리 같은 놈! 거대 개념인 기계문명을 그딴 장난감 같은 속성으로 비비려고 하다니!"

파직! 파직!! 파지직!!

디카르마의 몸에서부터 회색의 빛이 뿜어져 세상을 침식하기 시작한다.

나는 그것을 바라보다가.

한 걸음 내디뎠다.

후웅!

바람이 분다. 나를 중심으로 뿜어진 파동은 온 세상을 뒤덮고 녀석이 침식했던 영역 역시 가볍게 침범했다.

"…어?"

그 압도적인 광경에 디카르마가 당황하는 모습이 보인다.

"왜 그렇게 놀라?"

"이, 무슨. 말도 안 돼. 이게 무슨. 어떻게……?"

믿을 수 없는 현실에 당황하던 녀석의 얼굴이 험악해진다.

푸확!

녀석의 몸에서 강렬한 기세가 뿜어진다.

그러나 그것은 나의 [영역]을 침범하지 못한다.

나는 말했다.

"맞는 소리야. 어떻게 게임의 신이 기계신에 비비겠어? 하위 속성이나 다름없는데."

그렇다. 틀림없는 소리다.

한 400년 전에는 그랬단 말이다.

일루젼이라는 게임이 있었다. 무의 신과 마법의 신이 힘을 합쳐 만든 게임이다. 그 게임은 수많은 플레이어를 만들었고, 심지어 대우주 전체를 멸망에서 구해낸 인중신 밀레이온이라는 위대한 결과물을 만들었다. 어디 그뿐인가? 마도황녀 제니카, 무황 레이그란츠 등등 그 결과물은 온 우주를 떨쳐 울렸다.

대전쟁 와중, 그리고 이후.

온갖 세력들, 장소들에서 비슷한 것들이 만들어졌다. 노블레스들의 후원하에 다이내믹 아일랜드 온라인이라는 게 만들어져 운영 중이라는 정보와, 신선들이 만들어낸 투신전(鬪神戰)이라는 게임이 비밀리에 돌아가고 있다는 정보가 머릿속에 인식된다.

리전도 만들고, 우주 해적 바사라에서도 만들고, 봉인된 고대신들도, 정체불명의 외신들조차 만들고 있다. 심지어, 지금 스테이지를 진행 중인 종말 프로젝트조차 게임의 형태이지 않은가?

"너, 뒤처졌구나?"

나는 웃었다.

그래, 그렇다.

온 우주에…….

게임 시스템이 넘쳐나고 있었다!

*　　　　*　　　　*

온 세상을 다 박살 내버릴 듯 치열하게 싸우던 두 거인이 사라지자 이면세계가 침묵에 잠긴다.

"운이 좋았군……."

밀레이온은 근처에 굴러다니던 바위에 몸을 기대며 숨을 몰아쉬었다.

언터쳐블을 상대로, 그것도 위명이 쟁쟁한 기계신 디카르마와 하와를 상대로 승리했다.

사실 말이 안 되는 일이다. 아무리 온갖 보정과 지원을 받는다 해도 어떻게 황제 클래스 둘이 언터쳐블 클래스 둘을 상대로 승리할 수 있단 말인가?

대전쟁 때 황제 클래스와 언터쳐블의 교환비가 10:1을 훌쩍 넘었다는 걸 생각하면 있을 수 없는 일.

그러나 밀레이온은 알고 있었다. 지금 이 승리는 그가 잘해서 얻은 결과가 아니라는 사실을.

상황이 급하게 흘러가다 보니 이렇게 된 것이지, 사실 그 역시 승리가 아닌 도주를 목표로 삼고 있었다.

만약 전투 중간에 갑자기 디카르마가 침묵하지 않았다면 그로서도 큰 손실을 감수하고 최후의 수를 쓸 수밖에 없었을 것이다.

"가져왔어!"

"봉인은 제대로 했어?"

"당연하지."

창백한 얼굴의 제니카가 어린아이 머리통만 한 뭔가를 들고 밀레이온의 옆으로 돌아온다.

"…나 참. 도망이나 가려고 했는데 상황이 이렇게 되다니."

"하하하! 그래도 좋지 않아? 하와면 연합의 대적 중에서도 손가락에 꼽을 네임드인데. 게다가 우리가… 우웨엑!!"

신나서 촐랑거리던 제니카가 피를 토한다. 밀레이온이 고개를 들었다.

"괜찮아?"

"괜찮을 리가 있어? 초월 주문은 원래 하루에 한 번만 써야 하는데… 아이고!"

제니카가 털썩 주저앉더니 밀레이온의 몸에 기대며 눕는다. 밀레이온은 그런 그녀를 눈을 가늘게 뜨고 째려보았지만 이내 한숨 쉬며 힘을 풀었다.

"죽겠군… 몇 년은 정양해야겠어."

"나도 주문 사용에 애로 사항이 꽃피겠는걸… 한동안은 궁극 주문도 힘들 정도니 죽었다 하고 숨어 있어야겠어."

"하긴, 너 죽이겠다고 신나서 날뛸 녀석이 한둘이 아니지."

"뭐래, 그런 녀석은 네 쪽이 훨씬 많거든?"

그들이 그렇게 투닥거릴 때였다.

후우웅─!

하늘에서 빛이 떨어진다. 늘어져 있던 밀레이온은 어느새 클레이모어를 들고 몸을 일으켰고, 제니카의 머리칼이 물속에 들어간 것처럼 올올이 일어난다.

"아빠?"

"……."

밀레이온은 긴장된 표정으로 대하를 바라보았다. 잠시 디카르마가 아닐까 의심했지만 느껴지는 기색이 다르다.

대하 역시 밀레이온을 바라보았다.

그리고 말했다.

"당신, 아빠가 아니군요?"

"흠."

밀레이온은 잠시 난감한 표정을 지었다. 그는 대하의 존재를 알고 있었지만 이렇게 만나는 것은 처음이다. 그가 34지구에 왔던 것은 대하의 모친이 태어날 때쯤이었고 대하에 대한 이야기는 편지로만 받았기 때문이다.

"안녕!"

그런데 그가 대답하기 전에 제니카가 끼어든다.

"너! 날 참 오래도 이용해 먹었지?"

기세등등한 그녀의 모습에 대하가 웃었다.

"대신 살려 드렸잖아요."

"듣고 보니 맞는 말이지만 살려준 다음에 도와달라면 되잖아!"

"그러기엔 마도황녀님의 위명이 워낙 무시무시했던지라."

대하의 말투는 극도로 차분하다. 빛나고 있는 두 눈은 앞에 있는 밀레이온과 제니카가 아닌 멀리 있는 무언가를 보는 듯 멍하다.

"디카르마는 어떻게 된 거지?"

"아직 싸우는 중입니다. 당신은 아빠와 무슨 관계죠?"

"소개가 늦었네. 밀레이온. 다른 지구 출신이지. 이건영이라고 불러도 되고… 네 아빠와는 동일인이다. 적어도 과거에는 그랬다는 말이야. 지금은 좀 다른 모양이지만."

밀레이온은 설명을 시작했다.

"나는 한 사람을 찾아다니고 있다. 사람이라고 했지만 정확히는 영혼을 찾는 것이고… 너의 어머니는 그 후보 중 하나였지. 꽤 유력하기는 하지만 유일한 후보는 아닌 데다 나도 워낙 바쁜 상황이라 분신 중 하나를 그녀 옆에 남겨두고 떠났었다."

"그게 우리 아빠라고요?"

대하의 물음에 밀레이온이 고개를 끄덕였다.

"그래. 관일한이라는 이름이었지. 하지만, 어느 순간 녀석이 갱신을 하지 않게 되었어."

"갱신이요?"

"지금까지 얻은 경험과 기억을 본체인 나에게로 보내고 육체를 갱신하는 과정 말이야."

대하는 어머니가 죽으면서부터 아버지가 본체인 그와 다른 생각을 하기 시작했다는 사실을 알았다. 대마법사가 남긴 안배. 깨어날 게 뻔한 종말 프로젝트의 존재를 알고 장기적인 계획을 세우기 시작한 것이다.

그리고 그 계획은 아마도.

아마도······.

"일단 제 차원으로 가서 부상을 회복하세요. 많이 다치신 것 같은데."

비교적 멀쩡한 외향이었지만 대하는 밀레이온이 심각한 부상을 입은 상태라는 것을 알고 있었다. 제니카 역시 그보다는 나아도 제대로 된 힘을 쓸 수 없는 상태.

제니카가 물었다.

"괜찮겠어? 우릴 받아들이면 몇몇 세력들이 널 건들 텐데."

"누가요?"

질문이었지만 그것은 질문이 아니다.

누가.

감히?

"······."

밀레이온은 대하를 바라보았다. 그의 눈이 밝게 빛나고 있다. 그 빛이 어찌나 강한지 스펙트럼이 번져 나갈 정도다.

팟팟!

밀레이온과 제니카가 고유세계로 이동한다. 다만 제니카가 들고 있던 물건 하나는 그렇지 못했다.

두근!

그것은 심장이다. 물론 생명체의 그것이 아니라 금속으로 만들어진, 어린아이 머리통만 한 크기의 심장.

"아이언 하트라."

고유세계로 이동한 제니카가 뭐라 뭐라 불평하는 소리가 들렸지만 대하는 무시하고 아이언 하트를 살펴보았다.

원래 하와에게는 아이언 하트가 없지만 잠시 기가스의 형상으로 화하면서, 그리고 그 상태로 죽으면서 아이언 하트만이 남았다. 수백 미터가 넘는 육신을 이루던 금속은 모조리 사라지고 오로지 이 심장만이 남았다.

쿵!

그것을 고유세계로 넣어보려 했지만 실패한다. 밀레이온이나 제니카와 다르게 하와는 제대로 된 신성을 가진 존재다. 그녀는 리전의 존재를 수호하는 일종의 종족신이기 때문에 기계신이라는 자리를 포기해 버린 대하가 마음대로 할 수 없다.

"지니."

[함장님!! 괜찮으십니까?]

[야! 정신 차린 거야!?]

의식을 고유세계로 넘기자 두 관제 인격의 목소리가 급박하게 그를 반긴다. 거기에 담긴 걱정에 대하의 얼굴에 미소가 피어오른다.

그러나 회포를 풀 시간이 없다.

"지니, 내 피를 좀 뽑아 가."

[혈액을 말씀이십니까?]

"그래. 그리고……."

대하는 지니에게 하나의 설계도를 [전송]했다. 그 설계도를 확인한 지니가 되묻는다.

[함장님, 게이트라니…….]

"내 피 말고는 평범한 구조야. 가급적 3시간 안에 만들어줘."

그렇게 말하고는 자신의 방으로 들어가 평소 사용하던 의자에 앉았다.

그리고 그러자 그가 앉은 의자의 형상이 변한다.

―당신은 챌린저 랭크입니다.

―당신은 챌린저 랭크입…….

―당신은 챌린저 랭…….

―당신은 챌…….

―당신은… !@$!~@#$!$

텍스트가 뭉개진 직후.

번쩍!

[이건…….]

[…지니, 주변을 차단해. 중요한 순간이야.]

[그러지요.]

[하. 설마 이런 장면을 또 보게 될 줄이야…….]

두 관제 인격이 놀라고 있는 사이 현실로 의식을 옮긴 대하는 근처에 있는 바위에 대충 걸터앉았다.

그리고 품속에서 정의의 조각칼을 꺼내 들었다. 이제 필요한 것은 시간뿐. 시간만 있으면 모든 게 해결되리라.

'하지만 그걸 절대 두고 보지 않을 녀석이 있지.'

그렇게 중얼거리는 순간.

―스테이지(Stage)가 오픈됩니다!

―레벨 20. 중급(中級)이 설정되었습니다.

―종말의 거인을 처치하십시오.

―10초 후 스테이지가 시작됩니다.

―10. 9. 8. 7⋯⋯.

"내가 이럴 줄 알았지. 이젠 스테이지 간격도 없다 이거지?"

대하는 쓰게 웃으며 들고 있던 정의 무구로 게시판에 접속했다.

―저를 보호해 주세요.(철가면)

내용도 작성했다.

―제작에 들어갑니다. 제작이 끝나면 우리는 모든 스테이지를 끝내고 새로운 삶을 살 수 있을 것입니다. 하지만 제작 와중 저는 무방비. 따라서 종말 프로젝트의 공세를 막으실 사람들이 필요합니다.

적은 초월자급일 가능성이 높으니 극도의 위험이 따르겠지만.

부탁드립니다.

대하는 그렇게 게시물을 올렸다. 잠시 끊었던 [시청] 또한 이미 켜놓은 상태였기에 긴 설명은 필요하지 않았다.

"지니."

[네, 함장님.]

"전투 인원을 내 주변으로 배치하고… 알바트로스함도 전력으로 도와줘."

[맡겨주십시오.]

대답을 들은 대하는 조각칼을 들었다.

그리고 천천히.

하와의 심장을 조각하기 시작했다.

*　　　　*　　　　*

쿵!

현실에 내려섰던 종말의 거인이 차원을 찢고 이면세계로 진입했다.

종말 프로젝트는 초월의 경지를 찍어낼 수 없다.

물론 지금껏 종말 프로젝트로 인해 멸망한 문명들은 마지막에 초월자급 적을 만났지만 그건 종말 프로젝트가 찍어낸 몬스터가 아니라 종말 프로젝트 그 자체, 즉 [종말의 마수]의 아바타였다.

종말 프로젝트가 직접 조정해야만 충분한 힘을 발휘할 수 있기에 한번에 등장시킬 수 있는 숫자에는 제한이 있다.

지금까지는 그래도 상관없었다. 보통 20렙 스테이지쯤 되면 생존자의 숫자가 극히 적어지기에 그 방식으로도 충분했던 것.

그러나 지금은 다르다.

10억이 넘는 생존자!!!

이렇게 되면 초월자 한 명보다는 19레벨 10억을 보내는 게 종말 프로젝트 입장에서 훨씬 좋다. 아무리 19레벨과 20레벨이 신과 인간의 차이라 불린다 하더라도 그 숫자가 10억 배나 차이 난다면 이야기가 다르기 때문.

그러나 이미 규칙을 어길 대로 어긴 상황에서 스테이지 레벨과 다른 몬스터를 내보낼 수는 없다.

결국 지금의 종말 프로젝트가 할 수 있는 것은 20레벨 몬스터를 5마리(중급 난이도임으로)씩 10억 번 보내는 것뿐이다.

"온다!! 포격 개시!!"

"비행편대 출동해! 철가면님을 지켜야 한다!"

걸어오는 종말의 거인을 향해 셀 수 없이 많은 포격이 쏟아진다. 하늘에는 만 대도 넘는 비행형 기가스가 벌 떼처럼 날아다니고 있다.

콰콰쾅!!!

포격이 쏟아져 종말의 거인을 후려친다. 막대한 물리적, 영적인 파괴력에 대지가 갈라지고 공간이 울린다.

그러나 그 순간.

기잉—!

한 줄기 빛이 하늘을 가로지른다.

쿠콰콰콰쾅!!!

"산개! 산개해!!!"

"제기랄, 한 방에 다 죽어버린다고?!"

하늘에서 포격을 가하고 있던 비행형 기가스들이 마치 살충제 맞은 벌레들처럼 우수수 떨어진다.

그러나 플레이어들도 결코 호락호락한 존재가 아니다.

기잉!

정면으로 쏘아진 회색의 빛줄기가 잔뜩 뭉쳐 있던 포격 부대를 후려친다.

그러나 하늘을 가로지를 때와 달리 빛줄기가 가로막힌다.

"으… 아!!!"

빛줄기 앞에 커다란 덩치의 기가스가 서 있다. 인급 기가스, 이순신의 조종사 재석은 빛에너지를 진동에너지로 변환했다.

우우웅!!!!

지금껏 다뤄왔던 그 어떤 진동과도 비교를 무시하는 파괴적인 진동! 그는 필사적으로 그것을 제어했지만 마치 폭풍에 휩쓸린 것처럼 주체하기가 어렵다.

"쿨럭!"

"서연이 아빠!!"

"호, 호들갑 떨지 마… 간다!!"

이순신에 내장된 어빌리티, 일휘소탕 혈염산하(一揮掃蕩血染山河)가 발동한다.

한 번 휘둘러 쓸어버리니 피가 강산을 물들인다는 이순신 장군의 검명과 같이 거대한 힘이 광대한 공간을 짓누르며 쏘아진다!

콰르릉!!!

폭음과 함께 차원이 뒤흔들린다. 그러나.

퍽!

종말의 거인의 가슴팍에 생겨난 회색의 방패가 그 모든 진동을 깔끔하게 막아버린다.

"정비조!! 기체 정비 시작해!! 힐러! 재석 님을 지료하고!!"

"교체 교체!! 부상자들을 빼!"

"세상에. 무슨 저런 괴물이……!"

"시간을 끌기도 힘들단 말인가!"

여기저기에서 터져 나오는 비명.

그리고 그때.

탁.

허공이 갈라지며 한 소년이 모습을 드러낸다.

아름다운 소년이다. 새까만 머리칼과 하얀 피부 때문에 마치 만화 캐릭터를 그려놓은 것 같은, 웃으면 화사하게 주변이 밝아질 정도의 미모를 가진 소년.

"어? 사람? 드디어 이 괴상한 귀신의 집 같은 게 끝난 건가? 아니면 NPC?"

어리둥절해하던 소년은 이내 저 멀리에 서 있는 거인과 그것을 공격하고 있는 수천수만의 기가스를 보았다.

소년의 입장에서 말하자면.

무슨 SF영화에서나 볼 법한 광경이다.

"…여기 34지구 맞나? 막 43지구 같은 데로 온 거 아냐? 하지만 이면세계로 온 건 틀림없는 것 같은데."

투덜거리며 걷기 시작한다.

"뭐, 저 사람들한테 물으면 되겠지."

어느새 그의 손에—

한 자루의 커터 칼이 들려 있다.

*　　　*　　　*

탁.

허공이 갈라지며 건장한 체격의 사내가 모습을 드러낸다.

탁.

그리고 그 옆에 귀여운 외모의 소녀가 내려선다.

"같이 내려서다니. 너도 스테이지를 진행한 건가?"

"으아! 쉬러 온 지구에서 이놈의 공포 특급을 몇 달이나 해야 해! 오랜만에 사람을 보니 동민이 녀석이 다 반갑네!"

"진행했나 보군."

사내, 동민은 자신이 장비하고 있는 무장들을 확인했다.

노블레스 중의 노블레스인 드래곤의 고향이라 불리는 드래고니아에서 지급받은 무장으로, 그중에는 심지어 초월병기까지 있다.

다만 그것들을 스테이지에서 사용하지는 못했다. 스테이지라는 특수한 공간이 외부 장비를 용납하지 않았기 때문이다.

"그런데 넌 여기에서 기다리고 있던 거야?"

"나도 지금 온 거다."

동민의 말에 귀여운 외모의 소녀, 보람이 고개를 끄덕인다.

"역시 다른 타임라인을 가진 공간이었구나. 뭐, 그런 분위기라 차분하게 살피면서 진행한 거긴 하지만… 아니, 그런데 여긴 어디야? 우리 분명 한국에 내려서지 않았어?"

"한국이다."

"그게 무슨. 한국에 이런 지형이 어디 있어?"

보람은 황당해하며 주변을 살폈다.

쏴아아!

철썩!

파도가 친다. 바다에서나 들을 법한 소리와 광경이었지만 문제는 이곳이 동해도, 서해도, 남해도 아니라는 점이다.

기이잉!

보람이 끼고 있던 디바이스를 작동시키자 세계지도가 펼쳐진다.

그들이 있는 곳은.

경기도 오산이다.

"…아니, 왜 오산에 바다가 있어?"

그것도 서쪽에 있는 바다가 아니라 남쪽에 있는 바다다. 저 멀리 수평선까지 보이는 걸 보니 그 아래쪽 상황이 어떨지 덜컥 겁이 날 정도다.

"이 정도면 평택은 물론이고… 충청남도가 다 날아간 거 아닌가? 설마 표면세계도 이런 건 아니겠지?"

"표면세계 상황은 밖에서 보고 들어왔잖아. 이면세계만의 일이다."

"잠깐 나갔다 온 사이에 뭔 일이 있던 거야… 이 이면세계인가 뭔가에 관련된 문제인 거 같은데."

보람은 투덜거리며 몸을 일으켰다.

그리고 그때였다.

—스테이지(Stage)가 진행 중입니다.
—레벨 20. 중급(中級).
—종말의 거인을 처치하십시오.

"…아니, 잠깐만. 나 20레벨 하급하고 안 싸웠는데. 동민아, 너는?"

"나도 19레벨 최상까지만 했다."

"뭔데 스킵이야. 게다가 이제 시작도 아니고 이미 진행 중인걸 보니 20레벨은 현실에서 하는 모양……."

쿠구구구궁!!!

그때 폭음이 울린다. 아주 멀리에서 벌어진 일이었지만 동민과 보람 모두 그것을 느꼈다.

"경복궁!"

"으악! 설마 20렙 몬스터가 이가로 쳐들어간 거야?! 서둘러!"

땅을 박차고 뛰어오르자 보람의 등 뒤로 빛의 날개가 떠오른다.

그러나 막 날아오르려는 보람의 발목을 동민이 잡았다.

"꺅?! 무슨 짓이야?!"

"날아갈 틈 없다."

단호한 목소리와 함께 배경이 변한다. 정확히는 그들이 공간을 넘어서 단번에 경복궁에 도착한 것이다.

그리고 그렇게 경복궁에 도달한 그들은 보았다.

종말의 거인과 정면으로 충돌하는 여인의 모습을.

쿠구궁!!!

폭음과 함께 주먹을 휘둘렀던 종말의 거인이 세 발짝 물러선다.

그리고 여인은 총알처럼 뒤로 튕겨져 나간다.

쾅! 쾅! 촤악!

바닥에 두 번 튕겼다가 하늘로 날아올라 커다란 날개를 펼쳐 감속한다.

"흐윽… 하악… 아프다, 진짜."

선애는 부러진 갈비뼈, 고깃덩어리가 되었던 오른팔이 복구되는 것을 느끼며 헛웃음을 지었다.

"다 늙어서 주책이지. 콜록!"

사실 선애가 이곳에 나와야 할 이유는 없었다. 고유세계에서 그녀의 등급은 고작 일반 시민일 뿐이니까. 특별한 권리가 없는 대신 특별한 의무 또한 없다. 대하는 평온한 삶이라는 항상 꿈꾸면서도 기대하지 않았던 선애의 소원을 들어주고, 그 어떤 상황에도 그녀를 재촉하거나 활용하려 들지 않았다.

그녀는 평화로운 삶을 살았다.

보육원에서 아이들을 돌봤다. 친구를 만들고, 반려동물을 돌보고 떠나보냈다. 정해진 커리큘럼에 따라 바리스타 자격증을 따고 커피숍을 운영했다.

그래 그렇게, 그녀는 천천히 늙어갔다.

선애를 끊임없이 충동하던 [니케]의 인자는 평온에 짓눌려 사라져 버렸다. 덕택에 선애는 니케의 힘을 자유자재로 다룰 수 있게 되었다.

그러나 그렇다 해도… 그녀는 그 힘을 사용할 생각이 없었다.

19레벨 스테이지가 시작하고 고래 같이 생긴 마수들이 고유 세계를 습격하기 전까지는.

그녀가 운영하던 키즈 카페에 찾아왔던 아이들 태반이 죽었다.

"그냥 늙어 죽겠다잖아."

고오오오오————!!

당연한 말이지만 19레벨 스테이지가 끝나고도 자판기가 소환되었다.

선애는 거기에서.

대환단 500개를 먹었다.

"왜! 왜, 그냥 날 놔두질 않아!!!"

쾅!!!!

총알처럼 날아가 종말의 마수와 충돌한다. 앞으로 달려들던 종말의 마수가 밀려난다.

물론 그 대신 선애의 몸은 그야말로 짓뭉개진다.

다루는 힘의 크기만 따지면 선애의 힘은 결코 종말의 마수에 뒤지지 않았지만 다루는 힘의 격(格)이 차이난다. 초월의 힘을 다루는 종말의 거인은 결코 선애가 감당할 만한 적이 아니다.

쿠앙!

다시 얻어맞은 선애가 경복궁 안쪽으로 튕겨 들어가고, 그 뒤를 종말의 거인이 뒤따라 들어간다.

이미 긴급 명령을 작동, 거대한 함정이나 다름없어진 경복궁에는 사람 한 명 없다.

콰과광!!!

광화문으로 들어서는 종말의 거인을 향해 무차별 폭격이 쏟아진다. 그뿐이 아니다.

땅이 터져 나가며 무지막지한 위력의 폭발과 파편이 쏟아진다. 그뿐이 아니다.

위이잉————!!

경복궁 중앙으로부터 입자포가 쏘아진다. 준비되어 있던 수백 수천 장의 부적이 동시에 타오른다. 여기저기 늘어져 있던 제물로부터 저주가 쏟아진다. 그야말로 과학, 마법, 주술, 흑마법의 총집합!

그러나 그 순간.

—우어어어어————!!!

거인의 포효와 함께 날아들던 모든 공격이 박살 나 사방으로 흩어진다. 개중 포효를 뚫은 공격이 없는 건 아니었지만 종말의 거인을 둘러 싼 회색의 막에 가로막힌다.

콰직콰직!

쩡!

경복궁에 걸려 있는 수십 겹의 결계가 박살 나고 건물이, 성벽이 금 가고 무너진다.

아직 경복궁 전체를 뒤덮고 있는 [일방통행]이 유지되고 있지만 광화문을 통해 적이 들어온 이상 소용없는 이야기다.

키잉!

그리고 그런 위기 상황.

경복궁에 봉인되어 있는 최후의 수호자들이 눈을 뜬다.

—누가 우리를 깨우는가!

—맹약이 나를 부르는구나!

경회지 깊은 곳에 잠들어 있던 이무기, 흑(黑)과 백(白)이 눈을 뜬다.

이무기, 용이 되기 위해 수행을 쌓는 존재. 영수 중에서도 최상위에 속하는 그 신비로운 생물들은 두 눈을 떠 영단에 들어 차 있는 웅혼한 신통력을 일깨웠다.

그리고 그들은 보았다.

주먹을 휘두르는 종말의 거인을.

퍼억! 쾅!

—끄억?!

—꿱?!

폭음과 함께 경회지 위로 올라왔던 두 이무기가 엉망진창으로 건물을 부수며 바닥을 뒹굴었다.

그나마 일격에 죽지 않은 것만 해도 천운이다.

잠들어 있는 동안 최고조에 이른 신통력이 아니었다면 단 일격에 그들의 몸이 터져 나갔을 것이다.

—이, 이, 이게 뭐야?! 괴물이야! 형! 도망쳐야 해!

—으아! 백아! 저거 초월자 아니냐? 난데없이 이게 무… 으악! 허리뼈가 부러졌어! 악!

—배가 터진 거 같아… 으으……

대마법사에 의해 통제된 영지(靈地)에서 태어난 형제 뱀은 잠들기 전에 예상했던 것과 차원이 다른 광경에 신음을 흘리며 바닥을 기었다.

그들은 이가의 수호신이다.

원래대로라면 그들은 그 역할에 걸맞은 위엄을 보일 수 있었을 것이다. 그것도 그럴 것이 그들의 레벨은 15나 되었으니까!

얼마 전의 지구였다면 누구도 고개를 쳐들 수 없었을 정도의 경지다. 인류 최강의 전사라 해도 감히 그들에게 대항할 수 없었겠지.

그러나 이제는 다르다.

일반 병사도 기가스에 타면 15레벨이 넘는 상황이 되어버린 34지구.

말하자면.

두 이무기는 미쳐 버린 파워 인플레의 희생자라 할 수 있을 것이다.

—우어어어어———!!!

—으앙! 도망가야 해!

—저게 뭐야! 무서워!

두 이무기가 본성에 따라 바닥을 기며 적에게서 달아났다. 물론 종말의 거인은 그걸 두고 보지 않았다.

두 꼬리를 잡아채기 위해 벼락처럼 내뻗은 손!

그러나 그 손은 꼬리를 잡지 못한다.

"후, 다행히 기습이 잘 먹혔군."

"여! 뱀 아저씨들, 괜찮아요?"

극저온의 냉기를 뿜어내는 금속 창이 종말의 거인의 머리에 박혀 있다. 그리고 금빛으로 빛나는 갑주를 입고 있고 있는 소녀가 종말의 거인의 그림자를 태워 버리고 있다.

—뱀이라니! 그런 모욕적인!

—잠깐 형! 우리 목숨을 구해준 분들한테 왜 그래!

—그렇긴 하지만 뱀이라잖아!

떠드는 이무기들의 모습을 보며 동민은 초월병기, [멧 스페셜]의 상태를 살폈다. 다행히 멀쩡하다.

'진이 다 빠지는군.'

온갖 전투를 다 경험해 온 그였지만 그럼에도 초월경의 적을 죽여보는 건 처음이다.

"와, 아무리 그래도 지구에 오자마자 초월자를 죽이게 될지는 몰랐어."

변신이 풀리자 금빛 갑주가 사라지고 보람이 원래의 모습으로 돌아온다.

사실 운이 좋았다.

보람도 동민도 초월경의 벽을 넘어서지 못했다. 원래대로라면 종말의 거인을 죽이기는커녕 대적하기도 어려워야 할 상황.

그러나 그들에게는 초월병기가 있었다.

드래고니안의 용족들이 선물로 준 물건이다.

'노블레스는 노블레스라는 건가. 선물로 초월병기를 주다니.'

물론 넘버링에 들어가지도 못하는 저급품이지만 초월병기는 초월병기다. 동급의 초월자가 싸울 때 한쪽만 들면 10:1까지 가능하다는 초월병기!

원래 종말의 거인과 동민의 전력은 프로 격투기 선수와 싸움박질 좀 하는 초등학생 수준으로 차이난다. 백 번을 싸우든 천 번을 싸우든 이길 수 없고, 정면으로 붙으면 단 한 대도 유효타를 낼 수 없는 수준.

그러나 초등학생의 손에 아주 날카로운 칼이 들린다면 어떨까? 심지어 그 칼이 바위도 자르는 명검이라면?

기습만 잘하면 충분히 상대를 격살할 수 있다.

"안녕."

"어? 아! 아까 저 괴물을 막고 있던 분이시네요! 안녕하세요!"

경복궁의 잔해를 헤치고 모습을 드러낸 선애를 향해 보람이 인사한다. 선애가 웃었다.

"오랜만이야, 동민아."

"응? 아는 사람이야?"

보람이 동민을 돌아보았다. 동민도 상대를 보았다.

단아한 인상의 여인.

나이를 유추하자면 대략 중년으로 보였지만 전해지는 분위기에 그 외모보다 훨씬 많은 나이의 소유자라는 것을 알 수 있었다.

그런데 그 외모가 왠지 낯익다.

'내가 저런 사람을 본 적이 있었나?'

혼란스러워하는 그의 모습에 선애가 웃었다.

"너, 되게 멀리 나갔다 온 모양이구나."

어색하면서도 힘 빠지는 웃음. 동민의 표정이 굳는다.

"너… 설마 선애냐?"

동민과 선애는 사실 동기라 할 수 있다. 둘 모두 흑마법사 집단, 로맨서의 실험체들이었으니까. 그리 친한 사이는 아니었다. 그저 얼굴이나 아는 사이.

그들은 반란을 일으킨 동민이 로맨서를 해체시켜 버릴 때 헤어졌었다가 클래스메이트로 다시 만났었다. 절친이 아니더라도 눈인사를 나누는 정도는 되었다.

"정말 오랜만이야."

"아니… 이건… 대체. 너, 무슨 일을 겪은 거냐? 지구에서 무슨 일이 일어났던 거야?"

그러나 안타깝게도 그들이 회포를 풀 시간은 없었다.

쿵!

저 멀리에서 공간이 찢어지며 종말의 거인이 내려선다.

그 모습을 본 보람이 얼굴을 찌푸린다.

"저게 뭐야. 계속 나오는 건가요?"

"그래."

"얼마나요?"

"지금은 20레벨 중급 스테이지니까 다섯 씩. 생존자 수가 10억이니 총 50억."

"……."

"……."

대우주를 여행하고 제국을 경험하고 노블레스의 심처, 드래고니안에서 수행해 대우주의 넓음을 체감하고 온 두 전사가 어이없는 표정을 지었다.

이게 대체 무슨 소리란 말인가? 20레벨 초월자 50억???

"내, 내가 아는 지구가 아닌 거 같은데. 잘못 온 거 같은데."

"……."

그들이 기막혀하거나 말거나, 종말의 거인이 접근하고 있었다.

＊　　　＊　　　＊

한 번에 등장할 수 있는 종말의 거인은 총 5기로 제한되며 리젠은 이 5기의 거인이 모두 죽었을 때에 진행된다.

종말의 거인들은 등장과 동시에 이면세계의 한 지점, 정확히는 철가면이 앉아 조각을 진행하고 있는 남아메리카 대륙으로 이동하려 했지만 아무도 성공하지 못했다.

기본적으로 종말의 거인이 리젠되는 장소 자체가 악의적이었다. 철가면, 그러니까 대하의 주변에 리젠이 안 되는 건 물론이고 아무도 없는 장소에 리젠되는 경우도 없었기 때문이다.

종말의 거인은 그들을 막아낼 만한 전력을 가진 존재들 주변에만 리젠될 수 있다. 무지막지한 플레이어들의 군세가 진 치고 있는 자리에서만 모습을 드러낸 것. 당연하지만 그들의 자의는 아니고 성계신이 간섭한 결과였다.

그렇다고 플레이어들을 무시하고 날아갈 수도 없다.

[비상. 비행에 들어간 거인을 확인.]

[요격합니다.]

이면세계의 가장 바깥(위성궤도)에 떠 있던 알바트로스함이 포격을 가해 날아올랐던 종말의 거인을 추락시킨다.

아무리 초월자라 하더라도 원거리에서 테라급 전함의 공격을 맞으면 별수 없다.

초월자들도 일단 테라급 전함 안에 돌입해야 함선을 탈취할 시도라도 해볼 수 있는 게 현실이었으니까.

결국 추락한 종말의 거인은 땅에서 기다리고 있던 플레이어들과 싸울 수밖에 없다.

그리고 그렇게, 시간이 흐른다.

우우웅!!

또다시 차원이 찢어지고 종말의 거인이 모습을 드러낸다. 그리고 그 앞에 천만 단위의 플레이어가 대기하고 있다.

고유세계와 지구의 생존자 숫자 합은 약 8억. 그리고 그중 플레이어의 비율은 95%이상!

심지어 그 95%의 플레이어 중 80% 이상이 기가스 파일럿이었으며, 기가스 파일럿의 절반 이상이 15레벨이 넘는 베테랑들이다.

이게 무슨 미친 비율인가 싶겠지만… 약자들이 살아남지 못하는 시대다. 특히나 19레벨 상급 스테이지 때 쳐들어온 괴물 고래들의 습격에 생존 능력을 갖추지 못한 대부분의 노약자들이 죽어버렸다.

그러나 그렇게 살아남은 이들조차.

쿠콰쾅!!!

"제길! 파고들었어! 간격! 간격을 확보해!"

"경화탄을 쏴! 탄막을 만들라고!"

"돌진부터 막아야… 으아아악!!"

어김없이 죽고 있다.

종말의 거인이 주먹을 휘두를 때마다 셀 수 없이 많은 기가스들이 파괴되어 바닥을 뒹굴고, 그 기가스에 맞먹는 숫자의 플레이어들이 살해당한다.

종말의 거인은 평생을 싸워온 베테랑 플레이어들도 감히 감당이 불가능한 괴물.

물론 그렇다고 일방적으로 학살당하고 있다는 말은 아니다.

"합동 포격을 시작해!"

"방어 어빌리티 걸린 녀석들 방패 들고 튀어 나가!"

전장이 안정되자 1대 1천만의 구도가 굳어진다.

그 미쳐 버린 숫자 차이.

상대가 일반인도 아니고 전원이 기가스를 탄 베테랑들인 이상, 아무리 초월자라 하더라도 무시할 수 있는 숫자가 아니다.

그리고 거기에 더해.

"모두 물러나세요! [제왕의 군세]! 거기에 더해서 [군단의 심장]!"

수많은 플레이어들 중에서도 특별한 영웅들이 있었다.

"나왔다! 소향님의 고유 어빌리티!"

"저걸 가진 사람이 지구상에 철가면님하고 소향 님뿐이라면서?"

사실 조종사로서의 재능이 그렇게까지 드문 것은 아니지만 아이언 하트가 없는 지구산 기가스로 고유 어빌리티까지 발현하는 건 사실 말이 안 되는 일이다. 쇠도끼로 나무를 자르는 게 상식인데 쇠가 없다고 나무 도끼로 나무를 자르는 셈!

소향은 우주에서도 드물다는 기간트 마스터의 가능성을 품은 존재였다.

—우어어어어————!!!

포효가 날아들던 모든 투사체를 날려 버리는 틈을 타 수백 기의 기가스가 종말의 거인에게 달려든다.

수백 기의 기가스들이 종말의 거인에게 달라붙더니 그대로 폭발해 종말의 거인을 둘러싸고 있던 회색의 기운을 걷어 낸다.

전투 초반에 이런 일을 했다면 어림도 없었겠지만 천만이 넘는 기가스에게 폭격당하며 얇아진 막은 더 이상 폭발의 화력을 견디지 못했다.

그리고 그 순간.

퍼억!!

쏘아진 저격이 벌려진 입으로 파고들어 가 거인의 뇌를 박살낸다.

쿵!

쓰러지는 거인. 천만 명의 플레이어들은 환호성도 지르지 못하고 바닥에 늘어졌다.

"쉬는 시간은 얼마나 되죠?"

"배재석 장군님이 거인의 팔다리를 끊어두고 시간을 끌고 있다고 합니다."

"와… 그냥 죽이기도 힘든데 제압이라니. 덕분에 잠은 잘 수 있겠네요."

"그, 소문에."

"아, 저도 들었어요. 철가면님 친형이라고 하던데."

그렇게 대화를 나누면서도 소향은 인급 기가스, 알렉산더를 한쪽에 준비되어 있는 벙커 안쪽으로 이동시킨다.

한시가 바쁘다. 계속 싸우기 위해서는 쉬어야 했다.

"사상자는 어떻게 되죠?"

"많이 줄었습니다. 3,611명입니다."

"많이 줄었다지만……. 후우. 감사합니다. 들어가서 쉬세요."

"편히 쉬십시오."

부관의 인사를 받은 소향은 벙커에 위치한 샤워실로 가 몸을 씻었다.

한때 선애의 구함을 받았던, 기급 기가스 고블린에 리본을 매달고 다녔던 어린아이는 더 이상 이 자리에 없다.

소향은 거울에 비치는 자신의 모습을 보았다.

훤칠한 신장에 실전으로 단련된 탄력 넘치는 육체가 보인다. 아이돌 멤버나 운동선수로 보이는 외양이지만 그녀는 인류 최강의 플레이어 중 한 명이다.

"슬슬 마지막이 다가오는 거 같기도 한데."

빠르게 씻고 침대에 눕는다. 인생의 대부분을 싸우며 살아온 그녀는 지쳐가고 있다.

점점 미래를 확신할 수 없게 되었다.

"20레벨 50억이 정말 가능할까."

피해자가 끝도 없이 누적되고 사람들은 지쳐가고 있는 상황.

"이제 겨우 6,000기밖에 못 잡았는데……."

힘겨운 눈꺼풀이 묵직하게 감겨오는 것을 느끼며 소향은 기도했다.

"도와주세요. 철가면님……."

재석은 기도했다.

"대하야, 좀 일어나라……."

민경, 경은이 기도한다.

"대하님……."

"하. 대하야, 내 남편 죽겠다……."

벙커에 숨어 기가스를 수리하던 기술자들이, 잠도 못 자고 인챈트를 걸고 있던 마법사들이, 휴식을 취하던 파일럿들이, 식사하기 전의 사람들이, 어머니의 품에 안겨 있던 아이들이 기도를 올렸다.

개중 상당수는 정의 무구를 사용, 대하의 모습을 시청했다. 그리고 그런 사람 곁에는 항상 수십 명의 사람들이 모여들어 그 모습을 함께 보았다.

한 사내가 둥그런 구슬 위를 조각하고 있는 그저 그뿐인 광경.

몇 분, 몇 시간, 며칠이 지나도 변함없는 그 모습은 그저 지루할 뿐이었지만, 그럼에도 사람들은 그 모습을 보며 기도를 올렸다.

그리고 그런 그들의 눈에.

파직!

구슬에 하나의 문자가 새겨지는 모습이 보였다.

신성

콰릉!!

쏟아지는 포격에 얻어맞고 말았다.

나는 허공에서 빙글빙글 돌다가 근처를 날아다니던 행성과 충돌해 간신히 멈췄다. 어이없게도 우주로 변해 버린 내면세계에는 구상한 적도 없는 행성과 항성들이 떠다닌다.

"…뭐지?"

피격당한 나보다도 공격에 성공한 디카르마가 더 놀라 미심쩍은 표정을 짓는 모습이 보인다. 그나마 추가적인 공격이 날아오지 않는 것을 다행이라 여기며 나는 엄살을 부렸다.

"아… 아프다. 이거 아무리 쉬운 싸움이라도 집중을 계속 이어가려니 피곤하네."

"어설프군. 우리는 인간이 아니다. 이따위 대치로는 백 년이든 천 년이든 바뀔 게 없어. 고대의 신들이 괜히 수천수만 년 동안 싸울 수 있는 게 아니지."

비아냥거리는 디카르마의 말을 흘리며 내면에 집중한다. 그러자 느껴진다.

지금 이 순간.

하나의 권능이 완성되었다는 것을.

나는 당연히 모든 신자에게 그 권능을 흩뿌리려 했지만.

킹!

유리가 깨지는 느낌과 함께 실패한다. 지닌 [신앙]의 크기가 충분하지 않은 이들에게 가호를 하사할 수 없기 때문.

'체계가 필요하다.'

나는 이미 만들었던 [철가면의 가호]에서 힌트를 얻었다. 내 조종술을 잠시간 체험할 수 있는 조종술의 가호와 24시간에 한 번씩 노말 어빌리티 하나를 부여받을 수 있는 오늘의 어빌리티.

이건 내 신자라면 누구라도 받을 수 있는 혜택이지만 사용자의 정신력과 영력을 소모해 발동하기에 내키는 대로 사용할 수는 없다. 심지어 조종술의 가호는 유지 시간도 짧고 쿨타임도 있기에 중요한 순간에만 쓸 수 있는 편.

때문에 나는 새로운 체계를 만들었다.

'어빌리티 북.'

파라락!

내면세계에서 적당히 전투를 이어나가게 만든 뒤 지구의 몸에 의식을 집중했다.

나는 하와의 코어에 새겨졌던 문자를 뽑아낸 후, 그대로 그것을 빚어 책으로 만들었다.

그리 크지도 두껍지도 않은 사이즈의 책.

나는 그 책을 펼쳐 첫 장에 안내 사항을 새겼다.

—철가면의 가호를 어빌리티 북의 공통 가호로 돌린다. 이는 절가면의 신자라면 누구라도 얻을 수 있는 것이다.

—신앙의 수준이 일정 선을 넘으면 [어빌리티 각성]이 가능해진다. 이것이 가능한 이를 사제라 칭한다.

—신앙의 힘이 본질을 변화시킬 수준에 이르면 [어빌리티 강화]가 가능해진다. 이것이 가능한 이를 고위 사제라 칭한다.

—특수 가호, [언트레인]을 하사한다. 언트레인 사용 시 어빌리티 각성과 어빌리티 강화에 사용한 신앙을 돌려받을 수 있다. 그러나 경험치는 반환되지 않는다.

나는 차분하게 어빌리티 북의 체계를 가다듬었다. 나의 첫 권능, [어빌리티 북]은 나 자신을 강화하는 종류의 힘이 아니지만, 지금 중요한 게 나 하나의 전투력이 아니었던 만큼 상관없다.

끼긱! 끼기긱!

정의의 조각칼이 끝없이 소모되는 것이 느껴진다. 스스로 정의 포인트를 생산하지 않는 나는, 아니, 설사 세상 그 어떤 정의로운 사람이 있더라도 감히 감당할 수 없는 어마어마한 소모량.

그러나 상관없다.

―7억 1,223만 4,782명이 당신에게 경탄합니다!

―정의 포인트가 111억 9,344만 1,122점 누적됩니다!

나에게는 끝없이 정의 포인트가 더해지고 있었기 때문이다.

그리고 그렇게 집중력과 힘을 소모한 끝에 권능이 완성된다.

[철가면의 어빌리티 북.]

공통 가호.

―조종술의 가호. 오늘의 어빌리티.

1. 어빌리티 각성.

―경험치와 신앙을 소모해 어빌리티를 각성할 수 있다. 각성 시마다 필요 신앙과 경험치의 양이 2배씩 증가한다.

2. 어빌리티 강화.

경험치와 신앙을 소모해 어빌리티를 강화할 수 있다. 강화 성공 시 어빌리티의 효과나 효율이 강화되며 일정 강화를 넘어서면 같은 계열의 상위 어빌리티로 진화한다. 강화 시마다 필요 신앙과 경험치의 양이 2배씩 증가한다.

특수 가호.

―언트레인.

현재 각성한 어빌리티.

―없음.

현재 강화한 어빌리티.

―없음.

현재 신앙치(?). 현재 경험치(?)

쾅!

"쿨럭!"

완성된 어빌리티 북의 견본을 살펴보다 피를 토한다.

'아니, 디카르마 이놈이!'

나는 디카르마의 공세가 거세졌다는 것을 깨닫고 황급히 내 면세계로 의식을 옮겼다. 제대로 얻어맞아 긴 전투로 얻어낸 이득이 다 사라지는 순간.

'하지만 상관없어. 시간은 내 편이다.'

내면세계의 전투를 이어나가며 창조의 힘을 권능으로 빚어 내는 것을 계속한다.

[어빌리티 북]이 하사되자 플레이어들 중에서 사상자가 나오 는 게 확연히 줄어드는 게 느껴진다.

막대한 [신앙]이 바쳐지는 것은 덤이다.

"루틴이 완성되었으니까."

그리고 그렇게.

시간이 지난다.

한 달, 두 달, 세 달, 네 달.

최초 10억이었던 인류의 숫자는 7억 8천만까지 줄어들었다.

2억 2천만의 희생자.

과거 인류의 숫자가 60억을 넘었을 때에도 이만한 숫자의 인 간이 죽었다면 온 세상에 난리가 났을 것이다.

사회가 무너져 법질서가 유명무실해지고 대규모 시위나 내 전이 벌어졌겠지.

그러나 지금의 인류는 눈 하나 깜빡하지 않는다. 아니, 오히려 희망이 보인다며 기뻐하고 있었다.

왜냐하면 종말의 거인을 살해하며 생기는 피해가 점점 줄어들고 있었기 때문이다.

"미쳤네. 초월자 10만 마리라……."

작고 귀여운 외모의 소녀, 성계신은 기가 차다는 듯 중얼거렸다.

그녀는 지금 자신의 지구에서 죽는 초월자의 숫자가 대우주 전체에서 죽는 초월자의 95%를 넘어선다는 사실을 알았다. 아무리 대량으로 찍어내 원격으로 조종하는 가짜라 해도 초월자가 도축장의 짐승처럼 죽어나가는 상황이라니?

6개월, 그러니까 반년이 지났다.

인류의 숫자는 여전히 7억 8천만. 사상자의 숫자는 '고작' 100만 명 안쪽으로 유지되었다.

반면 킬 카운트는 30만을 넘어선다.

플레이어의 대(對) 초월자 전투가 완전히 안정화되었다. 무엇보다 리젠 장소가 이제 완전히 고정되었다는 점이 플레이어들의 전투에 어마어마한 어드밴티지로 작동하고 있다.

—너! 자꾸 간섭하고 있다! 내 캐릭터의 등장 위치를 강제하는 걸 멈춰라!

"응. 안 돼~ 내가 직접 잡아 죽이지 않는 걸 다행으로 여겨라. 지는 다 맘대로 했으면서 어따 대고 항의야?"

20레벨 하급 스테이지가 시작될 즈음, 어이없게도 다른 지구의 성계신이 34지구의 이면세계를 대결전의 장소로 활용하는 일이 생겼다.

당연한 일이지만 그녀는 성계신으로서 그 후폭풍을 34지구의 인류와 분리하기 위해 고생해야 했는데 그사이 종말 프로젝트가 대하를 암살하는 일이 벌어지고 말았다.

'그쪽 지구'에 가 있던 대하의 형이 돌아온 것은 나름 반길 일이었지만 그렇다 하더라도 재앙 그 자체가 될 변수를 품고 있는 대하의 죽음에 댈 정도는 아니었다.

항상 여유로운 태도를 견지하던 그녀조차 심장이 철렁했을 정도의 사건.

'하지만 놀라워. 그냥 디카르마가 깨어나 멀리 있는 신성까지 회수할 줄 알았는데.'

그러나 뜻밖에도 대하는 스스로 신성을 획득해 디카르마에게 주도권 싸움을 걸었다.

심지어 아직 천 년도 못 산 꼬마가 수십만 년이 넘게 살아온 디카르마를 밀어붙이고 있다!

"기특하다 기특해. 계속 날 놀라게 만드네."

그렇게 말하며 플레이어들을 내려다본다.

쿵!

차원이 찢어지며 종말의 거인이 모습을 드러낸다.

녀석은 등장과 동시에 사방에 가득한 플레이어들은 쳐다보지도 않고 땅을 박차 뛰어올랐다. 일단 이 장소를 피하고 보자는 움직임!

그러나.

촤르륵!!

공간을 가득 메우고 있던 영력의 사슬들이 뛰어올랐던 종말의 거인을 붙잡는다.

성계신에 의해 리젠 위치가 고정되자 플레이어들은 온갖 준비를 다 한 장소를 전장으로 삼을 수 있게 되었다. 바닥에 거대한 마법진을 새긴 후 100만 명의 플레이어들이 자신을 진의 부품으로 삼아 종말의 거인에게 강력한 압박과 제약을 거는 궁극 마법을 발동한 것이다.

그리고 그대로.

포격이 시작된다.

쿠쿠쿵!!! 콰콰콰쾅!!!!

각각 수 미터에서 수십 미터씩 일정한 간격을 두고 자리 잡은 포격용 기가스들이 코어의 힘과 각자의 영력을 가득히 담아 포격을 날린다.

그야말로 전력을 다한 일격이기에 한번 날리고 나면 반나절은 꼬박 쉬어야 할 정도.

하지만 그렇게 포격을 날리기 위해 대기하고 있는 기가스의 수는 수백만 기가 넘는다.

쿠콰쾅! 쾅!

종말의 거인은 어떻게든 포격에서 벗어나려 포효했지만 합동 마법진에 의해 억압받는 그의 힘은 극도로 제한되어 이를 회피하거나 튕겨내지 못한다.

그저 막아낼 수 있을 뿐이지만 그렇게 소모전으로 가면 돌아가며 쉬는 적들의 포격을 견딜 수가 없다!

그리고 그렇게 1시간, 2시간, 3시간.

쉴 새 없이 때려 부어대는 포격에 종말의 거인을 감싸고 있던 회색 기운이 사라지는 순간.

멀찍이에서 자신의 몸보다도 훨씬 큰 저격 총을 장착하고 있던 민경의 눈이 빛난다.

"[뜨거운 열기가 너의 영혼을 불태운다.]"

그녀가 세종대왕의 어빌리티, 〈훈민정음〉을 발동시키며 방아쇠를 당기자 무기라기보다는 건축물에 가까운 크기의 화기가 요란스러운 굉음과 함께 탄환을 쏘아낸다.

투앙!

쏘아지는 순간 탄환은 종말의 거인의 머리를 뚫고 들어갔다. 관통하기에는 힘이 모자랐지만 상관없다.

쩌저저저적!!!

종말의 거인을 중심으로 반경 수백 미터가 꽁꽁 얼어버린다. 냉기가 터져 나간 것은 아니었다. 그저 그 안에 있는 모든 [열기]가 한 점으로 집중되었을 뿐이다.

푸확!

무지막지한 열기의 집중을 견디지 못한 종말의 거인의 머리가 탄화된다.

잠시 아무런 움직임 없이 서 있는 거인과 그 모습을 바라보는 사람들.

이윽고 거대한 몸이 굉음과 함께 쓰러진다.

"수고하셨습니다!"

"수고하셨습니다!"

"수고하셨습니다!"

"다음 전투 예정 시간은 4시간 후입니다! 아직 여유가 있지만 인원 교대는 신속하게 부탁드립니다!"

"정비조! 기체들 상태 확인해!"

박수와 함께 수많은 사람들이 바쁘게 움직인다. 안정적인 퇴치였고 이제는 사상자조차 잘 발생하지 않는 상황.

그러나 종말 프로젝트라고 마냥 당하기만 하는 바보는 아니었다.

20레벨 중급 스테이지가 1년쯤 진행되었을 때.

콰아앙!!!

무지막지한 폭발과 함께 결계가 파괴되고 그와 엮여 있던 모든 플레이어가 즉사한다. 심지어 그러고도 힘이 남아 주변에 있던 포격 전문 기가스들까지 뒤덮는다.

"크악!!!"

"진형! 진형을 새로 짜!"

"이런 미친!!"

언제나처럼 종말의 거인을 살해하고 있던 기가스들이 박살 난 대지에 기어 다니고 있다.

"다른 쪽에 연락해! 아직 종말의 거인을 죽이지 말라고……."

"이번에는 우리가 마지막이었어요!"

찌이익!

여기저기에서 터지는 비명을 배경 삼아 차원이 찢어지고 종말의 거인이 모습을 드러낸다.

그러나 그 모습은… 지금까지와 달랐다.

회색의 거인은 마치 종양이 가득 들어찬 살덩어리처럼, 바람을 한껏 불어넣은 풍선처럼 부풀어 있다.

이미 녀석을 제약하던 단체 마법진은 파괴된 지 오래.

부풀어 오르던 종말의 거인은 그대로 폭발했고—

번쩍!

눈부신 빛과 함께 모든 것이 파괴된다.

"맙, 소사."

먼 거리 탓에 무사할 수 있었던 민경의 얼굴이 창백해진다.

저 멀리에서 버섯구름이 피어오르고 있다.

"종말의 거인을… 폭탄으로 쓴다고?"

전투 능력을 모두 버리고 초월의 힘을 파괴력에만 집중하자 그 위력이 그야말로 상상을 초월한다. 단 한 방에 결계를 구성하던 플레이어 100만 명이 몰살당하고 두 방에 포격 기가스 수백만이 쓸려 나갔다.

그야말로 파멸적인 결과!

게다가 이렇게 전열이 무너진 상태에서 또다시 공격이 들어온다면…….

"대기조를 불러와! 단체 마법진을 다시 발동해야 해!"

"여유 병력을 끌어와! 다른 팀들은 상황이 어떻지?!"

민경은 황급히 사람들을 지휘하기 시작했다. 그러나 상황은 최악이다.

종말의 거인들이 자폭한 것은 그녀가 담당하는 지역만이 아니었기 때문이다.

그리고 종말의 거인들이 [자폭]을 하자… 등장과 동시에 [사망]한 종말의 거인이 즉시 리젠된다. 현 인류가 감당할 수 없는 사이클이 형성된 것이다.

찌익!

공간을 찢으며 등장하는 종말의 거인.

한껏 부풀어 있는 녀석의 모습에 진형을 새로 짜고 있던 플레이어들이 절망적인 표정을 지었다.

"[멈춰, 움직이지 마라!]"

〈훈민정음〉과 [정언]의 언령이 더해진 탄환이 종말의 거인을 후려친다.

방어를 뚫지 못해 타격을 줄 수는 없지만 언령의 힘은 잠시간 시간을 끌어주었다.

"처음의 전투를 기억해라! 물러서서 포격을 가해! 날아오기 전에 터뜨려야 해!!"

그렇게 소리친 민경은 즉시 모든 영력을 쏟아부어 포격을 가하기 시작했다. 그리고 그녀를 따라 쏟아지는 포격!

그러나 단체 마법진에 억제된 상황에서도 몇 시간은 포격을 맞아야 방어가 뚫리던 종말의 거인이다. 자폭병으로 변하며 방어력이 떨어졌다 해도 잠시 때리는 것만으로 파괴하는 것은 불가능하다.

"안 돼."

"끝장……."

모두가 절망하는 그 순간.

팟!

한 소년이 종말의 거인 앞에 모습을 드러낸다.

"어?"

"뭐야?"

"맨몸! 거인 앞에 맨몸의 소년이!"

"아니 잠깐! 저 사람은……."

모두가 기겁해 비명을 지르고 있을 때 민경은 그냥 멍하니 그의 모습을 보았다.

아름다운 소년이다.

투명할 정도로 하얀 피부에 오밀조밀한 이목구비. 남자보다는 차라리 미녀로 보일 정도로 아름다운 그는 한 자루의 검을 들고 폭발하려 하는 거인 앞에 서 있다.

민경은 그를 알고 있다.

추억 속의 모습과 똑같다. 어렸을 적의 그녀가 자신의 위치, 의무, 맹세 모두를 잃어버릴 것을 각오하고 사랑했던 소년.

"영민아……."

사실 그녀는 그를 만날 수 있었다. 벌써 1년도 전에 등장했는데 고유세계 최대 세력의 우두머리인 그녀가 그 소식을 모를 리 없었으니까.

그러나 그녀는 그러지 못했다.

추억과 똑같은 그의 모습 앞에 도저히 나설 수가 없었다.

'나, 너무 늙어버렸는걸…….'

한탄하는 순간 소년의 검이 하늘을 가리킨다.

그리고 그 모습에 민경은 그의 모습이 그녀가 기억하던 것과 좀 다르다는 것을 알았다.

천진난만하던 표정과 환한 웃음은 어디에도 없다.

예전과 똑같이 웃고 있지만 그에게서 흐르는 퇴폐적인 분위기는 예전의 그와 전혀 다르다.

쩌억!!

그리고 순간.

차원이 갈라진다.

—끄아아악!!!

갈기갈기 찢긴 종말의 거인이 당장이라도 터질 듯 빛나던 모습 그대로 허수공간으로 날아가 버린다.

종합 전투력을 가지고 있던 원래의 형태라면 어떻게든 벗어났겠지만 오직 폭발하기 위한 자폭병 형태에서는 그럴 수 없다.

"아."

그 순간 민경과 영민의 눈이 마주친다.

기가스에 탑승해 있음에도 민경은 그가 자신을 정확히 직시한다는 사실을 알았다. 그리고 잠시 후.

팟!

돌아선 영민의 모습이 사라졌다.

"으아! 사, 살았다!"

"저 사람이 철가면님의 형이라면서? 개멋있다."

"엄청 섹시하다! 으아아, 살았어! 살았다고!"

"떠들 틈 없어! 이 틈에 재정비!"

소란스러워지는 전장. 그리고 그 한가운데 있는 민경은 조용히 눈물을 흘렸다.

한편.

새로운 장소로 이동한 영민은 새로운 종말의 거인을 베었다.

"…알 것 같아."

영민은 검을 휘둘렀다. 공간이 갈라진다. 그리고 그 틈으로 들어가는 것만으로 그는 수천 킬로미터도 우습게 이동했다.

사실 차원을 이동해 모험을 겪으며 그는 이미 [벽]에 도달해 있는 상태였다. 심지어 깨달음도 어느 정도 얻은 상황.

그에게 부족한 것은 그저 업(業)뿐이었고.

가짜나 다름없다 해도 초월지경인 적을 베어 죽이는 경험은 그에게 상상을 초월하는 살업(殺業)을 부여하고 있었다.

고오오오!!!

또다시 공간을 넘어 새로운 종말의 거인을 벤다.

또다시 공간을 넘어 새로운 종말의 거인을 벤다.

자폭병이 되어버린 종말의 거인은 영민의 단 일검도 버티지 못했다. 종말의 거인의 형태를 바꾸느라 종말 프로젝트의 간섭력이 거의 소모되어 다시 원 상태로 돌아가지도 못하는 상황이었기에 그의 손에 죽어나가는 거인의 숫자는 기하급수적으로 늘어만 간다.

고오오!

고오오오!!!

그의 몸에서 새까만 기운이 활활 타오르고 있다. 이 세상 모든 것을 죽인다는 천살(天殺)의 힘.

"알겠어."

벤다. 적을 벤다.

"알겠다고!!!"

벤다. 운명을 벤다.

난폭하게 일렁이던 기운이 점점 정련되기 시작한다.

하루, 이틀, 사흘, 나흘.

한 달, 두 달, 세 달, 네 달.

그의 영혼이 변해간다.

그가 바라보는 세상이 달라진다. 사슬처럼 그를 묶고 있던 운명의 흐름이 끊어진다. 영혼이 변하자 그의 육신 역시 전혀 새로운 차원으로 도약한다.

촤악!!!

깔끔한 일격에 잘려 나간 종말의 거인이 바닥에 쏟아진다. 그리고 그 순간, 검을 뒤덮고 있는 흑색의 기운은 타오르는 흑염이 아니라 극도로 안정된 어떠한 물질처럼 보였다.

천살강기(天殺剛氣).

모든 것을 죽이고 마침내 스스로도 죽이는 저주받은 힘이.

스스로의 운명을 초월하는 순간이었다.

*   *   *

형이 초월지경에 이르면서 혼란이 가라앉는다.

스테이지 진행이 안정적으로 변하면서 사상자의 숫자가 극단적으로 줄어들고 종말의 거인을 죽이는 속도 역시 미친 듯 빨라졌다.

물론 이 모든 것은 [외부] 상황일 뿐이지만⋯ 종말의 거인이 죽을 때마다, 전투에 참가한 플레이어들은 막대한 경험치를 벌었고, 그렇게 번 경험치는 신앙과 함께 바쳐져 신성을 강화했다.

그리고 그렇게 신성이 강화되면, 나는 그것을 그저 먹는 대신 다음 단계를 진행했다.

선순환이 시작된 것이다.

"수고하셨습니다! 다시 다음 차… 앗!"

"어?"

"오오오!!!"

플레이어들이 고개를 번쩍 들며 기뻐한다. 그러지 못한 이들은 영문을 모르겠다는 표정으로 그들을 본다.

"뭐야? 무슨 일이야?"

"철가면님께서!"

"철가면님께서?"

"새로운 가호를 내리셨어!"

그들의 말대로 나는 새로운 권능, [스킬 북]을 만들었다.

어빌리티 북처럼 그냥 얻는 능력은 아니고 일종의 신성 주문 목록이다.

직접 익혀야 하는 능력이기에 어빌리티처럼 경험치나 신앙을 바칠 필요는 없지만 대신 다른 것들이 필요하다.

시간이 많이 들어가는 스킬도 있고 노력과 재능이 필요한 스킬도 있지만.

대체로는 '재화'가 필요하다.

왜 재화가 필요하냐면 장치가 필요한 스킬이 태반이기 때문이다.

예를 들어.

[기가스 콜— 구매한 레어 메탈 제품을 이용해 기가스를 불러낼 수 있다. 스킬 랭크 상승 시 불러낼 수 있는 기가스의 등급이 상승한다.]

[긴급 방어— 구매한 제품에 영력을 저장해 위급 상황 시 본인을 보호할 수 있다. 스킬 랭크 상승 시 효율이 상승한다.]

같은 스킬이 있다. 당연하지만 저 '레어 메탈 제품'은 나에게서 구매해야 한다.

스킬의 종류를 늘릴 여유가 없어서 일단 10개만 만들었다. [외부 배터리]. [오늘의 어빌리티 갱신]. [조종술의 가호 갱신] 등 보조 능력 중심이다.

또 시간이 지난다.

이번엔 새로운 권능, [레벨 북]을 만들었다.

안타깝게도 이건 대부분의 플레이어들에게 별 도움이 되지 않는 권능이다.

"쳇. 역시 종말 프로젝트 녀석하고 겹치나."

혹시나 했지만 역시나 스탯 시스템을 중첩해서 내려줄 수는 없었다.

사실 플레이어들은 스스로의 역량보다 레벨이 훨씬 높은 이들이 대다수라서 굳이 기존의 레벨 시스템을 걷어버릴 필요까지는 없는 상황.

그러나 종말 프로젝트의 스테이지가 거의 끝나가는 상황이라는 걸 감안해야 한다.

지금 살아남은 인류 대부분이 플레이어인 것은 사실이지만 온갖 이유, 그러니까 어렸다거나 아팠다거나 그것도 아니면 그냥 강철계에서 살아왔다던가 하는 이유로 스테이지를 진행하지 않은 이들 역시 존재했기 때문이다.

게다가 앞으로 태어나는 아이들 역시 스테이지의 레벨 시스템을 이용하지 못할 테니 레벨 북은 반드시 필요하다.

"큭! 큭큭큭!"

문득 웃음소리가 들렸다.

"하하하! 하하하하하!!!"

실성한 듯 웃음을 터뜨린다. 나는 잠시 외부에서 눈을 돌려 내면세계를 살폈다.

내 앞에 주저앉아 있는 디카르마의 모습이 보인다. 엉망으로 흐트러져 있는 모습은 한계까지 내몰린 그의 상황을 보여준다.

"어이가 없군… 내가, 내가 발판이 된다고? 네까짓 어린놈에게 내가……?"

주도권 싸움은 완전히 기울어지고 말았다. 플레이어들이 계속해서 바치는 신앙이 아직 위태롭던 [게임의 신]으로서의 신성을 보완하고 강화했기 때문이다.

물론 [기계]라는 개념은 이렇게 쉽게 압살할 정도로 만만하지 않았지만… 디카르마는 기계라는 개념을 완벽히 장악한 존재가 아니다. 해당 개념에는 [아담]이라는 강력한 경쟁자가 있는 것이다.

오오오오———!

나는 신성을 피워 올렸다.

신성을 이렇게 [소모]해 버리면 그걸 복구하기 위해 상당한 시간이 필요하겠지만 그걸 감수하더라도 녀석을 치울 필요가 있다.

"함께해서 엿 같았고. 다시는 보지 맙시다."

그러나 최후의 일격을 날리려는 순간.

쿵!

세계가 흔들린다.

"뭐?"

인상을 찡그리고 있는 와중 새로운 존재가 모습을 드러낸다.

20대 초반의 청년. 뚜렷한 이목구비에 까무잡잡한 피부를 지닌 사내, 후안.

디카르마가 웃었다.

"너만 뒤로 다른 짓을 할 수 있는 건 아니지."

"후안, 여기 왜 왔지?"

"…인류의 신은 내가 되어야 한다."

나직한 목소리에 나는 녀석을 들여다보았다.

아무런 감정이 없어 보이던 녀석의 눈동자가 질투와 광기로 이글거리고 있다.

'그렇군.'

녀석은 신이지만 신이라고 완전한 존재인 것은 아니다. 나만 해도 그러했고, [나]의 경우는 뭣도 모르는 애송이로까지 보이지 않았던가?

녀석은 인류 문명이 태동한 이후 가장 정의롭고 진실하며, 명예를 지향하는 인류를 만들어내었다.

이는 실로 어마어마한 위업이었지만… 그건 녀석이 대단한 지혜를 가졌기 때문이 아니라 그저 강대한 권능을 가졌기에 가능한 일일 뿐.

정의와 진실, 명예라는 거대한 영향력을 발휘하던 그였지만 그 본질은 그저 편협하고 치기 어린 존재일 뿐이다.

"하지만 디카르마, 녀석을 불러와서 뭘 어쩌겠다는 거지? 후안은 외부의 존재야. 주도권 싸움에 영향을 줄 수는 없을 텐데."

느닷없는 후안의 등장에 내가 의문을 느끼는 순간이었다.

고오오————!

내면세계 전체가 뒤흔들리기 시작한다. 내가 여태껏 차지했던 주도권이 엉망으로 흐트러지는 것이 느껴진다.

"이게 뭔……?!"

"애송이 녀석! 하하하하!!!"

디카르마가 미친 듯 웃음을 터뜨린다.

녀석은 아무런 설명도 해주지 않았지만 디카르마의 손짓과 함께 허공이 갈라지고, 그 사이에서 모습을 드러낸 물건이 단번에 상황을 이해시킨다.

웅—!

여태껏 내가 모아왔던 신성을 가볍게 능가하는 강대한 빛이 내면세계 전체를 진탕시킨다.

그것은 빛의 왕관.

그 정체를 깨달은 내가 비명을 질렀다.

"미친놈아! 이걸 왜 가져와?!"

이제 나는 알고 있다. [저건] 기계신의 신성이 아니다. 그보다 더 상위의, 기계신을 잘라내고 남은 문명과 정보의 신의 신성이라는 것을!

그리고 그건 결코 디카르마에게 좋은 일이 아니다. 예전이면 몰라도 이제 녀석도 그걸 알 텐데 이딴 깽판을 치다니!

번쩍!

눈이 멀 것 같은 빛과 함께 내면세계가 찢겨 나가는 것이 느껴진다. 거대한 신성의 폭발이 모든 것을 뒤덮었다.

—아.

그리고 나는 그 안에서 한 사내를 보았다. 마치 인간처럼 보이지만 그 모습이 특정되지 않는 무언가의 모습.

녀석이 말했다.

—망했군.

"넌 또 뭐야?"

—나는 [투쟁]이다.

잠시 어리둥절하다가 그 정체를 깨달았다. 후안의 아버지라던 언네임드의 이름.

나는 어이가 없어서 웃었다.

"아니, 곱게 뒈진 놈이 없네."

—너무 그러지 마. 살고 싶은 것은 모든 생명의 본능 아니겠나? 하지만 지금 분위기를 보니 실패한 모양이야.

녀석이 너털웃음을 지었다.

—끝까지 살아남아 날 만들다 만 창조신 녀석에게 한 방 먹여주고

싶었는데…….

번쩍!

다시금 터져 나온 빛에 투쟁의 몸이 찢겨 나간다.

그리고 새로운 사내가 모습을 드러낸다.

"오, 이제야 끝나가는 모양이구려."

"…명월 스님? 아직 살아계셨습니까?"

"죽기는 예전에 죽었지요. 내 시체는 아직도 정의의 요람에 있다오."

그렇게 말하는 명월의 앞에 한 시체가 모습을 드러낸다. 바짝 마른, 뼈 위에 한 겹의 거죽을 둘러싸고 있을 뿐인 [허물].

내게 말을 걸고 있는 후덕한 턱살에 불룩한 배를 가진 사람 좋아 보이는 명월과는 전혀 다른 모습이다.

명월이 말했다.

"내가 우주의 비밀 하나를 알려 드려도 되겠소?"

뚱딴지같은 소리였지만 그것이 유언이라는 걸 눈치챈 나는 진지하게 귀를 기울였다.

"우주의 비밀 말입니까?"

"나는 정의의 요람에서 [업]의 존재에 대해 깨달았소. 기연이었지. 업을 직접 다루는 삼신의 존재. 그리고 그 업의 힘으로 만들어진 정의의 요람이라는 공간이 나에게 전혀 새로운 감각을 일깨워 준 것이니까."

파스스스…….

바짝 말라 있던 시체가 먼지로 변해 흩어진다. 그리고 그 모습을 보며 명월이 말했다.

"업은 태어난 생명의 모든 것을 결정하오. 재능, 환경, 심지어 천성까지……. 윤회(輪廻)로 인해 인간이 가진 가능성과 업이 쌓여가는 것이지요."

번쩍!

콰르릉!!!

내면세계 전체가 미친 듯이 요동친다. 단숨에 우리 모두의 존재를 찢어버리겠다는 듯 난장을 부린다.

그러나 어쩐 일인지 그 모든 흐름이 우리와 유리되어 있음이 느껴진다.

명월이 말했다.

"공부를 많이 하면 다음 생에 지능이 높은 존재로 태어나오. 자신의 힘으로 큰 부를 손에 쥐었다면 금수저를 물고 태어나게 되고 몸을 많이 썼다면 합당한 육체적 능력을 타고나게 되지. 업 자체를 보게 된 나는 그 사실을 알게 되었소."

인간은 윤회하면 할수록 점점 더 강렬한 업을 쌓아나가며, 그렇게 쌓인 업이 많을수록 초월의 가능성이 높아진다.

물론 업이 마냥 쌓이기만 하는 것은 아니라고 그는 말했다.

"금수저를 물고 태어나 방만하게 살면 힘겹게 쌓은 부(富)의 업은 사라지오. 똑똑한 머리를 타고나 그것을 활용하지 않아도 마찬가지지. 세상 모든 존재는 무한히 굴러가는 윤회 속에서 업을 쌓아가지만 계속해서 위로 갈 수 있는 존재는 한 줌의 한 줌도 되지 않지요."

명월의 몸이 서서히 빛나기 시작한다.

"그렇다면 당신도… 초월하는 겁니까?"

"방법은 있었지."

갑자기 가벼워진 말투로 명월이 말했다.

"업의 존재를 깨달았을 때, 난 알았다. 그때 나는 내 인생을 나락으로 빠뜨린 자들을 용서하려고 했었고… 만약 신실로. 내 마음 깊은 곳에서부터 그들을 용서할 수 있다면, 나는 완전히 다른 존재가 될 수 있다는 것을."

명월이 말했다.

"그래. 될 수 있었을 것이다. 세상 모든 것을 긍휼(矜恤)히 여기는 존재. 온 세상을 대자대비(大慈大悲)하게 바라볼 수 있는 초월적인 존재. 저기에서 자신의 신성에 목매는 태생신과도 전혀 다른 초월자!"

우우우──!

그가 그렇게 말하는 것만으로 내면세계가 뒤흔들린다. 마치 [세계]가 아직 늦지 않았다고 그를 설득하는 듯 기묘하기까지 한 현상.

그러나 명월은 고개를 흔들었다.

"하지만 그건 인간이 아니다."

그가 내게 다가온다. 그리고는 내 어깨를 토닥이며 말했다.

"원한을 품고 살아가는 것 또한 나(我)다. 그것을 그냥 버리는 것은 인간성 역시 버리는 것이라는 것을 나는 알았지."

그의 모습이 점점 희미해진다. 나는 물을 수밖에 없었다.

"어떻게… 어떻게 웃으실 수 있습니까?"

"그야."

씩 웃는 명월의 웃음이 마치 악동 같다.

"다음 생의 나는 절세 미남이 될 테니까."

"……?"

"하하하!"

나는 잠시 멍청하게 서 있었다. 그러다 간신히 힘을 내어 되묻는다.

"그, 뭐, 네???"

"하하! 이상하게 들리겠지만 이건 결정 사항이지! 나는 세계에서도 손꼽힐 정도로 선업을 쌓았고 선업은 매력을 담당하고 있으니까! 틀림없이 세계적인 미남이 되겠지!"

자신이 온 세상에게 사랑받을 존재가 될 것이라고 그는 말하고 있다.

"물론 절세 미녀가 될 가능성도 있지만… 그것도 좋겠다는 생각이 드는군. 게다가 나는 재물도 꽤 모았으니 적당히 괜찮은 집안에서 태어날 거고 머리도 그렇게 나쁘지 않을 거다. 몸도 괜찮게 타고나겠지. 이 정도면 거의 축복받은 삶 아니겠어?"

"아, 아니……."

기막혀하는 나를 보며 명월이 웃는다. 그의 모습이 더 흐릿해지더니 완전히 사라진다.

아무것도 보이지 않는 눈부신 빛 속에서 한결 차분해진 그의 목소리만이 들렸다.

"나는 인간으로서 죽겠소. 당신은 신으로서 살아가도록 하시오."

웃음기 가득한 목소리로, 그가 말한다.

"부디, 좋은 신이 되기를."

*   *   *

먹구름이 몰려와 하늘을 가린다.

대하를 중심으로 거대한 원을 그리고 서 있던 방어조의 리더, 알렉스는 고개를 들어 하늘을 올려다보았다.

조용히 자리를 지키고 있던 플레이어들의 대화가 그에게 전달된다.

"비가 오겠는데."

"다 진창 되겠네. 어차피 기가스에 타고 있으니 상관은 없지만."

"하지만 철가면님은 지금 맨몸 아니야?"

알렉스는 기가스들 중 하나가 슬쩍 고개를 돌려 뒤를 돌아보는 모습을 보았다. 그러나 사실 그 동작에는 아무 의미가 없다. 왜냐하면 그와 그의 동료들, 저스티스 리그는 대부분 정의무구의 소지자였기 때문이다.

아마 그의 기가스 한편에는 대하를 [시청]할 수 있는 화면이 떠 있을 것이다.

끼긱. 끼긱.

대하는 무엇을 생각하는지 짐작할 수 없는 잔잔한 표정으로 정체 모를 철구를 조각하고 있다.

그가 조각을 할 때마다, 글자를 하나 만들어낼 때마다 그의 머리 뒤에서 후광이 비치고 주변으로 영기가 휘몰아치는 모습이 보인다.

성지의 벽화에서나 볼법한 신성한 모습.

'신.'

알렉스는 무신론자였다.

그는 악을 저지르는 것도, 악을 심판할 수 있는 것도 오직 인간뿐이라 생각해 왔다. 인간의 모든 것을 지켜보고 있는 전지전능한 누군가가 있어 인간의 선악을 평가한다는 건 참을 수 없는 오만이라 생각했던 것이다.

그러나 지금은 어떠한가?

모든 인류의 선과 악을 평가해 상과 벌을 내리는 신이, 그리고 무엇보다 인류를 멸망으로부터 지켜주는 신이 존재한다.

그는 자신이 그런 존재를 절대 받아들이지 않을 것이라고, 인간이란 자기들 위에 올라서는 초월자를 용납하지 않는 오만한 존재라 생각했지만 현실은 그렇지 않다.

이미 철가면은 인류 전체가 긍정하는 신앙의 대상이다.

"아, 말씀드리는 순간 쏟아집니다."

다른 플레이어의 속삭임대로 묵직한 소나기가 쏟아지기 시작한다. 물론 기가스가 젖는 일은 없다. 장갑 표면에 흐르고 있는 영기에 충돌해 사방으로 튕겨나갔기 때문이다.

그리고.

"어?"

"아니, 이건……."

"와……."

플레이어들이 술렁이기 시작한다. 개중 몇은 고개를 두리번

거리기까지 하고 있다.

여태 지켜보기만 했던 알렉스였지만 경계 중에 이 정도의 방만함을 방치할 수는 없다.

"지금 뭐 하는 거냐? 경계에 집중해!"

"하, 하지만 장군님!"

"하지만? 지금 하지만이라고 한 거냐?"

어처구니없는 반문에 기막혀하던 알렉스는 기가스들이 하나같이 자신의 뒤편을 가리키고 있다는 사실을 알았다.

그리고 그 사실에 몸을 돌린 그가 본 것은.

"이게… 무슨?"

놀라고 있는 것은 그뿐이 아니다.

"뭐야, 이게……."

"신이시여……."

쏴아아!

쏟아지는 빗방울이 기가스의 몸에 닿지도 못하고 튕겨 흩어진다. 하지만 그렇다고 빗방울이 어디로 사라지는 건 아니었던 만큼 그들이 서 있는 곳은 금세 진창이 되었다.

그러나… 조각을 하고 있는 대하의 주변은 다르다.

슈아아——

셀 수 없는 꽃잎들이 쏟아지고 있다. 불어오는 바람에 날려 주변을 회오리치고 바닥에 쌓여 몽환적인 분위기를 만든다.

알렉스는 고개를 들었다. 그의 높은 인지능력을 기가스가 보조해 주자 하늘에서 떨어지는 빗방울조차 인식된다.

떨어지던 빗방울이 대하의 반경 1킬로 안에 들어서는 순간

장미꽃 잎으로 변하는 모습 역시.

장미꽃뿐이 아니다. 벚꽃도 있고 개나리꽃, 국화꽃 등등.

빗방울이 가지각색 온갖 종류의 꽃잎으로 변해 쏟아지고 있다.

팔랑! 팔랑!

쏴아아—!

"…맙소사."

꽃이 쏟아지고 있다. 바닥에 가득히 쌓이고 있었다. 심지어 범위 밖에서 잔뜩 고여 졸졸 흘러들어 간 빗물조차 범위 안으로 들어가자 꽃잎으로 변해 버린다.

끼긱. 끼긱.

그리고 그 한가운데에서 대하는 조각을 계속하고 있다.

사람들은 그 모습을 눈으로. 그리고 정의 무구를 통해 지켜보고 있다.

"안! 돼!!"

그리고 그 모습을 보고 있는 것은 인간뿐이 아니다.

종말 프로젝트의 아바타, 검은 아이 역시 그것을 보고 있었다.

"이게 뭐야! 안 된다고!"

이를 벅벅 갈고 손톱을 다 물어뜯으며 검은 아이가 꽥꽥 괴성을 질렀다. 상당한 소란이었지만 뒤에 있는 일한은 가부좌를 취한 채 마네킹처럼 앉아 있을 뿐이다.

"막아야 해! 죽여야 해!"

검은 아이는 쏟아지는 꽃잎 속에서 조각을 계속하고 있는 대하의 모습을 보고 공포에 질렸다. 예전 스스로의 규칙을 깨고 대하의 깨달음을 방해했을 때와도 비교가 안 되는 불길함이 휘몰아치고 있었다.

그리고 결국 검은 아이는 또나시 규칙을 깰 수밖에 없었다.

─스테이지(Stage)가 오픈됩니다!

─레벨 20. 상급(上級)이 설정되었습니다.

─제한 없음. 종말의 거인을 전멸시키시오.

아직 중급 난이도가 끝나지 않았음에도 상급 스테이지가 시작된다.

"그래! 이번에도 막으면 돼!!"

미친 듯 소리 지르며 새까만 오오라를 뿜어내는 검은 아이. 그는 승리를 확신했다.

한 번에 소환되는 20레벨의 거인 10체! 그리고 21레벨 거인 1체!

아무리 지구의 초월자가 공간을 마음대로 넘어 다닌다 해도, 아무리 많은 인간이 진을 치고 있다 하더라도 한 번에 이만한 규모의 초월자를 상대할 수는 없다.

아무리 방비를 튼튼히 하고 있다 하더라도 모조리 박살 내고 저 망할 반칙쟁이를 해치울 수 있을 것이다!

하지만 그가 그렇게 확신하는 순간.

"…드디어."

지금껏 눈을 감고 있던 일한의 눈이 떠진다.

"선을 완전히 넘었군."

＊　　　　＊　　　　＊

—스테이지(Stage)가 오픈됩니다!
—레벨 20. 상급(上級)이 설정되었습니다.
—제한 없음. 종말의 거인을 전멸시키시오.

난데없이 떠오르는 텍스트에 플레이어들 모두가 기겁했다.

"뭐, 뭔 소리야!? 아직 중급도 끝나려면 한참 남았는데?"

"미친! 설마 종말의 거인이 10마리, 아니면 20마리씩 나타날 거라는 건가?"

"아니, 이런 게 어디 있어? 스테이지를 클리어할 것 같으니 꼬장을 피우다니!"

"비상! 비상 상황 발령! 대기 인원 전부 출동시키라고 전해!"

모든 플레이어들이 동시에 전투 모드에 들어간다. 아직 적이 나타나지는 않았지만 앞으로 벌어질 상황이 뻔히 짐작되었기 때문이다.

그러나 동시에 그들은 절망감을 느꼈다.

'이건 못 막는다.'

지금 인류의 모든 역량이 5기의 거인을 해치우는 데 집중되어 있다. 교대 인원이 있지만 휴식 중인 그들이 어느 세월에 전투 준비를 하고 전선을 짤 수 있겠는가?

하물며 한두 기도 아니고 10기 이상이 추가된다면?

혹시나 그 10기 이상의 거인 중 자폭병이 섞여 있기라도 한다면?

하루 만에 플레이어들이 전멸하고 그들을 수호하는 신, 철가변이 죽게 되어도 이상할 게 없나.

"모두!! 목숨을 걸고 자리를 지켜라!!"

"네!!"

"제길! 다 깨가는데! 이제 정말 다 왔는데!"

"으아아!!!"

포효와 함께 여기저기에서 기세가 폭발한다. 절망의 순간에도 패닉에 빠지지도 공포에 주저앉지도 않는 역전의 용사들!

그리고 그 순간 새로운 공지가 떠오른다.

―시스템이 일부 업데이트됩니다.

―종말의 거인이 스페셜 보스, 함은정으로 변경됩니다!

―스페셜 보스는 2개의 특수 능력을 가집니다.

1. 수렴: 동일 시간 선에 등장하는 모든 스테이지 몬스터의 힘이 스페셜 보스에게 수렴됩니다. 등장하는 적은 스페셜 보스뿐입니다.

2. 불사(不死): 스페셜 보스는 스스로 원치 않는 이상 죽지 않습니다.

"……."

"……."

한순간 전장이 침묵에 잠긴다. 다들 믿기지 않는다는 기색으로 공지를 읽고 있다.

"이, 이게 뭐야. 모든 몬스터의 힘을……. 그러니까 남은 인류가 5억이니까……. 종말의 거인 50억… 혹은 100억 마리 이상의 힘이 한 몬스터한테 집중된단 말이야?"

"중급 스테이지의 거인도 남아 있으니 200억 이상일지도 모르지."

"그럼 대체 레벨 몇 정도의 적이라는 건데……."

"아니, 그보다 불사 이게 뭐야. 스스로 원하지 않는 이상 안 죽는다고? 이게 뭔 개소리야??"

너무도 어처구니없는 설명에 플레이어들 모두 할 말을 잃는다.

놀라고 있는 건 그들뿐이 아니다.

종말의 거인들을 조종하려던 검은 아이는 느닷없이 바뀌어 버린 체계에 당황해 물었다.

"뭐야! 너, 뭘 한 거야? 스페셜 보스라니?"

"굳이 시간 질질 끄는 것보다 강력한 보스 하나로 밀어버리는 게 좋을 것 같아서요."

차분한 대답에 살짝 수그러든 검은 아이가 묻는다.

"불사 능력 뭐야? 이런 게 가능했어? 완전 사기 능력인데?"

"능력을 잘 특화시키면 가능하지요."

"진짜? 아닌데 안 되던데……."

검은 아이가 고개를 갸웃거린다.

그리고 그러는 와중.

스페셜 보스, 함은정이 플레이어들 앞에 나타난다. 그 너머에는 조각을 하고 있는 대하의 모습이 보인다.

스페셜 보스 함은정이 말했다.

"여기가… 어디야? 난 죽었는데?"

어리둥절해하던 그녀는 멍한 표정으로 주변을 둘러보았다.

"천국이나 시옥으로는 안 보이는네. 세나가 저 로봇들은 뭐야?"

중얼거리는 그녀를 플레이어들 역시 발견한다.

"9시 방향! 소녀의 형상을 한 거수자가 등장했습니다!"

"민간인 아닌가?"

"아닙니다! 스페셜 보스! 스페셜 보스 함은정입니다!"

"모두 대기!! 명령이 있기 전까지 방아쇠를 당기지 마라!"

그녀에 대한 어처구니없는 공지사항 때문에 플레이어들 역시 섣불리 공격을 가하지 못했다.

적이 얼마나 강한지 어떤 능력을 가졌는지 알 수 없었지만 특수 능력 수렴과 불사가 가지는 압박감이 너무나 컸기 때문이다.

그런데 그중 몇몇 플레이어가 말했다.

"저, 저기요. 대장님."

"뭐냐?"

"저기, 함은정이라는 이름이… 왠지 익숙한데요."

"무슨 미친 소리를 하고 있는 거지?"

"역사책에서 본 거 같은데……."

"뭐?"

플레이어들이 혼란스러워할 때 역시나 혼란스러워하고 있던 스페셜 보스 함은정은 문득 자신의 손에 접힌 쪽지 하나가 들려 있다는 사실을 알았다.

그녀는 쪽지를 펼쳤다. 그곳에는 익숙한 필체로 짧은 내용이
적혀 있다.

[보는 즉시 항복해.]
—일한이가.

"이게 무슨 소리야… 항복?"
얼떨떨한 목소리. 그러나 그렇게 말하는 순간.
모든 것이 끝난다.

—축하합니다! 스테이지가 완벽하게 클리어되었습니다! 기여도에
따라 보상이 주어집니다.
—기여도가 존재하지 않습니다!
—축하합니다! 스테이지가 완벽하게 클리어되었습니다! 기여도에
따라 보상이 주어집니다.
—기여도가 존재하지 않습니다!

동시에 두 개의 스테이지가 클리어된다.
그뿐이 아니었다.

—축하합니다! 이것으로 모든 스테이지가 클리어되었습니다!
—잠시 후 정산 절차가 완료됩니다!

"…뭐? 뭐지?"

"뭔 소리지? 끝이라고? 모든 스테이지가 완료되었다고?"

"종말 프로젝트가… 끝나?"

혼란스러워하는 플레이어들.

그리고 그 모든 이들보다 더 크게 놀라는 존재가 있었다.

"취소!!! 취소야!! 무슨! 헛소리를 하고 있는 거야?! 항복이라고? 누구 마음대로?! 스테이지 클리어는 취소야!!! 항복 따위는 없어!"

검은 아이가 미친 듯 발악하며 소리친다.

하지만 그 뒤에 있는 일한은 고개를 흔들었다.

"거부한다. 항복은 패배와 같으니 틀림없이 스테이지 클리어 조건이 될 수 있다."

"취소! 한다고!!!"

"거절한다."

단호한 그의 목소리에 발작하듯 소리 지르던 검은 아이가 고개를 돌려 일한을 바라본다.

온통 새까매 아무것도 보이지 않는 검은 아이의 눈만이 새빨갛게 빛나고 있다.

"너. 너어어어어————!!"

쿠구구구————

강렬한 기운이 끓어오른다.

"감히!!! 감히——!!! 감히감히감히————!!!"

터져 나오는 포효!

그리고 그 모습을 바라보며 일한은 한 걸음 물러섰다.

좌악!

"통합 스킬 가동."

모든 것이 제대로 진행되었다. 잠시 후 정산 절차가 마무리될 때까지 [취소 요청]이 적용되지 않는다면 이대로 스테이지는 완전히 종료되고 종말 프로젝트는 힘이 부족함에도 강제로 종말의 마수로 변형되게 되겠지.

'즉. 이제 시간만 끌면 된다.'

턱.

마지막으로 모습을 드러낸 묵직한 디자인의 클레이모어가 그의 손에 잡힌다. 오랫동안 잊고 살았던 웅혼한 기운이 끓어오르는 것을 느끼며 일한이 말했다.

"올 마스터."

팟팟팟!!

뿜어지는 기파가 송곳처럼 찌르고 들어오던 저주를 갈가리 찢어 흩어버린다. 일한은 즉시 한 걸음 물러서 공간을 확보하며 궁극 주문을 줄줄이 완성했다.

"악! 아파! 너!!!"

어깨에 돋아난 나뭇가지 모양의 얼음 조각과 다리에 들러붙은 불꽃을 훑어 털어낸 검은 아이는 그림자를 일으켜 해일처럼 밀어붙였다.

그러나 이번엔 한 걸음 내디며 공간을 단축시킨 일한의 클레이모어가 수직으로 그어진다.

팟!

뇌강(雷剛)이 해일을 베어내고 그 너머에 있는 적의 모습을 드러낸다.

쾅!

주먹이 머리를 친다. 검은 아이가 비명을 지르며 물러서려 하사 온몸을 회전시킨 발차기가 채찍처럼 턱을 후려쳤나. 그야 말로 물이 흐르는 듯한, 어떤 무술가가 봐도 감탄을 금치 못할 완벽한 연계였다.

"끅! 악!! 아파!!! 아프다고!!!"

괴성을 지르며 몸을 키운다. 검은 아이의 작은 몸이 삽시간 에 거대해지며 흉측하게 변이하기 시작한다.

그러나 그러거나 말거나 일한은 묵묵히 검을 휘둘러 다리를 끊어낸다. 거대해지고 있던 검은 아이의 무게중심이 무너지며 그대로 쓰러진다.

[캬아아아!!!]

바닥에 깔린 그림자에서 모습을 드러낸 흑색의 늑대가 검은 아이의 팔을 물고 그림자 안으로 끌어들인다.

검은 아이는 팔을 잘라내 그걸 떨쳐내고 새로 팔을 만들어 일어나려 들었지만 그것보다는 다수의 카드가 날아드는 것이 먼저였다.

기이잉―――!!

잘린 다리와 팔에 박힌 카드가 그대로 빛을 발하더니 봉 인(封印)을 시작한다.

"뭐야? 너 뭐야? 어떻게 이렇게 되지?"

"어떻게는 무슨 어떻게야."

일한은 태연한 태도로 검을 그었다.

검은 아이는 물론 강력하다. 그는 종말 프로젝트가 필요에 의해 만들어낸 자아. 우주적 괴물인 종말 프로젝트의 화신이나 다를 바 없는 존재니까.

그러나 제약을 벗은 순간.

일한은 그저 잘생기고 똑똑하고 지혜롭고 창의적인 인간 하나가 아니다.

그는 우주적인 대영웅, 인중신(人中神). 올 마스터(All master).

밀레이온 더 윈드리스였다.

치천(治天).

하늘에 떠올랐던 일한이 마치 창을 던지듯 오른손을 휘두르자 빌딩만큼이나 두꺼운 벼락이 차원을 찢어버리며 나타나 검은 아이를 후려친다.

"…뭐야. 이게 뭐야!!! 병신! 병신 같은! 개같은!!"

머리통만 남은 검은 아이가 꽥꽥 소리를 지른다. 그러나 그런다고 달라지는 것은 없다. 그나마 얼마 안 남은 그의 몸도 재가 되어 흩어지고 있다.

"이건 말이 안 돼! 이렇게 되면 안 된다고!! 내 말 안 들려?! 이게 이렇게 전개되면 안 된단 말이야! 이런 거 아니거든?!"

끝까지 상황을 받아들이지 못하고 소리친다. 그러나 그가 받아들이거나 말거나 상관없이.

파스스!

결국 종말 프로젝트의 아바타는 산산이 흩어져 소멸되고 만다.

"아이고……."

그리고 그 모습을 지켜보던 일한은 자리에 주저앉았다.

[일한아! 일한아! 너, 지금 어디서 지켜보고 있지?! 이게 무슨 상황이야? 날 어떻게 살린 거야?]

검은 아이가 보던 화면을 살피니 한 소녀가 하늘을 향해 소리치고 있는 모습이 보인다.

"하하. 좀 더 자세히 설명해 줘야 하는데."

"해주면 되잖아."

일한의 정면 공간이 일렁이더니 한 명의 소녀가 모습을 드러낸다.

작고 귀여운 인상의 소녀, 성계신이다.

"오, 사라. 와줬구나."

반갑게 인사하는 일한. 그러나 성계신은 그 인사가 들리지 않는다는 듯 차가운 표정으로 말했다.

"설명. 해주면 되잖아. 팔영분신의 제한 시간이 끝나고 본체로 가도 얼마든지 해줄 수 있는 거 아냐?"

"……."

팔영분신(八影分身).

그것은 무신 다크의 권능으로 만들어진 마스터 스킬이다. 자신과 완벽하게 동일한 힘을 가진 7개의 분신을 만들어내는데 심지어 장비까지 똑같이 복제해 내는 능력.

팔영분신으로 만들어진 복제들은 따로따로 움직이며, 스킬이 해제될 때 본체는 모든 분신의 기억을 한 번에 받아들인다.

"그래. 그런 방법도 있지."

일한은 그 분신 중 하나이다.

원래 팔영분신은 원래 5—10분의 시간 제한을 가지고 있지만 팔영분신을 완벽히 제어 가능한 밀레이온은 분신의 능력을 제한함으로써 시간 제한을 없애 버릴 수 있었다.

그게 가능했기에 일한이 수십 년 동안 지구에서 살아올 수 있었던 것이다.

은정과 함께 자라나고, 그녀와 결혼하고, 대하가 자라는 동안 34지구에서 살아올 수 있었다.

"지금 네 경험과 기억을 가지고 본체로 돌아가면 후속 조치 정도는 밀레이온이 충분히 해줄 거야. 녀석이 선량한 인간이라는 건 너 스스로가 더 잘 알고 있을 거 아냐?"

"그래. 어쩌면 다시 분신을 만들어서 은정이에게 붙여줄 수도 있지."

그리고 그의 [기억] 역시 가지고 있는 새로운 분신은 일한과 동일한 행동 패턴을 보일 것이다.

성계신의 말이 맞다. 그가 분신을 종료하고 본체로 돌아간다면 모든 것이 완벽하게 해결될 것이다.

하지만 그럼에도 일한은 고개를 흔들었다.

"밀레이온의 일부가 되고 싶지 않아."

그는 눈을 감고 자신의 인생을 반추했다.

거대한 신성을 품고 자신을 찾아왔던 은정의 모습을 떠올린다. 마지막을 직감하고 있으면서도 떠났던 여행. 가쁘게 신음하던 모습. 마지막 숨결을 내뱉던 모습.

대하의 모습을 떠올린다.

우렁차게 울던 핏덩이. 바닥을 기고 걸음마를 하던 갓난아이. 사신을 졸졸 따르며 환하게 웃던 아이.

밤마다 악몽에 시달리며 비명을 지르던 모습.

점점 염세적으로 변해가는 표정. 영민의 모습을 떠올린다.

핏물 속에서 멍하니 그를 바라보던 아이의 모습. 타고난 살기를 누르기 위해 고통 받던 모습. 자신을 보던 반짝이던 시선.

"관일한으로 죽고 싶어… 함은정의 남편으로, 관영민의, 관대하의 아버지로……."

점점 그의 모습이 흐릿해지기 시작한다. 이대로 팔영분신이 종료되면 그의 기억과 경험은 밀레이온에게 돌아가 버리고 말리라.

그리고 그 모습을 바라보던 성계신이 말한다.

"좋아해."

"푸흣!"

"왜 웃어!"

버럭 하는 성계신의 모습에 일한은 웃음을 지우고 성계신을 마주 보았다.

"아아, 고마워. 하지만 내가 유부남이라."

"…끝까지 너무하네. 진짜."

스물세 번째 고백을 파토 내며 일한이 힘겹게 웃었다.

그리고 말했다.

"부탁해."

"넌 진짜 나쁜 새끼야."

성계신의 손에 은빛의 기운이 일어나 검의 형상으로 변한다. 분신이 종료되고 관일한이 밀레이온의 일부가 되기 전에 그의 존재를 소멸시키기 위해서였다.

"…잘가."

성계신이 검을 들어 올린다. 일한은 눈을 감았다.

그의 기억 속의 은정이 그를 보며 환하게 웃는다.

그리고.

쩡.

"윽?"

검을 휘둘렀던 성계신이 놀라 자신의 검을 막은 물건을 보았다.

검 아래에는 커다란 열쇠가 있다.

그리고 그 열쇠는 일한의 가슴에 박혀 있었다.

"…뭐야, 이거?"

황당해하는 순간.

철컥!

열쇠가 돌아간다.

*　　　　*　　　　*

"…뭐야, 이거?"

한편 고유세계에서 요양 중이던 밀레이온이 멍청한 표정을 짓고 있다.

그의 눈앞에는 이러한 텍스트가 떠 있었다.

―분신 칸이 잠깁니다!
―스킬, 팔영분신이 칠영분신으로 다운그레이드됩니다!

"이게······."
언제나 차분하던 그의 얼굴에 혼란이 가득하다.
"이게 무슨······?"

*　　　　*　　　　*

눈을 뜬다.
나는 바위 위에 앉아 있다. 손에는 온갖 문양이 새겨진 철구가 잡혀 있다.
손을 뻗어 철구를 훑어낸다. 철구 위에 새겨져 있던 수십 수백 자의 문양들이 마치 뜯기듯 딸려온다.
그리고 나는 그대로 철구를 내던졌다.
"꺅?!"
철구가 삽시간에 확장되더니 여성의 모습으로 변해 바닥에 철푸덕 주저앉는다. 그녀, 하와는 혼란스런 표정으로 주변을 둘러보다 나에게 시선을 고정한다.
"지금, 지금 뭘 하신 거죠?"
"초월의 힘을 좀 빌려 썼어. 다 복구시켰으니 문제는 없을 거야."

그렇게 말하며 자리에서 일어난다. 내 주위로 수백 자의 문자들이 벌 떼처럼 날아다닌다.

우우웅————.

눈을 감자 그것만으로 무한정하게 펼쳐지는 인식 세계. 나는 목에 걸려 있던 목걸이를 잡아 내 주위로 날아다니던 문자 몇 개를 박아 넣었다.

만들어진 문자는 이러하다.

〈분리 봉인〉

사실 열쇠에 없는 기능이다. 열쇠의 진정한 힘은 [여는] 것에 있기 때문이다. [잠그는] 것은 그저 부가적인 능력.

그러나 상관없다.

늦지 않게 목적하던 설정을 잠가 버린다. 그렇다. [설정]을 잠갔다.

말이 안 되는 일이었지만 그저 힘의 방향성을 트는 것만으로 가능하다.

초월병기 넘버 4.

해방(Liberation)의 힘이라면.

"깨어나셨군요."

수많은 기가스들 앞으로 한 여인이 나선다. 그녀는 천천히, 그러나 빠르게 걸어 내 앞으로 다가왔다.

이가의 가주이자 인간 최고의 권력자 중 하나인 민경이다.

"고생했어."

"…이제 끝인 겁니까?"

그녀의 질문에 주변에 있는 모든 기가스들의 신경이 집중되는 것이 느껴진다.

어디 그뿐인가?

나를 시청하고 있는 수없이 많은 사람들의 시선도 있는 상황.

"그래."

그렇기에 나는 고개를 끄덕였다.

"스테이지는 이제 끝! 우리의 승리다."

"……."

내 대답에 민경이 멍한 표정으로 나를 바라보는 모습이 보인다. 다른 기가스들 또한 잠시간 침묵을 지켰다.

그리고 잠시 후.

"하하하!!! 드디어!! 드디어!!!"

"와 이게 끝나긴 끝나는구나!"

"흑. 어흑… 흐아아… 흐아아앙!!!"

"엄마. 아빠……."

엄청난 굉음이 동시에 터져 나온다. 통신망은 물론이고 기가스에서 뛰쳐나와 미친 듯 소리치고 뛰어다니는 사람들이 보인다.

슬쩍 정의 무구를 들어 게시판을 보니 게시판도 난리가 났다.

'뭐, 마무리가 남았지만.'

사람들은 느끼지 못하고 있지만 종말 프로젝트의 모든 힘이 지구에서 벗겨져 나가 우주 한복판에 뭉치고 있다.

하지만 온갖 문명을 파괴하며 우주의 [설정]을 집어삼키던 이전과는 다르다.

대부분의 힘을 인간들에게 빼앗겼기 때문이다.

'뭐, 정확히는 거의 내가 뜯어낸 거지.'

나는 스테이지 클리어의 압도적인 1위.

자동 전투로 수십만 년 스테이지를 클리어해 온 나는 이후 1만 회 클리어 제한 패치로 주춤했지만 억제기 스킬을 10레벨까지 올려 1회 클리어를 20회 클리어로 뻥튀기한 보상까지 받았다.

어디 그뿐인가?

나는 다른 플레이어들이 자판기에서 구매한 자재들을 고유 세계 안의 재화를 이용해 사들이기까지 했다.

이제는 위성급인 사철의 혹성을 가득히 채우고 있는 온갖 자원(레어 메탈과 마정석 등)들은 사실 종말 프로젝트의 뼈와 살이라 해도 무방하다.

"어?"

잠시 우주에 의식을 올려 보냈다가 정면으로 다가오는 인영을 발견하고 멈칫했다.

그곳에.

형이 있다.

"형."

형을 보았다. 형이 환하게 웃고 있다.

"형!!!!"

벅차오르는 감동에 앞으로 달려 나간다. 형도 나를 향해 달려오는 모습이 보인다.

상당한 거리였지만 언터쳐블 그 이상의 존재인 나와 초월자인 형이다. 거리는 순식간에 가까워진다.

나는 팔을 벌렸다.

형이 날려온다!

팟!

그리고 지나쳤다.

"……?"

발걸음을 멈추고 잠시 멍때린다. 나에게 무슨 일이 벌어진 것인지 잠시 인식할 수가 없었다.

'형이 나를 지나쳤다고?'

황당해 몸을 돌리는 내 눈에.

민경을 와락 껴안는 형의 모습이 보인다.

"민경아!!!"

"앗! 옷……!"

민경은 두 손으로 자기의 얼굴을 가리고 어쩔 줄 몰라 하고 있다. 형을 마주 안지도, 떨쳐내지도 못하고 그저 얼굴을 가린 채 움찔거리고 있다.

"흐읍… 아! 너무 좋다. 너무 보고 싶었어."

"안 돼. 안 돼. 안 돼……."

"왜 가리고 그래. 예쁜 얼굴 보여줘. 응응?"

형의 재촉에도 민경은 얼굴을 가린 손을 치우지 못한다. 한참을 머뭇거리던 민경이 거의 중얼거리듯 말을 뱉어낸다.

"안 돼……."

"왜 안 돼?"

"나, 나 너무… 너무 늙어버렸는걸……."

확실히 외양에서 차이가 나긴 한다. 수많은 영단을 집어삼킨 플레이어의 특성상 나이보다 젊어 보이지만, 그래 봐야 30대 중후반의 외모. 심지어 실제 나이는 그 2배도 더 넘는 상황이 아닌가?

반면 형은 나이보다도 동안이라 10대 중반으로 보인다. 좀 심하게 말하면 부모 자식으로도 볼 수 있을 정도의 투 샷.

"아냐, 그래도."

그러나 형은 천진난만하게 웃는다.

"우리 민경이가 제일 예뻐."

"……."

철혈의 여제, 불굴의 여황. 십존 등등 온갖 화려한 이명을 가지고 있는 여인이 온몸을 파르르 떤다.

그리고 천천히 손을 뗀다.

"……."

"……."

눈과 눈이 마주친다. 민경의 눈에 눈물이 가득 차오른다.

"흐흑! 흐으윽! 흐아아아앙!!!"

이제는 노인이라 할 수 있는 나이의 민경이 마치 어린아이처럼 울음을 터뜨린다. 그리고 다시 눈이 마주치고, 잠시 후에는 입술과 입술도 마주친다.

"하."

그리고 그 모습을 보던 난.

"형 놈 새끼……."

그저 기가 차 웃고 있을 수밖에 없었다.

[괜찮은 거냐?]

순간 주변 바람이 뒤로 밀려나고 거대한 무언가가 내 오른편에 내려선다. 고개를 돌려보니 아레스가 자세를 한껏 낮추고 나를 바라보고 있다.

[그렇습니다. 괜찮으신 겁니까?]

내 왼편에 또 다른 거인이 모습을 드러낸다. 빛으로 이루어진. 로봇이라기보다는 빛의 정령으로 보이는 외향의 기가스.

초월병기 92번.

라(RA)이다.

"물론. 아주 괜찮지."

[뭐야? 넌 또 어떻게 여기에 온 거야? 세레스티아 옆을 지키고 있지 않았나?]

[그랬었는데 느닷없이 열린 구멍으로 빨려 들어오고 말았지. 그리고 벌어진 일은 제대로 인식할 수 없었지만… 날 고통스럽게 하던 신성이 이제야 빠져나갔다는 게 느껴지는군. 왕이여, 다시 신성을 받아들인 건가?]

"그렇게 되었지. 하지만 억지로 떠넘긴 다음 이렇게 된 건 좀 무안하네."

[어차피 버거운 힘이었다. 하지만… 내가 갑자기 사라져 버렸으니 레온하르트 제국에 난리가 났을 것이다. 왕관 형태의 나는 제국의 상징이나 다름없는 물건이었으니.]

녀석의 말에 고개를 끄덕인다.

"그래. 어떻게든 책임을 져주긴 해야겠지."

원래 내 것이었고 강제로 뺏어 온 것도 내가 아니긴 하지만 결국 내가 흡수해 버렸으니 어느 정도 상황을 정리해야 할 것이다.

"물론 그 전에."

피식 웃으며 자리에서 일어선다. 상체를 숙이고 있던 아레스의 머리가 열리며 나를 잡아 조종석에 태운다.

번쩍!

그리고 눈부신 빛과 함께 왕관의 형태로 변한 라가 아레스의 머리에 씌워진다.

의식이 확장되어 우주로 향한다.

"뒤처리부터 완벽하게 해야겠지."

"어? 대하야 어디 가?!"

저 아래에서 날 부르는 형의 목소리가 들린다. 그뿐이 아니다. 저 멀리에서 어안이 벙벙한 표정으로 플레이어들의 안내를 받고 있는 어머니의 모습도 보인다.

'어머니라.'

꽤 훤칠한 신장의 소녀는 어이없게도 나의 친모이다. 심지어 그 나이는 고등학생!

내심 어이가 없어서 헛웃음 짓는다.

'아니, 형하고 동갑이잖아… 심지어 나보다는 훨씬 어리네.'

얼굴 한번 안 보이던 아버지가 여태 뭘 하고 있나 했더니 종말 프로젝트의 힘을 이용해 어머니를 되살리기 위해 암약했던 모양이다.

심지어 나도 형도 얼굴조차 본 적 없는 어머니를 살리기 위해 자기 목숨까지 걸어버리다니?

내가 신성을 수습하는 게 조금만 늦었어도 어머니를 얻고 아버지를 잃는 막장 상황을 마주하게 되었을 것이다.

'ㅗ보다⋯⋯.'

나는 형을 보았다. 형의 머리 위에 한 단어의 문자가 쓰여 있다.

어머니의 머리 위에도, 기가스들의 머리 위에도. 사람들의 머리 위에도 한 단어의 문자가 쓰여 있었다.

그것은 과거 내가 볼 수 있었던 칭호와는 차원이 다른 종류의 정보다.

사람들의 머리 위에는, 그야말로 그들의 〈모든 것〉이 표시되어 있다.

성격과 성향과 취향과 습관, 그 근본과 정체성, 살아온 생애, 심지어는 앞으로의 미래까지⋯⋯.

'이걸 뭐라고 해야 하지? 진명(眞名)? 통합 정보?'

그리고 그걸 보는 순간 나는 알았다.

이걸 자유롭게 편집하게 되는 순간.

친부가 그토록 원했던 [관리자]의 영역에 들어서게 된다는 것을.

'안 되지.'

그러나 고개를 흔들었다. 너무도 위험한 일이기 때문이다. 어지간한 권능은 물론 절대 권능까지 우습게 볼 정도의 힘이었지만—

감히 〈캐릭터 편집〉을 하려 들었다가는⋯ 창조신의 노여움을 사게 된다.

고대의 올림포스 신족처럼 소멸해 허신(虛神)이 되고 싶지 않다면 쳐다보지도 말아야겠지.

'그보다는 내 신성하고 권능이나 살펴야겠다.'

나는 친부에게서 문명과 정보의 신성, 더불어 그가 영락해 얻게 되었던 기계신의 신성을 얻었다.

'그리고 게임의 신이 되었지.'

덕택에 내가 타고난 권능이 상대의 [모든 것]이 머리 위에 표시되는 새로운 권능으로 변화하였다. 이것이 좋은 일인지 나쁜 일인지는 천천히 고민해 봐야 할 문제겠지.

'대신 게임 카테고리를 벗어나는 기계신의 권능은 크게 약화되었다.'

조종술, 제작 등등 게임 카테고리에 들어가는 권능들은 오히려 강화되었지만 기계문명에 관한 권능들은 약화되거나 심지어 사라지기까지 했다.

아마 모르긴 몰라도… 언젠가 그것들을 가지고 아담이 기계신으로 부활하게 되겠지.

'다른 권능은 몰라도 절대명령은 좀 아쉽구먼.'

그러나 그렇다 하더라도 기계들이 나에게 가지는 강력한 호감도까지 사라진 것은 아니어서 라나 아레스가 떠날 거라고 걱정하지는 않았다. 나중에 아담이 와서 [절대명령]을 사용한다면 또 모르겠지만.

'그러진 않겠지.'

뒈지기 싫으면.

파라락.

내 앞으로 한 권의 책이 떠올라 저절로 페이지가 펼쳐졌다.

〈신의 한 걸음〉

〈점프. 우주 여행자를 위한 지침서〉

〈허공도(虛空道)〉

〈은하를 뛰어넘는 용〉

네 개의 초월기가 저절로 발동하며 단 한순간에 우주 한가운데로 이동한다.

—그아아아아!!!

도착과 동시에 무지막지한 포효가 온몸을 후려친다. 주변에 있던 행성들이 박살이 나 흩어졌지만 나는 그 모든 충격을 가볍게 흩어버리며 녀석과 마주 섰다.

"흉하구먼."

그것은, 거대한 괴물이다.

어찌나 큰지 머리통 하나만 떼어놔도 지구와 맞먹는 사이즈를 가지고 있다. 온몸에 잔뜩 나 있는 수십만 개의 눈동자와 마치 촉수처럼 보이는 수만 개의 팔다리는 그저 보는 것만으로 광증을 불러일으킬 정도로 기괴하다.

—너! 너어어어————!!!

녀석이 나를 보며 포효한다. 무지막지한 기세지만 코웃음이 나올 뿐이다.

"겁먹은 개가 짖는구나."

녀석은 지구에서 너무나 많은 손해를 보았다. 녀석의 힘, 녀석의 설정, 녀석의 자원, 녀석의 생명이 지구에 잔뜩 투입되었는데 막상 되돌려받지는 못했기 때문이다.

회사에 재산을 몽땅 투자했는데 상대방이 그걸 들고 날라버린 상황이다.

"뭐, 억울해할 게 있나? 좋은 뜻으로 투자를 한 것도 아니고 다 집어삼키려고 투자를 한 건데."

태연히 말하는 나에게 종말 프로젝트, 아니, [종말의 마수]가 덤벼든다.

행성을 부수고 위성을 잡아먹는 규모를 가진 마수의 맹습!

그러나… 지금의 나에게 물리적인 크기와 힘은 아무런 소용이 없다. 차라리 [시스템] 형태인 종말 프로젝트가 더 상대하기 까다롭다.

"좋아."

가볍게 손을 뻗었다.

다른 정명한 생명체들과는 다르게 언네임드는 창조신의 관심을 받지 않는다. 절대로 사용되면 안 된다고 금단 병기라 이름 지어진 〈설정 파괴탄〉의 유일한 사용처가 괜히 언네임드인 것이 아닌 것.

나는 녀석의 머리 위에 쓰여 있는 문장을 '인식' 했다.

그리고.

"초코 볼."

편집한다.

아무리 언네임드라도 녀석 정도의 격이라면 쉽게 당하지 않을 기술이었지만 지구에서 본 손해로 크게 손상된 종말의 마수는 이를 견디지 못했다.

팟!

행성보다도 거대한, 수십만 개의 눈과 수만 개의 팔다리를 가진 괴수가 사라지고 손바닥 위로 초콜릿으로 만들어진 과자 하나가 모습을 드러낸다.

조금이라도 시간을 끌었다가는 편집이 풀릴 것이라는 사실을 알고 있는 난 즉시 움직였다.

꿀꺽.

그것을 삼킨 것이다.

쿵!

배 속에서 폭탄이 터진 것만 같은 고통이 밀려온다. 그러나 나는 스탯, 영약, 스킬, 자원 등등의 형태로 녀석의 힘을 흡수한 경험이 있었고.

지금의 나는 이 흡수를 나 자신이 아니라 하나의 [세계]로 돌릴 만한 역량이 있었다.

[특성 고유세계(Legend++++)가 랭크 업 합니다!]

[SS랭크 → SSS랭크]

고유세계가 확장된다. 심지어 한 번으로 끝도 아니었다.

[특성 고유세계(Legend++++)가 랭크 업 합니다!]
[SSS랭크 → SSS++랭크]
…….
[특성 고유세계(Legend++++)가 랭크 업 합니다!]
[SSS++랭크 → SSS++++랭크]

무려 다섯 번의 랭크 업! 시스템의 인식 한계는 SSS랭크가 끝이었기에 추가적인 랭크 업은 그저 +가 추가되는 형태로만 표시되었다.

당연히 고유세계에 난리가 난다. 그러나 고유세계의 건물들은 최초 건축 때부터 바닥에 고정하는 대신 배처럼 사철의 대지를 떠다닐 수 있는 구조로 만들게 법제화했기에 빌딩이 무너진다거나 도시가 파괴된다거나 하는 일은 벌어지지 않았다.

"돌아가자."

[…끝난 겁니까? 방금 그거, 언터쳐블급으로 보였는데.]

혼란스러워하는 라와.

[결말 참 허무하구먼. 스테이지는 수십만 년도 더 걸렸는데.]

허무해하는 아레스.

나는 웃으며 말했다.

"내가 지금 급이 있는데 저런 부상자하고 오래 싸우는 것도 웃기는 일 아니냐?"

[하긴.]

[왕다운 말씀입니다.]

납득하는 두 기가스와 함께 공간을 넘자 파랗게 빛나는 34지구가 눈에 들어온다. 나는 그걸 잠시 내려다보았다.

"……."

나는 과거 평범한 삶을 꿈꿨다. 그건 영락해 물질계로 떨어진 뒤 매일매일 고통받아 온 친부의 소망이기도 했다.

그러나 그냥 지구에서 평화를 만끽했다면 폭주한 아담에게 잡혀 죽었을 것이다. 순순히 신성을 받아들였다 해도 언젠가 디카르마에게 자아를 빼앗기고 말았겠지.

돌이켜 보면 내가 여기까지 도달한 것도 신기한 일이다.

'내가 노력한 결과라고는 도저히 말 못 하겠군.'

우연과 우연, 기적과 기적이 겹쳐진 결과다. 하필 종말 프로젝트가 34지구에 잠들어 있지 않았다면. 하필 녀석의 스테이지가 게임의 형태가 되지 않았다면. 정령신이 나에게 고유세계를 주지 않았다면. 또 다른 언네임드 후안이 정의, 진실, 명예를 만들어내지 않았다면. 내가 사람들의 우상이 되지 않았다면. 명월 스님의 도움이 아니었다면…….

푸확!

대기권 안으로 들어선다.

저 아래, 내가 앉아 조각을 이어나가던 자리에 모여 있는 억 단위의 사람들이 보인다. 그저 잠깐의 시간이 흘렀을 뿐이지만 거의 모든 인류가 지금 이 장소로 모이고 있는 것이다.

"라, 날개."

[어떤 용도로 만들어놓을까요?]

"그냥 크고 화려하게만 만들어. 저 아래에서도 보이게."

[알겠습니다.]

라는 뜬금없는 말에도 별다른 반문 없이 내 말에 따랐다.

아레스의 등에서 빛이 번쩍이는가 싶더니 30미터의 아레스가 손가락처럼 보일 정도로 거대한 날개가 펼쳐진다. 무지막지한 속도로 추락하던 아레스의 몸이 일정 고도 아래로 내려가자 두 날개가 자연스럽게 양력을 발생시켜 속도를 늦춘다.

나는 하늘에 떠 땅의 사람들을 보았다.

그리고 깨달았다.

"어쩌면 관리자는… 인류를 사랑했을지도 모르겠네."

애증(愛憎)이다. 인간에게 애착을 가지게 되었기에 그토록 인간을 혐오할 수도 있던 것.

땅이 가까워진다.

사람들의 소음이 귀에 들어온다. 소리치고 있는 사람. 서로 껴안고 입술을 맞추는 연인. 주저앉아 눈물을 흘리고 있는 여인. 무릎 꿇고 기도하고 있는 노인.

그들에게서 전해지는 [신앙]이 나를 떠받드는 것이 느껴진다.

그리고 또한, 나의 존재가 온 우주에 새겨졌다는 사실도.

쿵!

바닥에 내려선다. 수천, 수만, 수억의 사람들이 나를 보고 있다. 조금 전의 소란이 거짓이었다는 듯 경건한 분위기.

나는 주먹을 든 오른손을 번쩍 들어 올렸다.

우레와 같은 환호성이 온 세상을 쩌렁쩌렁 울린다.

대우주 전체에 널리 이름을 떨칠.

최상급 신격의 탄생이었다.

에필로그
대우주의 마경(魔境). 제34지구

수업이 끝나고 교문에서 학생들이 구름처럼 쏟아져 나온다.

"야! 겜방 가자, 겜방!"

"아, 배고프다! 밥 먹자!"

"미친놈이신가. 점심 먹고 수업 끝났는데 배가 왜 고파?"

"그래서 넌 안 먹을 거임?"

"그건 아니죠!"

스테이지가 끝난 지 어느새 1년.

지구는 빠르게 복구되어 가고 있다. 스테이지는 인류의 90%가 죽어나간 대재앙이었지만 다행히도 지구 자체에 끼친 피해는 그리 크지 않았다. 스테이지의 대부분은 지구가 아니라 정지된 시간 속 다른 차원이나 이면세계에서 이루어졌기 때문이다.

물론 거대 고래, 그러니까 우주 괴수들의 브레스로 파괴된 건물들이 상당했지만 지구 전체에 비하면 극히 제한적인 영역일 뿐이다.

"할머니! 할머니! 떡볶이 주세요!"

"저는 저는 팥빙수 주세요!"

"으아! 너무 배고파요!"

학생들 중 상당수가 학교 앞에 자리하고 있는 분식집으로 몰린다. 분식집 할머니는 사람 좋게 웃으며 음식들을 나눠 주었다.

"이것들아! 고등학생이라는 것들이 말투가 무슨 초등학생이야?"

"저희가 초등학교를 못 나와서 그런가 봐요!"

"갑자기 또 그렇게 가슴 아픈 이야기를 하는 게 어디 있니?"

시끌시끌한 분식집.

그리고 그때였다.

우웅!

아무런 전조 없이 공간이 갈라지고 마치 군인처럼 완전무장한 대여섯의 사내가 모습을 드러낸다.

"어? 뭐지?"

"누구지?"

"공간 이동이라니……."

학교 앞에 우글거리던 학생들이 소란을 멈추고 갈라진 공간과 그 안에서 나온 사내들의 모습을 바라본다.

공간을 가르고 나타난 사내들 중 가장 앞에 서 있던 사내는 팔에 차고 있던 디스플레이를 살펴 34지구의 대기 상태가 호흡에 적합하다는 걸 알고 쓰고 있던 마스크를 벗었다.

"하하하! 만나서 반갑다! 나는 바사라의 811번 함 [물푸레나무]의 돌격대장 깐프리데다!"

"깐… 프리데?"

"바사라?"

영문을 모르겠다는 학생들의 표정에 깐프리데의 표정에 미소가 어린다.

하얀 피부에 금색의 머리칼. 그는 기본적으로 아름다운 외양의 사내였지만 솟구친 눈매 때문에 사나운 인상을 가지고 있다.

"아아아~ 주 평화롭구먼! 우리 바사라의 이름을 들어도 비명 지르는 사람 하나 없다니. 하아~ 정말이지 이 뉴비 냄새를 맡으면 참을 수가 없다니까!"

"흐흐흐. 이런 시골 촌놈들이 저희 바사라 이름을 들어보기나 했겠습니까?"

"뭐, 이제부터는 뼈에 사무치게 알게 되겠지만요."

뒤에 서 있던 사내들 역시 음침하게 웃으며 마스크를 벗었다. 여전히 학생들은 눈을 동그랗게 뜨고 그 모습을 바라만 보고 있다.

깐프리데가 다시 말했다.

"자자! 어린 친구들! 학업에 충실한 모습이 매우 보기 좋군!"

고오오!!

깐프리데는 화려하게 치장된 검을 뽑아 들었다. 그리고 웃었다.

"제3문명에 들어온 것을 축하한다, 애송이들아!!"

그의 말대로 34지구는 제3문명에 들어섰다. 위대한 게임 마스터(Game master), 철가면이 전수해 준 온갖 기술과 장비들이 인류에 전해졌으니 어쩌면 당연한 일이다.

촤악!

깐프리데가 검을 휘두르자 하늘이 길게 갈라지며 완전무장한 수백 명의 사내들이 모습을 드러낸다.

그뿐이 아니다.

쿵! 쿵!

휘이잉!!

드론 형태의 비행체들과 기급, 심지어 수급 기가스들마저 모습을 드러낸다.

우주 해적, 바사라 소속 물푸레나무호의 노예 상인들!

"자, 그럼!"

그리고 그들이 학생들에게 달려든다.

"잡아!"

대우주에서 하나의 문명이 다른 문명에게 완전히 정복당하거나 식민지가 되는 일은 생각보다 잘 벌어지지 않는다.

성계신 때문이다.

성계신은 가장 흔한 언터쳐블이라는 비아냥거림을 들을 정도로 많지만 창조신의 위계를 잇고 있기에 오히려 강력한 편에 속하는 언터쳐블이다.

존재하는 거의 모든 권능을 다 가지고 있을 정도니 말해 무엇 할까?

성계신이 멀쩡히 살아 있다면 해적들이나 제국급 세력은 물론이고 심지어 [연합]이나 그들의 주적이라 불리는 우주적인 존재들조차 쉽사리 해당 문명을 침탈할 수 없다.

"하지만 제3문명에 들어서게 되면 이야기가 다르지!"

어떤 문명이 외부 공격에 가장 취약해지는 순간이 바로 그쯤이다. 문명의 발달이 어느 선을 넘게 되어 성계신으로부터 [독립]하게 되는 시기. 성계신의 보호는 벗겨졌는데 아직 대우주에 대한 경험도, 무력도, 기술도 부족한 바로 그 순간!

그런 문명을 발견하는 것은 그와 같은 노예 상인들에게 게럴트 매장지를 발견하는 것만큼이나 가슴이 벅찬 순간이다.

"자자! 영능을 익힌 놈들! 혹은 자질을 가진 놈들 다 포획해! 반항하는 놈들은 사지를 잘라서 백에 넣어버리고!"

"네!!"

기운차게 소리친 해적들이 품에서 측정기를 꺼내 작동시킨다.

그리고 작업이 시작된다.

"여기 이 꼬마, 적성자입니다!"

"끌고 가!"

"이 꼬마도!"

"시작이 좋구먼! 끌고 가!"

"이 꼬마도 적성자입니다!"

해적들이 기세 좋게 학생들을 잡아 수갑과 목걸이를 채운다. 어쩐 일인지 학생들이 저항을 하지 않았기에 그 모든 과정이 순조롭기 짝이 없다.

"오! 이 녀석도 적성자야? 여기 무슨 유명한 아카데미였나, 완전 노다지로구먼!"

띠링!

깐프리데 역시 추정기를 꺼내 떡볶이를 먹고 있던 학생을 가리켰다. 측정기가 녹색이 되었고 깐프리데는 그에게 금속으로 만들어진 구속구, 속칭 [개 목걸이]를 채웠다.

"적성자입니다!"

"적성자입니다!"

"여기 이 녀석도 적성자입니다!"

"저기 이 녀석도……."

신나서 민간인들을 포획하고 있던 해적들이 외침에 점점 의문이 깃들기 시작한다.

"아니, 이것들… 죄다 적성자인데요? 예외가 없어요. 설마 이 많은 것들이 다 [영재]급일 리가 없는데."

"야. 측정기에 걸리는 건 영재급 말고는 [완성자]급뿐인 거 몰라? 설마 이 꼬마들 전부가 완성자급 영능력자라는 개소리를 하고 싶은 거냐?"

"그럴 리는 없지만 아무리 봐도 이상합니다. 뭔가 함정 같은 것일 수도 있고요."

부하의 의문에 깐프리데가 와락 인상을 찡그렸다.

"야 이 등신들아! 누가 함정을 이딴 식으로 파냐? 우리가 이것들 인질 잡으면 어쩌려고? 영재급 인재들은 어느 문명에서도 귀중한 취급인 거 몰라? 게다가 이게 함정이려면 이 근처에 매복한 병력이 있어야지! 통신도 다 두절시켰는데."

그렇게 소리치며 근처의 여학생 둘을 확 잡아당긴다.

그리고 그쯤에서야, 깐프리데도 뭔가 이상하다는 걸 깨달앗다.

"…뭐야."

하교 중이던, 수백 명이 넘는 학생들을 바라본다. 수갑과 목걸이를 차고 한쪽에 몰려 있는 학생들과 자신의 손에 잡혀 있는 학생들.

심지어 후덕한 체형의 분식집 주인까지.

"이것들 눈깔이 왜 이래?"

그들의 눈에.

당연히 보여야 할 두려움이 없다.

"네? 제 눈깔이 왜요?"

"너, 렌즈를 해서 그러는 거 아니니."

"아니, 할머니! 이게 얼마나 이쁜데 그러세요!"

느닷없이 여학생과 분식집 주인이 티격태격거린다. 자신을 무시하는 듯한 행동에 깐프리데의 얼굴에 살기가 깃든다.

"이 노인네가!!!!"

번쩍!

깐프리데가 차고 있던 팔찌에서 영자력 소드가 솟구치고 벼락처럼 휘둘러진다. 분식집 주인의 목을 쳐 날리려는 자비 없는 일격!

그러나.

쩡!

"…뭐라고?"

노인이 김말이를 썰고 있던 식칼로 그것을 막는다.

"경계!"

"긴장해!!"

"자세 잡아!!"

껄렁껄렁하던 해적들이 단숨에 전투태세로 들어간다. 각자의 무기를 꺼내고 심지어 기가스들 중 몇이 분식집으로 다가온다.

깐프리데가 삐뚤어진 얼굴로 웃는다.

"이야~ 이게 뭐야. 할망구, 설마 은둔 고수 뭐 이런 거야? 너 믿고 이 꼬맹들이 겁 안 먹는 거고?"

"은둔… 고수? 나를 향해 하는 말인가?"

분식집 주인이 어이없다는 표정을 지었다. 이글거리고 있던 식칼에서 검기가 사라진다. 그녀는 고개를 절레절레 흔들며 말했다.

"에휴. 그래 고맙구려. 병사조차 될 수 없던 나를 은둔 고수 씩이나 취급해 주다니."

촤아악!!

그렇게 말하고 기름에 막대기를 꽂은 돈가스를 넣어 튀기기 시작한다.

해적들은 어이가 없어서 그녀에게 총구를 들이댔다.

"이 노인네가 미쳤나!"

"야! 방심하지 말고 기가스 불러! 이 노인네, 뭔가 심상치 않아 보인다!"

"외부 통신 차단된 거 확실하지?!"

분식집을 중심으로 포위진이 짜이기 시작한다. 그리고 다가오는 수급 기가스 검은 곰!

그 옆에 잡혀 있던 학생 하나가 그 모습을 보며 말한다.

"와. 이게 말로만 듣던 아이언 하트구나. 혹시 내 푸른 매에 이식할 수 있을까?"

"병신아, 기가스의 코어는 말 그대로 정체성이거든. 아이언 하트를 푸른 매에 장착하면 네 푸른 매가 죽는 거나 다름없어."

"역시 그렇겠지? 아, 하지만 동급이어도 아이언 하트가 5배 이상 좋다고 하던데… 그럼 그냥 푸른 매를 판매하고 이걸 내가 타는 건?"

"이거, 또라이 아냐? 여기에 사람이 몇인데 이걸 네 것처럼 이야기해?"

"우리 학교에 수급 라이더는 넷밖에 없으니까!"

"그 넷 중에 하나가 나다, 이 새끼야. 그리고 선생님들은 어쩔 거냐?"

"아, 왜 자꾸 욕질이야. 등신아."

시시덕거리는 학생들의 모습에 분식집 주인을 보며 긴장하고 있던 해적이 인상을 찡그린다.

"이 새끼들이, 분위기 파악이 안 돼?!"

퍽!!!

철퇴 같은 주먹이 시시덕거리던 고등학생의 얼굴을 후려친다. 코뼈는 물론이고 이의 절반이 날아갈 정도로 매서운 일격!

그러나.

"악!!"

비명과 함께 주먹을 휘둘렀던 해적이 뒤로 물러선다. 놀라서

돌아보니 금속으로 변했던 학생의 얼굴이 사람의 것으로 돌아
온다.

옆의 학생이 부러워한다.

"아, 강철 오오라 너무 부럽다."

"왜? 제작계가 취직 잘되어서?"

"그것도 그렇지만 철가면님하고 같은 능력 있다는 거 자체로
좀 로망 아님?"

상황이 그렇게까지 진행되자 분식집 주인만 경계하던 해적
들도 뭔가 이상한 것을 깨닫고 총구를 학생들에게 돌렸다.

두두두!!!

까가강!!!

망설임 없는 발포였지만 희생자는 없다.

스킬, [긴급 방어]의 힘이다.

"경찰 안 오나 봐! 우리끼리 하자!"

"에이, 괜히 멍 때리고 있었네."

"스킬 북! [기가스 콜]! 어? 안 되는데?"

"에이, 등신아. 수갑하고 목걸이부터 풀어야지. 스킬 북!
[해방]!"

철컥! 철컥!

학생들이 차고 있던 수갑과 개 목걸이가 당연하다는 듯 풀
려 바닥에 버려진다.

"이런 미친! 죽여!!! 상품이고 뭐고 다 죽이라고!!"

"찢어버려!!"

해적들은 물론이고 기가스들까지 공격을 쏟아내기 시작한

다. 그러나… 이미 늦었다.

"스킬 북! [기가스 콜]! 와라!! 바바리안!"

"와라!! 워리어!"

"버서커!"

"소드맨!!"

"매지션!"

"하하하! 하찮은 기급 놈들! 와라! 푸른 매!"

"어우! 몇 년 일찍 받았다고 잘난 척 진짜! 우리도 나중에 시험 쳐서 수급 받을 거거든?"

기가스가 나타나기 시작한다. 한두 대가 아니다. 하교하던 학생들, 그러니까 수백 명의 학생들 전부가 기가스를 불렀다.

그렇다! 전부가!!

쿵쿵쿵쿵쿵!!!

사방에서 모습을 드러낸 수백 기의 기가스들에 도로가 가득 차 버린다. 학생들은 수백 수천 번 해봤다는 듯 자연스럽게 탑승해 버렸기에 막지도 못했다.

"아니, 아니, 이게 뭐야……."

깐프리데는 너무 어이가 없어서 입을 쩍 벌렸다.

정신을 잃어버릴 것만 같았다.

*　　　*　　　*

[보고드립니다, 함장님. 바사라의 해적들이…….]

"아, 나도 느꼈어."

그렇게 대답했다가 문득 어이가 없어 묻는다.

"아니, 그런데 미끼도 없이 너무 미친 듯 낚이는 거 아냐? 이것들 다 정박아 아닌가?"

한국에 쳐들어왔던 바사라의 해적들은 하교 중이던 고딩들에게 털린 후, 뒤늦게 도착한 경찰에게 체포당했다.

그렇다. 녀석들은 고딩들에게 털렸다.

대우주 전체에 자자한 바사라의 악명을 생각하면 기가 찬 일이지만 34지구에서 녀석들에게 납치당할 만한 이들은 태어난 지 얼마 안 된 신생아와 유아들 정도다.

[해적들은 지금까지처럼 냉동해서 고유세계로 던져 넣고, 입수한 아이언 하트는 구매하겠습니다.]

"그래그래."

스테이지가 끝난 지 1년이 지났다.

60억이 넘던 인류의 숫자는 5억 이하로 떨어졌다. 인류가 지금까지 경험한 적 없었던 그야말로 파멸적인 피해라 할 수 있겠지.

그러나 그 결과 남은 5억 명의 면면은 어떠하던가?

현 인류의 평균 레벨은 10이 넘는다.

심지어 이 평균은 비전투원인 아이와 노인까지 포함한 숫자이니 누군가 34지구에 와 체감하게 될 평균 레벨은 그것보다도 더 높다.

'농담이 아니라 엔간한 노블레스에 맞먹는 평균 레벨이란 말이지.'

심지어 34지구의 실질 전투력은 그 막대한 평균 레벨보다도 더 높다. 왜냐하면 현 인류의 대부분이 기가스 파일럿이며.

지금 34지구, 정확히는 내가 보유한 기가스의 숫자는 그 모든 파일럿을 감당하고도 수십억 대가 남을 정도이기 때문이다.

[즉, 전체 인구보다 기가스 숫자가 더 많은 상태라는 거지. 뭐 이런 미친 문명이 다 있냐?]

아레스의 말에 한숨 쉬었다.

"수련도 할 겸 계속 만들었으니까. 게다가 기가스 주인들이 많이들 죽었으니."

스테이지가 진행되며 조종사가 죽어 회수된 기가스만 해도 10억 대가 훌쩍 넘는다. 게다가 한창(?) 때의 나는 하루가 다르게 제작 수준이 높아져, 있는 기가스도 계속 교체했기에 더욱 그렇다.

[하지만 은퇴해 버린 플레이어도 많잖아?]

나는 전쟁 참여 인원들에게 연금을 약속했다. 그리고 그 결과 인류의 대부분이 그 수혜자가 되었고, 스테이지가 끝난 34지구는 사실상 일하지 않아도 상관없는 세상이 되어버린 상황.

그러나 그럼에도… 사람들은 일하고 싶어 했다. 지구로 돌아가 자신이 살 곳을 꾸미고 일상을 영위하길 바랐다.

왜냐하면 스테이지가 고통이었기 때문이다.

살아남기 위해 어쩔 수 없이 감내해야 했지만 끔찍한 괴물과 싸우고, 전쟁을 벌이고, 영혼을 짓누르는 영격을 가진 초월자와 마주하는 경험을 아무렇지 않게 넘길 수 있는 사람은 많지 않다. 수많은 플레이어들이 PTSD를 겪고 있었고 그건 34지구가 한동안 감당해야 할 사회문제이리라.

"하지만 모두 그런 건 아니니까."

그리고 당연하지만.

스테이지에 [완벽히] 적응한 이들 역시 존재한다.

적성이 맞는 자들, 역량이 충분한 자들, 태어날 때부터 스테이지가 횡행하는 세상에서 살아왔기에 평화에 적응하지 못하는 이들까지.

스테이지가 끝나자 그들은 새로운 전장을 원했다. 그들 중 일부는 군인이 되거나 경찰이 되는 것으로 만족했지만 그 정도로는 만족하지 못하는 것이다.

[결국 진행하실 생각이십니까?]

"그래, 지구야 평화를 되찾았지만 우주에 전장은 얼마든지 있으니까. 당장 군벌은 오버고……. 용병단 정도로 시작해야겠군."

그리고 그들의 주 고객은 레온하르트 제국이 되리라. 34지구와 가장 체계가 흡사하고 전 황제인 내가 34지구의 지배자인 만큼 감히 등쳐먹으려는 녀석이 없을 것이기 때문이다.

[기체는 어떻게 할까요?]

"나가서 무시당하면 안 되지. 지금 기가스 다 회수하고 아이언 하트를 장착한 동급 기가스로 교환해 줘."

신성을 획득했지만 기계신은 곁다리일 뿐이었기에 자체적으로 아이언 하트를 제작할 수는 없다. 물론 시간과 노력을 기울이면 어떻게든 재현할 수 있을지도 모르지만 굳이 그럴 이유는 없다.

[함장님! 테케아 연방의 침입을 확인했습니다!]

"어디에?"

[플래티넘 중학교 수학여행 현장에… 아! 해결되었습니다!]

"중학생한테도 털리냐……."

왜냐하면, 지금 이 순간에도 아이언 하트가 막 굴러들어 오고 있기 때문이다.

[인솔 교사가 공략파 플레이어였습니다.]

"아, 역시 중학생한테 털릴 정도는 아니구나?"

[그저 교사가 끼어들지 않았을 뿐이지요.]

"……."

너무한 취급에 어이를 상실한다. 테케아 연방이면 예전 나를 납치했던 비인족들의 세력인데 이렇게 된단 말인가?

"뭐, 하지만 이것도 오래가지는 않으려나?"

[아무래도 그렇게 되겠지요. 지금의 인류가 강한 건 어디까지나 스테이지의 보상 때문이니까요.]

인류의 평균 레벨은 10이 넘는다.

그러나 그렇다고 인류 모두가 [완성자]의 깨달음을 얻은 건 아니다.

'영약과 스탯의 힘이지.'

깨달음이 부족해도 내공이 미친 듯 많고 스탯이 미친 듯 높으면 완성자를 넘어서는 전투력을 가지게 된다. 두꺼운 가죽과 덩치를 가진 그리즐리 베어라면 굳이 무술 같은 거 몰라도 권투 세계 챔피언을 관광하는 것과 마찬가지.

지구 전체의 역량과 재능의 평균이 완성자가 아니니 스테이지를 경험한 세대가 늙어 죽게 되면 34지구의 평균 레벨도 많이 낮아지게 될 것이다.

나, [게임 마스터]의 신앙이 있는 만큼 형편없이 약해질 일은 없겠지만 말이다.

위잉!

내가 앉아 있던 테이블 위쪽 공간이 일렁이더니 김이 모락모락 피어오르는 핫초코가 모습을 드러낸다.

나는 그것을 잡아 마시며 물었다.

"밀레이온하고 제니카는 어때?"

[회복 중입니다. 완치를 위해서는 아직도 몇 년은 더 쉬어야 한다는군요.]

하와, 그리고 하와에 탑승한 디카르마와 싸웠던 두 영웅의 부상은 꽤 심각했다. 경지를 넘어서는 전투력을 발휘했으니 어쩔 수 없는 일.

결과적으로 그들의 덕을 본 나는 고유세계에 그들이 쉴 곳을 마련해 준 상태다. 원래 친분이 있는 듯 그들은 한 건물에서 쉬며 부상을 회복하고 있었다.

"아빠랑 엄마는 어때?"

[아! 현재 비행선을 타고 세계 여행을 하고 계십니다. 다만.]

"다만?"

[좀 더 자주 찾아와 주셨으면 한다고…….]

아버지는 종말 프로젝트의 힘으로 어머니를 부활시켰다. 아버지가 스테이지의 [컨셉]의 개발자로서 종말 프로젝트에 녹아들었기에 가능한 일이었다.

"으음."

난감함에 신음한다. 물론 한 번도 안 찾아간 것은 아니다. 벌써 네 번이나 찾아뵈었으니까.

그런데 그것보다 더 자주 보고 싶으신 모양이다.

'하지만 고등학생 친엄마라니……'

볼 때마다 어색함에 죽어버릴 것 같다. 그나마 어머니를 부활시킨 후 관일한이라는 정체성을 유지하고자 했던 아버지의 자살을 막았으니 망정이지, 아버지는 죽고 어머니 혼자 부활했다면 정말 대하기 어려웠을 것이다.

"에휴, 그래. 조만간 찾아뵙겠다고 전해드려. 아빠 생일이기도 하니까."

[알겠습니다.]

거기까지 말하고 나니 다른 지인들의 소식도 궁금하다.

"재석이는 뭐 해?"

[재석 님과 경은 님은 은퇴해 육아에 힘쓰고 있습니다. 다만 재석 님은 제자를 몇 받아들여 경천칠색을 전수하고 있더군요.]

"경천칠색이 여기에서 이어지는 건가. 하긴, 초월지경에는 못 가도 녀석 정도면 경천칠색의 달인이라 할 수 있으니… 선애는?"

꽤 오래 잊고 있던 짝꿍의 이름을 입에 담는다.

놀라운 적성과 재능을 타고나 그 재능에 가장 걸맞은 기연을 만났던 소녀.

[현재 고아원을 운영 중입니다. 다만 좀 특이점이……]

"특이점?"

[네, 다시 젊어졌습니다. 반로환동과도 조금 달라 보이더군요.]

선애는 만령자라는 특이한 재능을 타고나 흑마법사들에게 온갖 생체 실험을 당했다.

그녀의 능력은 '무제한적으로 영단을 흡수'하는 것.

사실 활용이 어려운 능력이다. 웬만큼 큰 세력을 가진 이들이라도 평생 영단 구경도 못 하는 게 현실 아닌가?

그러나… 포인트만 있으면 얼마든지 영단을 살 수 있는 자판기를 만나면서 그녀는 종말의 거인을 맞상대할 정도의 힘을 얻었다.

'만약 강렬한 투쟁심이나 향상심이 있었다면 스테이지에서 깽판을 쳤을지도.'

그러나 그건 그녀가 원치 않던 삶.

나는 누구보다 그녀의 마음을 이해했기에 그녀를 풀어주었다. 마지막 전투 때 나와 활약한 것만 해도 그녀는 할 일을 다 했다 할 수 있을 것이다.

삐—!

그때 갑자기 날카로운 신호음이 울린다.

"뭐야?"

[핫라인을 통한 외부 통신입니다.]

"아, 핫라인."

핫라인이 있다는 건 알았지만 그게 작동하는 건 처음이다.

"뭐, 연결해."

—아! 들린다!

수락과 동시에 홀로그램이 작동하며 새파란 머리칼의 미녀가 모습을 드러낸다. 마지막으로 봤을 때보다도 훨씬 성숙해 보이는 모습의 세레스티아나.

—어이! 전남편!

"아, 세레스티아. 오랜만."

—오랜만! 아니, 이게 아니라 대체 뭘 하고 있는 거야? 34지구가 제3문명에 올라갔다는 보고가 왔어! 아직 백 년은 더 있어야 했던 일인데! 설마 과학자들 초청해서 기술 전수라도 한 거야? 함부로 3문명에 올라서면 위험해!

그녀의 말에 나는 레온하르트 제국이 34지구의 상황을 거의 모른다는 것을 알았다.

[종말 프로젝트는 시작과 동시에 해당 문명의 정보를 은폐합니다. 외부의 도움을 막기 위해서이지요. 심지어 점술 같은 간접 정보 습득 능력을 사용해도 해당 문명에 아무런 문제가 없다고 인식됩니다.]

"아, 그래?"

지금껏 외부 도움에 대해 생각도 안 했기에 몰랐다.

'그러고 보니 드래고니안에 있던 보람과 동민이도 지구 상황을 전혀 모르고 들어왔다고 했었지. 노블레스가 인식을 못 했을 정도면 다른 세력들은 더 말할 필요도 없겠네.'

그렇게 생각하며 셸에게 말했다.

"종말 프로젝트라는 걸 좀 진행했거든. 무기들을 좀 만들어서 뿌렸더니 레벨이 올라 버리더라고."

─기술 전수도 아니고 나눠 주는 걸로 문명 레벨이 오른다고? 아니… 아니, 그보다 종말 프로젝트?! 그거 대전쟁 때 문명 박살 내고 다녔던 언터쳐블 아냐?!

"진짜 하나도 모르는구나……."

"대하야!!!"

그때 문이 열리고 영민이 형이 뛰어 들어온다.

그 뒤로 사색이 된 민경이 따라 들어온다.

"여, 영민아! 이, 이렇게 함부로 들어오면 안 돼!"

형이 죽은(?) 뒤 내가 정색을 하고 대했던 데다, 내가 신앙의 대상까지 되는 바람에 민경은 여전히 날 어려워했다. 물론 형은 신경 안 썼다.

한편 함장실에 들어온 형은 세레스티아의 홀로그램을 보고 눈을 동그랗게 떴다.

"어? 예쁜 아가씨네. 설마 여친이야?"

─대하야?

"아, 말했었지? 우리 형이야."

내 말에 세레스티아가 깜짝 놀라서 자세를 바로 했다.

─앗!!! 안녕하세요! 저, 저는 레온하르트 제국의 세레스티아라고 합니다! 결혼식 때 부르지 못해서 정말…….

그녀의 말에 형이 기겁한다.

"대하, 너 결혼했어?!"

세레스티아도 기겁했다.

─대하, 너 안 말했어?!

"아, 어차피 이미 이혼해서."

별거 아니니 안심하라는 말이었지만 형은 오히려 더 당황한다.

"이혼도 했다고?!?!"

정신 못 차리는 형의 모습에 세레스티아의 눈동자도 핑핑 돈다.

─앗! 아앗!! 그래도 나쁘게 이혼한 건 아니에요! 저, 저기. 어디까지 아시는지 모르겠지만 저는 레온하르트 제국의 현 여황입니다. 레온하르트 제국이라는 건 34지구랑은 꽤 멀리 떨어진, 행성 수십 개가 모여 만들어진 세력인데……

"멀리 떨어진 행성? 아니, 뭔 상황이야? 그럼 지금 네가 언터처블이 되어서 연락이 된 건가?"

─누가 언터처블이 되었다고요??

어떻게든 차분히 상황을 설명하려던 세레스티아가 입을 쩍 벌리는 모습이 보인다.

패닉에 빠진 함장실.

나는 들고 있던 핫초코를 호로록 마시며 중얼거렸다.

"혼란하다 혼란해."

*   *   *

세레스티아와의 통신이 끝났다. 그녀는 조만간 시간을 만들어 날 찾아오겠다고 했다. 애초에 용건이 그것이었다. 그녀가 여황의 자리를 단단히 굳힐 수 있었던 근간, 황제급 기가스 [광휘의 라]가 없어지자 여러 가지로 잡음이 나오고 있었기 때문이라 한다.

'나쁘지 않지.'

당연한 말이지만 라를 돌려줄 생각은 없다. 라가 꼭 필요해서라기보다는 라가 별로 가고 싶어 하지 않았기 때문이다.

'레온하르트 제국에 한번 가긴 가야 하니.'

게임 마스터의 이름을 어떻게 알릴지 생각할 때였다.

[함장님, 바사라입니다.]

"또? 진짜 징하다 징해."

[이번엔 워프를 통한 침입이 아닌 강습을 노리는 듯합니다.]

"강습?"

[기가급 전함의 접근을 확인했습니다. 보낸 부대들이 소리 소문 없이 사라지니 확인할 수밖에 없겠지요.]

"아예 작정을 했군."

아무리 후발 주자라 하더라도 제3문명에 올라설 정도라면 결코 만만한 전력이 아니다. 괜히 성계신에게서 독립했겠는가? 고작 함선 하나 가져와서 압도할 수는 없다는 뜻.

그러나… 그 목표가 테러와 약탈 정도라면 충분히 가능하다.

녀석들이 노리는 것 역시 딱 그 정도일 것이다.

"후."

나는 지구에 있는 몸을 움직여 괴물 고래 녀석들에게 파괴되었던 공터로 이동했다.

쿵!!!

그저 힘을 끌어올리는 것만으로 거대한 크레이터가 생겨난다. 내 몸에서 뿜어지는 기운을 얻어맞자 흙과 자갈로 구성되어 있던 땅이 사철과 철 쪼가리들로 변질된다.

"아… 진짜 컨트롤 너무 힘드네."

사실 내 역량 자체는 황제 클래스에도 한참 못 미친다. 나는 그저 [나]로서 설 수 있게 된 것에 불과하기 때문이다.

그러나 나는 [관리자]라 불리며 창조신의 옆에 서 있던 절대신의 신성을 타고났으며.

나는 그저 그 힘을 수습하는 것만으로 신화적인 힘과 권능을 휘두를 수 있다. 마치 고대의 올림포스 신족이나 아스가르드 신족들처럼.

이쯤 되면 스스로의 역량이 부족하다 해도 상관없다. 내 역량이 황제 클래스에 못 미친다고 이야기했지만, 그 황제 클래스도 내 앞에서 깝죽거리면 바로 저승행이다.

고오오!!

신성이 불타오른다. 뿜어지는 힘이 어찌나 강한지 물리법칙을 뒤틀어 고유의 법칙을 만들어낼 정도.

"이래 봐야 겨우 언터쳐블 정도인가."

[도대체 언제부터 언터쳐블이 겨우였냐?]

공간이 갈라지며 아레스가 모습을 드러낸다. 땅에 가득하던 쇳조각들이 녀석의 발에 밟히며 날카로운 소리를 낸다.

"왔어? 가자!"

[오냐.]

아레스가 나를 잡아 마치 집어삼키듯 탑승시킨다. 아발론 시스템이 가동하며 아레스의 아이언 하트와 내 영혼이 싱크로

한다.

나는 아직도 내 신성을 완벽하게 소화하지 못했다.

지구에서 막대한 신앙을 수급하고 온갖 권능을 제작해 휘두르고 있지만 그래 봐야 내 수준은 언터쳐블 정도.

그러나 내가 아레스에 탑승하는 순간.

나는 내 한계를 초월한다.

팟!!

우주 공간에 도착한다. 위치로 치면 목성과 토성 사이의 어디쯤 되는 장소.

그리고 그곳에 거대한 나무 한 그루가 날고 있다.

"…나무?"

[물푸레나무함입니다. 세계수로 만든 요정족들의 특산품이지요.]

"우주를 날아다니는 나무라니."

나무 위를 슬쩍 살펴 정보를 읽어보니 선원의 숫자도 천 명이 넘는다.

천 명의 요정족.

어이가 없는 건 지구에 처음 찾아온 요정족들이 대우주 전체에 악명이 자자한 해적이라는 것이다.

"더 볼 것도 없네."

웅!

나는 오른손을 들었다. 아레스의 오른손이 들린다.

그리고 그대로.

나는 오른손의 〈정보〉를 편집했다.

화악!

—뭐, 뭐, 뭐, 뭐야?!?!

—측면, 정체불명의 금속제 등상! 고속으로 접근 중입니다! 금속제와의 거리 150킬로미터! 100킬로미터! 50킬로미터!!

—아니, 이게 무슨… 손이라고?!

—배리어 전력 전개!!

—아, 안 돼 막을 수 없……!

나는 종말 프로젝트를 잡아먹었고, 그 결과 고유세계는 SSS++++랭크까지 성장했다.

그때 나는 고유세계의 크기를 키울 수 있었다. 작정한다면 태양계만큼, 아니, 어쩌면 그 이상의 거대한 차원을 만들어낼 수 있었던 것!

그러나 다 활용도 불가능한 공간에 무슨 의미가 있겠는가?

나는 고유세계를 무작정 키우는 대신, 고유세계에 진입시킬 수 있는 질량을 늘렸다.

"흡!"

거대해진 손으로 물푸레나무함을 잡는다.

그리고 그대로.

고유세계로 넘겨 버렸다.

[…정말 이건 봐도 봐도 어이가 없네.]

[물리법칙을 무시하는군요.]

어이없어하는 두 관제 인격의 말에 대답한다.

"무시한 게 아니라 잠시 수정한 거지."

우주를 날아다니던 물푸레나무함이 고유세계에 나타난다. 고유세계에서 성급 기가스를 타고 대기하던 난 그것을 받아 살포시 내려놓았다.

"왔습니다!!"

"와! 이게 뭔 나무야??"

기다리던 신도들이 놀라는 소리를 들으며 왼손을 들었다.

이대로 놔두면 난데없이 끌려온 함선이 미친 듯 포격을 쏘며 발악을 할 것을 알기 때문이다.

'최악의 상황에는 자폭을 감행할지도 모르지.'

때문에 나는 권총의 형태로 변한 쉐도우 스토커의 〈정보〉를 편집했다.

철컥!

왼손의 권총이 사라지고 기가스의 손에 권총이 들린다.

"정지시키겠어. 시간은 24시간."

─시공동결탄(時空凍結彈) 장전… 완료.

안내와 함께 그대로 방아쇠를 당긴다.

투확!!!

거대한 권총이 거대한 탄환을 쏘아내자 주변에 폭풍이 분다. 역할을 마친 쉐도우 스토커는 원래의 크기로 변해 내 손으로 돌아온다.

팟!

탄환에 얻어맞은 물푸레나무함의 시간이 멈춰 버린다. 쉐도우 스토커의 본래 출력으로는 어림도 없는 일이지만(대인용이니까), 지금의 나에게는 상관없는 일이다.

"자자! 해적 놈들은 잡아서 냉동시키고, 아이언 하트는 분리해 꺼내놓으세요!"

"24시간 안에 끝내야 합니다! 서두릅시다!"

함선 안으로 쏟아져 들어가는 신도들을 잠시 바라보다 지니에게 말한다.

"꽤 재미있어 보이는 함선이야. 고유세계에 저 세계수라는 걸 심을 수 있을까?"

[시간은 꽤 걸리겠지만 선원을 전부 포획한 이상 가능할 겁니다.]

"그럼 〈스테이지〉에 심자. 세계수라니, 영감이 솟구치는데!"

그들을 두고 단숨에 날아오른다. 저 아래에 거대 건축물이 잔뜩 들어서고 있는 달만 한 크기의 행성이 보인다.

나는 고유세계 사람들이 자칭하는 이름을 따라 저곳을 〈강철계〉라 이름 붙였다.

그리고 추가로 있는 5개의 행성.

아직 개발이 덜 되었기에 과거의 강철계가 그러했듯 사철의 혹성일 뿐이지만, 나는 그것들을 이용해 새로운 스테이지를 만들고 있다.

앞으로 나, 게임 마스터에 대한 신앙을 가진 존재라면.

대우주 그 어디에 있더라도 접속해 부와 명예, 그리고 강대한 힘을 얻을 수 있는 꿈의 무대를 만드는 것이다!

[함장님의 말씀대로라면 이미 대우주 곳곳에서 이루어지고 있는 일이지요.]

"그러니 더더욱 빠지면 안 되지. 게다가 내 스테이지는 맨손으로 시작해도 궁극적으로는 기가스 파일럿이 될 수 있도록 키우는 곳이야. 이 대우주 시대에 엄청난 강점이지."

앞으로 내 스테이지를 뛰어다닐 수많은 플레이어들에 대해 생각하는 것만으로도 가슴이 벅차오른다.

"게다가 이건 34지구 후예들을 돕는 역할도 하니까."

지금 34지구의 전투력은 정상이 아니다. 농담이 아니라 식당 아줌마가 검기를 쓰고 학교 선생님이 고위 마법을 쓰는 상황. 현 인류의 스탯은 너무 높아 인간이 아니라 영수나 신수와 맞먹을 정도였다.

하지만 그들의 자식, 손자들도 과연 그런 능력을 가질 수 있을까?

'어림없는 소리지.'

나는 종말 프로젝트가 했던 것처럼 무제한적인 영단과 스탯 포인트를 퍼줄(물론 종말 프로젝트가 원해서 그런 건 아니었지만) 생각이 없으니 플레이어들은 스스로의 역량을 키워야 선대와의 까마득한 차이를 따라잡을 수 있을 것이다.

나는 한참 건설 중이던 스테이지를 잠시 지켜보다 두 눈을 감았다.

그리고 의식을 확장한다.

찰나(刹那)의 순간, 고유세계 전부가 인지되고 잠시 후에는 지구 전체가 인지 범위 안으로 들어온다. 보통의 인간이라면 당장에 뇌가 터져 버릴 정도의 정보량이었지만 나는 여유롭게 그 모든 것을 받아들일 수 있었다.

정신을 집중한다.

아버지가 보인다. 어머니와 아름다운 해변을 걷고 있다. 나이 차이가 상당해 보이는 두 분이었지만 아버지가 워낙 동안에 미남이라 어울리는 커플이다.

형의 모습이 보인다. 공관에서 업무를 처리하고 있던 민경을 찾아가 아무도 안 보는 새 스킨십을 시도하고 있다. 민경이 새빨개진 얼굴로 부끄러워 어쩔 줄 몰라 하는 모습이 보인다.

자식의 재롱을 보며 웃고 있는 재석과 경은의 모습이, 쏟아지는 비를 보며 책을 읽고 있는 선애의 모습이, 방송에 나와 정의를 논하는 알렉스의 모습이 보인다.

사람들의 모습이 보인다. 무너진 건물을 올리는 사람들, 장사를 하는 사람들. 다시 시작된 방송에서 노래하는 사람, 연기하는 사람, 사람들을 웃기는 사람.

어빌리티를 연마해 자신의 것으로 체화하고 있는 사람, 그저 편히 쉬고 있는 사람, 여행을 다니는 사람, 밤새워 매일 게임을 하는 사람.

그리고 기도하는 사람까지.

절로 입꼬리가 치솟아 오른다.

"하하."

물론 나도 이런 광경이 영원히 이어지지 않을 것이라는 사실을 안다. 사람들은 정의, 진실, 명예의 빈틈을 찾을 것이다. 질투하고 미워할 것이다. 온갖 잣대로 서로를 가르고 싸울 것이다. 죄를 저지르고 악의를 품을 것이다.

그러나 그렇다 하더라도, 나는.

[함장님!!]

"아."

나는 집중을 깨는 목소리에 의식을 가라앉혔다.

"무슨 일이야?"

[다수의 함대가 태양계로 초고속 접근 중입니다!]

"초고속이라면."

[네, 아스트랄 드라이브입니다.]

워프 드라이브를 사용하지 못하고 직접 온다는 것은 그들의 규모가 어느 선을 넘어섰다는 말이다. 함대의 규모가 엄청나거나 아니면 테라급, 그러니까 알바트로스함에 맞먹는 전투 함선이 오고 있다는 말이겠지.

"아니, 뉴비만 보면 정신 못 차리는 고인물도 아니고 너무 심한 거 아냐?"

[확실히 정상이 아닙니다. 34지구는 특별한 자원을 가진 문명도 아니니까요. 게다가 제3문명에 들어섰다는 건 최소한의 전력은 된다는 뜻인데 이렇게 대놓고 쳐들어오다니.]

"나 참."

투덜거리며 아레스에 탑승한다.

그리고 공간을 넘는다.

─벌써 3문명에 들어서다니. 역시 대주술사님께서 눈여겨보던 이유가 있었군!

─또 지구다! 34지구였나? 이것들도 보나 마나 레온하르트 제국에 편입되겠지!

─골칫덩이가 되기 전에 처리해야 한다!

전달되는 통신에 절로 헛웃음이 나온다.

"비인(非人)이라니. 그럼ㅓ면."

아스트랄계로 넘어가니 지구를 향해 이동하고 있는 십여 대의 전함들이 보인다. 심지어 개중 한 대는 테라급 함선.

알바트로스함과 다르게 완전히 전투에 집중한 전함이었기에 이제 막 3단계에 올라선 문명들이 상대하는 것이 거의 불가능한 병력 구성이다.

[테케아 연방이군요. 여러모로 악연입니다.]

"참 재수가 없는 케이스지."

그렇게 말하며 아레스의 두 팔을 확대해 전함 두 대를 턱턱 붙잡는다.

─미, 친!? 이게 뭐야!!!

─포격! 포격해라!!!

─안 됩니다! 이미 전함 두 대에 붙어버렸어요!

─거대한 손이라니 이게 대체 무슨?!

기겁하는 전함을 고유세계로 던져 버린다. 그리고 다시 손을 뻗어 또 다른 전함을 잡고 고유세계로 던진다.

육신을 버리지 않았기 때문일까? 신성과 신격, 신위를 모두 붙잡았음에도 여전히 나라고 하는 [인간]이 살아 있다는 느낌.

"하하하!"

테라급 전함을 고유세계로 집어 던지며 웃는다.

"34지구에 온 것을 환영한다!"

왠지, 유쾌한 기분이 들었다.

『당신의 머리 위에 2부』完.